LA BALLADE DE L'IMPOSSIBLE

Au cours d'un voyage en avion, le narrateur entend la mélodie d'une chanson des Beatles, *Norwegian Wood*, qui ressuscite en lui, brusquement, le souvenir de l'amour qu'il a vécu il y a dix-huit ans. Quand il était lycéen, son meilleur ami, Kizuki, s'est suicidé, un soir, après avoir joué au billard avec lui. Kizuki avait une amie d'enfance, Naoko, ils étaient amoureux mais ils sortaient souvent à trois avec le narrateur, comme s'ils avaient besoin de sa présence. Depuis, pour ce dernier, la mort fait partie de la vie, elle est présente, partout, dans l'air qu'il respire.

Un an après, le narrateur, maintenant étudiant à l'université, rencontre par hasard Naoko dans la rue et ils commencent à se voir de temps en temps. Naoko était insaisissable, elle l'est toujours pour lui, incertaine et angoissée, mais il commence à l'aimer ainsi. Une nuit, elle lui livre son secret, puis disparaît complètement. Quatre mois plus tard, il recevra d'elle une longue lettre, envoyée d'un sanatorium dans la montagne.

Entre-temps, le narrateur a rencontré une jeune fille, Midori, étudiante à la même faculté, très sympathique. Franche, pleine d'esprit et de vie. Autour d'elle, il y a également des ombres de mort...

Haruki Murakami, né à Kobé en 1949, a étudié la tragédie grecque et dirigé un bar de jazz à Tokyo, avant de se consacrer totalement à l'écriture. Traducteur de Fitzgerald, Irving et Chandler, il rencontre le succès dès son premier roman paru au Japon en 1979. En France, les Éditions du Seuil ont publié, entre autres, La Fin des temps *(1992),* Danse, danse, danse *(1995),* Chroniques de l'oiseau à ressort *(2001) et le recueil de nouvelles* L'Éléphant s'évapore *(1998).*

DU MÊME AUTEUR

La Course au mouton sauvage
Seuil, 1990
« Points », nº P1031

La Fin des temps
Seuil, 1992
« Points », nº P828

Danse, danse, danse
Seuil, 1995

L'Éléphant s'évapore
Seuil, 1998

Chronique de l'oiseau à ressort
Seuil, 2001

Au sud de la frontière, à l'ouest du soleil
Belfond, 2002

Après le tremblement de terre
« 10/18 », nº 3379, 2002

Haruki Murakami

LA BALLADE DE L'IMPOSSIBLE

ROMAN

Traduit du japonais
par Rose-Marie Makino-Fayolle

Éditions du Seuil

TEXTE INTÉGRAL

TITRE ORIGINAL
Norway no mori
publié pour la première fois, en deux volumes,
par Kôdansha Ltd, Tokyo

ISBN originaux : 4-06-203515-4 (1er volume)
4-06-203516-2 (2e volume)

ISBN 2-02-057939-1
(ISBN 2-02-013473-X, 1re publication)

www.seuil.com

1

J'avais trente-sept ans, et je me trouvais à bord d'un Boeing 747. L'énorme appareil descendait à travers de gros nuages chargés de pluie, et s'apprêtait à atterrir à l'aéroport de Hambourg. La pluie froide de novembre obscurcissait la terre, et tout, absolument tout, du personnel technique revêtu de cirés aux drapeaux qui flottaient mollement sur le bâtiment de l'aéroport, en passant par les panneaux publicitaires pour BMW, baignait dans la mélancolie caractéristique des peintures flamandes. Une fois encore, j'étais de retour en Allemagne.

L'avion s'immobilisa sur la piste, les voyants lumineux d'interdiction de fumer s'éteignirent, et la douce musique d'ambiance s'écoula des haut-parleurs fixés au plafond : c'était la mélodie de *Norwegian Wood* des Beatles, interprétée de manière sirupeuse par un orchestre quelconque. Comme toujours, cette chanson me troubla. Et je dois dire que, cette fois-ci, elle me remua encore plus profondément que d'habitude.

Je me penchai en avant, tenant mon visage à deux mains pour empêcher ma tête d'éclater, et ne bougeai plus. Une hôtesse de l'air allemande ne tarda pas à s'approcher de moi pour me demander en anglais si j'étais victime d'un malaise. Je lui répondis que tout allait bien et que je venais seulement d'avoir un léger vertige.

« Vous en êtes sûr ?

– Oui, je vous remercie », lui répondis-je.

La jeune femme m'adressa un franc sourire avant de disparaître, et la musique fut remplacée par un air de Billy Joel. Je relevai la tête, observai les nuages sombres qui flottaient dans le ciel au-dessus de la mer du Nord, et songeai à toutes ces choses que j'avais perdues jusqu'alors au cours de ma vie. Les heures envolées, les personnes mortes ou disparues, les pensées qui ne reviendraient plus.

J'errai à travers la prairie jusqu'à ce que l'avion s'arrête complètement et que les passagers, après avoir détaché leur ceinture, commencent à prendre leur pardessus ou leur sac dans les casiers. Je sentais l'odeur de l'herbe, la caresse du vent sur ma peau, et j'entendais le chant des oiseaux. C'était l'automne de l'année 1969, et j'allais avoir vingt ans.

L'hôtesse revint près de moi pour me demander si j'allais mieux.

« It's all right now, thank you. I only felt lonely, you know (Ça va maintenant, merci. J'étais seulement un peu triste), lui dis-je en souriant.

– Well, I feel same way, same thing, once in a while. I know what you mean (Cela m'arrive de temps en temps à moi aussi. Je vois ce que vous voulez dire), me répondit-elle alors en secouant la tête, avant de se lever en m'adressant un charmant sourire. I hope you'll have a nice trip. Auf Wiedersehen ! (Bon voyage. Au revoir !)...

– Auf Wiedersehen ! »

Malgré les dix-huit années qui s'étaient écoulées, je me souvenais encore nettement de ce paysage de prairie. La montagne dénudée, lavée de la poussière de l'été par la pluie fine qui était tombée plusieurs jours de suite, était d'un vert vif et profond, le vent de novembre faisait onduler çà et là les épis des susuki, tandis que des nuages s'effilochaient très haut dans le ciel d'un bleu glacé. La voûte céleste, qui s'étendait à l'infini, était éblouissante. Le vent traversait la prairie et s'enfonçait dans les bois après avoir fait bouger légèrement ses cheveux. Le feuillage en haut des arbres bruissait, et j'écoutais un chien aboyer dans le lointain. C'était un aboiement voilé, presque inaudible, comme s'il provenait d'un monde différent. Je n'entendais rien d'autre. Aucun bruit ne parvenait jusqu'à moi. Je ne voyais rien, à l'exception de deux oiseaux rouges qui, effrayés par notre présence, s'envolèrent en direction des bois. Tout en marchant, Naoko me racontait l'histoire du puits.

Le souvenir est quelque chose de bien curieux. Je n'avais pratiquement pas prêté attention à ce paysage au moment où je m'étais trouvé réellement dedans. Il ne m'avait pas particulièrement impressionné, aussi étais-je loin d'imaginer que, dix-huit ans plus tard, je m'en souviendrais jusque dans ses moindres détails. A dire vrai, j'étais peu préoccupé des paysages à cette époque-là. Je ne pensais qu'à moi et à la jeune fille séduisante qui marchait alors à mes côtés. Je pensais à nous, et je réfléchissais aussi à mon avenir. J'étais à l'âge où tout ce que je pouvais voir, ressentir ou penser finissait par revenir jusqu'à moi, dans un mouvement de boomerang. De plus, j'étais amoureux, et cet amour était en train de m'entraîner vers des contrées extrêmement dangereuses. Je n'avais donc pas le temps de m'intéresser au paysage.

Mais maintenant, c'était la prairie qui me revenait d'abord à l'esprit. C'était l'odeur de l'herbe, le vent frais, la crête des montagnes, les aboiements du chien. Très nettement. Si distinctement, même, que j'aurais pu l'esquisser d'un simple geste. Mais je ne distinguais aucune silhouette humaine au milieu de ce paysage. Il n'y avait personne. Naoko n'était pas là, moi non plus. Je me demandais où nous étions. Comment était-ce possible ? Où étions-nous passés, Naoko, moi et le monde qui nous appartenait, alors que tout cela m'avait semblé sur le moment si important ? Je n'arrivais même plus à me souvenir de son visage. Je ne disposais que d'un paysage vide de toute présence humaine.

Bien sûr, en y mettant le temps, j'arrivais à retrouver ses traits. En superposant les images successives de ses mains petites et fraîches, de ses jolis cheveux raides, si lisses au toucher, des lobes ronds et souples de ses oreilles et du petit grain de beauté qui se trouvait au-dessous, de l'élégant manteau en poil de chameau qu'elle portait souvent l'hiver, ou encore de son habitude de fixer les yeux de son interlocuteur quand elle posait une question, ou, de temps en temps, de sa voix qui se mettait à trembler pour je ne sais quelle raison (on aurait cru qu'elle parlait comme le vent qui souffle au sommet des collines), soudain, son visage se présentait alors tout naturellement devant mes yeux. C'était d'abord son profil qui m'apparaissait. Sans doute était-ce parce que Naoko et moi avions l'habitude de marcher côte à côte. C'est pour cela que c'était toujours de son profil que je me souvenais en premier. Ensuite, elle se tournait vers moi, me souriait, penchait légèrement la tête, me parlait et me regardait droit dans les yeux. Exactement comme si elle avait cherché à surprendre l'éclat furtif d'un petit poisson filant au fond d'une source transparente.

Mais il fallait du temps pour que le visage de Naoko apparaisse ainsi dans ma tête. Et, au fur et à mesure que les mois et les années passaient, cela en nécessitait de plus en plus. C'est triste, mais c'était la vérité. Au début, il me fallait cinq secondes, puis dix, puis trente, et enfin une minute. Cela s'allongeait à toute vitesse, comme une ombre au soleil couchant. Je n'allais sans doute pas tarder à me retrouver dans le noir. Oui, mes souvenirs étaient en train de s'éloigner infailliblement de l'endroit où se tenait Naoko. Exactement de la même manière que j'étais en train de m'éloigner infailliblement de l'endroit où moi-même je me tenais autrefois. Et seul ce paysage, ce paysage de prairie d'octobre, défilait inlassablement devant mes yeux, comme la scène particulièrement symbolique d'un film. Et ce paysage ne cessait de cogner dans un coin de ma tête. Allez, réveille-toi, me serinait-il, je suis toujours là, tu sais, réveille-toi et essaie de comprendre la raison pour laquelle je suis toujours là. Ce n'était pas douloureux, pas du tout. Seul un son creux à chaque coup. Ce bruit finirait bien, sans doute, par disparaître. Comme tout, finalement, avait disparu. Mais, dans cet avion de la Lufthansa à l'aéroport de Hambourg, il ne cessa de cogner dans ma tête, plus fort et plus longtemps que d'habitude. Réveille-toi, essaie de comprendre. C'est pour cela que j'écris ces lignes. Car je suis le type même de l'homme incapable de comprendre les choses tant qu'il n'a pas essayé de les mettre en mots.

De quoi me parlait-elle au juste à ce moment-là ?

Ah oui, elle me racontait l'histoire de ce puits en pleine campagne. Je ne sais pas s'il a vraiment existé ou non. Ce n'était peut-être qu'un signe ou une image qui ne se trouvait là que pour elle. De la même façon que, pendant ces jours sombres, elle avait tissé de nombreuses autres choses dans sa tête. Mais, après que Naoko m'eut parlé de ce puits, je fus incapable de me rappeler la prairie sans lui. Ce puits qu'en réalité je n'avais jamais vu s'était fixé dans ma mémoire comme une partie indissociable de ce paysage. J'aurais même pu en faire une description détaillée. Il se trouvait au bout de la prairie, à la lisière du bois. Il s'ouvrait à même le sol, formant un trou sombre d'un mètre de diamètre, habilement dissimulé sous les herbes. Il n'y avait autour ni clôture, ni margelle surélevée. C'était seulement un trou béant. Le rebord de pierre, battu par le vent et la pluie, avait pris une curieuse teinte délavée, et, fendu par endroits, il s'écroulait. J'apercevais des petits lézards verts qui se glissaient entre les pierres. J'avais beau me pencher au-dessus du trou, je ne voyais rien. La seule chose que je sentais, c'était qu'il était terriblement profond. D'une profondeur inimaginable. Et les ténèbres qui régnaient à l'intérieur de ce trou, des ténèbres épaisses, un condensé des différentes sortes d'obscurité existant dans le monde, étaient très denses.

« Il est profond, vraiment profond, tu sais, m'avait-elle dit lentement, en choisissant ses mots. (Elle parlait ainsi de temps en temps. Elle parlait avec lenteur, en s'assurant qu'elle avait bien choisi le mot exact.) Il est vraiment profond. Mais personne ne sait où il se trouve. La seule chose dont on soit sûr, c'est qu'il est quelque part par là. »

Les deux mains enfoncées dans les poches de sa veste de tweed, elle m'avait ensuite regardé avec un sourire épanoui, vraiment très beau.

« Mais alors, c'est terriblement dangereux, lui dis-je. Il existe un puits profond quelque part, mais personne ne sait où il se trouve, c'est bien ça ? Dans ce cas, il n'y a rien à faire si on tombe dedans.

– Non, rien. On tombe, et puis c'est tout.

– Cela n'arrive jamais ?

– Si, de temps en temps. Une fois tous les deux ou trois ans. Quelqu'un disparaît soudain, et reste introuvable malgré les recherches. Alors, les gens d'ici disent qu'il est tombé dans le puits.

– Ce n'est pas une façon de mourir très agréable.

– C'est une mort abominable. (Elle balaya d'un geste

de la main une herbe qui s'était accrochée à sa veste.) Si on meurt tout de suite, le cou brisé, ça va, mais imagine qu'on s'en tire avec une cheville foulée, c'est épouvantable. On crie de toutes ses forces mais personne n'entend, on n'a aucun espoir d'être retrouvé, il fait noir et humide, ça grouille d'araignées et de mille-pattes, et le sol est jonché d'ossements humains ayant appartenu à ceux qui sont déjà morts au même endroit. Et puis en haut, tout en haut, se découpe un petit cercle lumineux, comme la lune en plein hiver. C'est là qu'on va mourir tout seul, à petit feu.

– Mes cheveux se hérissent rien que d'y penser. Quelqu'un devrait le trouver et le clôturer.

– Mais puisque je te dis qu'il est introuvable ! C'est pour cela qu'il ne faut pas s'écarter du chemin.

– Je ne m'en écarte pas. »

Naoko sortit sa main gauche de sa poche, pour me prendre la mienne.

« Mais pour toi ce n'est pas pareil. Tu n'as rien à craindre. Tu peux toujours te promener dans le coin en pleine nuit et à l'aveuglette, tu ne tomberas jamais dans ce puits. Et je ne risque rien tant que je serai à tes côtés.

– Vraiment ?

– Vraiment.

– Comment peux-tu le savoir ?

– Je le sais, c'est tout. (Elle tenait fermement ma main. Nous continuâmes à marcher un moment en silence.) Je comprends tout au contact des mains. Cela n'a rien à voir avec la raison, je le sens, c'est tout. Par exemple, quand je suis près de toi, comme en ce moment, je n'ai peur de rien. Rien de mauvais ni de sombre ne peut m'arriver.

– Alors, c'est tout simple. Nous n'avons qu'à rester toujours ainsi.

– Tu le penses vraiment ?

– Bien sûr. »

Naoko s'arrêta. J'en fis autant. Face à moi, elle posa ses deux mains sur mes épaules et me regarda droit dans les yeux. Un liquide épais et noir traçait de curieux méandres tout au fond de ses pupilles. Ses yeux magnifiques me sondèrent un long moment. Puis elle s'étira et effleura légèrement ma joue de la sienne. Ce fut un geste épatant et chaleureux qui me vint droit au cœur.

« Merci, me dit-elle.

– Je t'en prie.

– Je suis très heureuse que tu veuilles bien me dire cela... C'est vrai, tu sais, continua-t-elle en souriant d'un air ravi, mais ce n'est pas possible.

– Pourquoi ?

– Parce que... C'est trop dur, vois-tu. C'est... »

Elle se tut soudain et se remit à marcher. Comme je savais qu'elle était en train de remuer toutes sortes de souvenirs dans sa tête, je me contentai de marcher en silence à côté d'elle, sans intervenir.

« Je crois que ce ne serait pas correct, pour toi comme pour moi, reprit-elle, assez longtemps après.

– En quoi ce ne serait pas correct ? essayai-je de savoir, d'une voix tranquille.

– Mais parce que c'est impossible que quelqu'un puisse protéger quelqu'un d'autre éternellement. Tiens, suppose que je me marie avec toi et que tu travailles dans une société. Qui me protégera pendant que tu seras au bureau ou en voyage d'affaires ? Devrai-je te suivre pas à pas jusqu'à la mort ? Tu vois bien que ce n'est pas juste et que cela ne mérite pas le nom de relation humaine. Tu te lasserais vite, crois-moi. Tu en aurais vite assez. Tu te poserais des questions sur ta vie. Tu te demanderais si ton rôle est uniquement de me servir de nurse. Je ne l'accepterais jamais. Dans ce cas, mon problème ne serait pas résolu.

– Mais cela ne durerait pas toute la vie. (Je posai la main sur son épaule.) Cela finira bien un jour. Nous n'aurons qu'à réfléchir à nouveau, à ce moment-là. Nous verrons bien ce que nous ferons alors. Peut-être même qu'à ce moment-là, ce sera toi qui me viendras en aide. Nous ne vivons pas les yeux rivés sur le tableau de nos recettes et de nos dépenses. Si c'est maintenant que tu as besoin de moi, il faut m'utiliser. Tu ne crois pas ? Pourquoi es-tu si rigide ? Allons, lâche un peu de lest. C'est parce que tu es si tendue que tu vois les choses de cette façon. Si tu relâches un peu la pression, tu te sentiras plus légère.

– Pourquoi dis-tu cela ? »

Sa voix était terriblement sèche.

A l'entendre parler ainsi, je pensai que j'avais dû lui dire quelque chose qu'il ne fallait pas.

« Pourquoi ? répéta-t-elle en fixant le sol à ses pieds. Je sais bien que je me sentirais plus légère si je relâchais la tension de mes épaules. Ce n'est pas utile que tu me le dises. Mais, tu comprends, si je le faisais maintenant, je me retrouverais en morceaux. J'ai toujours vécu ainsi, alors comment veux-tu que je me mette à vivre autrement ? Si je me laisse aller, je ne pourrai pas redevenir comme avant. Je tomberai en miettes... Et je finirai par me volatiliser. Pourquoi est-ce que tu ne comprends pas ? Et comment peux-tu dire que tu vas t'occuper de moi, si tu ne comprends pas cela ? »

Je gardais le silence.

« Je suis atteinte beaucoup plus profondément que tu ne le crois. Je suis perdue dans l'obscurité et le froid... Dis-moi, pourquoi as-tu couché avec moi cette fois-là ? Pourquoi ne m'as-tu pas laissé tomber ? »

Nous marchions à l'intérieur du bois de pins, plongé dans un calme absolu. Sur le chemin étaient éparpillés les corps desséchés des cigales mortes à la fin de l'été, qui craquaient sous nos pas. Nous cheminions lentement, en regardant le sol, comme si nous étions à l'affût.

« Excuse-moi. (Elle me prit gentiment par le bras. Puis elle secoua la tête à plusieurs reprises.) Je ne voulais pas te blesser. Ne fais pas attention à ce que je t'ai dit. Je suis vraiment désolée. J'étais juste en colère après moi.

– Je crois que je ne te comprends pas encore vraiment. Je ne suis pas très intelligent, et il me faut du temps. Mais je finirai bien par y arriver, et, à ce moment-là, je crois que je serai le seul au monde à te comprendre vraiment. »

Nous nous étions arrêtés pour profiter du calme ambiant, et je faisais rouler des pommes de pin ou des corps de cigales sous mes pieds, puis regardais le ciel à travers les arbres. Naoko, les deux mains enfoncées dans les poches de sa veste, réfléchissait, le regard vague.

« Watanabe, tu m'aimes ?

– Bien sûr.

– Alors, tu veux bien entendre deux de mes souhaits ?

– Trois, si tu veux. »

Elle se mit à rire en secouant la tête.

« Deux, ça ira. Ce sera amplement suffisant. Le premier, c'est que je voudrais que tu saches que je te suis vraiment reconnaissante d'être venu me voir aujourd'hui. Je suis très contente et je... Cela me sauve. Je t'assure que c'est vrai, même si cela n'en a pas l'air.

– Je reviendrai te voir. Et l'autre ?

– Je voudrais que tu te souviennes de moi. Je voudrais que tu n'oublies jamais que j'ai existé et que je me suis trouvée ainsi à tes côtés.

– Bien sûr que je m'en souviendrai. »

Elle redevint silencieuse, se leva la première et se mit à marcher. La lumière de l'automne, se frayant un chemin à travers les arbres, venait danser sur ses épaules. On entendit encore les aboiements d'un chien, mais ils semblaient plus proches de nous que tout à l'heure. Naoko gravit une petite butte, sortit de la pinède, puis descendit à pas pressés le chemin en pente douce. Je marchais à deux ou trois pas derrière elle.

« Reviens. Le puits est peut-être par là, tu sais », criai-je dans son dos.

Elle s'arrêta, se mit à rire, et vint me prendre doucement par le bras. Et nous marchâmes tranquillement tous les deux le reste du chemin.

« C'est vrai que tu ne m'oublieras jamais ? murmura-t-elle à mon oreille.

– Je ne t'oublierai jamais. Il m'est impossible de t'oublier. »

Pourtant, les souvenirs s'éloignent infailliblement, et j'ai déjà oublié pas mal de choses. Alors que j'écris ces lignes en essayant de me remémorer les faits, il m'arrive parfois d'être pris de panique. C'est parce que je réalise soudain que c'est peut-être le plus important que j'ai oublié. Je me demande s'il n'y a pas à l'intérieur de mon corps un endroit sombre, une contrée lointaine où mes souvenirs les plus importants s'entassent pour donner de la vase.

Mais quoi qu'il en soit, c'est tout ce dont je dispose actuellement. Ces souvenirs incomplets et flous, qui s'estompent de jour en jour, je les serre très fort contre moi et je les exploite à fond pour continuer d'écrire ces lignes, car je n'ai aucun autre moyen de tenir la promesse que j'ai faite à Naoko.

Il y a bien longtemps, quand j'étais jeune encore et mes souvenirs encore frais, j'ai essayé plusieurs fois de raconter ce qui s'était passé. Mais, à cette époque, j'en étais bien incapable. Je sentais que, si j'arrivais seulement à écrire la première ligne, le reste suivrait tout naturellement, mais je n'arrivais pas, justement, à écrire cette première ligne. Tout était trop net et je ne savais pas par où commencer. Il se passait exactement la même chose que lorsqu'une carte est inutilisable parce que trop précise. Mais, maintenant, je comprends. Finalement, je crois que seuls les pensées et les souvenirs incomplets peuvent venir se loger dans des phrases qui, par définition, sont incomplètes. Et je crois qu'au fur et à mesure que mes souvenirs concernant Naoko se sont estompés je l'ai de mieux en mieux comprise. Maintenant, je comprends pourquoi elle m'a demandé de ne pas l'oublier. Sans doute le savait-elle elle aussi. Que le souvenir que j'avais d'elle finirait par disparaître. C'est justement pour cela qu'elle a insisté. « Ne m'oublie jamais. Souviens-toi que j'ai existé. »

Quand j'y pense, je deviens profondément triste. Parce que Naoko, elle, ne m'aimait pas.

2

Quand je parle d'autrefois, il s'agit tout au plus d'il y a vingt ans et, à l'époque, je vivais dans un foyer d'étudiants. J'avais dix-huit ans et je venais tout juste d'entrer à l'université. Je ne connaissais rien de Tôkyô et, comme c'était la première fois que j'allais vivre seul, mes parents, inquiets, m'avaient trouvé ce foyer. On y servait les repas, et il était pourvu de divers équipements, aussi le jeune homme de dix-huit ans inexpérimenté que j'étais pouvait-il se débrouiller. Bien sûr, il y avait aussi le côté financier. Le foyer revenait bien moins cher que si j'avais vécu seul. Un matelas et une lampe de chevet suffisaient, il n'y avait rien d'autre à acheter. Si j'avais pu, j'aurais préféré louer un appartement et vivre seul comme bon m'aurait semblé, mais, vu les frais d'inscription et de scolarité de cette université privée et ce qu'il fallait par mois pour vivre, je n'avais pas le droit de m'entêter. De plus, peu m'importait finalement l'endroit où j'allais vivre.

Ce foyer était situé sur une des hauteurs de la ville, et la vue était dégagée. Le terrain, vaste, était entouré d'un mur de béton. Après avoir passé le portail, on se retrouvait devant un immense keyaki qui se dressait tout droit. Il était vieux d'au moins cent cinquante ans. Quand, debout au pied de l'arbre, on levait les yeux vers le ciel, on ne le voyait pas, caché qu'il était par les branchages.

Le chemin cimenté contournait cet arbre immense avant de couper la cour intérieure en ligne droite. De chaque côté se dressaient deux bâtiments parallèles à deux étages, en béton armé. C'étaient de grands bâtiments avec beaucoup de fenêtres qui donnaient à ceux qui les regardaient l'impression de bureaux transformés en appartements, ou vice versa. Mais c'était propre, et cela ne faisait pas mauvaise impression. Le son de la radio s'échappait par les fenêtres grandes ouvertes. Les rideaux étaient de couleur crème, une teinte qui ternit difficilement au soleil.

En face, au bout du chemin, se dressait le bâtiment principal, à un étage. Au rez-de-chaussée se trouvaient le réfectoire et les bains, tandis qu'au premier étage étaient rassemblées une salle de conférences et plusieurs salles de réunion, ainsi qu'une salle de cérémonie dont personne ne savait à quoi elle pouvait servir. Un troisième bâtiment pour les étudiants se dressait à côté du bâtiment principal. Il avait lui aussi deux étages. Le jardin était vaste, et un tourniquet placé au milieu de la pelouse tournait sans discontinuer en réfléchissant les rayons du soleil. Derrière le bâtiment principal se trouvaient les terrains de football et de base-ball, ainsi qu'une demi-douzaine de courts de tennis. C'était parfait.

Il y avait quand même un problème, concernant ce foyer : il était géré par une vague fondation dirigée par un personnage résolument de droite, et l'orientation de cette gestion était, à mes yeux, tendancieuse. On s'en rendait compte très rapidement à la lecture du dépliant explicatif et du règlement intérieur. « Les principes fondamentaux de notre éducation contribuent à former des hommes capables pour la nation. » C'était l'esprit qui avait présidé officiellement à la création de ce foyer, moyennant quoi il recevait des fonds de nombreux dirigeants économiques, mais, comme toujours dans ces cas-là, la réalité était bien plus ambiguë. Personne ne savait ce qu'il en était exactement. Certains disaient que cela permettait de payer moins d'impôts, d'autres que c'était un moyen de se faire connaître, d'autres encore que la construction d'un foyer constituait une manière presque frauduleuse de s'approprier un bon terrain. Mais on disait aussi qu'il fallait y voir quelque chose d'encore plus grave, à savoir que les fondateurs de ce foyer comptaient sur ceux qui en sortiraient pour former une sorte de clan à l'intérieur du monde politique et économique. Il existait effectivement à l'intérieur du foyer un club de privilégiés réunissant l'élite, et je ne savais pas très bien ce qu'il s'y passait en réalité, mais ce dont j'étais certain, c'est qu'il tenait plusieurs fois par mois des réunions de travail auxquelles participaient les fondateurs, et que, dans la mesure où l'on appartenait à ce club, on n'avait aucun souci à se faire pour trouver une situation plus tard. Je n'étais pas à même de juger si toutes ces suppositions étaient fondées ou non, mais elles plaidaient toutes en faveur du fait que cet endroit était suspect.

En tout cas, je passai deux années de ma vie, du printemps de 1968 à celui de 1970, comme pensionnaire de cet endroit douteux. Si l'on me demandait pourquoi je suis resté deux ans dans un endroit pareil, je serais sans doute incapable de m'expliquer. Il est vrai que, sur le plan de la vie quotidienne, le fait que l'on soit de droite ou de gauche, du bon ou du mauvais côté, n'entre pas tellement en ligne de compte.

Au foyer, on commençait la journée en hissant les couleurs. On avait droit, bien sûr, à l'hymne national. Les deux étaient indissociables, exactement comme les nouvelles sportives sont toujours accompagnées de marches. Le mât se dressait en plein milieu de la cour, bien visible de toutes les fenêtres des bâtiments.

C'était au chef de l'aile est (à laquelle j'appartenais) qu'incombait le rôle de hisser le drapeau. C'était un homme d'une soixantaine d'années, grand, au regard perçant. Ses cheveux drus étaient parsemés de fils blancs, et son cou, brûlé par le soleil, portait une longue cicatrice. On disait qu'il avait fait l'école de l'armée de terre de Nakano, mais cela non plus n'était pas prouvé. Il était toujours accompagné d'un étudiant qui prétendait l'aider. Celui-ci non plus, personne ne le connaissait vraiment. La tête rasée, il portait toujours son uniforme. On ne connaissait ni son nom, ni sa chambre. On ne le croisait jamais, ni au réfectoire, ni au bain. On ne savait même pas s'il était vraiment étudiant. On supposait qu'il l'était, puisqu'il portait l'uniforme. Il n'existait guère d'autres possibilités. Contrairement à l'homme de l'école de Nakano, il était de petite taille, rond et pâle. C'était ce couple on ne peut plus sinistre qui, tous les matins à six heures, hissait les couleurs du Japon dans la cour du foyer.

A l'époque de mon entrée au foyer, curieux de tout, je me levai plusieurs fois à six heures pour observer cette cérémonie. L'arrivée des deux hommes dans le jardin coïncidait exactement avec le début des nouvelles à la radio. L'officiant était vêtu d'un blouson et de chaussures de sport blanches, tandis que son acolyte était en uniforme et chaussures de cuir noir. Il portait une boîte mince, en bois de paulownia. L'autre arrivait avec un magnétophone portable de chez Sony, qu'il déposait au pied du mât. L'étudiant ouvrait alors la boîte. Elle contenait le drapeau plié avec soin. L'étudiant tendait ensuite respectueusement le drapeau à son supérieur. Celui-ci le fixait à la corde. L'étudiant déclenchait le magnétophone.

Kimi ga yo wa
Chiyo ni yachiyo ni
Sazare ishi no
Iwa o to narite
Koke no musu made

Le drapeau s'élevait lentement vers le ciel.

A *Sazare ishi no*, le drapeau était au milieu du mât, et, à *made*, il était tout en haut. Alors, les deux hommes se redressaient fièrement, se mettaient au garde-à-vous et levaient les yeux vers le drapeau. Quand il faisait beau et qu'il y avait tout juste assez de vent, c'était un spectacle absolument fantastique.

Le soir, la cérémonie pour abaisser le drapeau se déroulait pratiquement de la même manière. Mais dans l'ordre inverse. Le drapeau descendait lentement... et se retrouvait rangé dans la boîte de paulownia. Il ne flottait pas la nuit.

Je ne comprenais pas pourquoi on rangeait le drapeau pour la nuit. La nation continuait pourtant à exister, et beaucoup de gens travaillaient. Il me semblait injuste que des gens travaillant la nuit, comme les terrassiers de voie ferrée, les chauffeurs de taxi, les hôtesses de bar, les pompiers ou les gardiens de nuit, puissent le faire sans la bénédiction de la nation. Mais, après tout, ce n'était peut-être pas si important. Sans doute que personne n'y faisait attention. J'étais certainement le seul à m'en préoccuper. D'ailleurs, cette pensée m'effleurait par moments, mais je n'avais pas envie de l'approfondir.

En principe, les étudiants de première et de deuxième année étaient deux par chambre, tandis que ceux de troisième et de quatrième année avaient droit à des chambres individuelles. Dans les chambres doubles, les bureaux et les chaises se tournaient le dos près de la fenêtre. A gauche de l'entrée se trouvaient deux lits métalliques superposés. Le mobilier était un modèle de simplicité et de solidité. En dehors des lits et des bureaux, il y avait deux armoires métalliques, une petite table, et des étagères qui avaient été rajoutées. Même considéré avec bienveillance, cet espace n'avait rien de poétique. Sur les étagères de la plupart des chambres, on retrouvait des transistors, des sèche-cheveux, des thermos, des réchauds électriques, du café instantané, du thé en sachets, du sucre en morceaux, une casserole pour préparer des soupes aux nouilles, et les ustensiles de cuisine les plus élémentaires. Sur les murs de plâtre étaient collées des pin-up tout droit sorties des magazines, et des affiches de films pornographiques récupérées on ne sait où. Certains collaient par dérision la photographie de cochons en train de copuler, mais c'était l'exception, car la plupart des murs étaient recouverts de photographies de femmes nues, de jeunes chanteuses ou d'actrices. Sur les bureaux s'entassaient des livres de classe, des dictionnaires et des romans.

Les chambres, occupées par des garçons, étaient de ce fait terriblement sales. Des épluchures moisies de mandarines étaient collées au fond des corbeilles à papier, les boîtes d'aluminium qui servaient de cendrier étaient pleines à ras bords, et étant donné qu'on empêchait les mégots de s'y consumer en versant par-dessus de la bière ou du café, elles dégageaient une écœurante odeur d'aigre. La vaisselle, ébréchée, était de couleur douteuse, et le sol était jonché de sachets de soupe aux nouilles, de boîtes de bière, et de diverses autres choses encore, le tout dans un désordre indescriptible. Personne n'avait l'idée de prendre le balai et la pelle pour jeter tout cela dans la poubelle. Les courants d'air soulevaient de gros nuages de poussière. Et toutes les chambres, sans exception, dégageaient une odeur incroyable. Celle-ci variait légèrement de chambre en chambre, mais les éléments qui la composaient étaient tous les mêmes. Elle était faite de sueur, de crasse et d'ordures. On bourrait son linge sale sous les lits, et, personne n'exposant régulièrement sa literie au soleil, celle-ci, pleine de sueur, dégageait une odeur insupportable. Je me demande encore comment des épidémies mortelles n'ont pas surgi au milieu de ce chaos.

En comparaison, ma chambre avait la propreté de celle d'un hôpital. Rien ne traînait sur le sol, les vitres étaient absolument transparentes, ma couette était sur la fenêtre une fois par semaine, mes crayons étaient bien rangés dans leur pot, et même les rideaux étaient lavés une fois par mois. C'était parce que le garçon qui partageait ma chambre était un vrai maniaque. Je dis aux autres qu'il lavait même les rideaux, mais personne ne voulut me croire. Personne ne semblait savoir que les rideaux se lavent de temps en temps. On croyait qu'ils étaient destinés à rester accrochés aux fenêtres éternellement. On me dit alors qu'il était fou. Par la suite, on se mit à le traiter de facho.

Il n'y avait pas de pin-up collée au mur, mais une photographie des canaux d'Amsterdam. C'était lui qui l'avait collée un jour à la place d'un nu que j'y avais mis, en me disant : « Tu sais, Watanabe, je... Je n'aime pas tellement ces trucs-là. » Je ne m'y étais pas opposé, vu que moi-même je n'y tenais pas vraiment. Tous ceux qui venaient me voir dans ma chambre s'exclamaient en voyant cette photo : « Mais qu'est-ce que c'est que ça ? » Je leur répondais alors qu'elle était là pour aider le facho à se masturber. Je plaisantais, bien sûr, mais tout le monde trouvait cela normal. Au point que je finis par me demander si ce n'était pas le cas.

On me plaignait parce que j'étais dans la même chambre que le facho, mais cela ne me déplaisait pas autant qu'on pouvait l'imaginer. Dans la mesure où je ne salissais pas autour de moi, il ne se mêlait pas de mes affaires, ce qui m'arrangeait plutôt. C'était lui qui faisait le ménage, mettait mon matelas sur la fenêtre et s'occupait de la poubelle. Quand je restais trois jours sans prendre de bain parce que j'avais d'autres choses à faire, il tournait autour de moi en reniflant avant de me faire remarquer que je ferais mieux d'en prendre un, et il me disait aussi quand il me fallait aller chez le coiffeur ou me couper les poils du nez. La seule chose qui me gênait, c'était qu'au moindre moustique il saturait notre chambre d'insecticide, ce qui m'obligeait à me réfugier au milieu du chaos de la chambre voisine.

Le facho faisait des études de géographie dans une université publique.

La première fois qu'il m'avait rencontré, il m'avait dit :

« Je fais des études de ca... cartographie. »

Je lui avais alors demandé s'il aimait cela.

« Oui, quand j'aurai fini mes études, je rentrerai à l'Institut géographique national, et je ferai des ca... cartes. »

J'avais été émerveillé de voir qu'il existait tant de buts et de désirs variés de par le monde. C'est l'une des choses qui m'avait marqué au tout début de mon séjour à Tôkyô. Il est vrai que cela serait gênant qu'il n'existât pas quelques personnes pour être passionnées de cartographie, même si l'on n'en a pas besoin de beaucoup. Mais je trouvais étrange que quelqu'un qui se mettait à bégayer dès qu'il prononçait le mot « carte » eût envie d'entrer à l'Institut géographique national. Il bégayait ou non selon les circonstances, mais il butait systématiquement sur le mot « carte ».

« Tu... tu étudies quoi ? me demanda-t-il, lors de cette première rencontre.

– L'art dramatique, lui répondis-je.

– Tu veux dire que tu fais du théâtre ?

– Non. On lit des pièces, et on les étudie. Des pièces de Racine, Ionesco ou Shakespeare. »

Il me dit qu'il ne les connaissait pas, sauf Shakespeare. Mais moi non plus, je n'en avais pratiquement jamais entendu parler. Je m'étais contenté de répéter ce que j'avais lu sur le bulletin de présentation des cours.

« En tout cas, c'est ce que tu aimes, n'est-ce pas ?

– Pas particulièrement. »

Cette réponse le troubla. Quand il était troublé, il bégayait beaucoup. J'eus l'impression d'avoir fait quelque chose de mal.

« N'importe quoi aurait pu faire l'affaire, lui expliquai-je, l'ethnologie, l'histoire orientale, n'importe quoi. Il se trouve que c'est l'art dramatique qui m'a attiré, mais ça ne va pas plus loin. »

Il n'eut pas l'air convaincu.

« Je ne comprends pas, commença-t-il d'un air perplexe, dans... dans mon cas, comme j'aime les ca... cartes, j'étudie la ca... cartographie. C'est pour ça que je suis venu à l'université à Tôkyô et qu'on me paie mes études. Mais toi, tu dis que ce n'est pas... »

C'était lui qui avait raison. Je renonçai à mes explications. Puis nous tirâmes à la courte paille pour nous attribuer les lits. Il se retrouva dans celui du haut, et moi dans celui du bas.

Il était toujours vêtu d'une chemise blanche, d'un pantalon noir et d'un sweater bleu marine. Il était grand, avec le crâne rasé et les pommettes saillantes. Quand il allait à l'université, il se mettait invariablement en uniforme. Ses chaussures et ses chaussettes étaient noires. Il ressemblait à un étudiant d'extrême droite, et c'était pour cela qu'on le traitait de facho, mais, en réalité, il était complètement indifférent à la politique. Choisir des vêtements l'ennuyait, alors il était toujours habillé de la même façon. C'était aussi simple que cela. Il était uniquement intéressé par l'évolution du littoral, l'achèvement d'un nouveau tunnel ferroviaire, ou tout autre événement de ce genre. Quand il se branchait sur le sujet, il était capable de parler sans discontinuer pendant une ou deux heures, en bégayant et en butant sur les mots, jusqu'à ce que je m'en aille ou que je m'endorme.

Il se levait tous les matins à six heures, avec le *Kimi ga yo* en guise de réveil. C'était donc que cette cérémonie ostentatoire et pompeuse du lever de drapeau n'était pas tout à fait inutile. Puis il s'habillait pour aller aux lavabos faire sa toilette. Cela lui prenait beaucoup de temps. A tel point qu'on pouvait se demander s'il ne se lavait pas les dents une par une. Quand il revenait dans la chambre il tirait à grand bruit sur sa serviette pour la défroisser, l'accrochait au-dessus du chauffage pour la faire sécher, et rangeait son savon et sa brosse à dents sur l'étagère. Ensuite, il allumait la radio pour le début de la séance de gymnastique.

Quant à moi, comme je lisais très tard le soir, j'avais l'habitude de dormir profondément jusque vers huit heures du matin, aussi m'arrivait-il de dormir encore comme un bienheureux au moment où il se levait et où il commençait sa gymnastique à la radio. Mais, même alors, je me réveillais à coup sûr quand il se mettait à sauter. Je n'aurais pas pu faire autrement. Car à chaque saut qu'il effectuait, et il sautait vraiment très haut, le lit bondissait en cadence. Je le supportai trois jours. Je me disais que la vie en communauté nécessitait, dans une certaine mesure, de la patience. Mais, le matin du quatrième jour, j'en arrivai à la conclusion que j'étais incapable de le supporter davantage.

« Excuse-moi, mais tu ne pourrais pas aller faire ta gymnastique ailleurs, sur le toit par exemple, lui dis-je carrément, ça me réveille.

– Mais... il est six heures et demie, tu sais, me répondit-il, tout surpris.

– Oui, je sais. Il est six heures et demie ? Eh bien, à six heures et demie, moi je dors. Je ne peux pas t'expliquer pourquoi, mais c'est comme ça.

– C'est impossible. Si je vais sur le toit, ceux du deuxième se plaignent. Ici, personne n'a rien à dire, parce qu'en dessous c'est un débarras.

– Alors, va dans le jardin. Sur la pelouse.

– Ce n'est pas possible non plus. Ma... ma radio n'a pas de transistors, je dois la brancher sur le secteur, et je ne peux pas faire la gymnastique de la radio sans musique. »

C'était vrai. Son appareil était d'un modèle très ancien, et le petit transistor que je possédais pour écouter de la musique ne recevait que la FM. Cela commençait à m'agacer.

« Bon, faisons un compromis, lui dis-je alors, je veux bien que tu fasses ta gymnastique à la radio. Je te demande seulement d'arrêter tes sauts. C'est très énervant. Ça te va ?

– Mes... mes sauts ? Qu'est-ce que tu veux dire par là ?

– Ne fais pas l'idiot, tu sautes bien, non ?

– Non. »

Je commençai à avoir mal à la tête. J'étais bien près d'abandonner, mais, puisque j'avais commencé, autant aller jusqu'au bout, aussi me mis-je à faire des bonds sur le lit tout en fredonnant le premier morceau de la gymnastique radiophonique de la NHK.

« Tu vois, c'est ça.

– C'est... c'est vrai, tu as raison. Je... je ne m'en étais pas rendu compte.

– C'est pour cela, commençai-je en m'asseyant sur le lit, que je voudrais que tu arrêtes uniquement ce passage-là. Je m'arrangerai pour supporter tout le reste. Tu veux bien arrêter de sauter pour me laisser dormir ?

– C'est impossible, répliqua-t-il aussitôt sans broncher, ce n'est pas si facile, tu sais. Cela fait dix ans que je le fais tous les jours, alors, quand je commence, tout se déroule automatiquement. Si j'en saute un passage, tu penses bien que je... je ne pourrai plus continuer. »

Je n'avais plus rien à ajouter. Qu'aurais-je pu dire ? Le moyen le plus radical aurait été de profiter de son absence pour balancer sa maudite radio par la fenêtre, mais je voyais déjà les foudres que ce geste allait déclencher. Le facho portait un soin tout particulier aux choses qu'il possédait. J'étais assis sur mon lit, le regard vide, ne trouvant plus rien à dire, quand il m'adressa un sourire réconfortant.

« Watanabe, ce serait bien si tu te levais en même temps que moi pour faire la gymnastique », lâcha-t-il avant de s'en aller prendre son petit déjeuner.

Quand je lui racontai l'histoire du facho et de sa gymnastique radiophonique, Naoko pouffa. Ce n'était pourtant pas une histoire drôle, mais je finis par en rire moi aussi. Cela faisait vraiment très longtemps que je n'avais pas vu son visage s'éclairer d'un sourire, même si celui-ci s'était effacé presque aussitôt.

Nous étions descendus à la gare de Yotsuya, et nous marchions sur le talus qui borde les rails, en direction d'Ichigaya. C'était un dimanche après-midi de la mi-mai. La pluie qui tombait par intermittence depuis le matin s'était arrêtée un peu avant midi, et les nuages bas, chargés d'eau, avaient disparu, balayés par le vent du sud. Les feuilles des cerisiers, vert tendre, se balançaient au vent, réfléchissant un soleil éblouissant. La chaleur des rayons annonçait l'été. Les gens que nous croisions avaient enlevé leur veste ou leur sweater, qu'ils avaient mis sur une épaule ou sur un bras. Tout le monde semblait heureux, sous le doux soleil de ce dimanche après-midi. Les jeunes gens qui jouaient au tennis sur les courts que l'on apercevait de l'autre côté du talus avaient quitté leur chemise et se retrouvaient vêtus d'un simple short. Seules deux religieuses assises côte à côte sur un banc étaient encore strictement vêtues de leur habit d'hiver noir, ce qui donnait l'impression que le soleil estival ne les avait pas encore atteintes, mais cela ne les empêchait pourtant pas de converser gaiement en profitant du soleil, l'air épanoui.

Comme au bout d'un quart d'heure de marche j'avais déjà le dos en sueur, j'enlevai ma chemise de coton épais et me retrouvai en T-shirt. Naoko remonta jusqu'en haut les manches de sa chemise de sport gris clair. Elle devait l'avoir lavée souvent, car la couleur était juste assez passée. Il me semblait l'avoir vue longtemps auparavant avec la même chemise, mais je n'en étais pas très sûr. C'était juste une impression. A l'époque, je n'avais pas beaucoup de souvenirs concernant Naoko.

« Comment trouves-tu la vie en communauté ? C'est amusant de vivre avec les autres ? me demanda-t-elle.

– Je ne sais pas très bien. Cela fait seulement un peu plus d'un mois, lui répondis-je. Mais ce n'est pas si mal. En tout cas, ce n'est pas si difficile à supporter. »

Elle s'arrêta devant une fontaine publique, y but une seule gorgée d'eau, sortit un mouchoir blanc de la poche de son pantalon pour s'essuyer la bouche. Puis elle se pencha pour refaire avec soin les nœuds de ses lacets.

« Dis, tu crois que je pourrais moi aussi ?

– Vivre en communauté ? (Elle acquiesça.) Je ne sais pas, ça dépend. En cherchant bien, on peut toujours y trouver des inconvénients. Le règlement est contraignant, il y a des types insignifiants qui sont pleins de morgue, ou celui qui partage ta chambre fait sa gymnastique radiophonique dès six heures et demie du matin. Mais ce n'est pas si important si on pense que c'est partout pareil. Quand on ne peut pas faire autrement que de vivre là, on s'y adapte. C'est comme ça.

– Tu as raison », approuva-t-elle.

Elle resta pensive un moment. Ensuite, elle me regarda fixement dans les yeux comme si j'étais une espèce en voie de disparition. A les bien regarder, les siens étaient si limpides qu'on en éprouvait un certain choc. Je ne m'en étais pas encore aperçu. A la réflexion, je n'avais jamais eu l'occasion de les observer. C'était la première fois que nous marchions seuls tous les deux, et c'était aussi la première fois que nous parlions aussi longtemps.

« Tu as l'intention d'entrer dans un foyer ? lui demandai-je.

– Non, pas précisément, me répondit-elle, seulement, je réfléchissais. Je me demandais à quoi ressemble la vie en communauté. C'est-à-dire que... »

Naoko cherchait ses mots en se mordant les lèvres. Finalement, ne les trouvant pas, elle soupira et dit, en fronçant les sourcils :

« Je ne sais pas très bien, mais ce n'est pas grave. »

Ce fut la fin de notre conversation. Naoko reprit sa marche vers l'est, tandis que je suivais à quelques pas derrière elle.

Je ne l'avais pas revue depuis près d'un an. Durant cet intervalle, elle avait maigri au point qu'elle n'était plus la même. Ses joues rondes si caractéristiques avaient fondu, son cou s'était affiné, mais on ne la sentait ni décharnée, ni malade. Sa façon de maigrir semblait naturelle et tranquille. On avait l'impression que son corps s'était réduit de lui-même, à trop vouloir se glisser à l'intérieur d'une cachette trop exiguë. De plus, je la trouvais encore plus jolie qu'avant. Je voulus lui dire quelque chose à ce propos, mais, ne sachant comment m'exprimer, je finis par garder le silence.

Nous n'étions pas venus là dans un but précis. Nous nous étions rencontrés par hasard dans le train de la ligne Chûô. Elle était sortie avec l'envie d'aller au cinéma toute seule, tandis que, de mon côté, j'allais chez les marchands de livres d'occasion de Kanda. L'un comme l'autre, nous n'avions donc rien de particulièrement important à faire. C'était elle qui m'avait proposé de descendre du train. Et c'est ainsi que nous nous étions retrouvés par hasard à Yotsuya. Mais, comme nous n'avions rien de précis à nous dire, je ne comprenais pas pourquoi elle avait voulu descendre du train. Nous n'avions pas le moindre commencement d'un sujet de conversation.

En sortant de la gare, elle s'était mise à marcher rapidement, sans même dire où elle allait. J'avais bien été forcé de la suivre. Il y avait toujours une distance d'un bon mètre entre elle et moi. Bien sûr, j'aurais pu la combler si je l'avais voulu, mais j'étais si troublé que j'en étais incapable. J'avançais à un mètre derrière elle, les yeux fixés sur son dos et ses cheveux noirs et raides. Ils étaient retenus par une grosse barrette marron et, quand elle tournait la tête, j'apercevais ses petites oreilles blanches. Elle se retournait de temps à autre pour me parler. Si je répondis facilement à certaines de ses questions, il m'arriva aussi de ne pas savoir comment lui répondre. Il m'arriva aussi de ne pas comprendre ce qu'elle me disait. Mais je crois qu'il lui était indifférent que je l'entende ou non. Ayant dit ce qu'elle avait à dire, elle se retournait et continuait à avancer. J'avais renoncé, je me disais que ce n'était pas grave et qu'il faisait un temps magnifique d'arrière-saison pour se promener.

Mais Naoko marchait un peu trop sérieusement pour une promenade. Tournant à droite à Iidabashi, elle longea les douves du palais impérial, traversa le carrefour de Jimbôchô, gravit la colline d'Ochanomizu et nous nous retrouvâmes à Hongô. Ensuite, elle continua jusqu'à Komagome en suivant la ligne du tramway. Cela représentait une certaine distance. Le jour tombait quand nous arrivâmes à Komagome. C'était une douce soirée de printemps.

« Où sommes-nous ? me demanda-t-elle soudain.

– Komagome, lui dis-je. Tu ne le savais pas ? Nous avons fait un grand tour, tu sais.

– Pourquoi sommes-nous venus jusque-là ?

– C'est *toi* qui es venue. Je t'ai suivie, c'est tout. »

Nous allâmes dîner légèrement dans un restaurant de nouilles de sarrasin proche de la gare. Comme j'avais soif, je bus une bière en solitaire. Nous n'échangeâmes pas une parole entre le moment où nous passâmes la commande et celui où nous eûmes fini de manger. J'étais épuisé par cette trop longue marche, et elle restait pensive, les deux coudes appuyés sur la table. Le journal télévisé racontait que, ce dimanche-là, tous les lieux d'excursion avaient fait le plein. Je pensai à part moi que nous, nous avions marché de Yotsuya jusqu'à Komagome.

« Tu es drôlement solide, lui dis-je après avoir terminé mes nouilles.

– Cela t'étonne ?

– Oui.

– Et encore, quand j'étais au collège, j'étais championne de course de fond, et je courais dix ou quinze kilomètres. Et puis comme mon père aimait l'escalade, depuis toute petite, il m'emmenait le dimanche en montagne. Tu sais bien qu'il y a des montagnes derrière chez moi, n'est-ce pas ? C'est pour cela que j'ai les jambes solides.

– A première vue, on ne le dirait pas pourtant...

– C'est vrai. Tout le monde pense que je suis

quelqu'un de fragile. Mais il ne faut pas se fier aux apparences, dit-elle avant de laisser échapper un rire léger.

– Je suis vraiment désolé, mais moi, je n'en peux plus.

– Excuse-moi de t'avoir pris toute ta journée.

– Tu sais que je suis content d'avoir pu parler avec toi ? Cela ne nous était jamais arrivé jusqu'à présent. »

J'avais beau essayer, je n'arrivais pourtant pas à me souvenir de ce que nous avions dit.

Elle tripotait machinalement le cendrier posé sur la table.

« Dis, si tu voulais, si cela ne te gêne pas, bien sûr, nous pourrions peut-être nous revoir ? Même si je sais bien que je n'ai pas le droit de te demander cela.

– Le droit ? repris-je, stupéfait. Comment ça, tu n'as pas le droit ? »

Elle rougit. Sans doute mon étonnement avait-il été trop vif.

« Je n'arrive pas à t'expliquer, me dit-elle pour se justifier. (Elle remonta les manches de sa chemise de sport au-dessus des coudes, pour les redescendre aussitôt. La lumière des lampes donnait à son duvet un joli reflet doré.) Je ne voulais pas employer ce mot. Je voulais le dire d'une manière complètement différente. »

Les coudes appuyés sur la table, elle regarda pendant un certain temps le calendrier accroché au mur. Elle semblait espérer y trouver une expression appropriée. Mais, bien sûr, elle n'en trouva pas. Elle soupira, ferma les yeux, tripota sa barrette.

« Ce n'est pas grave, lui dis-je. Je vois à peu près ce que tu veux dire, même si je ne sais pas, moi non plus, comment l'exprimer.

– Je ne suis pas douée pour parler. Ces derniers temps, c'est toujours comme ça. J'essaie de dire quelque chose, mais les mots qui me viennent à l'esprit sont inexacts. Parfois, je dis même tout le contraire de ce que je veux dire. Si je tente de rectifier, c'est encore pire. Je finis par ne plus savoir où j'en suis et je ne sais plus du tout ce que je voulais dire au départ. C'est comme si mon corps se séparait en deux parties qui joueraient à se poursuivre. Entre les deux se dresse un énorme pilier autour duquel elles tournent sans arrêt pour tenter de se rejoindre. Il y a toujours une autre partie de moi-même qui détient les mots corrects, que je n'arrive jamais à saisir... (Naoko releva la tête et me regarda dans les yeux.) Est-ce que tu comprends ?

– On a tous plus ou moins la même impression, tu sais, lui dis-je. On essaie tous de s'exprimer, et on s'irrite de ne pas pouvoir le faire correctement. »

Elle semblait légèrement désappointée par ce que je venais de dire.

« Ce n'est pas tout à fait ça, corrigea-t-elle, mais sans me fournir la moindre explication supplémentaire.

– Cela ne m'ennuie pas du tout de te revoir, lui dis-je alors. En principe, le dimanche, je n'ai rien de particulier à faire, je traîne, alors autant marcher, puisque c'est bon pour la santé. »

Nous prîmes la ligne Yamate, et Naoko changea à Shinjuku pour la ligne Chûô. Elle vivait dans un petit appartement qu'elle louait à Kokubunji.

« Dis-moi, est-ce que tu trouves que ma façon de parler a changé par rapport à autrefois ? me demanda-t-elle avant de me quitter.

– J'ai l'impression qu'elle a un peu évolué, répondis-je. Mais je ne sais pas trop dans quel sens. A vrai dire, je ne me rappelle pas avoir beaucoup parlé avec toi à cette époque, et pourtant, on se voyait souvent.

– Tu as raison. Est-ce que je peux te téléphoner samedi prochain ?

– Bien sûr. Alors j'attends ton coup de téléphone. »

J'avais fait la connaissance de Naoko au printemps de l'année où j'étais entré en première. Elle était en première elle aussi, dans une école chrétienne de filles assez chic. Celle-ci était à ce point distinguée que l'on y était montrée du doigt comme une élève « vulgaire » quand on mettait trop de zèle à étudier. J'avais un copain avec lequel je m'entendais bien, qui s'appelait Kizuki (en fait, c'était mon seul véritable ami), et Naoko était sa petite amie. Ils se connaissaient depuis l'enfance, presque depuis le berceau, puisqu'ils habitaient à deux cents mètres l'un de l'autre.

Comme les couples formés depuis l'enfance, leur relation était très ouverte, et ils ne tenaient pas particulièrement à se retrouver seuls tous les deux. Ils allaient fréquemment rendre visite à leurs familles respectives, chez qui ils dînaient ou jouaient au mah-jong. Nous eûmes très souvent des rendez-vous doubles. Naoko amenait une de ses amies de classe, et nous allions tous les quatre au zoo, à la piscine ou au cinéma. Mais je dois dire en toute franchise que, si les amies de Naoko étaient mignonnes, elles n'en étaient pas moins un peu trop distinguées pour mon goût. Les filles des lycées publics, qui étaient d'un abord plus facile, me convenaient mieux, même si elles étaient un peu plus vulgaires. Je n'arrivais jamais à savoir ce qui se passait dans la tête de ces jeunes filles, par ailleurs si mignonnes, que Naoko nous amenait. Il me semble que cela devait être réciproque.

C'est ainsi que Kizuki renonça à me convier à ces doubles rendez-vous, et que nous prîmes l'habitude de nous voir et de sortir tous les trois. Kizuki, Naoko et moi. A la réflexion, c'était un peu bizarre, mais finalement, c'était ce qu'il y avait de plus simple et ce qui marchait le mieux. L'atmosphère se dégradait insensiblement avec l'arrivée d'une quatrième. Quand nous étions tous les trois, j'étais l'invité, Kizuki était un hôte parfait et Naoko son assistante, comme dans les émissions de télévision. Kizuki était toujours au centre, et il excellait dans cette position. Il avait bien un petit côté sarcastique et pouvait sembler arrogant aux yeux des autres dans bien des cas, mais, en réalité, c'était un garçon équitable et gentil. Quand nous nous retrouvions tous les trois, il parlait autant à moi qu'à Naoko, plaisantait et faisait attention à ce qu'aucun de nous deux ne s'ennuie. Si l'un d'entre nous gardait longtemps le silence, il lui adressait la parole et mettait toute son habileté à le faire parler. A le voir agir ainsi, on ne pouvait s'empêcher de l'admirer, mais en fait, cela lui venait naturellement. Il avait le don de pouvoir discerner l'ambiance du moment et de s'y adapter à merveille. A cela s'ajoutait une capacité plutôt rare à mettre en valeur les passages amusants d'un discours ennuyeux. C'est pourquoi, quand je parlais avec lui, j'avais l'impression d'être quelqu'un de très drôle, menant une vie absolument passionnante.

Mais il n'était pas du tout sociable. Il ne se fit aucun ami à l'école, excepté moi. Je n'arrivais pas à comprendre pourquoi un garçon aussi intelligent et aussi doué pour la conversation se contentait de notre petit groupe, au lieu de mettre ses capacités au service d'un monde plus vaste. Je ne comprenais pas non plus la raison pour laquelle il m'avait choisi pour ami. Parce que quelqu'un d'aussi ordinaire et insignifiant que moi, qui aimait plutôt être seul, à lire ou à écouter de la musique, n'offrait rien de particulier permettant à un Kizuki de le remarquer parmi les autres et de venir lui adresser la parole. Pourtant, nous avions des goûts communs, et nous devînmes amis. Son père était un dentiste connu pour son habileté et ses tarifs.

« Tu ne veux pas venir à un double rendez-vous dimanche prochain ? Ma petite amie est dans une école de filles, et elle amènera une de ses jolies copines », me proposa-t-il dès que nous eûmes lié connaissance. Je lui répondis que j'étais d'accord. C'est ainsi que je rencontrai Naoko.

Nous nous vîmes plusieurs fois tous les trois, Naoko, Kizuki et moi, mais, dès que Kizuki nous laissait seuls, j'étais incapable de mener correctement une conversation. Je ne savais absolument pas de quoi nous aurions pu parler tous les deux. En fait, Naoko et moi n'avions aucun sujet de conversation en commun. Alors, incapables de faire autrement, nous buvions de l'eau et tripotions ce qui se trouvait sur la table, sans échanger une parole. Et nous attendions le retour de Kizuki. La conversation reprenait dès qu'il revenait. Naoko n'était pas très bavarde, et moi, j'étais plutôt du genre à préférer écouter les autres plutôt que de parler moi-même, ce qui explique pourquoi je me sentais si mal à l'aise quand nous nous retrouvions tous les deux. Ce n'est pas que je ne m'entendais pas avec elle, mais, tout simplement, nous n'avions rien à nous dire.

Naoko et moi, nous nous rencontrâmes une fois, une quinzaine de jours après les obsèques de Kizuki. Nous nous étions donné rendez-vous dans un café pour régler une petite affaire de rien du tout qui, une fois terminée, nous laissa silencieux l'un en face de l'autre. J'essayai plusieurs fois de relancer la conversation, mais elle la laissait retomber aussitôt. De plus, sa façon de parler était assez hargneuse. Elle semblait fâchée contre moi, et j'en ignorais la raison. Nous nous étions ensuite séparés, et je ne l'avais plus revue jusqu'à cette rencontre inopinée dans le train de la ligne Chûô, un an plus tard.

Peut-être était-elle fâchée parce que c'était moi, et pas elle, qui avais été le dernier à voir Kizuki et à lui parler. Je crois que ce n'est pas bien de dire les choses de cette manière, mais il me semble que je comprends ce qu'elle a pu ressentir alors. Je lui aurais bien donné ma place, si cela avait été possible. Mais cela fait partie du passé, et tout ce que l'on peut dire maintenant n'y changera rien.

En ce début d'après-midi du mois de mai, il faisait un temps magnifique, et Kizuki m'avait proposé de sécher les cours pour aller faire un billard. Comme je n'avais pas particulièrement envie d'assister aux cours de l'après-midi, nous quittâmes donc le lycée et descendîmes tranquillement la colline en direction du port, pour entrer dans un billard où nous fîmes quatre parties. Comme j'avais facilement gagné la première, il devint soudain très sérieux et gagna les trois autres. Je les lui payai, ainsi que nous l'avions décidé. Il n'avait pas fait une seule plaisanterie pendant tout le jeu. C'était exceptionnel. A la fin, nous fîmes une pause pour fumer une cigarette.

« Tu étais drôlement sérieux aujourd'hui, contrairement à ton habitude, lui fis-je remarquer.

– C'est qu'aujourd'hui, justement, je ne voulais pas perdre », me répondit-il avec un petit rire de satisfaction.

Il mourut cette nuit-là dans son garage. Il avait branché un tuyau de caoutchouc au pot d'échappement de sa N 360, qu'il avait démarrée après en avoir calfeutré les vitres avec du ruban adhésif. Je ne sais pas combien de temps il lui a fallu pour mourir. Il était déjà mort au moment où ses parents, qui étaient allés rendre visite à un membre de leur famille qui était malade, ouvrirent la porte pour rentrer leur voiture. Il avait laissé la radio allumée, et la facture de la station-service était encore glissée sous l'essuie-glace.

Il n'avait pas laissé de testament, et n'avait aucune raison de se tuer. Comme j'étais la dernière personne qu'il avait rencontrée et à qui il avait parlé, je fus convoqué à la police pour y être interrogé. Je dis au policier chargé de l'enquête qu'il était comme d'habitude et que je ne m'étais douté de rien. Le policier semblait ne pas avoir une bonne impression, ni de moi, ni de Kizuki. Il avait l'air de trouver normal que des gens tels que nous, capables de sécher les cours du lycée pour aller jouer au billard, se suicident. Il y eut un entrefilet dans le journal, et l'affaire fut classée. La N 360 rouge disparut. En classe, on déposa pendant quelque temps des fleurs blanches sur son bureau.

Pendant la dizaine de mois qui s'écoulèrent entre la mort de Kizuki et la fin de mes études secondaires, je fus incapable de trouver ma place dans le monde qui m'entourait. Je devins l'ami d'une fille avec qui je couchai, mais finalement, cela ne dura pas plus de six mois. Elle n'avait aucune raison de se plaindre de moi. Je passai le concours d'entrée d'une université privée de Tôkyô dans laquelle il me semblait pouvoir entrer facilement sans avoir besoin de trop travailler, et le réussis sans en éprouver de joie particulière. Elle me supplia de ne pas partir, mais je voulais absolument quitter Kôbe. Et puis, surtout, je voulais commencer une nouvelle vie dans un endroit où je ne connaissais personne.

« Maintenant que tu as réussi à coucher avec moi, mon existence t'importe peu, n'est-ce pas ? me dit-elle en pleurant.

– Mais non, je t'assure », lui répondis-je.

Je voulais seulement quitter la ville. Mais elle ne le comprit pas. Et nous nous séparâmes. Dans le Shinkansen qui m'emmenait vers Tôkyô, me souvenant de ses bons côtés et même de ses côtés admirables, je regrettai de lui avoir fait une chose pareille, mais ce qui était fait était fait, je ne pouvais plus revenir en arrière. Je décidai alors de l'oublier.

Dès que je commençai ma nouvelle vie dans ce foyer de Tôkyô, je n'eus plus rien d'autre à faire que de ne pas réfléchir trop profondément à toutes sortes de choses, et mettre une distance respectable entre moi et toutes ces choses... Rien d'autre. Je décidai de tout oublier : le feutre vert qui recouvrait la table du billard, la N 360 rouge, les fleurs blanches déposées sur le bureau. Tout : la fumée qui s'était élevée de l'immense cheminée du crématoire, le presse-papiers de forme trapue posé sur le bureau des policiers. Au début, j'eus l'impression de pouvoir y arriver assez facilement. Mais j'eus beau tout mettre en œuvre pour oublier, une masse d'air aux contours indéfinis stagnait au fond de moi. Puis, avec le temps, cette masse se mit à prendre une forme de plus en plus nette et pure. Je peux mettre des mots sur cette forme. C'était à peu près cela :

LA MORT N'EST PAS LE BOUT DE LA VIE,
ELLE EN FAIT PARTIE.

Une fois mis en mots, cela paraît banal, mais à ce moment-là, ce n'était pas sous forme de mots, mais d'une masse d'air, que je le ressentais à l'intérieur de mon corps. La mort existait aussi à l'intérieur du presse-papiers, comme dans les quatre boules rouges et blanches alignées sur le billard. Et nous vivions en en inhalant les fines particules à l'intérieur de nos poumons.

Jusqu'alors, j'avais toujours considéré la mort comme une existence indépendante, complètement séparée de la vie. En d'autres termes : « Il arrive un jour où la mort nous prend forcément dans ses bras. Mais, en revanche, elle ne nous prend jamais avant le jour où elle le fait. » Je trouvais que mon raisonnement était d'une logique à toute épreuve. La vie était de ce côté-ci, la mort de l'autre côté.

Mais, à partir de la nuit de la mort de Kizuki, il ne me fut plus possible désormais de penser à la mort (et à la vie) de façon aussi simple. La mort n'était pas une existence située tout au bout de la vie. La mort faisait déjà partie de ma vie dès le départ, c'était un fait qu'il m'était impossible d'ignorer, que je le veuille ou non. Et la mort venait de s'emparer de moi, au moment même où elle emportait Kizuki, en cette nuit de mai de ses dix-sept ans.

Je passai le printemps de mes dix-huit ans à ressentir cette masse d'air à l'intérieur de moi. Mais, en même temps, je m'efforçai de ne pas trop me prendre au sérieux. Parce que je sentais vaguement que le fait de devenir grave ne menait pas forcément à la vérité. Mais je pouvais retourner le problème en tous sens, le fait est que la mort était une réalité bien vivante. Pris dans cette douloureuse contradiction, je m'enfonçai peu à peu dans un cercle vicieux. Quand j'y songe maintenant, je m'aperçois que j'ai alors vécu des jours bien étranges. En pleine vie, tout tournait autour de la mort.

3

Naoko me téléphona le samedi suivant, et nous convînmes d'un rendez-vous pour le dimanche. Je crois que je peux appeler cela un rendez-vous. Il ne me vient aucun autre mot plus approprié à l'esprit.

Comme la fois précédente, nous marchâmes dans les rues, prîmes un café quelque part, marchâmes encore, dînâmes, puis nous nous séparâmes après nous être dit au revoir. Comme à son habitude, elle n'ouvrit pas souvent la bouche, mais, puisqu'elle semblait ne pas y attacher d'importance, je parlai sans y faire attention. Quand il nous en prenait l'envie, nous parlions de notre vie et de l'université, mais par bribes, et sans aucune suite dans la conversation. Et nous ne fîmes aucune allusion au passé. Nous étions complètement absorbés par notre vagabondage à travers la ville. Heureusement, Tôkyô est vaste, et nous pouvions toujours marcher, nous n'étions pas près d'en voir la fin.

Nous nous rencontrions presque toutes les semaines, pour déambuler ainsi. Elle partait en avant, et je marchais à quelques pas derrière elle. Elle possédait toutes sortes de barrettes et laissait toujours son oreille droite découverte. C'est une des rares choses dont je me souvienne encore très nettement, sans doute parce qu'à cette époque je ne la voyais que de dos. Quand elle était intimidée, elle tripotait sa barrette. Et elle s'essuyait sans arrêt la bouche avec son mouchoir. Cela, c'était quand elle voulait dire quelque chose. C'est ainsi que je me mis progressivement à éprouver de la sympathie pour elle.

Elle fréquentait une université située aux confins de Musashino. C'était un endroit tranquille, réputé pour son enseignement de l'anglais. Près de son appartement se trouvait un joli canal, le long duquel nous allions parfois nous promener. Naoko m'invitait chez elle pour me faire à manger, et cela ne semblait pas particulièrement la gêner de se retrouver seule avec moi dans son petit appartement. Celui-ci était propre et net, sans rien de trop, si bien qu'on ne se serait pas cru chez une fille s'il n'y avait eu des bas à sécher dans un coin près de la fenêtre. Elle se contentait d'une vie simple et frugale, et ne donnait pas l'impression d'avoir beaucoup d'amis. Ce genre de vie était difficilement concevable, pour qui l'avait connue lycéenne. La jeune fille que je connaissais alors portait toujours des vêtements pimpants et était entourée de nombreux amis. En voyant son appartement, je sentis que comme moi elle avait voulu, en entrant à l'université, quitter la ville et commencer une nouvelle vie dans un endroit où elle ne connaissait personne.

« Si j'ai choisi cette université, c'est parce qu'aucune fille de mon école n'y est venue, me dit-elle en riant. C'est uniquement pour cela. Nous avons l'habitude d'aller dans des écoles un peu plus chic, si tu vois ce que je veux dire ! »

Mais on ne peut pas dire que ma relation avec Naoko ne faisait aucun progrès. Elle s'habitua progressivement à moi, et je fis de même. Au début du nouveau trimestre après les vacances d'été, elle marchait à mes côtés d'une manière tout à fait naturelle. J'y vis le signe qu'elle voulait bien m'accepter comme ami, et je n'étais pas mécontent de marcher à côté d'une aussi jolie jeune fille. Nous continuions à errer ensemble à travers la ville. Rien ne nous arrêtait : nous gravissions des collines, nous franchissions des fleuves et nous traversions des rails de chemin de fer. Nous n'avions aucun but. Il nous suffisait de marcher. Nous étions absorbés dans notre errance, comme au cours d'un rituel d'exorcisme. S'il pleuvait, nous nous protégions sous un parapluie.

L'automne arriva, et la cour du foyer fut jonchée de feuilles de keyaki. Je mis un pull-over qui m'apporta l'odeur de la saison nouvelle. Ayant usé mes chaussures, j'en achetai une nouvelle paire, en daim.

Je n'arrive pas à me souvenir de nos sujets de conversation de cette époque. Il me semble qu'ils n'étaient pas très importants. Comme d'habitude, nous n'évoquions jamais le passé. Le nom même de Kizuki n'était pratiquement jamais cité au cours de nos discussions. Comme toujours, nous ne parlions pas beaucoup. A cette époque, je m'étais déjà entièrement familiarisé avec nos tête-à-tête silencieux dans les cafés.

Comme Naoko en manifestait le désir, je lui parlais souvent du facho. Il avait eu une fois un rendez-vous avec une fille de sa classe (c'était bien sûr une étudiante en géographie), et il était revenu dans la soirée, l'air complètement désappointé. L'histoire datait du mois de juin. Il me demanda : « Euh, dis-moi Watanabe, de... de quoi tu parles, d'habitude, avec les filles ? » Je ne me souviens plus de ce que je lui avais répondu mais, en tout cas, il se trompait sur mon compte, ce n'était pas le genre de questions qu'il fallait me poser. En juillet, pendant qu'il n'était pas là, quelqu'un enleva la photographie des canaux d'Amsterdam pour la remplacer par celle du Golden Bridge à San Francisco. C'était soi-disant seulement pour savoir s'il était capable de se masturber en regardant le Golden Bridge. Je leur racontai, pour leur faire plaisir, qu'il en avait été très content, et c'est alors que quelqu'un d'autre la remplaça par celle d'un glacier. Ces changements répétés troublèrent beaucoup mon camarade.

« Qui... qui est-ce qui peut bien fai... faire ça ? me demanda-t-il.

– Je ne sais pas, mais ce n'est pas grave. Toutes ces photographies sont superbes. Peu importe qui l'a fait, tu devrais en être reconnaissant, lui répondis-je pour le réconforter.

– Oui, mais quand même, c'est énervant, à la fin ! »

Naoko riait toujours quand je racontais de telles histoires à propos du facho. Comme elle riait rarement, je parlais souvent de lui, mais, à vrai dire, cette idée de me servir de lui pour la distraire ne me mettait pas très à l'aise. Il n'était rien d'autre que le troisième garçon un peu trop sérieux d'une famille pas très aisée. Et faire des cartes était le rêve unique et modeste de son humble vie. Comment pouvait-on avoir l'audace de s'en moquer ?

Pourtant, les « blagues du facho » faisaient maintenant partie des histoires à ne pas manquer à l'intérieur du foyer, et il ne m'était déjà plus possible de faire machine arrière, même si je l'avais voulu. D'autant plus que j'étais heureux de voir le visage souriant de Naoko. C'est pour cela que je continuais de fournir à tous des histoires sur le facho.

Naoko me demanda une seule fois si j'étais amoureux. Je lui parlai de la fille avec qui j'avais rompu. Je lui dis que c'était une chic fille, que j'aimais bien coucher avec elle, et que je pensais encore à elle avec nostalgie, mais que, je ne savais pas pourquoi, elle ne m'avait jamais troublé. J'ajoutai que mon cœur était sans doute une coquille dure que bien peu de gens arrivaient à percer, et que c'était peut-être pour cela que je n'arrivais pas à aimer correctement.

« Tu n'as aimé personne jusqu'à présent ? me demanda Naoko.

– Non », lui répondis-je.

Elle n'insista pas.

A la fin de l'automne, quand le vent froid se mit à souffler sur la ville, elle vint se blottir de temps en temps contre moi. Je sentais imperceptiblement son souffle, à travers l'épais tissu de mon duffle-coat. Elle passait son bras sous le mien, plongeait sa main dans la poche de mon manteau et, quand il faisait vraiment froid, s'accrochait en grelottant à mon bras. Mais cela n'allait pas plus loin. Ses gestes n'avaient aucune signification particulière. Je marchais comme d'habitude, les deux mains enfoncées dans mes poches. Comme nous portions tous les deux des chaussures à semelles de caoutchouc, nous ne faisions presque pas de bruit en marchant. Nous entendions seulement le craquement sec des grandes feuilles de platanes lorsque nous marchions dessus. Quand j'entendais ce bruit, j'avais de la peine pour Naoko. Ce n'était pas mon bras qu'elle cherchait, mais *un* bras. Ce n'était pas ma chaleur qu'elle cherchait, mais *une* chaleur. J'étais gêné de n'être que moi.

Au fur et à mesure que l'hiver avançait, je crus discerner dans ses yeux plus de transparence qu'auparavant. C'était une limpidité qui n'avait pas d'endroit où se poser. De temps en temps, elle me regardait dans les yeux sans raison précise, comme si elle y cherchait quelque chose, et, à chaque fois, j'étais pris d'un curieux sentiment de tristesse et de découragement.

Je finis par penser qu'elle voulait peut-être me dire quelque chose, mais qu'elle n'arrivait pas à s'exprimer avec des mots. Ou plutôt qu'avant de le mettre en mots elle n'arrivait pas à le saisir à l'intérieur d'elle-même. C'était justement pour cela que les mots ne sortaient pas. Et c'est ainsi qu'elle tripotait sans arrêt sa barrette, qu'elle s'essuyait la bouche avec son mouchoir, et qu'elle fixait mes yeux sans raison. Je pensai même à la prendre dans mes bras, si c'était possible, pour y renoncer après bien des hésitations. J'avais l'impression qu'elle en aurait peut-être été blessée. Nous continuâmes ainsi à arpenter la ville de Tôkyô, et Naoko était toujours à la recherche de mots sortis du néant.

Les copains du foyer se moquaient de moi quand Naoko me téléphonait, ou quand je sortais le dimanche matin. Sans doute était-ce bien naturel, après tout, que tout le monde fût persuadé que j'avais une petite amie. Je laissais faire, puisqu'il m'était difficile de m'expliquer et que je n'en voyais pas la nécessité. Quand je rentrais le soir, il y avait toujours quelqu'un pour me demander bêtement dans quelle position nous avions fait l'amour, ou si je la trouvais à mon goût, ou encore de quelle couleur était ses sous-vêtements ; questions auxquelles je répondais au petit bonheur.

C'est ainsi que passa ma dix-huitième année. Le soleil se levait puis se couchait, le drapeau s'élevait, puis redescendait. Et, le dimanche, j'avais rendez-vous avec la petite amie de mon copain disparu. Je n'avais aucune idée de ce que j'étais en train de faire, ni de ce que j'allais devenir. Pour les cours de l'université, je lus Claudel, Racine, Eisenstein, mais aucun de ces auteurs ne me fut d'un grand secours. Je ne me fis pas un seul ami à l'université, et mes relations à l'intérieur du foyer restèrent superficielles. Les étudiants du foyer, me voyant toujours en train de lire en solitaire, semblaient persuadés que je voulais devenir écrivain, mais ce n'était pas le cas. D'ailleurs, je n'avais pas envie de devenir qui que ce soit.

J'essayai plusieurs fois d'expliquer à Naoko ce que je ressentais. Parce que j'avais l'impression qu'elle au moins pouvait me comprendre jusqu'à un certain point. Mais je ne trouvais pas les mots pour m'exprimer. Cela me semblait curieux. Je me disais que j'avais attrapé sa maladie de chercher les mots.

Le samedi soir, je m'asseyais sur une chaise dans l'entrée, non loin du téléphone, pour attendre son appel. Comme presque tout le monde sortait ce soir-là, l'entrée était beaucoup plus calme et vide qu'à l'ordinaire. Je m'efforçais alors, tout en observant les particules de lumière qui tremblotaient dans cet espace silencieux, d'y voir clair en mon cœur. Je cherchais quoi, à la fin ? Et qu'est-ce que les gens attendaient de moi ? Mais je ne trouvais pas de réponse satisfaisante. Je tendais parfois la main vers les particules de lumière en suspension dans l'air, mais mes doigts n'attrapaient rien.

Je lisais beaucoup, mais, contrairement au lecteur qui dévore une grande quantité de livres, je préférais relire plusieurs fois ceux qui m'avaient plu. Les auteurs que j'aimais alors s'appelaient Truman Capote, John Updike, Scott Fitzgerald, ou Raymond Chandler, mais, en classe comme au foyer, je ne trouvai personne aimant lire ce genre de romans. Ils lisaient tous Kazumi Takahashi [1], Kenzaburô Oe, Yukio Mishima, ou encore des romans français contemporains. Il était donc normal que nous n'ayons pas de sujets de conversation communs, et je pris l'habitude de lire seul en silence. Je lisais et relisais mes livres, et, fermant les yeux de temps en temps, j'aspirais profondément leur odeur. D'ailleurs, le seul fait de respirer l'odeur d'un livre et d'en feuilleter les pages me rendait heureux.

La lecture la plus importante de l'année de mes dix-huit ans fut *Le Centaure* de John Updike, mais, à force

1. Kazumi Takahashi (1931-1971), natif d'Osaka, maître de conférences à l'université de Kyôto et spécialiste de littérature chinoise. Ses ouvrages traitent de la place des intellectuels dans la société de l'après-guerre.

de le lire et de le relire, il perdit peu à peu de son éclat originel, laissant bientôt la place en tête de liste à *Gatsby le Magnifique* de Fitzgerald. Ce livre resta longtemps mon préféré. Il m'arrivait souvent de le sortir de mes rayons pour l'ouvrir au hasard et lire pendant un moment le passage qui me tombait sous les yeux. Je ne fus jamais déçu. Pas une seule page ne m'ennuyait. Je le trouvais absolument superbe. Et je voulais partager mon émerveillement. Mais personne autour de moi ne l'avait lu, ni même ne songeait à le lire. Lire Scott Fitzgerald en 1968 n'était pas recommandé, même si ce n'était quand même pas considéré comme réactionnaire.

A l'époque, il n'existait qu'une seule personne dans mon entourage qui avait lu *Gatsby le Magnifique*, et ce fut sans doute pour cela que lui et moi devînmes amis. C'était un étudiant en droit de Tôdai, du nom de Nagasawa, qui était deux années au-dessus de moi. Nous vivions dans le même foyer, et nous nous connaissions de vue, lorsqu'un jour, alors que j'étais en train de lire *Gatsby le Magnifique* dans un coin du réfectoire tout en profitant du soleil, il s'assit près de moi et me demanda ce que je lisais. Je le lui dis. Il me demanda ce que j'en pensais. Je lui répondis que je le lisais pour la troisième fois, et que plus je le lisais, plus le nombre de passages qui m'intéressaient augmentait.

« Un garçon qui a lu trois fois *Gatsby le Magnifique* doit pouvoir devenir mon ami », dit-il comme pour lui-même. Et c'est ainsi que nous devînmes amis. C'était en octobre.

Plus on connaissait Nagasawa, plus on le trouvait étrange. J'ai rencontré, j'ai croisé et j'ai connu pas mal de gens bizarres au cours de ma vie, mais aucun ne le fut jamais autant que lui. Pour ce qui est du lecteur passionné qu'il était, je ne lui arrivais pas à la cheville, mais il avait pour principe de ne lire que les auteurs morts depuis au moins trente ans. Il me disait que c'étaient les seuls en qui il avait confiance.

« Je ne dis pas que je n'ai pas confiance dans la littérature contemporaine. Mais je ne veux pas gaspiller un temps précieux en lisant des œuvres qui n'ont pas reçu le baptême du temps. La vie est courte.

– Quels sont les auteurs que tu aimes ? lui demandai-je.

– Balzac, Dante, Joseph Conrad, Dickens, me répondit-il aussitôt.

– On ne peut pas dire que ce soient des auteurs d'actualité.

– C'est justement pour cela que je les lis. Quand on lit la même chose que tout le monde, on ne peut que penser comme tout le monde. Cela fait péquenaud et vulgaire. Quelqu'un de sérieux ne s'amuse pas à ce genre de chose. Est-ce que tu sais, Watanabe, que dans ce foyer toi et moi sommes les seuls à peu près convenables ? Tous les autres sont bons à mettre au panier.

– Comment peux-tu le savoir ? lui demandai-je, surpris.

– Je le sais. C'est comme si nous avions une marque sur le front. Je le vois tout de suite. Et puis nous avons tous les deux lu *Gatsby le Magnifique* ! »

Je fis mon calcul dans ma tête.

« Mais cela ne fait que vingt-huit ans que Scott Fitzgerald est mort !

– Deux ans, ce n'est rien du tout, les écrivains comme lui peuvent être en dessous de la moyenne, tu sais. »

Toutefois, il n'avait pas la réputation, à l'intérieur du foyer, d'être un lecteur d'auteurs classiques et, même si on l'avait su, on n'y aurait sans doute pas prêté attention. Il était tout d'abord connu pour son intelligence. Il était entré sans problème à Tôdai, où il avait des résultats satisfaisants, et il avait l'intention de passer l'examen de la fonction publique pour entrer au ministère des Affaires étrangères et devenir diplomate. Son père dirigeait une importante clinique à Nagoya, et son frère aîné, qui avait fait médecine, à Tôdai lui aussi, devait prendre sa suite. C'était une famille exemplaire. Il avait plein d'argent de poche, et en plus il n'était pas mal de sa personne. Alors tout le monde le savait supérieur, et le directeur du foyer lui-même ne lui disait jamais rien. Car, quand il demandait quelque chose à quelqu'un, la personne concernée obéissait sans rien dire. Elle ne pouvait faire autrement.

Le personnage de Nagasawa semblait avoir été pourvu dès la naissance d'un certain pouvoir de séduction. Il avait un don pour juger très rapidement de sa situation vis-à-vis des autres, pour leur donner avec habileté des instructions précises, et pour les faire obéir sans la moindre réticence de leur part. Une aura montrant qu'il était investi d'un pouvoir particulier flottait au-dessus de sa tête comme l'auréole d'un ange, et chacun pouvait d'emblée se rendre compte que ce garçon était un « être particulier » et prendre ses dispositions en conséquence. C'est pour cela que tout le monde fut très étonné de le voir choisir pour ami quelqu'un comme moi, qui n'avais rien de bien particulier, et cela me valut un peu de considération de la part de gens que je ne connaissais pas plus que cela. Personne ne semblait l'avoir compris à l'époque, mais la raison en était pourtant très simple. Si Nagasawa m'aimait bien, c'était parce que je ne lui avais jamais montré ni admiration ni estime. J'étais attiré par les facettes étranges et sophistiquées de sa personnalité, mais je ne manifestais pas la moindre admiration pour ses résultats, son aura, son emprise sur les autres. Je crois que pour lui, c'était assez exceptionnel.

Nagasawa était un garçon qui portait en lui plusieurs caractéristiques absolument contradictoires. Il pouvait être tellement gentil que j'en étais touché, mais, en même temps, il pouvait se montrer terriblement obstiné. Il avait un esprit étonnamment noble, mais il était aussi d'une vulgarité irrécupérable. Tout en dirigeant les autres et en allant de l'avant d'une manière optimiste, son cœur était embourbé dans des abîmes de solitude. J'avais nettement perçu toutes ces contradictions dès le départ, et je n'arrivais pas à comprendre pourquoi les autres n'y voyaient que du feu. Ce garçon vivait un enfer à sa mesure.

Tout compte fait, je crois que j'éprouvais de la sympathie pour lui. Sa plus grande qualité était la franchise. Il ne mentait jamais, et reconnaissait aussitôt ses torts et ses faiblesses. Il ne cherchait pas non plus à dissimuler ce qui le desservait. De plus, vis-à-vis de moi, il était toujours d'humeur égale et me soutenait dans bien des situations. Je crois que, s'il n'avait pas été là, ma vie au foyer aurait été beaucoup plus pénible et compliquée qu'elle ne l'a été. Pourtant, je ne me suis jamais confié à lui, et, sur ce plan, ma relation fut complètement différente de celle que j'avais eue avec Kizuki. J'avais fermement décidé que, quoi qu'il arrive, je ne me confierais jamais à lui, après l'avoir vu, complètement ivre, en faire voir de toutes les couleurs à une fille.

Il courait un certain nombre de rumeurs à son propos à l'intérieur du foyer. La première était qu'il avait mangé trois limaces, et une autre, qu'il avait un très gros pénis et qu'il avait déjà couché avec une centaine de filles.

L'histoire des limaces était vraie. Je lui avais posé la question, et il m'avait répondu par l'affirmative.

« J'en ai avalé trois grosses, avait-il ajouté.

– Pourquoi as-tu fait cela ?

– C'est toute une histoire, tu sais. L'année où je suis entré dans ce foyer, il y a eu des rivalités entre les anciens et les nouveaux pensionnaires. C'était en septembre, il me semble. Alors je suis allé trouver les anciens, en tant que représentant des nouveaux. Je me suis retrouvé face à des étudiants d'extrême droite, armés de sabres de bois, et l'atmosphère ne semblait pas propice à la discussion. Alors, je leur ai dit que je m'inclinais et que je ferais tout ce qu'ils voudraient, qu'ils n'avaient qu'à en décider entre eux. Ensuite, ils m'ont demandé d'avaler des limaces. J'ai dit d'accord. Et je les ai avalées. Ils étaient allés m'en chercher trois grosses.

– Qu'est-ce que ça t'a fait ?

– Qu'est-ce que tu veux que ça fasse ? Il n'y a que ceux qui ont déjà avalé des limaces qui peuvent comprendre ce que ça fait ! Tu ne peux pas imaginer comme c'est insupportable quand tu déglutis la limace et qu'elle tombe dans ton estomac. C'est froid, et il te reste un arrière-goût dans la bouche. J'en frémis encore rien que d'y penser. Je me suis forcé comme un fou pour ne pas vomir, car, si je l'avais fait, ils m'auraient forcé à recommencer. J'ai fini par les avaler toutes les trois.

– Qu'as-tu fait ensuite ?

– Je suis retourné dans ma chambre et j'ai bu des litres d'eau salée, bien sûr. Qu'aurais-tu voulu que je fasse d'autre ?

– C'est vrai, tu as raison.

– Mais depuis lors, on ne me dit plus rien. Même les anciens. Personne d'autre en dehors de moi n'est capable d'avaler trois limaces.

– Sans doute. »

Quant à la grosseur de son pénis, c'était facile à vérifier. Il me suffisait d'aller aux douches avec lui. Je constatai qu'il avait une taille plus qu'honorable. Mais qu'il ait couché avec cent filles était exagéré. Après un instant de réflexion, il me dit que c'était sans doute plutôt soixante-quinze. Il ne s'en souvenait pas très bien, mais il était sûr qu'il était allé au moins jusqu'à soixante-dix. Je lui dis que je n'avais jamais couché qu'avec une seule, mais il m'assura que ce n'était pas bien compliqué.

« Tu viendras avec moi la prochaine fois. Tu verras, c'est tout ce qu'il y a de plus simple ! »

Je ne l'avais pas cru sur le moment, mais, très vite, je me rendis compte que c'était vraiment facile. Tellement, même, que j'en fus presque déçu. Nous entrions dans un bar ou un snack de Shibuya ou de Shinjuku (c'étaient presque toujours les mêmes), repérions deux filles qui semblaient faire l'affaire, avec qui nous engagions la conversation (le monde était plein de filles allant par deux), et nous leur offrions à boire avant d'aller à l'hôtel pour faire l'amour. En tout cas, il était doué pour la conversation. Il n'abordait pas des sujets importants, mais, quand il parlait, les filles étaient généralement transportées d'admiration, et, entraînées par le fil de la conversation, elles buvaient sans y prendre garde, jusqu'à être légèrement ivres, et c'est alors qu'il couchait avec elles. En plus, il était beau, gentil, prévenant, et les filles étaient charmées d'être en sa compagnie. Et puis il y avait quelque chose que je n'arrivais pas à m'expliquer, mais, quand j'étais avec lui, je devenais séduisant moi aussi, me semblait-il. Quand, devant l'insistance de Nagasawa, je me décidais enfin à parler, les filles étaient tout aussi admiratives et disposées à rire avec moi qu'avec lui. Tout cela était dû à son charme. Cela me laissait à chaque fois plein d'admiration. En comparaison, les dispositions de Kizuki pour la conversation faisaient figure de jeu d'enfant. Ce n'était pas du tout le même niveau. Pourtant, tout en jouant le jeu de Nagasawa, je ne pouvais m'empêcher de penser avec nostalgie à Kizuki. Je réalisais à quel point il avait été un garçon sincère. Il avait mis cet humble don au service de Naoko et de moi seuls. Nagasawa, lui, semblait prendre plaisir à disperser autour de lui son impressionnant talent. En général, il n'avait pas vraiment envie de coucher avec les filles qui se trouvaient en face de lui. Pour lui, c'était juste un jeu.

Quant à moi, je n'aimais pas tellement coucher avec des inconnues. C'était pourtant un moyen agréable d'assouvir mon désir sexuel, et j'aimais bien quand nous nous enlacions pour nous caresser. Mais ce que je détestais, c'était le matin, au moment de se séparer. Quand j'ouvrais les yeux, c'était pour trouver une fille inconnue, profondément endormie à mes côtés, dans une chambre qui empestait l'alcool, avec un lit, des lampes et des rideaux criards propres aux love hôtels, et j'avais du mal, à cause de l'alcool bu la veille, à retrouver mes esprits. Bientôt, la fille s'éveillait et se mettait à la recherche de ses sous-vêtements épars. Puis, tout en enfilant ses bas, elle me disait : « J'espère au moins que tu as pris tes précautions hier soir ? Parce que c'était justement un jour où il fallait faire attention. » Ensuite, face au miroir, elle se mettait du rouge à lèvres ou des faux cils, tout en se plaignant d'avoir mal à la tête ou de ne pas arriver à bien se maquiller. C'était cela que je n'aimais pas. Je n'avais qu'à ne pas rester avec elle jusqu'au matin, mais j'aurais été incapable de faire quoi que ce soit, préoccupé par l'obligation de rentrer avant minuit (physiquement, c'était impossible), la seule solution était donc de demander une permission de sortie. J'étais alors obligé de rester dehors jusqu'au lendemain matin, et je rentrais au foyer plein de désillusion et de dégoût vis-à-vis de moi-même. Le soleil m'éblouissait, j'avais la bouche pâteuse, et ma tête semblait appartenir à quelqu'un d'autre que moi.

Après avoir ainsi couché avec des filles trois ou quatre

fois, je posai la question à Nagasawa. Je lui demandai si, après avoir fait la même chose soixante-dix fois, il n'avait pas le sentiment que c'était inutile.

« Si tu trouves que c'est inutile, c'est la preuve que tu es un homme fait, et cela, c'est une bonne nouvelle, me répondit-il. Il n'y a rien à gagner à coucher avec des filles qu'on ne connaît pas. On se fatigue vite, et on finit par se détester soi-même. C'est pareil pour moi, tu sais.

– Alors, pourquoi est-ce que tu continues ?

– C'est difficile à expliquer. Tu connais ce que Dostoïevski a écrit sur la passion du jeu, n'est-ce pas ? Eh bien, c'est la même chose. C'est-à-dire que quand on a plein de possibilités autour de soi, cela devient extrêmement difficile de ne pas en profiter. Est-ce que tu comprends ?

– Vaguement, lui dis-je.

– La nuit tombe, les filles sortent pour aller boire et flâner en ville. Elles sont à la recherche de quelque chose que je peux leur donner. C'est vraiment très facile, tu sais. C'est aussi simple que d'ouvrir un robinet pour boire de l'eau. C'est un jeu d'enfant de les aborder, d'ailleurs elles n'attendent que ça. Voilà pour les possibilités. Es-tu capable de laisser passer une telle éventualité quand elle se présente ainsi devant toi ? Tu as la capacité, tu disposes d'un endroit pour faire valoir tes talents, et tu voudrais passer ton chemin sans rien faire ?

– Je ne sais pas, parce que je ne me suis jamais retrouvé dans une telle situation. Je n'ai aucune idée de ce que ça peut être, lui dis-je en riant.

– Dans un certain sens, tu es heureux », conclut Nagasawa.

Si Nagasawa était dans un foyer alors que sa famille était fortunée, c'était à cause de ses aventures féminines. Son père, certain qu'il passerait son temps à ça s'il vivait seul à Tôkyô, avait exigé qu'il vive dans un foyer pendant quatre ans. Mais cela lui était bien égal, et il vivait comme bon lui semblait, sans faire grand cas du règlement. Quand il en avait envie, il demandait une permission de sortie et partait chasser les filles ou dormir dans l'appartement de son amie. C'était assez compliqué pour obtenir une permission de sortie, mais il en obtenait autant qu'il voulait, et moi aussi, dans la mesure où c'était lui qui la demandait pour moi.

Car, depuis son entrée à l'université, Nagasawa avait une amie qu'il voyait régulièrement. Elle s'appelait Hatsumi, avait le même âge que lui, et je la vis plusieurs fois. C'était une jeune fille très sympathique. Au début, je me demandais pourquoi Nagasawa l'avait choisie, car elle était plutôt banale, et sa beauté n'attirait pas particulièrement les regards, mais, dès qu'on parlait avec elle, on ne pouvait s'empêcher de la trouver sympathique. Elle était ainsi. Douce, intelligente, pleine d'humour et de délicatesse, elle s'habillait de façon ravissante et racée. Je l'aimais beaucoup, et je pensais que, si j'avais une amie comme elle, je ne coucherais sans doute pas avec d'autres filles, qui m'apparaîtraient alors certainement bien quelconques. De son côté, elle m'aimait bien et, voulant à tout prix me présenter à une fille plus jeune qui appartenait au club dont elle faisait partie, elle insistait pour que nous nous donnions rendez-vous à quatre, mais, comme je ne voulais pas réitérer mes erreurs passées, je me dérobais à chaque fois en invoquant des excuses plausibles. Hatsumi fréquentait une université féminine réputée pour son recrutement au sein de familles extrêmement riches, et il ne fallait pas s'attendre à ce que je m'entende avec une fille appartenant à un tel milieu.

Elle savait que Nagasawa la trompait sans arrêt avec d'autres filles, mais elle ne lui en faisait jamais le reproche. Elle l'aimait sincèrement, mais elle n'essaya jamais de le contraindre.

« Elle est trop bien pour moi », disait-il. C'était exactement ce que je pensais.

L'hiver venu, je trouvai un job chez un petit marchand de disques de Shinjuku. Je n'étais pas très bien payé, mais le travail n'était pas fatigant, et cela m'arrangeait parce qu'on n'avait besoin de moi que trois soirs par semaine. Je pouvais aussi acheter des disques à prix réduit. A Noël, j'en achetai un d'Henry Mancini pour Naoko, qui contenait le *Dear Heart* qu'elle aimait tant. Naoko m'offrit une paire de gants de laine qu'elle avait tricotés pour moi. Les pouces étaient légèrement trop courts, mais ils étaient bien chauds.

« Excuse-moi, je suis si maladroite, me dit-elle en rougissant d'un air timide.

– Mais non, regarde, ils me vont bien, lui répondis-je en les enfilant.

– En tout cas, cela t'évitera de mettre les mains dans les poches de ton manteau... »

Cet hiver-là, Naoko ne rentra pas à Kôbe. Quant à moi, travaillant pendant les fêtes de fin d'année, je finis par rester à Tôkyô. Rien d'intéressant ne m'attendait à Kôbe si j'y étais retourné, et il ne s'y trouvait personne que j'aurais aimé rencontrer. Comme le réfectoire du foyer était fermé les premiers jours de janvier, j'allais manger chez elle. Ensemble, nous grillâmes les mochi et bûmes le zôni traditionnel.

Plusieurs choses se passèrent entre les mois de janvier et de février de l'année 1969.

Fin janvier, le facho s'alita avec quarante de fièvre. Je manquai un rendez-vous avec Naoko à cause de lui. J'avais réussi à grand-peine à me procurer deux invitations pour un concert, et je lui avais demandé de m'y accompagner. L'orchestre devait interpréter la *Quatrième Symphonie* de Brahms qu'elle aimait tant, et elle était très contente à l'idée d'y aller. Mais je ne pouvais pas sortir en abandonnant mon camarade qui se tordait de douleur sur son lit. Je ne trouvai personne de suffisamment aventureux pour accepter de le veiller à ma place. J'achetai de la glace, dont je remplis un sac de plastique renforcé de plusieurs épaisseurs, essuyai sa sueur avec une serviette fraîche, lui pris sa température toutes les heures, et lui changeai même sa chemise. Sa fièvre ne tomba pas de toute la journée. Mais, au matin du deuxième jour, il se leva d'un bond, et commença sa gymnastique comme si de rien n'était. Il avait 36,2 de température. C'était difficile de le considérer comme un être humain.

« C'est drôle, je n'ai jamais eu de fièvre jusqu'à présent, me dit-il d'un air soupçonneux, comme si c'était de ma faute.

– Mais tu en as eu », lui répondis-je en contenant mal ma colère.

Et je lui montrai les deux tickets devenus inutiles à cause de lui.

« Heureusement que ce n'étaient que des invitations », dit-il.

Je faillis jeter sa radio par la fenêtre, mais j'eus soudain mal à la tête et me replongeai dans mon lit pour dormir.

Il neigea plusieurs fois au cours du mois de février.

Vers la fin du mois, à la suite d'une dispute idiote, je frappai un étudiant plus âgé vivant à notre étage. Il se cogna la tête au mur de béton. La blessure, heureusement, n'était pas grave, et Nagasawa intervint pour arranger les choses, mais je fus convoqué dans le bureau du directeur du foyer, où l'on me donna un avertissement, et, par la suite, la vie du foyer, insensiblement, s'avéra plus difficile pour moi.

Ainsi se termina l'année, et ce fut le printemps. Je fus recalé à plusieurs examens. Mes résultats étaient très moyens. J'avais beaucoup de C ou de D, et quelques B. Naoko fut reçue à toutes et passa en deuxième année. Le cycle des saisons recommença.

Naoko fêta ses vingt ans vers la mi-avril. Comme je suis du mois de novembre, elle avait donc sept mois de plus que moi. Cela me faisait tout drôle qu'elle eût vingt ans. J'avais l'impression que nous nous sentions plus proches, elle et moi, de dix-huit et de dix-neuf ans. Après dix-huit venait dix-neuf, et après dix-neuf, dix-huit... C'était mieux ainsi. Mais elle venait d'avoir vingt ans. Et moi, j'aurais vingt ans à l'automne. Seuls les morts avaient toujours dix-sept ans.

Il pleuvait le jour de l'anniversaire de Naoko. Après les cours, j'achetai un gâteau près de l'université avant de prendre le train pour aller chez elle. Je lui avais proposé de faire une petite fête pour ses vingt ans. Il me semblait que j'aurais aimé qu'on fît la même chose pour moi. Cela devait être difficile de passer le jour de ses vingt ans dans la solitude. Le train était bondé et remuait beaucoup. Aussi le gâteau était-il devenu semblable aux ruines du Colisée quand j'arrivai chez elle. Je le décorai pourtant avec les vingt petites bougies qu'on m'avait fournies, craquai une allumette pour les allumer, et, quand j'eus tiré les rideaux et éteint la lumière, le spectacle fut vraiment digne d'un anniversaire. Naoko ouvrit une bouteille de vin. Nous le bûmes, puis mangeâmes un peu de gâteau avant de dîner simplement.

« Cela me semble idiot d'avoir vingt ans, me dit-elle. Je ne suis pas du tout prête à les avoir, tu sais. Cela me fait tout drôle. J'ai l'impression qu'on m'oblige à avancer.

– Il me reste encore sept mois, j'ai le temps de m'y préparer tranquillement, lui répondis-je en riant.

– Tu as de la chance de n'avoir que dix-neuf ans », me dit-elle avec envie.

Pendant le repas, je lui racontai que le facho s'était acheté un nouveau sweater. Jusqu'alors, il n'en possédait qu'un (le marine qu'il portait au lycée), et voici qu'enfin il en avait deux. Le nouveau, rouge et noir, était très joli avec ses daims brodés, mais, quand il le portait, tout le monde s'esclaffait. Et il ne comprenait pas pourquoi on se moquait de lui. « Watanabe, qu'est... qu'est-ce qu'il y a de drôle ? m'avait-il demandé en s'asseyant à côté de moi au réfectoire. J'ai quelque chose sur la figure ? – Ce n'est rien, il n'y a pas de quoi rire... lui avais-je répondu en me contenant. Mais dis donc, tu en as, un beau pull-over ! – Merci », m'avait-il répondu en riant gaiement.

Naoko fut contente de m'entendre raconter cette histoire.

« J'aimerais bien le rencontrer au moins une fois dans ma vie.

– C'est impossible. Tu éclaterais de rire, lui dis-je.

– Tu en es sûr ?

– Tu peux parier. Moi qui vis toujours avec lui, de temps en temps je n'en peux plus, tellement il est ridicule. »

A la fin du repas, nous rangeâmes ensemble, puis nous bûmes le reste du vin, assis par terre, en écoutant de la musique. Elle en but deux verres, pendant que je n'en buvais qu'un.

Ce jour-là, contrairement à son habitude, Naoko parla beaucoup. Elle me raconta son enfance, l'école, sa famille. Elle m'en parla longuement, avec beaucoup de détails, comme dans une miniature. Je l'écoutais parler, émerveillé par tant de mémoire. Mais bientôt, je remarquai sa façon de parler. C'était curieux. Il y avait là quelque chose d'artificiel, une déformation. Chaque histoire était complète et cohérente, mais le lien entre chacune d'elles était des plus étranges. L'histoire A devenait insensiblement l'histoire B qu'elle contenait, puis elle passait à l'histoire C contenue dans B, et ainsi de suite, sans interruption. Il n'y avait pas de fin. Au début, j'approuvais de temps à autre, mais je ne tardai pas à renoncer à le faire. Je mettais un disque et, quand il était terminé, je le changeais. Je les passai tous ainsi, avant de revenir au premier. Il n'y en avait que six en tout, le premier du cycle étant *Sergent Pepper's Lonely Hearts Club Band* et le dernier *Waltz for Debby* de Bill Evans. Dehors, il continuait de pleuvoir. Le temps s'écoulait lentement, tandis que Naoko parlait toujours.

La manière artificielle avec laquelle Naoko parlait semblait venir du fait qu'elle faisait attention à ne pas aborder certains sujets. L'un d'entre eux, bien sûr, concernait Kizuki, mais j'avais l'impression que cela n'était pas tout ce qu'elle cherchait à éviter. Tout en portant en elle plusieurs choses dont elle ne voulait pas parler, elle ne cessait de discourir sans fin sur des détails sans importance. Mais c'était la première fois qu'elle parlait avec autant de fougue, et je la laissai faire.

Mais, vers onze heures, je commençai quand même à m'inquiéter. Naoko parlait sans interruption depuis plus de quatre heures. Je devais être rentré avant minuit, et je ne voulais pas rater le dernier train. J'attendis un moment opportun pour l'interrompre.

« Je vais bientôt partir. Sans compter qu'il y a l'heure du train », dis-je en regardant ma montre.

Mais Naoko ne semblait pas m'avoir entendu. A moins qu'elle n'ait été incapable de comprendre le sens de mes paroles. Elle s'interrompit un instant, pour reprendre aussitôt son bavardage. Je renonçai donc et, après m'être réinstallé, je bus le reste de la deuxième bouteille de vin. Dans ces circonstances, j'avais le sentiment qu'il valait mieux la laisser parler tout son content. Je décidai intérieurement de ne tenir compte ni du dernier train ni de l'obligation de rentrer avant minuit, et de me plier au déroulement naturel des événements.

Mais la conversation de Naoko ne dura pas longtemps. Je m'aperçus soudain qu'elle était terminée. Des mots inachevés flottaient en l'air, comme arrachés on ne savait d'où. Pour être exact, son discours n'était pas fini. Il s'était tout bonnement évaporé. Elle essayait bien de continuer à parler, mais il n'y avait plus rien. Quelque chose s'était perdu. C'était peut-être moi qui le lui avais fait perdre. Elle avait enfin perçu ce que je lui avais dit, avait mis du temps pour le comprendre et, à cause de cela, avait sans doute perdu l'énergie qui la poussait à continuer à parler. Les lèvres légèrement entrouvertes, elle me fixait d'un air indécis. Elle ressemblait à une machine stoppée en plein mouvement. Ses yeux étaient voilés, exactement comme s'ils avaient été recouverts d'une fine membrane opaque.

« Je n'avais pas l'intention de te déranger, commençai-je, mais il est tard, et... »

Ses yeux se remplirent de larmes qui roulèrent sur ses joues, et elle s'effondra dans un grand bruit sur les pochettes de disques. Maintenant qu'elle avait commencé, elle ne pouvait plus s'arrêter. Elle était penchée en avant, les deux mains sur le sol, et pleurait comme si elle était en train de vomir. C'était la première fois que je voyais quelqu'un secoué d'aussi violents sanglots. Je tendis doucement la main pour toucher son épaule qui tremblait. Puis, presque inconsciemment, je l'attirai dans mes bras. Toute tremblante, elle pleurait en silence, blottie contre moi. Ses larmes et sa chaude respiration humectèrent ma chemise, qui ne tarda pas à être complètement trempée. Ses dix doigts erraient sur mon dos à la recherche de quelque chose, quelque chose de précieux qui s'y serait trouvé autrefois. Je soutenais son corps de la main gauche et, de la droite, caressais ses cheveux longs et soyeux. J'attendis longtemps dans la même position qu'elle veuille bien s'arrêter.

Je couchai avec Naoko cette nuit-là. Je ne sais pas si j'ai eu raison de le faire. Je ne le sais toujours pas, près de vingt ans plus tard. Je crois que je ne le saurai jamais. Mais, à ce moment-là, c'était la seule chose que je pouvais faire. Elle était à bout de nerfs, en pleine confusion, et elle attendait de moi que je l'apaise. J'éteignis la lumière, je la déshabillai lentement et avec douceur, avant d'enlever mes vêtements à mon tour. Je la pris ensuite dans mes bras. La nuit était tiède, il pleuvait, et nous ne sentions pas le froid malgré notre nudité. En silence et dans l'obscurité, nous partîmes à la découverte de nos corps. Je l'embrassai avant de prendre doucement sa poitrine entre mes mains. Elle prit mon sexe durci. Le sien, humide et tiède, était prêt à l'accueillir.

Pourtant, elle eut très mal quand je la pénétrai. Je lui demandai si c'était la première fois et elle me répondit que oui. Cela me laissa quelque peu perplexe. Parce que j'étais persuadé qu'elle avait couché avec Kizuki. J'entrai profondément en elle et ainsi, immobile, la serrai longtemps dans mes bras. Quand elle me sembla un peu calmée, je me mis à bouger lentement et me retins longtemps avant d'éjaculer. A l'instant décisif, elle s'agrippa fortement à moi en criant. Ce fut le cri le plus déchirant qu'il me fut donné d'entendre au moment de l'orgasme.

Quand tout fut terminé, je lui demandai pourquoi elle n'avait jamais couché avec Kizuki. Mais je n'aurais pas dû lui poser la question. Elle s'écarta de moi et se remit à pleurer en silence. Je sortis son futon du placard pour l'allonger dessus. Puis je fumai une cigarette à la fenêtre, en contemplant la pluie d'avril qui tombait toujours.

Au matin, la pluie avait cessé. Naoko dormait, me tournant le dos. Mais peut-être était-elle éveillée et n'avait-elle pas dormi de la nuit ? Pourtant, éveillée ou non, ses lèvres étaient muettes, et son corps était aussi dur qu'un bloc de glace. Je lui adressai plusieurs fois la parole, mais elle ne répondit pas et son corps ne fit pas un mouvement. J'observai longuement ses épaules nues puis je décidai de me lever.

Les pochettes de disques, les verres, la bouteille de vin, le cendrier étaient restés par terre depuis la veille. Une moitié informe de gâteau d'anniversaire était encore sur la table. On aurait dit que le temps s'était arrêté. Je ramassai tout ce qui traînait sur le sol pour le ranger, avant d'aller boire deux verres d'eau dans la cuisine. Sur le bureau se trouvaient un dictionnaire et le tableau des verbes français. Un calendrier était accroché au mur, au-dessus du bureau. C'était un calendrier sans photographies, sans dessins, avec uniquement des chiffres. Il était vierge. Rien n'était écrit dessus, aucune marque n'y avait été faite.

Je ramassai mes vêtements épars sur le sol pour m'habiller. Le devant de ma chemise était encore humide et frais. Je l'approchai de mon visage et sentis l'odeur de Naoko. J'écrivis, sur une feuille de bloc-notes trouvée sur son bureau, que j'avais envie de parler avec elle dès qu'elle irait mieux, que je voulais qu'elle me téléphone, et je lui souhaitai un bon anniversaire. Je regardai encore une fois ses épaules avant de quitter la pièce en fermant doucement la porte.

Au bout d'une semaine, elle n'avait toujours pas téléphoné. Comme elle n'avait pas le téléphone dans son appartement, je décidai donc de me rendre à Kokubunji le dimanche matin. Elle n'était pas là, et le nom qui se trouvait sur sa porte avait été enlevé. Les volets de sa fenêtre étaient hermétiquement clos. Le gardien me dit qu'elle avait déménagé trois jours plus tôt. Il ajouta qu'il ne savait pas où elle était allée.

Je revins au foyer, où j'écrivis une longue lettre à son adresse de Kôbe. Ainsi la lui ferait-on suivre, quel que fût l'endroit où elle se trouvait.

Je lui écrivis franchement ce que je ressentais : il existait encore tout un tas de choses que je ne comprenais pas très bien et que je m'efforçais sérieusement de comprendre, mais cela prendrait sans doute du temps. Où serais-je alors ? Pour l'instant, je n'en avais pas la moindre idée. Dans ces conditions, je ne pouvais rien promettre, ni rien exiger, ni même aligner de jolies phrases. Pour commencer, nous étions des inconnus l'un pour l'autre. Mais, si elle me laissait du temps, je ferais de mon mieux pour que nous fassions plus ample connaissance. Je voulais la revoir encore une fois afin de prendre le temps de parler avec elle. Depuis la disparition de Kizuki, j'avais perdu le compagnon avec lequel je pouvais exprimer mes sentiments en toute franchise, et il me semblait qu'il se passait la même chose pour elle. Je croyais que nous étions à la recherche l'un de l'autre encore plus que nous ne le pensions et que c'était à cause de cela que nous avions fait un grand détour. En un certain sens, il y avait déformation. Sans doute n'aurais-je pas dû agir comme je l'avais fait, mais je n'avais pas pu faire autrement. Et c'était la première fois de ma vie que j'avais éprouvé un sentiment d'intimité aussi intense. J'attendais sa réponse. Peu importait ce qu'elle me dirait, pourvu qu'elle me réponde... C'était ainsi que ma lettre était conçue.

La réponse ne venait pas.

J'avais l'impression que quelque chose s'était effondré en moi qui, laissé tel quel, formait une véritable caverne. Mon corps était anormalement léger, les bruits sonnaient creux. Pendant la semaine, je me rendais encore plus sérieusement que d'habitude à l'université, où j'assistais aux cours. Ceux-ci étaient ennuyeux, je n'avais rien à dire à mes camarades de classe, mais je n'avais rien d'autre à faire. J'écoutais, assis tout au bout du premier rang, je ne parlais à personne, je mangeais seul, et j'arrêtai de fumer.

Fin mai, l'université se mit en grève. On réclamait sa « destruction ». Allez-y, détruisez-la, pensai-je. Une fois que vous l'aurez bien démolie, piétinez-la et réduisez-la en miettes. Je m'en fous. Je serai bien soulagé et je me débrouillerai toujours après. Je peux même vous aider, si vous voulez. Dépêchez-vous.

Comme l'université était occupée et qu'il n'y avait plus de cours, je commençai à travailler chez un transporteur. Je prenais place sur le siège du passager d'un camion, et je chargeais ou déchargeais les paquets. Le travail était plus dur que je ne l'avais pensé, et, au début, je n'arrivais pas à me lever le matin tellement mon corps me faisait mal, mais d'une part c'était bien payé et, pendant que je m'agitais ainsi, j'arrivais presque à oublier la caverne qui s'était creusée à l'intérieur de mon corps. Je travaillais cinq jours par semaine chez le transporteur, et trois soirées chez le marchand de disques. Les soirs où je ne travaillais pas, je lisais dans ma chambre en buvant du whisky. Mon facho, qui ne buvait pas, était très sensible à l'odeur de l'alcool, aussi, quand je me mis à boire du whisky sec, allongé sur mon lit, il me demanda d'aller le faire ailleurs, parce que cela l'empêchait de travailler.

« Tu n'as qu'à sortir, lui dis-je.

– Mais on... on n'a pas le droit de boire de l'alcool

dans... le foyer, c'est... c'est le règlement, me répondit-il.

– Tu n'as qu'à sortir », lui répétai-je.

Il s'était tu. Irrité, je grimpai sur la terrasse, où je bus mon whisky en solitaire.

En juin, j'écrivis une autre longue lettre à Naoko, que j'envoyai encore une fois à l'adresse de Kôbe. Le contenu en était à peu près le même que la fois précédente. A la fin, j'ajoutai que cela m'était très pénible d'attendre sa réponse, et qu'il me tardait seulement de savoir si je l'avais blessée ou non. Dès que je l'eus jetée dans la boîte aux lettres, je sentis la caverne se creuser un peu plus profondément dans mon cœur.

Ce mois-là, je sortis deux fois avec Nagasawa pour coucher avec des filles. L'une d'elles s'était violemment opposée à ce que je la déshabille, une fois arrivés à l'hôtel, et alors que, abandonnant la partie, je m'étais mis à lire sur le lit, elle était venue me relancer. L'autre, après l'amour, eut soudain envie de tout savoir sur mon compte. Elle me posa toutes les questions possibles et imaginables : avec combien de filles j'avais couché, d'où je venais, à quelle université j'allais, quelle musique j'aimais, si j'avais lu les romans de Dazai[1], où j'irais si je partais en voyage à l'étranger, si je ne trouvais pas que ses mamelons étaient trop gros par rapport à ceux des autres, etc. Je lui répondis au hasard, avant de m'endormir. Quand je me réveillai, elle me dit qu'elle voulait prendre son petit déjeuner avec moi. Je l'accompagnai dans un café, où nous eûmes droit au détestable toast œuf et café du service matinal. Elle recommença alors ses questions. Que faisait mon père,

1. Osamu Dazai (1909-1948), personnage culte de la génération d'après guerre, auteur de *Soleil couchant* et de *La Déchéance d'un homme* (Gallimard).

avais-je de bons résultats au lycée, quelle était ma date de naissance, avais-je déjà mangé des cuisses de grenouille, etc. Je commençai à avoir mal à la tête, aussi, dès le petit déjeuner terminé, je lui dis que j'étais obligé d'aller travailler.

« Alors, on ne se verra plus ? me demanda-t-elle d'un air triste.

– On se retrouvera bien quelque part », lui répondis-je en la quittant.

Une fois seul, je me demandai avec lassitude à quel jeu je jouais. Je n'aurais jamais dû faire cela. Mais ce n'était pas possible. Mon corps affamé, assoiffé, réclamait un autre corps. En couchant avec elle, je n'avais pensé qu'à Naoko. Je voyais son corps nu, silhouette blanche se découpant dans le noir, j'entendais sa respiration, et même la pluie qui tombait. Plus j'y pensais, plus mon corps avait faim, plus il avait soif. Je montai seul sur la terrasse pour boire du whisky, et je me demandai où j'allais.

Je reçus une lettre de Naoko au début du mois de juillet :

Excuse-moi de te répondre si tardivement. Mais comprends-moi. Il m'a fallu beaucoup de temps avant de pouvoir écrire. J'ai réécrit cette lettre une dizaine de fois. Cela m'est très difficile d'écrire en ce moment.

Je commence par la fin. Pour l'instant, j'ai décidé d'interrompre mes études pendant un an. Même si je dis que c'est provisoire, il se peut que je ne retourne jamais à l'université. L'interruption de mes études concerne strictement le plan administratif. Cela te semblera peut-être brutal, mais j'y pensais déjà depuis très longtemps. J'ai voulu t'en parler plusieurs fois mais, finalement, je n'ai pas pu. J'avais très peur de ta réaction.

Ne te fais pas de soucis. Je crois qu'il en aurait été ainsi, quoi qu'il se soit ou non passé. Mais cette manière de m'exprimer te blesse peut-être. Dans ce cas, je m'excuse. Ce que je veux dire, c'est que je ne voudrais pas que tu t'accuses de quoi que ce soit à cause de moi. C'est moi qui dois assumer l'entière responsabilité de ce qui s'est passé. Pendant toute cette année, je n'ai cessé de remettre cette décision à plus tard, et je crois que je t'ai causé pas mal de souci à cause de cela. Et sans doute ai-je atteint la limite.

Après avoir quitté l'appartement de Kokubunji, je suis rentrée chez mes parents à Kôbe, et j'ai fréquenté les hôpitaux pendant un certain temps. Les médecins me disent qu'il existe une maison de repos qui me conviendrait dans les montagnes de la région de Kyôto et je crois que je vais y aller pour quelque temps. Ce n'est pas un hôpital au sens propre du terme, mais une institution qui permet de se soigner en toute liberté. Je t'en parlerai plus longuement une autre fois. Je n'écris pas encore assez bien. Ce qu'il me faut pour l'instant, c'est un endroit calme, coupé du monde extérieur, pour permettre à mes nerfs de se reposer.

Je te suis reconnaissante, à ma manière, d'être resté près de moi pendant l'année qui vient de s'écouler. Crois-moi au moins sur ce point. Tu ne m'as pas blessée. Je me suis blessée moi-même. C'est ce que je pense.

Je ne suis pas encore prête, pour l'instant, à te rencontrer. Je ne dis pas que je ne veux pas te voir, mais que je ne suis pas prête pour l'instant. Je t'écrirai dès que je me sentirai prête. Je crois qu'alors nous pourrons essayer de nous connaître un peu mieux. Comme tu le dis, nous devons sans doute essayer de nous connaître un peu plus.

A bientôt.

Je relus sa lettre plusieurs centaines de fois. A chaque lecture, j'étais pris d'un sentiment de tristesse insupportable. C'était la même sorte de douleur que celle qui m'envahissait lorsque je regardais Naoko dans le fond des yeux. Je ne pouvais ni ignorer, ni me débarrasser de cet accablement. Il n'avait ni poids, ni contours, comme le vent qui souffle autour du corps. Je ne pouvais même pas m'en recouvrir. Les paysages défilaient lentement devant mes yeux. Mes oreilles ne percevaient pas ce qu'ils me disaient.

Je passai mon samedi soir assis dans le hall, comme d'habitude. Je n'attendais plus de coups de téléphone, mais je n'avais rien d'autre à faire. Je branchai la télévision sur la retransmission d'un match de base-ball que je fis semblant de regarder. Je divisai en deux l'espace inerte qui s'étendait entre moi et la télévision, pour diviser encore les deux espaces obtenus. Et ainsi de suite, jusqu'à avoir enfin un petit espace qui aurait tenu dans le creux de ma main.

A dix heures, j'éteignis la télévision, retournai dans ma chambre, et dormis.

A la fin du mois, le facho me fit cadeau d'une luciole. Elle se trouvait à l'intérieur d'un flacon de café instantané. Il contenait de l'herbe et un peu d'eau, et le couvercle était percé de plusieurs trous d'aération. Comme il faisait encore jour, elle ressemblait à un banal petit ver sombre des bords de l'eau, mais le facho m'assura que c'était une luciole. Il me dit qu'il connaissait bien ces insectes, et je n'avais ni raison ni preuve à avancer pour le nier. Bon, d'accord, c'était une luciole. Mais elle avait l'air endormie. Et, chaque fois qu'elle essayait de grimper le long de la paroi de verre du bocal, elle retombait en glissant.

« Elle était dans le jardin, tu sais.

– Dans le jardin d'ici ? lui demandai-je, surpris.

– Tu sais bien que dans l'hôtel d'à côté on lâche des lucioles en été pour attirer les clients. Eh bien, celle-ci s'est égarée », me dit-il en remplissant un sac de voyage noir de vêtements et de cahiers.

Les vacances d'été étaient commencées depuis plusieurs semaines déjà et nous étions à peu près les seuls encore présents dans le foyer. Je travaillais toujours et je n'avais pas très envie de rentrer à Kôbe, mais lui, c'était parce qu'il était en stage. Ce stage était terminé, et il se préparait à rentrer chez lui. Sa famille habitait Yamanashi.

« Tu devrais l'offrir à une fille. Je suis sûr qu'elle serait contente, me dit-il.

– Merci », répondis-je.

Le soir venu, le foyer, désert, ressemblait à des ruines. Le drapeau fut descendu de son mât et les fenêtres du réfectoire s'allumèrent. Comme le nombre d'étudiants avait diminué, on avait réduit l'éclairage de moitié. Ainsi, la partie droite était laissée dans l'ombre. Il y flottait pourtant une très légère odeur de cuisine. Une odeur de blanquette.

Je montai sur le toit avec mon bocal de café instantané abritant ma luciole. La terrasse était déserte. Une chemise blanche oubliée sur la corde à linge flottait dans la brise du soir, telle la dépouille d'un insecte. Je gravis l'échelle de fer qui se dressait dans un coin de la terrasse, permettant d'accéder à la réserve d'eau. Le réservoir cylindrique était encore tiède de la chaleur accumulée pendant la journée. Je m'assis dans cet espace restreint et, appuyé à la rambarde, je vis devant moi la lune blanche, à peine entamée. J'apercevais sur ma droite les lumières de Shinjuku et, sur ma gauche, celles d'Ikebukuro. Les phares des voitures formaient un fleuve lumineux allant d'un quartier à l'autre. Une rumeur confuse, faite de toutes sortes de bruits mélangés, s'étendait comme un nuage flottant au-dessus de la ville.

La luciole luisait faiblement dans le fond du bocal. Mais l'éclat en était si incertain, la couleur si pâle ! Il y avait longtemps que je n'en avais pas vu, mais, dans mon souvenir, l'insecte émettait une lumière vive qui se détachait nettement sur l'obscurité de l'été. J'avais toujours cru que les lucioles étaient des insectes émettant une lumière franche et forte.

Affaiblie, ma luciole n'allait peut-être pas tarder à mourir. Tenant le bocal par le couvercle, je le secouai légèrement plusieurs fois. La luciole vint heurter la paroi de verre et vola un peu. Mais sa lumière était toujours aussi faible.

Je cherchai à me souvenir de la dernière fois où j'avais vu des lucioles. Où donc était-ce ? Je me souvenais du paysage, mais j'étais incapable de retrouver l'heure et l'endroit. Je percevais un bruit d'eau dans l'obscurité. Il y avait une vieille écluse en briques. Une écluse dont les vannes étaient actionnées par une roue. La rivière n'avait rien d'impressionnant. C'était un petit cours d'eau aux rives envahies d'herbes aquatiques. Il faisait si noir que, si j'avais éteint ma lampe de poche, je n'aurais plus aperçu mes pieds. Plusieurs centaines de lucioles volaient au-dessus des eaux dormantes de l'écluse. Leur lumière se reflétait à la surface de l'eau comme les étincelles d'un feu qui l'aurait enflammée.

Je fermai les yeux pour plonger un moment dans les ténèbres du souvenir. J'entendais le vent bruisser plus nettement que d'habitude. Il n'était pas très fort, mais, curieusement, il soufflait autour de moi en laissant une nette figure géométrique. Quand je rouvris les yeux, l'obscurité de cette nuit d'été était devenue légèrement plus profonde.

J'ouvris le couvercle du bocal, sortis ma luciole et

la posai sur le rebord du réservoir qui dépassait de trois bons centimètres. Elle ne semblait pas bien savoir où elle se trouvait. Elle fit le tour d'un boulon en chancelant et en trébuchant sur la peinture écaillée. Elle avança un moment vers la droite, pour revenir vers la gauche après avoir compris qu'elle ne pouvait pas aller plus loin. Puis, avec beaucoup de précaution, elle entreprit de se hisser sur la tête du boulon, où elle se blottit, immobile. Elle ne bougeait plus, comme si elle était morte.

J'observais ma luciole, toujours appuyé à la rambarde. Nous restâmes longtemps ainsi, sans bouger. Seul le vent soufflait autour de nous. Les innombrables feuilles des keyaki bruissaient dans le noir.

L'attente était interminable.

Ce ne fut que très longtemps après que la luciole s'envola. Saisie d'une brusque impulsion, elle déploya ses ailes et, l'instant d'après, elle flottait dans la légère obscurité, de l'autre côté de la rambarde. Exactement comme si elle avait voulu rattraper le temps perdu, elle décrivait des courbes rapides non loin du réservoir d'eau. Puis elle s'arrêta un moment, le temps d'apercevoir ses traits lumineux se dissiper dans le vent, et bientôt disparut vers l'est.

Après sa disparition, les motifs géométriques lumineux qu'elle avait tracés restèrent longtemps en moi. Leur faible lueur n'en finissait pas d'errer dans les ténèbres épaisses de mes yeux fermés, exactement comme des démons ne sachant plus où aller.

Je tendis plusieurs fois les mains au milieu des ténèbres. Mes doigts n'attrapèrent rien. La petite lumière était toujours un peu plus loin que mes doigts.

4

Pendant les vacances d'été, l'université demanda l'intervention des forces de l'ordre qui détruisirent les barricades et arrêtèrent tous les étudiants réfugiés à l'intérieur. Ce n'était pas exceptionnel pour l'époque, puisque la même chose se passait presque partout. La nôtre ne fut pas dissoute. Beaucoup de capitaux y avaient été investis, et la violence de quelques étudiants n'allait pas la faire capituler aussi facilement. De plus, ceux qui avaient dressé les barricades n'avaient pas du tout l'intention de dissoudre l'université. Ils cherchaient seulement à modifier les initiatives de la machine universitaire, mais moi, je m'en moquais éperdument. Aussi, quand la grève fut terminée, n'éprouvai-je aucune émotion particulière.

J'arrivai en septembre en espérant que l'université serait presque en ruine, mais elle était intacte. La bibliothèque n'avait pas été saccagée, la salle des professeurs n'était pas détruite, et le bâtiment de la section des étudiants n'avait pas brûlé. Je me demandai avec stupeur ce qu'ils avaient fait.

Quand la grève fut terminée et que les cours reprirent sous l'autorité de la police, les premiers à y assister furent ceux qui avaient conduit la grève. Ils arrivaient en classe comme si de rien n'était, prenaient des notes et répondaient quand on les appelait par leur nom. C'était vraiment bizarre. Parce que la grève avait été reconduite et que personne n'en avait décrété la fin. L'université s'était contentée de laisser pénétrer les policiers pour qu'ils détruisent les barricades, mais, en principe, le mouvement se poursuivait. Quand on avait voté la grève, c'étaient eux qui avaient parlé avec fougue et qui avaient invectivé les étudiants qui s'y opposaient (ou qui avaient formulé des réserves). J'allai les trouver pour leur demander pourquoi ils ne continuaient pas la grève et assistaient aux cours. Ils furent incapables de me répondre. Ils avaient probablement peur de ne pas obtenir leurs unités de valeur à cause de leurs absences répétées. Je trouvais drôle que de tels étudiants aient réclamé la dissolution de l'université. Ces groupes abjects parlaient plus ou moins fort selon la direction du vent.

Je me surprenais à apostropher Kizuki pour lui dire combien ce monde était épouvantable. C'étaient eux qui obtenaient leurs examens universitaires et qui, une fois dans la vie active, s'empressaient de nous fabriquer une société pourrie.

Je décidai de ne pas répondre présent pendant quelque temps, même si j'assistais aux cours. Je savais bien que cela n'avait pas grande signification, mais je me serais senti très mal si je ne l'avais pas fait. Et cette attitude renforça ma position de solitaire au sein de la classe. Quand je restais silencieux à l'appel de mon nom, un désagréable courant d'air traversait la classe. Personne ne m'adressait plus la parole, et je ne parlais plus à personne.

Au cours de la deuxième semaine de septembre, j'arrivai à la conclusion que les études universitaires n'avaient aucune signification pour moi. Et je décidai de les prendre comme une période d'entraînement à supporter l'ennui. Car je n'avais pas envie d'arrêter tout de suite mes études pour entrer dans la vie active.

Je me rendais tous les jours à l'université pour assister aux cours, je prenais des notes et, quand j'avais du temps devant moi, j'allais lire ou faire des recherches à la bibliothèque.

La deuxième semaine de septembre arriva, mais pas le facho. Ce n'était pas un événement extraordinaire, plutôt quelque chose qui titillait tous les esprits. Parce que les cours avaient repris et qu'il n'était pas du genre à ne pas y assister. Une fine couche de poussière s'était déposée sur son bureau et sa radio. Ses affaires (un gobelet en plastique et sa brosse à dents, une boîte de thé et une bombe d'insecticide) étaient soigneusement rangées sur son étagère.

Je continuai à faire le ménage de la chambre pendant son absence. Au cours de cette année et demie, j'avais pris l'habitude de tenir la chambre propre et, le facho n'étant pas là, je n'avais rien d'autre à faire. Je balayais le sol tous les jours, faisais les vitres une fois tous les trois jours et mettais la literie au soleil une fois par semaine. Je m'attendais à ses compliments quand il reviendrait, « Que... que se passe-t-il, Watanabe ? C'est drôlement propre ! »

Mais il ne revint pas. Un jour, en rentrant des cours, je constatai que toutes ses affaires étaient parties. Son nom sur la porte avait été enlevé, et il n'y restait plus que le mien. J'allai voir le directeur dans son bureau pour lui demander ce qui s'était passé.

« Il a quitté le foyer, commença le directeur, vous pouvez vivre seul dans cette chambre pendant un certain temps... »

Mais il ne voulut rien ajouter, concernant les circonstances de ce départ. C'était un grossier personnage qui tirait un bonheur sans égal du fait qu'il dirigeait tout lui-même, sans en référer à quiconque.

La photographie du glacier resta quelque temps

accrochée au mur, mais je finis par l'enlever pour coller à la place une photographie de Jim Morrison et de Miles Davis. La chambre commença ainsi à me ressembler. Avec l'argent économisé sur mon travail, je m'achetai un petit électrophone stéréo. Et, le soir, je buvais seul en écoutant de la musique. Je pensais de temps en temps au facho, mais j'étais content de vivre seul.

Le lundi à dix heures, nous avions un cours sur Euripide, dans le cadre de l'unité de valeur « Histoire du théâtre II », qui durait jusqu'à onze heures et demie. Après le cours, j'allai manger une omelette et une salade dans un petit restaurant qui se trouvait à dix minutes de marche de l'université. L'endroit était un peu à l'écart des rues animées et les prix y étaient un peu plus élevés que ceux pratiqués dans les cantines pour étudiants, mais c'était silencieux et tranquille, et l'omelette y était délicieuse. Il était tenu par un couple peu bavard, aidé d'une serveuse. J'étais en train de manger, assis seul à une table près de la fenêtre, quand un groupe de quatre étudiants arriva. Deux filles et deux garçons, tous bien habillés. Ils prirent place près de l'entrée, consultèrent le menu, et, l'un d'entre eux ayant groupé la commande, il la transmit à la serveuse.

Bientôt, je me rendis compte que l'une des deux filles regardait souvent dans ma direction. Elle avait des cheveux très courts, portait des lunettes noires, et était vêtue d'une mini-robe de coton blanc. Son visage ne me disait rien, aussi continuai-je tout bonnement à manger, mais, bientôt, elle se leva d'un bond pour venir vers moi. Là, appuyée d'une main au rebord de la table, elle m'interpella :

« Tu t'appelles bien Watanabe, n'est-ce pas ? »

Je levai la tête pour la regarder à nouveau, avec plus d'attention. Mais j'avais beau faire, je ne la reconnaissais pas. C'était une fille qui ne passait pas inaperçue, et, si je l'avais rencontrée quelque part, j'aurais dû m'en souvenir. De plus, il ne devait pas y avoir grand monde connaissant mon nom à l'université.

« Puis-je m'asseoir ? A moins que tu attendes quelqu'un ? »

J'acquiesçai sans trop comprendre :

« Je n'attends personne. Je t'en prie. »

Elle approcha bruyamment une chaise, s'assit en face de moi, et m'observa un moment derrière ses lunettes noires, avant de jeter un coup d'œil au contenu de mon assiette.

« Ça a l'air bon.

– Délicieux. Omelette aux champignons et salade de petits pois.

– Eh bien, dit-elle, c'est ce que je prendrai la prochaine fois. J'ai déjà choisi.

– Qu'as-tu pris ?

– Un gratin de macaronis.

– C'est pas mal non plus. Mais peux-tu me dire où on s'est rencontré ? Je n'arrive pas à m'en rappeler.

– Euripide, me répondit-elle laconiquement. Electre : "Non, Dieu ne prête pas l'oreille aux paroles malheureuses !" Le cours vient tout juste de se terminer, n'est-ce pas ? »

Je la regardai fixement. Elle enleva ses lunettes noires. La mémoire me revint alors comme par enchantement. C'était une étudiante de première année que j'avais déjà vue au cours « Histoire du théâtre II ». Elle avait complètement changé de style de coiffure, et je ne l'avais pas reconnue.

« Mais tu avais bien les cheveux jusque-là avant l'été, non ? lui dis-je en mettant ma main dix centimètres en dessous de mon épaule.

– Oui, mais, cet été, je me suis fait faire une permanente. C'était affreux ! J'ai même voulu mourir. C'était vraiment épouvantable. J'avais une tête de noyée recouverte d'algues. Alors je me suis dit qu'avant de mourir je ferais mieux de me les faire couper très court... Je n'ai pas trop chaud, c'est bien », ajouta-t-elle en passant la main sur ses cheveux longs de quatre ou cinq centimètres.

Puis elle se tourna vers moi et m'adressa un grand sourire.

« Ce n'est pas mal du tout, tu sais, fis-je en continuant à manger mon omelette. Tu veux bien te mettre de profil ? »

Elle s'exécuta et resta cinq secondes immobile.

« C'est vraiment bien, je trouve. La forme de ton crâne est assurément très jolie. Et cela met tes oreilles en valeur.

– Tu as raison. C'est aussi ce que je pense. C'est la réflexion que je me suis faite quand ils ont été coupés. Mais aucun garçon ne m'a fait de compliments. On me dit que je ressemble à une écolière ou à une déportée, rien que des plaisanteries de ce genre. Dis-moi, est-ce que tu sais pourquoi les garçons aiment tant les filles aux cheveux longs ? Est-ce que ce n'est pas un comportement de fasciste ? C'est idiot comme réaction ! Je me demande vraiment pourquoi les garçons pensent que les filles aux cheveux longs sont distinguées, douces et féminines ? Tu sais, j'en connais des centaines, des filles vulgaires aux cheveux longs, je peux te l'assurer.

– Moi, je te préfère comme ça », lui dis-je.

Ce n'était pas un mensonge. Avec ses cheveux longs, pour autant que je m'en souvienne, elle était charmante, mais très ordinaire. Tandis que la jeune fille maintenant assise en face de moi faisait jaillir de son corps une vitalité pleine de fraîcheur, comme un petit animal tout juste arrivé dans le monde pour fêter le printemps. Ses yeux, qui semblaient doués d'une vie indépendante, bougeaient joyeusement, riaient, exprimaient la colère, la stupéfaction ou le désespoir. Je l'observai un moment avec admiration, car il y avait longtemps que je n'avais vu des yeux aussi vivants et aussi expressifs.

« Tu le penses vraiment ? »

J'acquiesçai en mangeant ma salade.

Elle remit ses lunettes et me regarda à travers ses verres.

« Tu n'es pas du genre à mentir, n'est-ce pas ?

– Il me semble que j'essaie d'être franc, dans la mesure du possible.

– Hum...

– Pourquoi portes-tu des lunettes noires ? lui demandai-je.

– Je porte des lunettes noires parce que, depuis que j'ai les cheveux courts, je me sens complètement désarmée. C'est comme si je me retrouvais toute nue au milieu de la foule, je suis toujours sur le qui-vive.

– Je vois », lui dis-je.

Puis je mangeai le reste de mon omelette. Elle me regardait faire avec des yeux pleins de curiosité.

« Tu n'es pas obligée de retourner là-bas ? lui dis-je en désignant les trois étudiants avec qui elle était venue.

– Non, pas vraiment. J'irai quand on apportera les plats. Ce n'est pas important. A moins que je t'empêche de manger ?

– Que tu m'en aies empêché ou non, j'ai terminé maintenant », lui répondis-je.

Et, comme elle ne semblait pas pressée de retourner à sa table, je commandai un café. La patronne vint enlever mon assiette, puis nous laissa, après avoir posé le sucre et le lait sur la table.

« Dis, pourquoi n'as-tu pas répondu présent quand on a fait l'appel ce matin au cours ? Tu t'appelles bien Watanabe ? Tôru Watanabe, c'est bien ça ?

– Exactement.

– Alors, pourquoi tu n'as pas répondu ?

– Je n'en avais pas très envie, aujourd'hui. »

Elle enleva encore une fois ses lunettes, les posa sur la table, et me fixa longuement, comme si j'étais un étrange animal enfermé dans une cage. Elle répéta :

« "Je n'en avais pas très envie aujourd'hui." Dis, tu parles comme Humphrey Bogart. Calme et solide.

– Tu es folle ! Je suis quelqu'un de très ordinaire, tu sais. Comme on en trouve partout. »

La patronne apporta mon café et le posa devant moi. Je me mis à le boire à petites gorgées, sans lait ni sucre.

« Tu vois bien que tu ne mets pas de sucre ni de lait !

– C'est uniquement parce que je n'aime pas les sucreries, lui expliquai-je patiemment. Est-ce qu'il n'y aurait pas un malentendu quelque part ?

– Pourquoi es-tu si bronzé ?

– Je suis bronzé parce que j'ai voyagé à pied pendant quinze jours. Un peu partout. Avec un sac à dos et un sac de couchage.

– Où es-tu allé ?

– Je suis parti de Kanazawa, et j'ai fait le tour de la presqu'île de Noto avant d'aller jusqu'à Niigata.

– Seul ?

– Bien sûr, même s'il m'est arrivé parfois de croiser des compagnons de route.

– Est-ce qu'il ne se crée pas des idylles, quand on rencontre soudain une fille au cours d'un voyage ?

– Des idylles ? répétai-je, surpris. Eh bien, je crois vraiment qu'il existe un malentendu. Comment veux-tu que quelqu'un qui voyage à pied avec son sac de couchage, mal rasé, puisse être l'objet d'une idylle ?

– Tu voyages toujours ainsi, seul ?

– Oui.

– Tu aimes la solitude ? me demanda-t-elle, le menton dans les mains. Tu aimes voyager seul, manger seul, et t'asseoir seul, à l'écart des autres, pendant les cours ?

– Personne n'aime la solitude, tu sais. Seulement, je ne fais pas d'efforts pour me faire des amis. On est déçu, de toute façon... »

Portant les branches de ses lunettes à sa bouche, elle répéta, d'une voix presque inaudible :

« "Personne n'aime la solitude. On est déçu, de toute façon." Si tu écris ton autobiographie, tu pourras utiliser cette réplique.

– Merci, lui dis-je.

– Tu aimes le vert ?

– Pourquoi ?

– Parce que tu portes une chemise polo verte. C'est pour cela que je te demande si tu aimes le vert.

– Pas spécialement. Cela m'est égal.

– "Pas spécialement. Cela m'est égal", répéta-t-elle encore une fois. J'adore ta façon de parler. On dirait que tu es en train d'enduire un mur. On ne te l'a jamais dit ? »

Je lui répondis que non.

« Moi, je m'appelle Midori [1]. Pourtant, le vert ne me va pas du tout. C'est bizarre. Tu ne trouves pas que c'est un peu fort ? C'est comme si on m'avait jeté un sort. Et ma sœur, elle s'appelle Momoko. C'est ridicule, non ?

– Le rose lui va bien ?

– Oui, justement. On dirait qu'elle est née pour en porter. C'est vraiment injuste ! »

Les plats furent apportés à sa table, et un garçon en veste écossaise lui cria :

« Eh, Midori, on mange ! »

Elle lui adressa un geste de la main pour lui signifier qu'elle avait compris.

1. En japonais, *midori* signifie vert, et *momo*, rose.

« Dis-moi, Watanabe, tu prends des notes au cours d'histoire du théâtre ?

– J'en prends, lui répondis-je.

– Cela ne t'ennuierait pas de me les prêter ? J'ai manqué deux cours, et je ne connais personne dans la classe.

– Bien sûr que non. »

Je sortis mes notes de mon cartable et je les lui tendis, après avoir vérifié que je n'avais rien écrit d'inutile.

« Merci. Dis, Watanabe, tu viens aux cours après-demain ?

– Oui.

– Cela ne te dirait pas de venir ici à midi ? Je te rends tes notes et je t'invite à déjeuner. Tu ne souffres pas de problèmes particuliers, comme d'une mauvaise digestion, si tu ne manges pas tout seul, n'est-ce pas ?

– Tu es folle ! lui dis-je. Mais ce n'est pas nécessaire que tu me remercies pour t'avoir prêté mes notes.

– Mais si. D'ailleurs, j'aime bien remercier. Dis, ça ira ? Tu ne risques pas d'oublier si tu ne le notes pas sur ton agenda ?

– Je n'oublierai pas. Je te vois ici après-demain à midi. »

Une voix se fit entendre, venant de l'autre côté :

« Eh, Midori, viens vite, ça va refroidir ! »

Elle n'en fit aucun cas et reprit :

« Dis, tu parles toujours de cette façon ?

– Je crois que oui. Mais je n'en ai jamais eu vraiment conscience », lui répondis-je.

C'était véritablement la première fois qu'on me disait que j'avais une façon de parler peu commune.

Elle réfléchit un instant, puis elle se leva en me faisant un grand sourire et retourna à sa table. Quand je passai près d'elle en partant, Midori se tourna vers moi et leva la main. Les trois autres se contentèrent de me jeter un rapide coup d'œil.

Le mercredi midi, Midori ne vint pas au rendez-vous. J'avais pensé l'attendre en prenant une bière, mais, comme le restaurant commençait à se remplir, je fus obligé de commander mon repas et je mangeai seul. Je finis à une heure moins vingt-cinq, mais Midori n'était toujours pas arrivée. Je sortis après avoir payé ma note et l'attendis jusqu'à une heure, assis sur les marches de pierre d'un petit sanctuaire qui se trouvait juste en face du restaurant, tout en espérant que cela donnerait aux effets de la bière le temps de se dissiper, mais elle ne vint pas. Je me résignai et retournai à l'université, pour lire à la bibliothèque. Puis j'assistai au cours d'allemand qui avait lieu à deux heures.

Après le cours, je me rendis au secrétariat pour vérifier les registres d'inscription et retrouvai son nom dans la liste des inscrits au cours « Histoire du théâtre II ». Il n'y avait qu'une seule Midori, et elle s'appelait Midori Kobayashi. Ensuite, je feuilletai le fichier des étudiants, retrouvai le nom « Midori Kobayashi » parmi les nouveaux élèves de l'année 1969, et notai son adresse et son numéro de téléphone. Elle habitait chez ses parents, dans l'arrondissement de Toshima. J'entrai dans une cabine téléphonique et fis son numéro.

« Allô, ici la librairie Kobayashi », me répondit une voix d'homme.

La librairie Kobayashi ?

« Excusez-moi de vous déranger, puis-je parler à Midori ? demandai-je.

– Elle n'est pas là, me répondit mon interlocuteur.

– Elle est à l'université ?

– Euh, non, je crois qu'elle est plutôt à l'hôpital. C'est de la part de qui ? »

Je ne répondis pas, et je raccrochai après avoir remercié. L'hôpital ? Elle s'était blessée ou elle était tombée malade et elle était allée à l'hôpital ? Mais je n'avais ressenti dans la voix de l'homme aucune tension anormale : « Euh, non, je crois qu'elle est plutôt à l'hôpital », le ton révélait que l'hôpital faisait partie de leur vie. L'accent était léger, comme s'il avait dit qu'elle était partie acheter du poisson chez le poissonnier. Je méditai quelques instants sur le sujet, mais cela finit par m'ennuyer, et je rentrai au foyer où, allongé sur mon lit, je terminai la lecture de *Lord Jim* de Joseph Conrad, que Nagasawa m'avait prêté. Ensuite, j'allai le trouver pour le lui rendre.

Comme Nagasawa s'apprêtait à aller dîner, je décidai d'en faire autant et je l'accompagnai au réfectoire.

Je lui demandai comment s'était passé son examen. Le deuxième degré des examens supérieurs du ministère des Affaires étrangères avait eu lieu en août.

« Normalement, me répondit-il sur un ton désinvolte. C'est facile de l'obtenir. Le débat, l'oral, c'est comme de faire la cour à une fille.

– Alors c'était facile, effectivement, lui dis-je. Quand auras-tu les résultats ?

– Début octobre. Si je suis reçu, je t'invite à manger quelque chose de bon.

– Dis-moi, c'est quoi exactement, le deuxième degré des examens supérieurs du ministère des Affaires étrangères ? Il n'y a que des gens comme toi qui s'y présentent ?

– Tu es fou ! En général, ce sont tous des imbéciles. Des imbéciles ou des déséquilibrés. Quatre-vingt-quinze pour cent de ceux qui veulent devenir fonctionnaires sont des déchets. Je ne mens pas, tu sais. Ils ne savent même pas lire correctement les idéogrammes.

– Alors, pourquoi veux-tu entrer au ministère ?

– Pour plusieurs raisons, me dit-il. Entre autres, j'aimerais bien travailler à l'étranger. Mais la raison principale est que je voulais tester mes capacités. Alors autant le faire à l'intérieur de l'organisation la plus importante. C'est-à-dire l'Etat. Je veux essayer de savoir jusqu'où je peux grimper dans cette énorme machine administrative, et jusqu'où j'ai la force de tenir. Tu comprends ?

– On dirait une sorte de jeu.

– Exactement. C'est un jeu. Je n'ai pratiquement aucun désir de puissance ou d'argent. C'est vrai. Je suis peut-être un garçon insignifiant et égoïste, mais ça, je ne l'ai pas, d'ailleurs c'est étonnant. Je suis un être sans ego ni désirs. J'ai seulement de la curiosité. Et je veux tester ma propre force dans ce monde si vaste et si solide.

– Et je suppose que tu n'as pas d'idéal ?

– Bien sûr que non, me dit-il. Dans la vie, on n'a pas besoin de ce genre de chose. Il faut un modèle de conduite et non un idéal.

– Mais il y a un tas de personnes pour lesquelles ce n'est pas le cas, n'est-ce pas ?

– Le genre de vie que je mène ne te plaît pas ?

– Arrête, lui dis-je, ce n'est pas une question d'aimer ou de ne pas aimer. Enfin, tu comprends ? Je ne suis pas capable, moi, d'entrer à Tôdai, ni de coucher avec des filles qui me plaisent quand j'en ai envie, ni d'être éloquent. Je ne suis pas supérieur aux autres et je n'ai pas de petite amie. Et ce n'est pas en sortant de la faculté de littérature d'une université privée de second ordre que j'aurai des perspectives d'avenir. Alors, qu'est-ce que je peux dire ?

– Ma vie te paraît enviable ?

– Non, lui dis-je. Je suis trop habitué à la mienne. Et puis, franchement, Tôdai et les Affaires étrangères ne m'intéressent pas. La seule chose que je t'envie, c'est d'avoir une chouette petite amie comme Hatsumi. »

Il mangea en silence pendant un moment.

« Tu vois, Watanabe, commença-t-il quand il eut fini de dîner, j'ai l'impression qu'on se retrouvera quelque part dans dix ou vingt ans. Et je crois qu'on aura quelque chose à faire ensemble.

– On dirait un roman de Dickens, lui dis-je en riant.

– Tu as raison, me répondit-il en riant à son tour. Mais tu sais que mes pressentiments se révèlent souvent justes. »

Après le dîner, nous allâmes boire un verre dans un snack-bar tout proche. Et nous bûmes jusqu'à plus de neuf heures.

« Alors, Nagasawa, peux-tu me dire quel est ton modèle de conduite ? lui demandai-je à brûle-pourpoint.

– Tu vas rire, me dit-il.

– Je ne rirai pas, lui répondis-je.

– C'est d'être un gentleman. »

Je ne ris pas, mais je faillis faire la culbute en arrière.

« Un gentleman, tu veux dire un vrai gentleman ?

– Oui, un vrai gentleman.

– Mais qu'est-ce que c'est que d'être un gentleman ? Si tu en as une définition, j'aimerais bien que tu me la donnes.

– Ce n'est pas faire ce qu'on veut, mais faire ce qu'on doit faire.

– Tu es la personne la plus originale de toutes celles que j'ai rencontrées jusqu'à présent, lui dis-je.

– Et toi, la plus honnête », me répondit-il.

Et il paya toutes nos consommations.

Le lundi de la semaine suivante, je ne vis pas Midori Kobayashi au cours « Histoire du théâtre II ». Après avoir vérifié qu'elle n'était pas là en jetant un coup d'œil circulaire dans la classe, j'allai m'asseoir comme d'habitude à une place du premier rang, et décidai d'écrire une lettre à Naoko en attendant l'arrivée du professeur. Je lui parlai du voyage que j'avais fait pendant l'été. Je lui décrivis les routes que j'avais empruntées, les villes que j'avais traversées et les gens que j'avais rencontrés. Et j'ajoutai que je pensais à elle tous les soirs. Depuis que je ne la voyais plus, je me rendais compte à quel point je lui étais attaché. L'université était toujours aussi ennuyeuse, mais je continuais à étudier et à assister aux cours, car je considérais cela comme un exercice personnel. Depuis qu'elle était partie, tout me semblait ennuyeux. Je voulais la voir au moins une fois, pour parler tranquillement avec elle. Je voulais savoir si c'était possible que j'aille lui rendre visite dans sa maison de repos pour la rencontrer quelques heures. J'aurais aimé marcher à côté d'elle comme avant. Je savais que cela l'embêtait, mais j'attendais sa réponse, même courte.

Ma lettre terminée, je pliai soigneusement les quatre feuillets et les glissai à l'intérieur d'une enveloppe que j'avais préparée, sur laquelle j'écrivis l'adresse des parents de Naoko.

Bientôt arriva le petit professeur au visage mélancolique, qui fit l'appel en épongeant la sueur de son front avec son mouchoir. Il avait mal au dos et ne se séparait jamais de sa canne métallique. Même si le cours « Histoire du théâtre II » n'était pas très amusant, il était très correct et valait la peine d'être écouté. Après avoir souligné qu'il faisait toujours aussi chaud, il commença à parler du rôle du *deus ex machina* dans les drames d'Euripide. Il expliqua en quoi les dieux d'Euripide étaient différents de ceux d'Eschyle et de Sophocle. Au bout d'un bon quart d'heure, la porte de la classe s'ouvrit et Midori entra. Elle était vêtue d'une chemise de sport bleu foncé et d'un pantalon de toile écru, et portait les mêmes lunettes noires que la fois précédente. Elle adressa au professeur un sourire d'excuse, avant de venir s'asseoir à côté de moi. Puis elle sortit mes notes du sac qu'elle portait en bandoulière, et me les tendit. A l'intérieur se trouvait un petit papier sur lequel elle avait écrit : *Excuse-moi pour mercredi. Tu es fâché ?*

On était arrivé à la moitié du cours, et le professeur était en train de dessiner au tableau la scène du théâtre grec, quand la porte s'ouvrit de nouveau pour laisser entrer deux étudiants coiffés d'un casque. On aurait dit un couple d'acteurs comiques. L'un était grand, frêle et blanc de peau, tandis que l'autre était petit, rond de visage et la peau brune, avec des cheveux longs qui ne lui allaient pas. Le grand portait des tracts. Le petit alla trouver le professeur pour lui demander de les laisser organiser un débat pendant la dernière moitié du cours. Il ajouta que le monde avait des problèmes beaucoup plus importants à traiter que le théâtre grec. Ce n'était pas une exigence, mais une simple notification. Le professeur lui répondit qu'il ne croyait pas qu'il existât au monde des problèmes plus importants que le théâtre grec, mais que, tout ce qu'il pourrait dire étant sans doute inutile, ils n'avaient qu'à faire comme bon leur semblait. Puis, s'agrippant fortement au bord du bureau, il posa les pieds par terre, prit sa canne et quitta la salle de cours en traînant la jambe.

Pendant que le plus grand distribuait les tracts, l'étudiant au visage rond, debout sur l'estrade, fit son discours. Sur les tracts était écrit le genre de phrases lapidaires, simplifiées à l'extrême, qu'on trouve toujours en pareil cas, comme : *Refusons les élections truquées du recteur*, *Grève pour tous les étudiants*, ou encore : *Etudiants et ouvriers, tous unis contre l'impérialisme japonais*. Les idées étaient honorables, je n'étais pas particulièrement opposé à leur contenu, mais les phrases manquaient de force de persuasion. Elles n'inspiraient pas confiance, n'avaient aucun pouvoir d'émotion. Le discours du visage rond n'était pas bien différent. C'était toujours le même refrain. La musique était la même, seules les paroles changeaient. Il me vint à l'idée que le véritable ennemi de ces gens-là n'était pas le pouvoir politique, mais le manque d'imagination.

« Sortons », me dit Midori.

Je me levai en acquiesçant, et nous quittâmes ensemble la classe. Au moment de sortir, le visage rond m'adressa la parole, mais je ne compris pas bien ce qu'il me disait. Midori lui fit un signe de la main en disant « Salut ! ».

« Dis, tu crois que nous sommes des contre-révolutionnaires ? me demanda-t-elle une fois dehors. Quand la révolution aura lieu, on sera peut-être attachés l'un à côté de l'autre au poteau de torture ?

– J'aimerais bien manger avant si c'est possible, lui dis-je.

– C'est vrai. Justement, je connais un endroit où je voulais t'emmener. C'est un peu loin, cela ne t'ennuie pas ?

– Non, j'ai tout mon temps jusqu'au cours de deux heures. »

Nous prîmes l'autobus jusqu'à Yotsuya. L'endroit où elle m'emmena était un restaurant de bentô qui se trouvait dans une petite rue derrière la gare. Nous prîmes place à une table et nous n'avions encore rien demandé qu'on nous apportait déjà le bentô du jour dans une boîte en laque carrée, accompagné d'un bol de bouillon. L'endroit valait vraiment le déplacement.

« C'est délicieux.

– Oui, et ce n'est pas cher, tu sais. Alors, quand j'étais au lycée, on y venait déjà de temps en temps. Mon école était tout près d'ici. C'était très sévère, si bien qu'on venait ici en cachette. On était renvoyé si on nous surprenait à manger à l'extérieur. »

Midori enleva ses lunettes noires, et ses yeux

m'apparurent beaucoup plus fatigués que la fois précédente. Elle jouait avec le mince bracelet d'argent qu'elle portait au poignet gauche, et se frottait le bord des yeux avec son petit doigt.

« Tu as envie de dormir ? lui demandai-je.

– Un peu, oui. Je manque de sommeil. J'ai plein de choses à faire. Mais ne t'inquiète pas, tout va bien, me répondit-elle. Excuse-moi pour l'autre jour. J'ai eu à faire quelque chose de très important qui ne pouvait pas être repoussé. Je ne l'ai su que le matin, je devais faire très vite, et je ne pouvais pas faire autrement. J'ai voulu téléphoner au restaurant, mais je ne me souvenais plus du nom, et je ne savais même pas ton numéro de téléphone. Tu as attendu longtemps ?

– Ce n'est pas grave, tu sais. J'ai beaucoup de temps devant moi.

– Vraiment ?

– Je voudrais bien pouvoir t'en donner pour que tu puisses dormir. »

Midori, le menton dans les mains, se mit à rire et me regarda :

« Tu es vraiment gentil.

– Non, pas gentil, j'ai seulement du temps, lui dis-je. Mais, ce jour-là, j'ai téléphoné chez toi, et quelqu'un m'a dit que tu étais à l'hôpital. Que s'est-il passé ?

– Chez moi ? me dit-elle en fronçant légèrement les sourcils. Comment as-tu eu mon numéro ?

– Je l'ai cherché dans le fichier des étudiants, bien sûr. Tout le monde y a accès, tu sais. »

Elle acquiesça deux ou trois fois en signe d'assentiment, et se remit à jouer avec son bracelet :

« C'est vrai, j'aurais dû y penser. J'aurais pu moi aussi chercher ton numéro de téléphone. Mais, pour l'hôpital, je te raconterai une autre fois. Je n'ai pas envie d'en parler maintenant. Excuse-moi.

– Ce n'est pas grave. Il me semble que je me suis mêlé de ce qui ne me regardait pas.

– Mais non. Je suis seulement un peu fatiguée en ce moment. J'ai l'impression d'être un singe trempé par la pluie.

– Tu ferais peut-être mieux de rentrer chez toi et de te coucher ? lui proposai-je.

– Je n'ai pas encore sommeil. Allons plutôt marcher un peu », me répondit-elle.

Elle me fit passer devant son lycée, qui se trouvait à quelques minutes à pied de la gare de Yotsuya.

En passant devant la gare, je me souvins soudain de la promenade interminable avec Naoko. D'ailleurs, tout avait commencé à cet endroit. Je réalisai alors que ma vie aurait été différente de ce qu'elle était devenue si je n'avais pas rencontré Naoko par hasard, ce dimanche de mai dans un train de la ligne Chûô. Mais je remarquai aussitôt que, même si je ne l'avais pas rencontrée à ce moment-là, il se serait peut-être passé finalement la même chose. Sans doute la rencontre s'était-elle produite parce qu'elle devait se faire, et si elle n'avait pas eu lieu à ce moment-là, nous nous serions rencontrés ailleurs à un autre moment. C'était une impression que j'avais, même si elle n'était pas particulièrement fondée.

Midori Kobayashi et moi étions assis sur un banc du jardin public, et nous regardions le lycée qu'elle avait fréquenté. Le bâtiment était couvert de lierre, et des pigeons avaient fait halte, çà et là, sur le rebord des fenêtres. C'était une vieille bâtisse pleine de charme. Un gros chêne se dressait au milieu du jardin, à côté duquel s'élevait en ligne droite une fumée blanche. Elle se faisait discrète, dans la lumière de l'été finissant.

« Watanabe, tu sais d'où vient cette fumée ? » me demanda-t-elle soudain.

Je lui répondis que je ne savais pas.

« Ce sont les serviettes hygiéniques qu'on fait brûler.

– Eh bien... », dis-je.

Je ne voyais vraiment pas quoi dire d'autre.

« Les serviettes hygiéniques, les tampons et autres choses du même genre, ajouta Midori en riant. Tout le monde les jette dans la poubelle des toilettes, puisque c'est un lycée de filles. Alors, un employé les ramasse et les brûle dans l'incinérateur. Et cela donne cette fumée que tu vois là.

– Quand on y réfléchit bien, c'est horrible.

– Oui, c'est ce que je pensais à chaque fois que je voyais cette fumée par la fenêtre de la classe. Je me disais que c'était terrible. Entre le collège et le lycée, l'école compte près de mille élèves. Disons neuf cents, parce qu'il y en a qui ne sont pas encore formées. Il y a donc dans les poubelles, chaque jour, les serviettes hygiéniques d'à peu près cent quatre-vingts filles...

– Eh oui, même si je me perds un peu dans les calculs, ce qui n'a pas l'air d'être ton cas !

– C'est une quantité non négligeable. Tu te rends compte ? Cent quatre-vingts personnes ! Je me demande quel est l'état d'esprit de celui qui les ramasse pour les brûler...

– Eh bien, c'est aussi ce que je me demande. »

Et nous continuâmes pendant un certain temps à observer cette fumée blanche.

« En fait, je ne voulais pas aller dans cette école, reprit Midori en hochant légèrement la tête. Je voulais entrer dans une école publique ordinaire. Une école toute simple où vont les gens tout ce qu'il y a de plus normaux. Et je voulais y passer une jeunesse tranquille et détendue. Mais j'y suis entrée à cause de la vanité de mes parents. Tu sais bien ce qui arrive quand on a de bonnes notes à l'école primaire ? Si j'étais vous, je la mettrais là, dit l'instituteur. Et c'est comme ça que je me suis retrouvée dans cette école. J'y suis restée six ans, mais je n'ai jamais pu m'y habituer. Je n'avais qu'une seule idée en tête : en sortir le plus vite possible. Pourtant, j'ai eu le tableau d'honneur pour n'avoir jamais été absente ni en retard. Alors que je détestais l'école. Tu sais pourquoi ?

– Non.

– Justement parce que je détestais cette école à en mourir. C'est pour cela que je n'ai jamais manqué. Je ne voulais pas m'avouer vaincue. Je me suis dit que ce serait la fin si j'abandonnais. J'avais peur de perdre pied en cas de défaite. J'allais en classe à tout prix, même avec trente-neuf de fièvre. Quand le professeur me demandait ce qui n'allait pas, je mentais en lui affirmant que tout allait bien. C'est ainsi qu'avec mon tableau d'honneur j'ai reçu un dictionnaire de français. C'est justement à cause de cela que j'ai choisi l'allemand à l'université. Je ne voulais pas être obligée d'éprouver de la reconnaissance pour cette école. Faut pas exagérer.

– Qu'est-ce qui te déplaisait ?

– Et toi, tu aimais l'école ?

– Cela m'était égal. J'ai fréquenté un lycée très ordinaire, et je ne m'en souciais pas.

– Tu sais, commença-t-elle en se frottant le bord des yeux, c'est une école réservée à l'élite. On y trouve mille filles qui sont bien élevées et qui ont de bons résultats. Autant dire des filles de familles riches. Sinon, ce n'est pas possible. La scolarité est chère, on est toujours sollicité, pour les voyages de classe, on réserve dans des auberges de luxe de Kyôto où l'on mange de la cuisine traditionnelle sur des plateaux en laque, et, une fois par an, on apprend à bien se tenir à table au restaurant de l'hôtel Okura, alors, tu vois bien que ce n'est pas ordinaire. Dis, tu sais ? Parmi les cent soixante élèves de mon année, j'étais la seule à habiter dans l'arrondissement de Toshima. J'ai vérifié une fois dans le fichier. Je voulais savoir où vivaient les autres. Tu peux pas savoir, c'était à Sambanchô dans l'arrondissement de Chiyoda, à Moto-Azabu dans celui de Minato, Denenchôfu à Ota, Seijô à Setagaya... Rien que des endroits chics ! Il n'y en avait qu'une seule qui venait de Kashiwa, dans le département de Chiba, alors j'ai essayé de devenir son amie. Elle était très gentille. Un jour, elle m'a invitée chez elle, en s'excusant parce que c'était loin. Je lui ai dit que ce n'était pas grave, et j'y suis allée. Si tu savais le choc que j'ai reçu ! Il fallait bien un quart d'heure pour faire le tour de la propriété. Il y avait un jardin extraordinaire, et deux énormes chiens qui mangeaient de gros morceaux de viande crue. Et pourtant cette fille se sentait en état d'infériorité par rapport au reste de la classe, parce qu'elle habitait à Chiba. Une fille qui se faisait accompagner en Mercedes jusqu'à l'école quand elle était en retard. La voiture était conduite par un chauffeur en casquette et gants blancs comme dans *Green Hornet*. Et pourtant cette fille avait honte. C'est incroyable, tu ne trouves pas ? »

J'acquiesçai.

« J'étais sans doute la seule de toute l'école à habiter Kita-Otsuka, dans l'arrondissement de Toshima. En plus, à la rubrique profession du père, on avait écrit *Directeur de librairie*. A cause de cela, toute la classe me considérait avec curiosité. On me disait que j'avais de la chance de pouvoir lire tous les livres que je voulais. Tu te rends compte ? Tout le monde pensait que c'était une grosse librairie dans le genre de Kinokuniya. Elles étaient incapables d'imaginer autre chose. Mais la réalité est bien plus pitoyable. La librairie Kobayashi. La misérable librairie Kobayashi. Quand on ouvre la porte coulissante, on tombe tout de suite sur des piles de revues. Ce sont les magazines féminins qui se vendent le mieux, ceux qui offrent en prime un manuel illustré expliquant les quarante-huit nouvelles techniques sexuelles, par exemple. Les femmes du voisinage les achètent, les lisent avec passion sur un coin de table dans leur cuisine, puis font de timides essais au retour de leur mari. C'est incroyable, tu ne trouves pas ? On se demande à quoi elles pensent. Ensuite viennent les bandes dessinées. Cela se vend bien. *Magazine*, *Sunday*, *Jump*. Et, bien sûr, les hebdomadaires. En tout cas, on n'a pratiquement que des revues. Il y a bien quelques livres de poche, mais vraiment très peu. Des policiers, des romans historiques ou populaires, parce qu'on ne vend rien d'autre. Ensuite des livres pratiques. *Comment jouer au Go*, *L'Entretien des bonsaïs*, *Les Discours de mariage*, *Ce qu'il faut savoir sur la vie sexuelle*, *Comment arrêter en très peu de temps de fumer*, etc. Et puis, chez nous, on fait aussi la papeterie. Près de la caisse, on a des stylos-billes, des crayons, des cahiers. C'est tout. Il n'y a ni *Guerre et Paix*, ni *Seiteki Ningen* [1], ni même *L'Attrape-Cœur*. C'est cela la librairie Kobayashi. Qu'est-ce qu'elle a d'enviable ? Tu aimerais, toi ?

– Je vois le tableau.

– C'est le genre de la boutique. Les gens du voisinage viennent tous acheter leurs livres chez nous, nous faisons des livraisons, et nous avons beaucoup de vieux clients, alors nous avons bien de quoi vivre à nous quatre. En plus, nous n'avons pas d'emprunt. Mes parents peuvent donc envoyer leurs deux filles à l'université. Mais c'est tout. Nous ne sommes pas assez aisés pour faire quoi que ce soit d'autre. On n'aurait pas dû me mettre dans cette école. Cela ne faisait que nous rendre encore plus misérables. Mes parents rouspétaient à chaque fois que nous étions sollicitées, et,

1. *L'Homme sexuel*, roman de Kenzaburô Oe.

quand nous sortions entre amies de classe, je craignais toujours de ne pas avoir assez d'argent pour le repas, si nous allions déjeuner dans un endroit cher. Ce n'est pas drôle, une vie pareille. Ta famille à toi, elle est riche ?

– Ma famille ? Chez moi, on est des travailleurs tout à fait ordinaires. On n'est ni vraiment riche, ni vraiment pauvre. Je crois que ça doit être assez difficile pour eux de me faire faire mes études dans une université privée de Tôkyô, mais ce n'est pas un problème, car je suis leur seul enfant. Ils ne m'envoient pas beaucoup d'argent, c'est pour ça que je travaille. Leur maison est ordinaire. Ils ont un petit jardin, et une Toyota Corolla.

– Et ton job ?

– Je travaille trois soirs par semaine chez un marchand de disques de Shinjuku. Ce n'est pas très fatigant. Je n'ai qu'à rester assis à surveiller le magasin.

– Et moi qui croyais que tu n'avais jamais de problèmes d'argent. C'était une impression, comme ça.

– Mais je n'en ai pas vraiment, tu sais. Seulement je ne dispose pas de sommes énormes, comme la plupart des gens.

– Dans mon école, la grande majorité des gens était riche, me dit-elle en posant ses mains sur ses genoux, les paumes vers le ciel. C'était ça le problème.

– Alors, à partir de maintenant, tu vas pouvoir goûter à un monde qui ne l'est pas, et jusqu'à l'écœurement.

– Dis, tu sais quel est le plus grand avantage que l'on a quand on est riche ?

– Non.

– C'est de pouvoir dire qu'on n'a pas d'argent. Par exemple, je propose quelque chose à une de mes amies de classe. Sais-tu ce qu'elle me répond ? : “Ce n'est pas possible, je n'ai pas d'argent en ce moment.” Si la situation était inversée, je ne pourrais pas répondre cela. C'est comme quand une jolie fille déclare qu'elle ne veut pas sortir parce qu'elle se sent moche. Essaie de le faire dire à une fille vraiment laide, tu verras comme ça va déclencher des ricanements. Le monde a été comme ça pour moi pendant six ans, jusqu'à l'année dernière.

– Tu oublieras.

– J'aimerais bien l'oublier le plus vite possible. Tu sais, j'étais vraiment soulagée quand je suis entrée à l'université. Je me suis retrouvée avec plein de gens normaux. »

Elle eut un très léger sourire, et se passa la main dans ses cheveux courts.

« Et toi, tu travailles ?

– Oui, j'écris des commentaires pour accompagner des cartes. Tu sais, quand tu achètes une carte, il y a toujours quelques pages d'explication. On y trouve divers renseignements, comme l'historique des villes, la population, les endroits renommés. Ici un chemin de grande randonnée, là une ancienne légende, ailleurs encore telles fleurs ou tels oiseaux. C'est moi qui écris le texte. C'est très simple, tu sais. Cela se fait en un clin d'œil. Je passe une journée à la bibliothèque de Hibiya, et cela me suffit pour en écrire un. Et, avec un peu d'habileté, on peut obtenir tout le travail qu'on veut.

– De l'habileté, quelle habileté ?

– Eh bien, tu vois, il suffit de monter en épingle quelque chose dont les autres ne parlent pas. Alors, le responsable de la maison d'édition pense que tu écris bien. Il est plein d'admiration et il t'en donne d'autres. Il suffit de pas grand-chose, tu sais. Un tout petit rien. Tu écris par exemple qu'un village a été englouti à cet endroit à cause de la construction d'un barrage, mais que les oiseaux migrateurs s'en souviennent encore, et qu'à la saison on peut les voir voler sans fin au-dessus du lac. Tout le monde est très content quand on peut citer de telles anecdotes. Tu ne trouves pas que c'est pittoresque et émouvant ? Ceux qui font habituellement ce travail ne s'embarrassent pas de ces détails. C'est pour ça que je gagne assez bien ma vie en écrivant ces textes.

– Mais quand même, tu as de la chance de pouvoir trouver des histoires pareilles !

– C'est vrai qu'en cherchant bien on trouve toujours quelque chose, et si on ne trouve rien, on peut toujours fabriquer des anecdotes, en s'arrangeant toutefois pour qu'il n'y ait pas de conséquences néfastes.

– Evidemment ! m'exclamai-je, admiratif.

– *Peace* ! »

Comme elle avait envie de savoir comment était ma vie dans le foyer, je lui racontai comme d'habitude en pareil cas l'histoire du drapeau et de la gymnastique à la radio du facho. Elle en rit beaucoup elle aussi. On aurait dit qu'il n'existait que pour faire rire le monde entier. Midori me dit que tout cela lui semblait très amusant et qu'elle voulait absolument venir au moins une fois voir le foyer. Je lui dis que ce n'était pas amusant à voir.

« Tu ne verrais que plusieurs centaines d'étudiants qui boivent et se masturbent dans des chambres sales.

– Et toi, Watanabe, tu fais la même chose ?

– Il n'existe personne qui ne le fasse pas, lui expliquai-je. Les filles ont leurs règles et les garçons se masturbent. Tous le font. Sans exception.

– Même ceux qui ont une amie ? Je veux dire ceux qui ont un partenaire sexuel ?

– Le problème n'est pas là. L'étudiant de Keiô qui est dans la chambre voisine de la mienne le fait avant d'aller retrouver son amie. Il dit que ça le calme.

– Je ne suis pas très au courant de ce genre de chose. J'ai toujours été dans des écoles de filles.

– Et on ne parle pas de ces choses-là dans les

manuels donnés en prime avec les magazines féminins...

– C'est vrai, dit-elle en riant. Mais, dis-moi, Watanabe, tu es libre dimanche prochain ?

– Je suis libre tous les dimanches. Je ne travaille qu'à partir de six heures.

– Tu ne veux pas venir chez moi ? A la librairie Kobayashi. La boutique est fermée, mais je dois garder la maison toute la journée. On attend un coup de téléphone important. Tu ne veux pas déjeuner avec moi ? Je ferai la cuisine.

– C'est d'accord. »

Midori déchira une page de son cahier pour me dessiner un plan détaillé du chemin menant chez elle. Puis, reprenant un stylo à bille rouge, elle traça une grande croix à l'endroit où se trouvait sa maison.

« Comme ça, tu ne te perdras pas. Il y a un grand panneau avec le nom de la librairie. Tu peux venir vers midi ? Le déjeuner sera prêt. »

Je la remerciai et glissai le plan dans ma poche. Puis je lui dis que je n'allais pas tarder à retourner à l'université pour assister au cours d'allemand qui avait lieu à deux heures. Elle avait à faire quelque part, et prit le train à Yotsuya.

Le dimanche matin, je me levai à neuf heures, me rasai, fis ma lessive et l'étendis sur la terrasse. Il faisait un temps magnifique. Pour la première fois, on sentait l'automne. Des groupes de libellules volaient en rond dans le jardin, et les enfants du voisinage couraient derrière en brandissant leur filet pour essayer de les attraper. Il n'y avait pas de vent et le drapeau pendait mollement. Je quittai le foyer vêtu d'une chemise bien repassée et me dirigeai à pied vers l'arrêt du tramway. Le dimanche, ce quartier d'étudiants était désert, complètement mort, et la plupart des magasins étaient fermés. Les différents bruits de la ville s'y répercutaient beaucoup plus distinctement que d'habitude. Une jeune fille traversait la rue goudronnée en faisant résonner les talons de bois de ses sabots, et quatre ou cinq enfants s'amusaient à lancer des pierres dans des canettes vides qu'ils avaient alignées le long du dépôt des tramways. Comme le fleuriste était ouvert, j'achetai des narcisses. C'était curieux d'offrir des narcisses en automne, mais j'ai toujours aimé ces fleurs.

En ce dimanche matin, il n'y avait qu'un groupe de trois femmes dans le tramway. Au moment où je montais, elles me dévisagèrent, leur regard allant avec insistance de mon visage aux fleurs que j'avais dans les mains. L'une d'elles croisa mon regard et me sourit. Je lui rendis son sourire. Puis, m'asseyant tout au fond, je m'absorbai dans la contemplation des vieilles maisons qui bordaient la rue que nous suivions. Sur une véranda étaient alignés une dizaine de pots de tomates, à côté desquels un gros chat noir faisait sa sieste au soleil. J'aperçus aussi de jeunes enfants qui faisaient des bulles de savon dans un jardin. On entendait quelque part une chanson d'Ayumi Ishida. Il flottait même dans l'air une légère odeur de curry. Le tram se faufilait dans les rues écartées et secrètes. Plusieurs personnes montèrent à différentes stations, et les trois femmes, imperturbables, continuaient leur passionnante conversation, penchées l'une vers l'autre.

Je descendis du tramway près de la gare d'Otsuka, pour m'engager dans une grande rue un peu triste, en suivant le plan qu'elle m'avait tracé. Aucune des boutiques ne semblait très prospère. Les constructions étaient anciennes, il faisait sombre à l'intérieur. Certaines arboraient des enseignes à demi effacées. D'après la vétusté et le style des bâtiments, on comprenait que l'endroit n'avait pas été touché par les bombardements pendant la guerre. C'était pour cela que la rue était restée telle quelle. Bien sûr, certaines maisons avaient été reconstruites, d'autres encore en partie rénovées ou agrandies, ce qui les faisait paraître encore plus décrépies que les autres, pourtant plus vieilles.

Le quartier donnait l'impression que la plupart des gens étaient partis en banlieue à cause de l'augmentation du nombre des voitures, de la pollution, du bruit et du prix des loyers, et qu'il ne restait que les habitants des appartements bon marché, des logements réservés aux employés de certaines compagnies, des magasins difficiles à déplacer, ou encore ceux qui restaient obstinément attachés à l'endroit où ils vivaient depuis si longtemps. Tout était vaguement souillé, comme voilé par les gaz d'échappement.

Après avoir marché dans cette avenue une bonne dizaine de minutes, je tournai à droite au coin d'une station-service et me retrouvai dans une petite rue commerçante, à peu près au milieu de laquelle j'aperçus l'enseigne LIBRAIRIE KOBAYASHI. Le magasin n'était pas grand, mais pas aussi petit que je l'avais imaginé d'après ce que Midori m'avait raconté. C'était une librairie tout à fait ordinaire, au sein d'un quartier lui aussi banal. Elle était en tout point semblable à celle où, étant enfant, je me précipitais le jour de la parution de ma revue préférée. Arrivé devant la librairie Kobayashi, je me sentis vaguement mélancolique. Ce genre de librairie existait dans tous les quartiers.

Le volet métallique du magasin était complètement baissé, et il était écrit en son milieu : *Le magazine Shûkan Bunshun est en vente tous les jeudis*. Il me restait encore quinze minutes avant midi, mais, comme je n'avais pas très envie de faire les cent pas dans la rue avec mes narcisses, j'appuyai sur le bouton de sonnette qui se trouvait le long du volet, puis, me reculant de deux ou trois pas, j'attendis. Elle tardait à répondre. J'étais en train de me demander si je devais ou non appuyer une nouvelle fois sur la sonnette, lorsque j'entendis le bruit d'une fenêtre qu'on ouvrait au-dessus de moi. Je levai les yeux, apercevant ainsi Midori qui, penchée à la fenêtre, me faisait signe.

« Lève le rideau et rentre, me cria-t-elle.

– Je suis un peu en avance, ça ne te gêne pas ? criai-je à mon tour.

– Bien sûr que non. Monte au premier étage, je ne peux pas bouger pour l'instant. »

Et la fenêtre se referma bruyamment.

Je remontai le rideau métallique sur environ un mètre dans un bruit d'enfer, me penchai pour entrer à l'intérieur et refermai derrière moi. La boutique était plongée dans l'obscurité. Je me dirigeai à tâtons vers le fond, et je faillis tomber en butant sur un paquet d'invendus retenus par une ficelle et déposé sur le sol, enlevai mes chaussures en tâtonnant et continuai d'avancer. La maison dans son ensemble était plutôt sombre. J'arrivai dans une sorte de salon où étaient installés un canapé et deux fauteuils. La pièce n'était pas tellement grande et elle était faiblement éclairée, comme dans les vieux films polonais. A gauche se trouvait un espace qui semblait servir de réserve ou de débarras, et j'aperçus aussi la porte des toilettes. Je gravis prudemment l'escalier sur ma droite qui menait au premier étage. Je fus soulagé en constatant qu'en haut c'était beaucoup plus clair.

« Je suis là », fit la voix de Midori.

A droite en haut de l'escalier se trouvait une pièce qui ressemblait à une salle à manger, au fond de laquelle s'ouvrait la cuisine. La maison était vieille, mais la cuisine semblait avoir été récemment rénovée, car l'évier, les robinets et les étagères étaient flambant neufs. C'est là que Midori était en train de préparer le repas. On entendait quelque chose mijoter dans une casserole et il flottait dans l'air une bonne odeur de poisson grillé.

« Il y a de la bière au frigo. Sers-toi et va t'asseoir », me dit-elle en me jetant un coup d'œil.

Je pris une canette de bière dans le réfrigérateur et allai m'asseoir à table pour la boire. Elle était si fraîche qu'on aurait pu croire qu'elle était là depuis six mois. Sur la table étaient posés un petit cendrier blanc, le journal et un flacon de sauce de soja. Il y avait aussi un bloc-notes et un stylo à bille, et sur le bloc-notes étaient inscrits un numéro de téléphone et des chiffres, sans doute le calcul de ses dépenses.

« Ce sera prêt dans dix minutes. Tu peux attendre ?

– Bien sûr que oui.

– Prépare-toi. Il y a bien de quoi manger. »

Tout en buvant à petites gorgées ma bière glacée, j'observai Midori, qui faisait la cuisine avec ardeur. Elle s'occupait de réaliser quatre plats en même temps, en bougeant avec adresse et agilité. Venait-elle de goûter ce qui était en train de mijoter qu'elle découpait aussitôt quelque chose à toute allure sur la planche, puis sortait autre chose du réfrigérateur pour le disposer dans une assiette, avant de laver rapidement une casserole dont elle n'avait plus besoin. Vue de dos, sa silhouette ressemblait à celle d'un percussionniste indien. A peine celui-ci vient-il de faire résonner une cloche qu'il revient frapper une planche, puis un os de buffle. Chacun de ses gestes venait à point et n'était pas inutile, et l'équilibre de l'ensemble était parfait. Je l'observais, plein d'admiration.

« Je peux t'aider, si tu veux, lui proposai-je.

– Ce n'est pas la peine. Je suis habituée à le faire toute seule », me répondit-elle, se tournant un instant vers moi en riant.

Elle portait un T-shirt bleu marine sur un jean étroit. Dans le dos du T-shirt était imprimée la pomme d'Apple Records. Vue de derrière, ses hanches étaient incroyablement étroites. Elles étaient si fines qu'on aurait pu croire que le processus de croissance permettant de les consolider avait été interrompu pour une raison quelconque. A cause de cela, l'impression qu'elle faisait était beaucoup plus neutre que celle d'une fille ordinaire quand elle porte des jeans étroits. La vive lumière qui entrait par la fenêtre au-dessus de l'évier faisait ressortir les contours de son corps.

« Ce n'était pas la peine de me préparer un déjeuner aussi somptueux ! lui dis-je.

– Ce n'est pas aussi luxueux que tu le crois, me dit-elle sans se retourner. J'ai eu pas mal de choses à faire hier, alors je n'ai pas pu acheter tout ce que je voulais. Je me suis contentée de préparer quelque chose avec ce que j'ai trouvé dans le frigo. Mais ne t'inquiète pas. Chez nous, on a l'habitude de bien recevoir les invités. Je ne sais pas pourquoi, c'est une vieille habitude familiale. C'est un peu comme une maladie, tu sais. Ce n'est ni une question de gentillesse, ni de prestige, mais dès qu'on a des invités, on ne peut pas s'empêcher de les recevoir le mieux possible. On est tous comme ça, heureusement ou malheureusement. Mon père par exemple, il ne boit pratiquement pas, et pourtant on a plein de bouteilles à la maison. Pour quoi faire, à ton avis ? Pour les offrir aux invités. Alors tu peux boire toute la bière que tu veux, sans te gêner.

– Merci », lui dis-je.

Et je me rendis compte soudain que j'avais oublié mes narcisses au rez-de-chaussée. Je les avais posés à côté de moi pour enlever mes chaussures et j'avais oublié de les reprendre. Je redescendis donc pour prendre mes dix fleurs blanches allongées dans la pénombre. Midori prit un verre long et étroit sur l'étagère de la cuisine et y disposa les fleurs.

« J'aime beaucoup les narcisses, me dit-elle. Il y a

longtemps, au cours d'une fête au lycée, j'ai chanté *Seven Daffodils*. Tu connais cette chanson ?

– Bien sûr que oui.

– Je faisais partie d'un groupe de folk song. Je jouais de la guitare. »

Et elle se mit à servir le déjeuner en fredonnant *Seven Daffodils*.

La cuisine de Midori était encore plus merveilleuse que je ne l'avais imaginé. Il y avait du chinchard au vinaigre, une belle omelette roulée, des légumes fermentés à la mode de Kyôto qu'elle avait préparés elle-même, des aubergines mijotées avec de la sauce de soja, un bouillon de junsai [1], du riz aux champignons shimeji, agrémenté de takuan coupé menu et saupoudré de sésame, ceci en quantité non négligeable. L'assaisonnement n'était pas trop salé, à la mode du Kansai.

« C'est absolument délicieux, lui dis-je, plein d'admiration.

– Dis-moi honnêtement, Watanabe, tu ne t'attendais pas à cela, n'est-ce pas ? D'après ce que tu connaissais de moi...

– Euh... lui répondis-je franchement.

– Comme tu es du Kansai, tu aimes la façon dont c'est assaisonné, n'est-ce pas ?

– Tu as cuisiné ainsi exprès pour moi ?

– Bien sûr que non ! Je n'irais pas jusque-là. On a toujours cuisiné comme ça à la maison.

– Alors, c'est ton père ou ta mère qui sont du Kansai ?

– Non, mon père est d'ici, et ma mère est de Fukushima. On peut chercher parmi tous les membres de la

1. Plante aquatique des eaux dormantes dont les feuilles sont comestibles *(Brasenia purpurea)*.

famille, on ne trouvera personne du Kansai. Nous sommes tous originaires de Tôkyô et du nord du Kantô.

– Je ne comprends pas très bien... Veux-tu me dire comment tu arrives à faire de la cuisine à la mode du Kansai d'une manière aussi réussie ?

– Eh bien, c'est assez long à expliquer, commença-t-elle, en mangeant un morceau d'omelette. Ma mère détestait tout ce qui avait rapport de près ou de loin avec les travaux domestiques, et ne faisait presque jamais la cuisine. En plus, avec la boutique, il lui arrivait souvent, quand il y avait beaucoup de travail, de se faire livrer des repas à domicile, ou d'acheter en toute hâte des croquettes à la viande chez le boucher. Je n'ai jamais aimé cette façon de faire. Je ne pouvais pas m'empêcher de trouver cela détestable. Elle faisait une énorme quantité de curry et on en mangeait pendant trois jours. J'étais en quatrième quand j'ai décidé un beau matin de me débrouiller toute seule pour faire des repas corrects. Je suis allée au Kinokuniya de Shinjuku où j'ai acheté le livre de cuisine qui me paraissait le plus beau, et je l'ai lu d'un bout à l'autre, jusqu'à ce que je le possède à fond. Je savais tout : comment choisir une planche à découper, aiguiser un couteau, lever les filets d'un poisson, râper la bonite séchée, tout. Et comme l'auteur du livre était originaire du Kansai, j'ai fait la cuisine à la mode de cette région.

– Alors, tu as appris tout cela dans un livre ? fis-je, surpris.

– Après, j'ai fait des économies pour aller goûter la cuisine Kaiseki traditionnelle. C'est ainsi que j'en ai retenu le goût. Tu sais, je suis assez intuitive. En revanche, je ne suis pas très logique.

– Je trouve que c'est pas mal, quand même, de pouvoir faire tout cela sans jamais avoir appris avec quel qu'un.

– Ce n'était pas facile, tu sais, me dit-elle en soupirant. Surtout que, dans la famille, personne ne comprend ni n'apprécie la cuisine. On ne voulait pas me donner d'argent pour acheter des couteaux ou des casseroles. On me disait que ce que nous avions déjà était suffisant. Quelle foutaise ! Comment aurais-je pu lever des filets avec les couteaux que nous avions alors ? Mais quand je le leur expliquais, ils me répondaient que ce n'était pas nécessaire de lever les filets. C'était désespérant ! Alors j'ai économisé petit à petit sur mon argent de poche pour m'acheter des couteaux, des casseroles ou des passoires. C'est incroyable, tu ne trouves pas ? Une fille de quinze ou seize ans qui fait des économies de bouts de chandelles pour se payer des écumoires, des pierres à aiguiser ou des bassines à tempura ! Autour de moi, mes amies qui recevaient plein d'argent de poche passaient leur temps à s'acheter des robes et des chaussures, tu sais ! C'est malheureux, n'est-ce pas ? »

Je l'écoutais parler, tout en savourant mon bouillon au junsai.

« En seconde, je voulais absolument une poêle à omelettes. Tu connais cette poêle longue et étroite qui sert à faire les omelettes roulées ? Eh bien, j'en ai acheté une avec l'argent qu'on m'avait donné pour m'acheter un nouveau soutien-gorge. Si tu savais tous les problèmes que j'ai eus après ! J'ai vécu pendant trois mois avec un seul soutien-gorge. C'est incroyable, non ? Je le lavais le soir, faisais tout ce que je pouvais pour qu'il sèche, et le remettais le lendemain matin avant de partir. C'était tout un drame quand il n'était pas sec. Je crois qu'il n'y a rien de plus triste au monde que de mettre un soutien-gorge encore humide. J'en pleurais presque. Surtout quand je pensais que c'était à cause d'une poêle à omelettes !

– C'est vrai, approuvai-je en riant.

– C'est pour cela que j'ai été un tout petit peu soulagée quand ma mère est morte, même si ce n'est pas gentil pour elle. Après, j'ai pu acheter tout ce que je voulais avec l'argent de la maison. Et maintenant, j'ai tout ce qu'il faut comme ustensiles de cuisine. Mon père ne sait rien des dépenses de la maison, tu sais.

– Quand est-ce que ta mère est morte ?

– Il y a deux ans, répondit-elle brièvement. D'un cancer. Tumeur au cerveau. Elle a été hospitalisée pendant un an et demi, elle a souffert le martyre, et, à la fin, elle a perdu la tête et on la bourrait de médicaments, et pourtant elle n'en finissait pas de mourir. A la fin, c'est tout juste si on ne l'a pas aidée à mourir. C'est la fin la plus horrible qui soit. C'est dur pour l'intéressé, et c'est difficile aussi pour son entourage. Cela nous a fait perdre tout notre argent. On lui faisait des tas de piqûres à vingt mille yens l'une, il lui fallait une garde-malade, et puis je ne sais quoi encore. En plus, comme je devais m'occuper d'elle, je n'ai pas pu travailler, et j'ai été obligée de redoubler, tout a été bouleversé. Et puis... (Elle voulait ajouter quelque chose, mais elle se reprit, posa ses baguettes et soupira.) La conversation n'est pas gaie, n'est-ce pas ? Comment en sommes-nous arrivés là ?

– A partir de l'histoire du soutien-gorge, lui dis-je.

– Goûte-moi cette omelette, tu m'en diras des nouvelles », me répondit-elle d'un air sérieux.

Quand j'eus mangé ma part, je n'avais plus faim. Midori ne mangea pas beaucoup. Elle m'expliqua que faire la cuisine lui coupait l'appétit. Le déjeuner terminé, elle débarrassa la table, l'essuya, apporta un paquet de Marlboro, en prit une et l'alluma. Puis elle prit le verre où elle avait mis les narcisses, et regarda les fleurs un moment.

« C'est mieux comme ça, me dit-elle. Je crois que ce n'est pas la peine de les mettre dans un vase. On dirait qu'on vient tout juste de les cueillir au bord de l'eau et qu'on les a mis dans un verre en attendant.

– Je les ai cueillis au bord de l'eau devant la gare d'Otsuka », lui dis-je.

Elle eut un petit rire étouffé :

« Tu es vraiment bizarre. Tu dis des plaisanteries d'un air si sérieux ! »

Elle fuma sa cigarette jusqu'à la moitié, le menton dans les mains, avant de l'éteindre en la frottant énergiquement sur le fond du cendrier. Sans doute la fumée lui était-elle entrée dans les yeux, car elle se les frotta ensuite avec les doigts.

« D'habitude, les filles éteignent leur cigarette d'une manière un peu plus raffinée, lui dis-je. On dirait un bûcheron. N'essaie pas à toute force de l'éteindre. Vas-y doucement, en commençant par le tour. De cette façon, tu y arriveras sans l'écraser comme tu le fais. Là, c'est vraiment trop. Ensuite, quoi qu'il arrive, tu ne dois surtout pas faire sortir la fumée par le nez. Et puis, d'habitude, quand une jeune fille déjeune seule en compagnie d'un garçon, elle ne lui raconte pas qu'elle a vécu trois mois avec un seul soutien-gorge.

– Mais je suis un bûcheron, me dit-elle en se grattant l'aile du nez. Je ne peux pas arriver à être chic. Je le fais de temps en temps pour m'amuser, mais ce n'est pas dans ma nature. Tu as autre chose à dire ?

– Les Marlboro ne sont pas des cigarettes pour les filles...

– Ce n'est pas grave. De toute façon, elles sont toutes aussi mauvaises les unes que les autres... (Elle fit tourner la boîte rouge dans sa main.) J'ai commencé à fumer le mois dernier. En fait, je n'en avais pas vraiment envie, mais je me suis dit soudain que j'allais essayer.

– Pourquoi as-tu eu cette idée ? »

Midori réfléchit un instant, les deux mains posées l'une sur l'autre sur la table :

« Je ne sais pas, c'est venu comme ça. Et toi, Watanabe, tu ne fumes pas ?

– J'ai arrêté en juin.

– Pourquoi ?

– J'en avais marre. Je supportais mal de ne plus avoir de cigarettes en pleine nuit. C'est pour cela que j'ai arrêté. Je n'aime pas être dépendant de quelque chose.

– Finalement, tu es quelqu'un d'assez rigoureux.

– Oui, peut-être. C'est sans doute pour cela que les gens ne m'aiment pas beaucoup. Cela a toujours été ainsi.

– C'est parce que tu donnes l'impression que ça ne te fait rien si on ne t'aime pas. Je me demande si cela ne met pas certaines personnes en colère. (Elle avait parlé, le menton dans ses mains, d'une voix presque inaudible.) Mais moi, j'aime bien bavarder avec toi. D'ailleurs, ta façon de parler est très originale : "Je n'aime pas être dépendant de quelque chose." »

Je l'aidai à faire la vaisselle. Debout à ses côtés, j'essuyai les assiettes que je rangeai ensuite sur l'étagère.

« A propos, où sont passés les membres de ta famille, aujourd'hui ?

– Ma mère est dans sa tombe. Elle est morte il y a deux ans.

– Je sais, tu me l'as déjà dit.

– Ma sœur avait rendez-vous avec son fiancé. Je crois qu'ils sont partis faire un tour en voiture. Son ami travaille dans une compagnie d'automobiles. C'est pour ça qu'il aime beaucoup les voitures. Moi, je ne les aime pas trop, mais enfin... »

Elle se tut et continua de laver la vaisselle, que j'essuyai en silence.

« Après, il y a mon père, me dit-elle un moment plus tard.

– Oui ?

– Il est parti en juin dernier pour l'Uruguay, et il n'est toujours pas revenu.

– L'Uruguay ? fis-je, surpris. Et pourquoi l'Uruguay ?

– Il voulait y émigrer. C'est idiot, n'est-ce pas ? Quelqu'un qu'il a connu à l'armée possède une ferme dans ce pays. Il nous a dit soudain qu'il se débrouillerait toujours s'il partait là-bas, il a pris l'avion et il est parti. Nous avons bien essayé de l'arrêter en lui disant que cela ne changerait rien, qu'il ne savait pas la langue, et qu'il n'avait pratiquement jamais quitté Tôkyô. Mais cela s'est avéré inutile. Je crois que la mort de ma mère a été un choc terrible pour lui. Cela lui a fait perdre la tête. Il l'aimait tellement. Je t'assure. »

Incapable de répliquer, je l'écoutais, bouche bée.

« Quand elle est morte, tu sais ce qu'il nous a dit, à ma sœur et à moi ? Tiens-toi bien : “Je vous en veux. J'aurais préféré vous perdre toutes les deux plutôt que de perdre votre mère.” Nous n'avons rien répondu, tellement nous étions abasourdies. Mets-toi à notre place. On ne peut quand même pas dire ça ! Je comprends combien cela doit être dur, triste et douloureux de perdre sa compagne bien-aimée. Je le plains, mais de là à dire à ses propres filles qu'on préférerait les voir mortes, tu ne trouves pas que c'est un peu gros ?

– Oui, c'est vrai.

– Nous étions blessées. (Midori hocha la tête.) De toute façon, nous sommes tous un peu bizarres dans la famille. Nous sommes un peu décalés.

– On le dirait, approuvai-je.

– Tu ne trouves pas que c'est chouette, quand même, de voir deux êtres qui s'aiment ainsi ? Etre épris de sa femme au point de dire à ses filles qu'on aimerait mieux les voir mortes à sa place !

– Tu as sans doute raison...

– Et il est parti pour l'Uruguay. En nous laissant tomber. »

J'essuyais la vaisselle en silence. Quand j'eus terminé, Midori la rangea soigneusement sur l'étagère.

« Et depuis, tu n'as plus jamais eu de ses nouvelles ? lui demandai-je.

– Nous avons reçu une carte postale. En mars dernier. Mais il ne nous disait rien de précis. Seulement qu'il faisait chaud, et que les fruits n'étaient pas aussi bons qu'il l'avait pensé. J'étais furieuse ! La carte était moche et représentait un âne. Il est complètement dingue. Il ne nous a même pas dit s'il a pu revoir son soi-disant ami. Vers la fin, il nous a écrit que, dès qu'il serait un peu mieux installé, il nous ferait venir, ma sœur et moi, mais il ne nous a plus donné signe de vie depuis. On peut toujours lui écrire, mais ça m'étonnerait qu'il réponde.

– Et s'il vous demandait de venir le rejoindre en Uruguay, qu'est-ce que tu ferais ?

– Je crois que j'irais. Ce serait amusant, non ? Ma sœur n'ira certainement pas. Elle a horreur de tout ce qui n'est pas impeccable et des endroits sales.

– Parce que l'Uruguay n'est pas un pays propre ?

– Je ne sais pas, moi. Mais ma sœur en est persuadée. Il paraît que les rues y sont pleines de crottes d'ânes couvertes de mouches, qu'il n'y a pas assez d'eau dans les WC, et que le pays grouille de lézards et de scorpions. Elle a dû voir un film quelque part sur le sujet. Ma sœur déteste aussi tous les insectes. Ce qu'elle aime, c'est se promener dans une belle voiture sur la côte de Shônan.

– Eh bien !...

– L'Uruguay, ça doit être extra. Cela ne me gênerait pas d'y aller.

– Qui est-ce qui s'occuperait de la librairie ? lui demandai-je.

– Ma sœur, et de mauvaise grâce. Quelqu'un de la famille, et qui habite le quartier, vient tous les jours l'aider, il s'occupe même des livraisons, et puis, si j'ai le temps, j'aide aussi, d'ailleurs une librairie ne demande pas un travail considérable. Quand on n'y arrivera plus, on fermera boutique et on la vendra.

– Tu aimes ton père ? »

Midori secoua la tête :

« Pas spécialement.

– Alors, pourquoi le suivrais-tu jusqu'en Uruguay ?

– Parce que j'ai confiance.

– Confiance ?

– Oui, je ne l'aime pas particulièrement, mais j'ai confiance en lui. J'ai confiance en l'homme qui, sous le choc de la perte de sa femme, a laissé tomber sa maison, ses enfants et son travail pour aller en Uruguay, car c'est mon père. Tu comprends ? »

Je soupirai :

« Il me semble que je comprends, mais en même temps, ça me paraît quand même un peu bizarre. »

Midori se mit à rire et me tapota le dos :

« Ne t'inquiète pas, ce n'est pas grave. »

Ce dimanche après-midi fut très agité, et il se passa diverses choses. Ce fut une bien étrange journée. Un incendie se déclara tout près de chez Midori, nous grimpâmes sur la véranda qui se trouvait au deuxième étage pour le regarder, et nous finîmes par nous embrasser. Exposé de cette façon, cela peut paraître idiot, mais les faits se déroulèrent exactement ainsi.

Nous étions en train de prendre le café en discutant de l'université quand nous entendîmes la sirène d'une voiture de pompiers. Le bruit se rapprochait de plus en plus, des gens passèrent en courant sous les fenêtres, et l'on entendit des cris. Midori passa dans la pièce qui donnait sur la rue, regarda par la fenêtre et disparut après m'avoir demandé de l'attendre. Je l'entendis grimper l'escalier quatre à quatre.

Tout en buvant seul mon café, je me demandais où l'Uruguay pouvait bien se trouver. Je voyais à peu près où étaient le Brésil, le Venezuela ou la Colombie, mais je n'arrivais pas à retrouver l'Uruguay. Bientôt, Midori redescendit pour me dire de me dépêcher de la rejoindre. Je la suivis, gravis l'escalier raide qui se trouvait au bout du couloir, et me retrouvai sur la vaste véranda. Elle surplombait les toits des maisons environnantes, et on y avait une vue d'ensemble de tout le quartier. Une énorme fumée noire s'élevait de trois ou quatre maisons, et, portée par le vent, s'écoulait vers la grand-rue. Une odeur de brûlé flottait dans l'air.

« C'est chez les Sakamoto ! dit Midori en se penchant sur la rambarde. M. Sakamoto était marchand d'accessoires d'ameublement. Maintenant, il ne travaille plus, et il a fermé son magasin. »

Je me penchai moi aussi sur la rambarde pour regarder. La scène se déroulait juste derrière un immeuble de deux étages, aussi ne voyait-on pas ce qui se passait en détail, mais il y avait trois ou quatre camions et les pompiers s'activaient pour essayer d'éteindre le feu. Comme la rue était étroite, deux camions seulement avaient pu y pénétrer, et les autres attendaient dans la grand-rue. Comme d'habitude en pareil cas, les badauds avaient envahi l'endroit.

« Tu ferais bien de rassembler tes affaires, il vaudrait peut-être mieux aller se réfugier quelque part, lui dis-je. Pour l'instant ça va parce que le vent souffle dans l'autre sens, mais il peut tourner, et la station-service n'est pas loin. Je vais t'aider, sors tes affaires.

– Je n'ai besoin de rien, me dit-elle.

– Mais il y a des choses importantes. Les livrets bancaires, le sceau, les certificats, enfin, toutes les choses de ce genre. Au moins, il ne faut pas que tu manques d'argent.

– Ne t'inquiète pas, je ne partirai pas.

– Même si ça brûle ici ?

– Et alors ? Cela ne m'ennuie pas de mourir. »

Je la regardai droit dans les yeux. Elle me fixa à son tour. Je ne savais pas du tout si elle plaisantait ou si elle avait parlé sérieusement. Je l'observai un moment, et bientôt j'eus l'impression que plus rien n'avait d'importance.

« Bon, j'ai compris. Je reste avec toi, lui dis-je.

– Tu veux bien mourir avec moi ? me demanda-t-elle, les yeux brillants.

– Tu es folle ! Je partirai quand ça deviendra dangereux. Si tu veux mourir, tu n'as qu'à le faire toute seule.

– Quelle froideur !

– Tu ne t'imagines quand même pas que je vais mourir avec toi parce que tu as eu la gentillesse de m'inviter à déjeuner ! Cela aurait été à dîner, je ne dis pas...

– Bon, alors, si nous chantions en attendant de voir comment les choses évoluent ? Quand ça se gâtera, il sera toujours temps d'agir.

– Chanter ? »

Midori alla chercher deux coussins, quatre bières et sa guitare. Et nous bûmes de la bière en regardant s'élever les nuages de fumée. Puis Midori chanta en s'accompagnant à la guitare. Je lui demandai si cela n'allait pas scandaliser les voisins. Parce que je trouvais que ce n'était pas très sérieux de boire et de chanter sur la terrasse en contemplant le spectacle de l'incendie.

« Ne t'inquiète pas pour ça. Nous ne faisons pas attention aux voisins », me dit-elle.

Elle se mit à chanter des folk songs qu'elle avait interprétées autrefois. On ne pouvait pas dire qu'elle était particulièrement douée pour chanter et jouer de la guitare, mais elle semblait y prendre beaucoup de plaisir. Elle chanta à la suite : *Lemon Trees*, *Puff, the Magic Dragon*, *500 Miles*, et encore *Where have all the Flowers gone* et *Michaël est de retour*. Au début, Midori m'apprit l'accompagnement de basse et nous chantâmes en chœur, mais je chantais tellement mal qu'elle y renonça vite et continua seule. Je l'écoutais en buvant ma bière à petites gorgées et en observant avec attention la progression du feu. Dès que j'avais l'impression que la fumée redoublait de violence, on aurait dit que cela se calmait aussitôt, la même situation se répétant inlassablement. Des gens criaient et donnaient des ordres d'une voix forte. L'hélicoptère d'un grand quotidien vint prendre des photos, avant de repartir dans un grand bruit de pales. Je me surpris à espérer ne pas avoir été photographié. Des policiers s'adressaient aux badauds à travers des haut-parleurs, leur enjoignant de se reculer. Un enfant appelait sa mère en pleurant. On entendit un bruit de verre brisé quelque part. Le vent se mit bientôt à tournoyer, et des débris enflammés vinrent tourbillonner autour de nous. Pourtant, Midori continuait de chanter avec un plaisir évident, en buvant de temps à autre une gorgée de bière. Après avoir interprété tous les morceaux qu'elle savait, elle passa à une curieuse chanson de sa composition.

Alors que je voudrais faire un ragoût pour toi
Je n'ai pas de fait-tout
Alors que je voudrais tricoter une écharpe pour toi
Je n'ai pas de laine
Alors que je voudrais écrire un poème pour toi
Je n'ai pas de plume.

« Cette chanson s'appelle *Je n'ai rien du tout* », me dit-elle.

Le texte était épouvantable, la musique aussi.

Tout en écoutant cette chanson absurde, je me disais que si la station-service explosait, la maison où nous nous trouvions serait sans doute soufflée elle aussi. Quand Midori en eut assez, elle posa sa guitare et vint s'appuyer sur mon épaule, comme un chat qui s'allonge au soleil.

« Comment trouves-tu ma chanson ? me demanda-t-elle.

– Unique et originale, reflétant bien ton caractère, répondis-je prudemment.

– Merci, me dit-elle. Le thème, c'est qu'il n'y a rien du tout.

– Je crois l'avoir compris...

– Tu sais, quand ma mère est morte... commença-t-elle en se tournant vers moi.

– Oui ?

– Je n'étais pas triste du tout.

– Ah bon ?

– Et quand mon père est parti, cela ne m'a rien fait non plus.

– Ah !

– Oui. Tu ne trouves pas que c'est affreux ? Tu ne penses pas que je suis trop indifférente ?

– Mais ce sont les circonstances qui t'ont rendue ainsi, sans doute.

– Oui, peut-être, dit Midori. C'était assez compliqué à la maison. Mais j'ai toujours cru que quand on perdait son père ou sa mère, on était forcément triste. Mais ça n'a pas marché. Je n'ai rien ressenti. Je ne me sentais ni triste, ni abandonnée, je n'ai pas trouvé cela dur, et c'est à peine si je m'en souviens. J'en rêve de temps en temps, c'est tout. Je vois ma mère, dans le noir, qui me fixe d'un air de reproche, comme si j'étais heureuse qu'elle soit morte. Je ne suis pas particulièrement contente de la mort de ma mère. Seulement, je n'en suis pas vraiment triste non plus. Pour être franche, je n'ai pas versé une seule larme. Pourtant, quand le chat que j'avais toute petite est mort, j'ai pleuré toute une nuit ! »

Je me demandais pourquoi il y avait tant de fumée. On ne voyait pas de flammes, et l'incendie ne semblait pas s'étendre. Seule la fumée continuait de s'élever lourdement. Je me demandais avec curiosité ce qui pouvait bien brûler depuis si longtemps.

« Mais ce n'est pas uniquement de ma faute, tu sais. Bien sûr, je ne suis peut-être pas assez sensible. Je le reconnais. Mais s'ils, je veux dire mon père et ma mère, m'avaient aimée un peu plus, j'aurais peut-être eu une réaction différente. Sans doute aurais-je été bien plus triste.

– Tu crois que tu n'as pas été très aimée ? »

Elle me regarda d'un air pensif. Puis elle secoua la tête.

« C'est à peu près l'équivalent de “pas assez” ou “pas suffisamment”. J'ai toujours eu soif d'affection. J'aurais voulu au moins une fois dans ma vie recevoir de l'amour à satiété. Au point d'en être écœurée et d'en refuser davantage. Une seule fois, juste une seule fois. Mais ils ne l'ont pas fait, jamais. Quand je jouais l'enfant gâtée, ils me repoussaient, et ils ne faisaient que de se plaindre que je leur coûtais de l'argent, ça a toujours été comme ça. Alors je me suis dit que je ferais tout pour me trouver quelqu'un qui m'aimerait pleinement. J'étais en septième ou en huitième quand j'ai pris ma décision.

– C'est extraordinaire, lui dis-je avec admiration. Et tu as réussi ?

– Ce n'est pas si facile », me dit-elle.

Elle resta pensive un moment en regardant la fumée.

« J'ai sans doute attendu trop longtemps. Je suis toujours à la recherche de quelque chose de parfait. C'est pour cela que c'est difficile.

– Un amour parfait ?

– Mais non voyons. Même moi je n'en désire pas tant. Je cherche seulement à réaliser un simple caprice. Un pur caprice. Par exemple, je te dis comme ça que j'ai envie d'une tarte aux fraises, alors tu laisses tout tomber pour courir la chercher. Tu reviens essoufflé et tu me la donnes en disant : "Tiens, Midori, voici ta tarte aux fraises", et moi je la jette par la fenêtre en disant : "J'en veux plus !" C'est ça que j'attends.

– Il me semble que cela n'a pas grand-chose à voir avec l'amour, lui dis-je, légèrement étonné.

– Mais si, seulement tu ne le sais pas, me dit-elle. Il y a des jours où c'est très important pour les filles.

– De jeter une tarte aux fraises par la fenêtre ?

– Oui. Et j'aimerais bien que le garçon me dise alors : "J'ai compris, Midori. Excuse-moi. J'aurais dû deviner que tu n'avais plus envie de tarte aux fraises. Je suis aussi idiot et insensible qu'une bourrique. Pour me faire pardonner, je vais aller t'acheter autre chose. Qu'est-ce que tu veux ? Une mousse au chocolat, un gâteau au fromage blanc ?"

– Et qu'est-ce que ça donnera ?

– Je l'aimerai.

– Cela me semble plutôt absurde.

– Mais pour moi, c'est cela l'amour. Personne ne veut comprendre... (Midori secoua légèrement la tête sur mon épaule.) Pour certaines personnes, l'amour commence par des choses insignifiantes ou sans importance. Si cela ne passe pas par là, ce n'est pas la peine.

– C'est la première fois que je rencontre une fille qui pense comme toi, lui dis-je.

– Il y a pas mal de gens qui disent cela, me dit-elle tout en tirant sur une petite peau d'un de ses ongles.

Mais je ne peux pas penser sérieusement autrement. Je l'exprime avec franchise, c'est tout. Je n'ai jamais considéré que je pensais différemment des autres, et, d'ailleurs, je n'ai jamais cherché à le faire. Mais, quand j'en parle franchement, tout le monde croit à une plaisanterie ou à une mise en scène. Alors, de temps en temps, tout me dégoûte.

– C'est alors qu'il te prend des envies de mourir brûlée vive dans un incendie ?

– Mais non, tu te trompes. Cela, c'est juste par curiosité.

– Mourir dans un incendie ?

– Non, je voulais seulement voir comment tu réagirais. Mais je n'ai pas du tout peur de mourir, tu sais. Je t'assure. On perd connaissance, asphyxié par la fumée, et on meurt, c'est tout. Cela se passe en un clin d'œil. Je n'ai pas du tout peur, surtout si je pense à la façon dont sont morts ma mère et d'autres membres de ma famille. Tu sais, dans ma famille, tout le monde meurt de maladie grave, après avoir souffert le martyre. On dirait que c'est de naissance. Il nous faut beaucoup de temps pour mourir. A tel point qu'à la fin on ne sait même plus si on est mort ou vivant. La seule conscience qui nous reste est celle d'une douleur insupportable. (Midori alluma une Marlboro.) C'est de cela que j'ai peur. L'ombre de la mort envahit très lentement le domaine de la vie, quand on s'en aperçoit on ne distingue plus rien dans l'obscurité, et l'on est dans un tel état que les gens tout autour te considèrent plutôt mort que vivant. Je ne veux pas d'une mort pareille. Je ne pourrais certainement pas le supporter. »

Finalement, l'incendie fut maîtrisé une demi-heure plus tard. Il n'y avait pas beaucoup de dégâts et aucun blessé. Les camions de pompiers rebroussèrent chemin, n'en laissant qu'un seul derrière eux, tandis que les badauds se dispersaient au milieu du brouhaha des conversations. Les voitures de police étaient restées, avec leur gyrophare allumé, pour régler la circulation. Deux corbeaux, venus d'on ne sait où, étaient perchés au sommet d'un poteau électrique, d'où ils observaient la rue.

L'incendie terminé, Midori sembla soudain lasse. Le corps détendu, elle regardait vaguement le ciel dans le lointain. Et elle ne parlait presque plus.

« Tu es fatiguée ?

– Ce n'est pas ça. Il y avait longtemps que je ne m'étais pas relâchée ainsi. J'en suis toute étourdie. »

Je la regardai dans les yeux, et elle fit de même. Je la pris dans mes bras et l'embrassai. Ses épaules eurent un léger sursaut, mais elle se détendit aussitôt et ferma les yeux. Nos lèvres restèrent soudées pendant cinq ou six secondes. Le soleil de ce début d'automne éclairait le duvet qui faisait de l'ombre sur ses joues, une ombre qui me semblait légèrement tremblotante.

Ce fut un baiser doux et tendre, mais aussi sans espoir. Si nous n'avions pas regardé l'incendie en buvant de la bière assis au soleil sur la véranda, je ne l'aurais sans doute pas embrassée ce jour-là, et je crois qu'elle a ressenti la même chose. En voyant de la véranda les toits des maisons qui brillaient, la fumée, les libellules rouges et d'autres choses encore, nous avions éprouvé un doux sentiment d'intimité, qu'inconsciemment nous avions sans doute voulu préserver. Notre baiser était de cette sorte. Mais bien sûr, comme tous les baisers, il n'était pas sans comporter une part de danger.

Midori fut la première à ouvrir la bouche. Elle prit doucement ma main dans la sienne. Puis elle me dit en hésitant qu'elle fréquentait déjà quelqu'un. Je lui dis que je l'avais deviné.

« Tu es amoureux, toi aussi ?

– Oui.

– Mais tu es libre tous les dimanches, n'est-ce pas ?

– C'est très compliqué », lui dis-je.

Et je sus que le charme éphémère de cet après-midi d'automne avait disparu.

A cinq heures, je laissai Midori pour aller à mon travail. Je lui avais proposé de venir dîner avec moi, mais elle refusa à cause du coup de téléphone qu'elle attendait encore.

« Je n'aime vraiment pas du tout rester à la maison toute la journée à cause du téléphone. Quand je suis seule, j'ai l'impression que mon corps va se putréfier. Il se décompose peu à peu, pourrit, et finit par se transformer en un liquide vert qui ne tarde pas à être absorbé par le sol. Ensuite, il ne reste plus que mes vêtements. C'est l'impression que ça me fait, quand j'attends, immobile, toute la journée.

– La prochaine fois qu'il te faudra attendre un coup de téléphone, je viendrai te tenir compagnie. Repas compris.

– D'accord. Et je n'oublierai pas l'incendie pour après. »

Le lendemain, Midori ne vint pas en « Histoire du théâtre II ». Après le cours, j'allai au restaurant universitaire me nourrir d'un repas froid et détestable, avant de m'asseoir au soleil et de regarder le paysage alentour. Juste à côté de moi se tenaient debout deux étudiantes qui n'en finissaient pas de bavarder. L'une serrait précieusement sur son cœur une raquette de tennis comme s'il se fût agi d'un bébé, tandis que l'autre avait à la main des livres et un disque de Leonard Bernstein. Elles étaient toutes les deux jolies, et semblaient prendre beaucoup de plaisir à leur conversation. On entendait quelqu'un s'exercer à la basse dans le club house. Ici ou là, des groupes de cinq ou six étudiants discutaient, riaient, criaient. D'autres faisaient du skateboard sur le parking. Un professeur, avec sa serviette de cuir, tentait de le traverser en faisant de son mieux pour les éviter. Dans la cour, des étudiantes coiffées d'un casque étaient accroupies, qui dénonçaient sur une pancarte l'agression de l'Asie par l'impérialisme américain. C'était le spectacle habituel qu'offrait l'université en tout début d'après-midi. Mais, alors que je regardais ce spectacle comme je ne l'avais pas fait depuis bien longtemps, je pris soudain conscience d'une réalité. Tout le monde semblait heureux, chacun à sa manière. Je ne savais pas s'ils l'étaient vraiment ou s'ils en donnaient seulement l'impression, mais, en tout cas, en cet agréable après-midi de la fin du mois de septembre, tout le monde semblait heureux, et cela m'emplit d'un sentiment de tristesse inaccoutumé. J'avais l'impression d'être le seul à me tenir en dehors de ce paysage.

Mais, à la réflexion, à quel paysage avais-je donc appartenu durant toutes ces années ? me demandai-je. La dernière scène intime dont je me souvenais était celle du billard près du port où j'avais joué avec Kizuki. Mais c'était cette nuit-là que Kizuki était mort et, depuis, un courant d'air glacial s'était installé entre moi et le reste du monde. J'essayai de réfléchir à ce qu'avait représenté pour moi l'existence de Kizuki. Mais il me fut impossible de trouver une réponse. La seule chose que je comprenais, c'était que la mort de Kizuki m'avait privé, pour toujours et totalement, d'une partie de ce que j'étais bien obligé d'appeler mon adolescence. J'en étais tout à fait conscient. Mais je n'avais aucune idée de ce que cela pouvait signifier, ni des conséquences que cela pouvait entraîner.

Je restai un long moment assis là à regarder les étudiants aller et venir sur le campus. Je croyais que j'allais peut-être y rencontrer Midori, mais, finalement, je ne la vis pas ce jour-là. A la fin de la pause de midi, je me rendis à la bibliothèque pour étudier mon allemand.

Le samedi suivant, dans l'après-midi, Nagasawa vint me trouver dans ma chambre pour me proposer de sortir le soir même, et savoir s'il devait me demander une permission de sortie. Je lui dis que j'étais d'accord. J'avais été si troublé pendant toute la semaine que j'étais prêt à coucher avec n'importe qui.

Après avoir pris un bain et m'être rasé, je mis un polo et une veste de coton. Nous dînâmes ensemble au réfectoire avant de prendre le bus pour Shinjuku. Nous descendîmes de l'autobus au milieu du tumulte de Shinjuku Sanchôme et, après avoir flâné dans le quartier, nous entrâmes dans notre bar habituel, qui n'était pas bien loin, pour y attendre des filles. L'endroit avait la particularité d'accueillir une nombreuse clientèle féminine, mais ce jour-là, pour une fois, aucune fille ne s'approcha de nous. Nous y restâmes près de deux heures, en buvant notre whisky soda à petites gorgées espacées, pour ne pas nous enivrer. Deux filles sympathiques, assises au bar, commandèrent un gimlet et un margarita. Nagasawa alla aussitôt leur adresser la parole, mais elles avaient déjà rendez-vous avec deux garçons. Pourtant, nous bavardâmes amicalement tous les quatre, mais elles nous laissèrent dès l'arrivée des garçons.

Nagasawa proposa de changer d'endroit et m'emmena dans un autre bar. Celui-ci était petit, un peu à l'écart, et la plupart des clients, déjà ivres, chahutaient. Nous allâmes nous asseoir près de trois filles à une table du fond, et nous bavardâmes tous les cinq. L'ambiance n'était pas mauvaise. Nous étions tous d'assez belle humeur. Mais, alors que nous leur proposions d'aller boire dans un autre endroit, elles répliquèrent qu'elles n'allaient pas tarder à nous quitter, car elles devaient être rentrées avant minuit. Elles étaient toutes les trois dans un foyer d'une université féminine quelconque. Nous n'avions vraiment pas de chance. Nous allâmes ensuite dans un autre bar, mais sans plus de succès. Je ne sais pas pourquoi, les filles n'avaient pas l'air de vouloir s'approcher de nous.

A onze heures et demie, Nagasawa me déclara que c'était foutu pour aujourd'hui.

« Quand je pense que c'est moi qui t'ai forcé à sortir !

– Ne t'inquiète pas pour moi. Je suis assez content de voir que tu as aussi des jours sans.

– Cela m'arrive environ une fois par an. »

Pour être franc, j'étais dans un tel état que tout, même le sexe, m'était devenu indifférent. Après avoir traîné trois heures et demie dans les quartiers chauds de Shinjuku le samedi soir, et y avoir observé le déploiement d'énergies insoupçonnées, faites de désir sexuel et d'alcool confondus, mon propre désir sexuel me semblait maintenant insignifiant et abject.

« Que vas-tu faire maintenant, Watanabe ? me demanda Nagasawa.

– Je vais aller au cinéma de nuit. Il y a longtemps que je n'ai pas vu de film.

– Alors je vais aller chez Hatsumi. Cela ne te gêne pas ?

– Bien sûr que non, lui répondis-je en riant.

– Si tu veux, je peux te trouver une fille qui te laissera passer la nuit chez elle. Qu'en penses-tu ?

– Je préfère aller au cinéma, si cela ne te fait rien.

– Excuse-moi. Je te revaudrai cela », me dit-il.

Et il disparut dans la foule. J'entrai dans un fast-food, et, après m'être dégrisé d'un cheeseburger et d'un café bien chaud, j'allai dans un nibankan voir *Le Lauréat*.

Je ne trouvai pas le film particulièrement intéressant, mais, comme je n'avais rien d'autre à faire, je le revis une seconde fois. Puis en sortant du cinéma, un peu avant quatre heures du matin, je me mis à errer au hasard, absorbé dans mes pensées, au milieu du quartier glacial de Shinjuku.

Quand je fus las de marcher, j'entrai dans un bar ouvert toute la nuit où j'attendis l'heure du premier train en lisant un livre et en buvant un café. L'endroit fut bientôt envahi par d'autres gens qui, eux aussi, attendaient le premier train. Le serveur vint me trouver et me demanda en s'excusant s'il pouvait disposer des places qui restaient à ma table. Je lui répondis par l'affirmative. De toute façon, je lisais, et cela ne me gênait pas que quelqu'un vînt s'asseoir en face de moi.

Deux filles vinrent s'asseoir à ma table. Elles avaient sans doute le même âge que moi. Aucune des deux n'était particulièrement belle, mais elles ne faisaient pas mauvaise impression. Elles étaient maquillées et vêtues de manière tout à fait correcte, et n'étaient pas du genre de fille qu'on voit habituellement rôder à cinq heures du matin à Kabuki-chô. Il avait dû leur arriver quelque chose, ou elles avaient raté le dernier train pour une raison quelconque. Elles avaient l'air soulagé de voir que c'était moi qui étais assis en face d'elles. J'étais bien habillé, je m'étais rasé dans la soirée, et, de plus, j'étais absorbé par la lecture de *La Montagne magique* de Thomas Mann.

L'une des jeunes filles était grande, elle était vêtue d'une parka de marin grise et d'un jean blanc, portait un grand sac en simili cuir et de grosses boucles d'oreilles en forme de coquillage. L'autre, petite, avec des lunettes, portait un cardigan bleu sur une chemise à carreaux, et une bague turquoise au doigt. Elle avait la mauvaise habitude d'enlever de temps en temps ses lunettes pour appuyer ses doigts sur ses yeux.

Elles commandèrent toutes les deux un café au lait et une pâtisserie, qu'elles consommèrent lentement en se concertant à voix basse. La grande hocha la tête plusieurs fois, tandis que la petite secouait la tête en sens inverse. Je ne pouvais entendre le contenu de leur conversation, car la musique de Marvin Gaye ou des Bee Gees était trop forte, mais j'avais l'impression que la petite était peinée ou en colère, et que la grande essayait de la calmer. Et moi, je lisais et les observais tout à la fois.

Quand la petite, ayant mis son sac en bandoulière, se fut dirigée vers les toilettes, la grande m'interpella en s'excusant. Je posai mon livre pour la regarder.

« Connaissez-vous un endroit où l'on puisse boire de l'alcool ? me demanda-t-elle.

– A plus de cinq heures du matin ? répliquai-je, surpris.

– Oui.

– Vous savez, il est cinq heures vingt. La plupart des gens sont dégrisés et sont rentrés chez eux pour dormir.

– Oui, je sais, me dit-elle, soudain très intimidée. Mon amie veut absolument boire quelque chose. Elle a ses raisons, vous savez.

– Alors il ne vous reste plus qu'à rentrer boire chez vous, ne croyez-vous pas ?

– Mais je pars pour Nagano par le train de sept heures et demie.

– On dirait que vous n'avez d'autre solution que d'acheter de l'alcool au distributeur automatique et de le boire assises quelque part par là. »

Elle me demanda en s'excusant de bien vouloir leur tenir compagnie. Parce que deux filles seules ne pouvaient pas faire ça. A l'époque, je faisais toutes sortes de curieuses expériences dans le quartier de Shinjuku, mais ce fut la première fois qu'une inconnue m'invita à boire à cinq heures du matin. Cela m'ennuyait par ailleurs de refuser, et, puisque j'avais du temps, j'achetai plusieurs bouteilles de saké et des biscuits apéritif au distributeur automatique le plus proche, et nous nous dirigeâmes tous les trois vers un terrain vague de la sortie ouest, où nous tînmes un banquet improvisé.

Elles me confièrent qu'elles travaillaient toutes les deux dans la même agence de voyages. Sortant d'une université à cycle court, elles venaient tout juste de rentrer dans la vie active et s'entendaient bien. La petite avait un ami qu'elle fréquentait depuis un an, mais elle venait d'apprendre qu'il couchait avec une autre fille et elle était complètement déprimée. L'histoire était très approximative. La grande aurait dû rentrer la veille au soir à Nagano pour le mariage de son frère, mais elle avait décidé de rester toute la nuit à Shinjuku avec son amie, avant de prendre le premier train pour Nagano, le dimanche matin.

« Comment avez-vous su qu'il couchait avec quelqu'un d'autre ? » demandai-je à la petite.

Elle était en train d'arracher de l'herbe à ses pieds, tout en buvant son saké à petites gorgées.

« Je les ai trouvés ensemble quand j'ai ouvert la porte de sa chambre, c'était clair, non ?

– Cela s'est passé quand ?

– Avant-hier soir.

– Hum, lui dis-je, la porte n'était donc pas fermée à clef ?

– Non.

– Pourquoi ?

– Je ne sais pas...

– Mais c'est un choc, vous ne trouvez pas ? C'est terrible, non ? Que fait-il de ses sentiments ? demanda la grande, qui semblait gentille.

– Je ne peux rien dire, mais je crois qu'il vaudrait mieux que vous vous expliquiez un bon coup. Après, c'est à vous de voir si vous lui pardonnez ou non, lui dis-je.

– Personne ne peut comprendre ce que je ressens », laissa sèchement tomber la petite, tout en continuant d'arracher de l'herbe.

Une bande de corbeaux arriva par l'ouest et passa au-dessus du grand magasin Odakyû. Le jour était maintenant complètement levé. Pendant que nous discutions de choses et d'autres, l'heure était venue pour la grande de prendre son train, alors, après avoir donné le reste de saké aux clochards qui se trouvaient dans les sous-sols de la sortie ouest, nous achetâmes des tickets de quai pour l'accompagner. Dès que le train où elle était montée eut disparu à nos yeux, nous entrâmes d'un commun accord dans un hôtel, la petite et moi. Ni elle ni moi n'avions particulièrement envie de coucher ensemble, mais rien n'aurait été réglé si nous ne l'avions pas fait.

A l'hôtel, je me déshabillai le premier pour prendre un bain et, plongé dans l'eau, je me mis désespérément à boire de la bière. Elle entra derrière moi, et nous bûmes en silence, allongés côte à côte dans la baignoire. J'eus beau en boire une grande quantité, je n'obtins ni l'ivresse ni le sommeil. Sa peau était blanche et lisse, et la forme de ses hanches était très belle. Je lui en fis compliment et elle me remercia d'une voix sèche.

Mais, une fois au lit, elle devint quelqu'un d'entièrement différent. Elle réagissait merveilleusement à mes caresses, gémissant et ondulant en cadence. Lorsque je la pénétrai, elle m'enfonça brusquement les ongles dans le dos et, l'orgasme se rapprochant, elle cria seize fois le nom de l'autre garçon. Je m'étais appliqué de toutes mes forces à les compter pour retarder mon éjaculation. Et nous tombâmes aussitôt dans un profond sommeil.

Quand je me réveillai, à midi et demi, elle n'était plus là. Elle n'avait laissé ni lettre ni message. Comme j'avais bu à une heure inhabituelle, j'avais une curieuse impression de lourdeur d'un côté de la tête. Je pris une douche pour me réveiller, me rasai et, assis tout nu sur une chaise, bus un jus de fruits que j'avais pris dans le réfrigérateur. Puis j'essayai de me rappeler dans l'ordre ce qui s'était passé la veille. Tout était revêtu d'un sentiment d'irréalité et empreint d'une étrange froideur, comme pressé entre deux ou trois plaques de verre, mais ces événements m'étaient bel et bien arrivés. Les verres dans lesquels nous avions bu la bière étaient restés sur la table, et une brosse à dents usagée traînait encore dans le cabinet de toilette.

Je déjeunai simplement dans le quartier de Shinjuku, avant d'entrer dans une cabine téléphonique pour essayer de joindre Midori Kobayashi. Car je pensais qu'elle était peut-être encore restée seule ce jour-là pour répondre au téléphone. Mais après quinze sonneries je n'avais toujours pas de réponse. Je téléphonai encore une fois, vingt minutes plus tard, mais le résultat fut identique. Je pris alors l'autobus pour rentrer au foyer. Une lettre exprès, adressée à mon nom, m'attendait dans la boîte aux lettres de l'entrée. C'était une lettre de Naoko.

5

Merci de ta lettre, m'écrivait Naoko.

Ses parents la lui avaient fait suivre « là » où elle se trouvait. Cela ne l'ennuyait pas d'avoir reçu cette lettre et même, à vrai dire, elle en était très heureuse. Et elle avait ajouté qu'en fait elle pensait justement qu'il était temps de m'écrire.

J'interrompis alors ma lecture pour ouvrir la fenêtre de ma chambre, enlever ma veste et m'asseoir sur le lit. Des roucoulements de pigeons me parvenaient d'un pigeonnier voisin. Le vent faisait onduler les rideaux. Les sept feuillets de Naoko à la main, je me laissai aller à des pensées incohérentes. La lecture des quelques lignes du début m'avait fait perdre toute sensation de l'existence du monde réel autour de moi. Je fermai les yeux et mis beaucoup de temps à me reprendre. Et je lus la suite après une profonde inspiration.

Cela fait près de quatre mois que je suis ici.

Pendant ces quatre mois, j'ai beaucoup pensé à toi. Et plus je réfléchissais, plus je me disais que je n'avais peut-être pas été juste à ton égard. Je crois que j'aurais dû agir avec beaucoup plus d'honnêteté, comme un être humain correct.

Mais cette façon de penser n'est sans doute pas très juste. Car, premièrement, les filles de mon âge n'utilisent pas le mot « honnêteté ». Les jeunes filles ordinai-

res n'ont que faire de « l'honnêteté ». Elles se sentent beaucoup plus concernées par la beauté ou le bonheur. « L'honnêteté » est avant tout un mot masculin. Mais, en ce moment, j'ai l'impression que ce mot, justement, me convient parfaitement. La beauté et le bonheur sont pour moi des mots tellement ennuyeux et compliqués que j'ai fini par me raccrocher à d'autres critères. L'honnêteté, la franchise ou l'universel, par exemple.

Mais, quoi qu'il en soit, je crois que je n'ai pas été juste envers toi. Et il me semble que j'ai dû t'entraîner et te blesser. Mais moi aussi j'ai divagué, moi aussi je me suis blessée moi-même. Je n'essaie pas de me trouver des excuses ou de me justifier, c'est la réalité. Si je t'ai blessé, c'est que ta blessure est aussi la mienne. Alors, ne m'en veux pas. Je suis un être inachevé. Bien plus que tu ne le crois. C'est justement pour cela que je ne veux pas que tu m'en veuilles. Si tu me détestes, je vais me retrouver en morceaux. Je ne peux pas, comme toi, me réfugier dans ma carapace. Je ne sais pas comment tu es en réalité, mais c'est comme cela que je te vois. Alors, de temps en temps, je t'envie tellement que c'est peut-être à cause de cela que je t'ai entraîné plus loin que nécessaire.

Cette manière de voir les choses est sans doute trop analytique, tu ne crois pas ? Cela ne veut pas dire que mon traitement soit trop basé sur l'analyse. Mais quand on est ainsi comme moi plusieurs mois dans la position de quelqu'un qui subit un tel traitement, on finit, bien contre son gré, par tout analyser. On pense alors que c'est à cause de telle chose que cela s'est passé ainsi, ou que cela a telle signification ou que c'est ainsi à cause de cela. Je ne sais pas très bien si cette analyse essaie de simplifier le monde ou de le mettre en pièces.

Quoi qu'il en soit, je sens moi-même que je suis mieux qu'il y a un certain temps, et les gens qui sont autour de moi le reconnaissent. Cela fait bien long-

temps que je n'avais pas écrit une lettre aussi calmement. J'ai fait un très gros effort pour écrire celle que je t'ai envoyée en juillet (à vrai dire, je ne me souviens plus du tout de ce que je t'ai écrit alors. C'était sans doute épouvantable ?) mais, cette fois-ci, j'écris très tranquillement. De l'air pur, un univers paisible coupé du monde extérieur, une vie bien réglée, de l'exercice tous les jours, j'avais sans doute besoin de toutes ces choses. C'est bien de pouvoir écrire une lettre à quelqu'un. C'est vraiment épatant d'avoir envie de dire ce que l'on pense à quelqu'un, de s'asseoir à son bureau, de prendre la plume et de pouvoir écrire ainsi. Bien sûr, en écrivant, je n'arrive à exprimer qu'une partie de ce que je veux dire, mais cela ne me gêne pas. Pour l'instant, le seul fait d'avoir envie d'écrire quelque chose à quelqu'un me rend heureuse. C'est ainsi que je t'écris. Il est sept heures et demie du soir, j'ai déjà dîné, et je viens de sortir du bain. Tout est calme autour de moi, il fait noir dehors. Je ne vois aucune lumière. D'habitude les étoiles sont magnifiques, mais aujourd'hui, elles sont invisibles à cause des nuages. Les gens d'ici connaissent bien les étoiles et me disent où se trouvent la Vierge ou le Sagittaire. Sans doute s'y sont-ils intéressés bien malgré eux, car, une fois la nuit tombée, il n'y a rien d'autre à faire par ici. Et pour la même raison, ils connaissent très bien les oiseaux, les fleurs et les insectes. Quand je parle avec eux, je comprends à quel point je suis ignorante, et c'est un sentiment très agréable.

En tout, nous sommes à peu près soixante-dix à vivre ici. En plus, il y a une équipe (médecins, infirmières, personnel administratif et autres) d'un peu plus de vingt personnes. Comme l'endroit est très vaste, on n'a pas l'impression d'être nombreux. Bien au contraire, on peut même dire que c'est mort. C'est immense, c'est envahi par la nature, et les gens vivent tous paisible-

ment. C'est tellement calme que de temps en temps on a l'impression de ne pas vivre dans un monde véritable. Mais bien sûr, ce n'est pas vrai. Nous pouvons réagir de cette façon parce que nous vivons ici sur la base d'une certaine supposition préalable.

Je fais du tennis et du basket-ball. L'équipe de basket est composée de patients (je n'aime pas ce mot, mais on n'y peut rien, n'est-ce pas ?) et de membres du personnel. Mais quand je suis prise par le jeu, je finis par ne plus faire de différence entre les deux. C'est curieux, n'est-ce pas ? C'est bizarre mais, quand je regarde les autres alors que nous jouons, ils me semblent tous aussi tordus les uns que les autres.

J'en ai parlé un jour au médecin qui s'occupe de moi, et il m'a dit que, dans un certain sens, ce que je ressentais était vrai. Il m'a expliqué que si nous étions là, ce n'était pas pour corriger cette torsion, mais pour nous y habituer. Et que l'un de nos problèmes était que nous étions incapables d'accepter cette torsion. Il paraît que de la même façon que chacun d'entre nous a sa propre façon de marcher, nous avons chacun notre manière de sentir, de réfléchir et de voir les choses, que même si l'on veut se corriger, cela ne se fait pas en un jour, et que si l'on se force, ce sont d'autres endroits qui deviennent bizarres. Bien sûr, c'est une explication très simpliste et qui ne concerne qu'une partie du problème que nous avons, mais il me semble que j'ai vaguement compris ce qu'il m'a dit. Peut-être ne pouvons-nous pas nous adapter correctement à notre torsion. C'est pour cela que je n'arrive pas à bien situer à l'intérieur de moi la douleur et la souffrance réelle engendrées par cette torsion, et c'est pour me délivrer de cela que je suis ici. Tant que nous sommes là, nous ne faisons pas souffrir les autres, et les autres ne nous font pas souffrir à leur tour. Parce que nous savons tous que nous sommes « tordus ». L'en-

droit où nous sommes est complètement différent du monde extérieur. A l'extérieur, la plupart des gens vivent sans être conscients de leur propre torsion. Mais c'est justement cette torsion qui est la condition préalable nécessaire pour vivre dans notre petit univers. Nous l'arborons, comme un Indien les plumes qui signent son appartenance à la tribu. Et nous vivons dans la discrétion, pour ne pas nous blesser mutuellement.

En dehors de faire de l'exercice, nous cultivons des légumes. Toutes sortes de légumes : tomates, aubergines, concombres, pastèques, fraises, oignons, choux, radis, etc. Nous cultivons de tout. Nous avons aussi une serre. Les gens d'ici sont passionnés et très doués pour la culture. Ils lisent des livres, font venir des spécialistes, et, du matin au soir, ils ne cessent de parler d'engrais ou de qualité de terre. Maintenant, j'aime beaucoup jardiner moi aussi. C'est épatant de voir tous ces fruits et légumes grossir peu à peu jour après jour. As-tu déjà fait pousser des pastèques ? Elles grandissent comme un petit animal.

Nous mangeons tous les jours des légumes et des fruits fraîchement cueillis. Bien sûr, il y a aussi de la viande et du poisson, mais, quand on est ici, on a de moins en moins envie d'en manger. Les légumes sont délicieux tellement ils sont frais. Il nous arrive aussi de sortir pour aller ramasser des tubercules ou des champignons dans la montagne. Là aussi nous avons des spécialistes (c'est bourré de spécialistes par ici) qui nous disent ce qui est bon et ce qui est mauvais. Grâce à tout cela, j'ai grossi de trois kilos depuis que je suis arrivée ici. Je suis à mon poids idéal. C'est grâce aux repas, à la vie bien réglée et à l'exercice.

Le reste du temps, je lis, j'écoute de la musique et je tricote. Il n'y a ni télévision, ni radio, mais, en revanche, la bibliothèque et la discothèque sont bien fournies. A la discothèque, on peut trouver aussi bien toutes les symphonies de Mahler que les Beatles, et j'y emprunte régulièrement des disques que je vais écouter dans ma chambre.

Le problème de cet établissement, c'est qu'une fois qu'on y est entré on n'a plus du tout envie d'en sortir, parce qu'on a peur. Tant qu'on y vit, on est paisible et tranquille. On peut affronter sa propre torsion avec naturel. On a même l'impression d'aller mieux. Mais on ne peut pas acquérir la certitude que le monde extérieur nous acceptera de la même manière.

Le médecin qui s'occupe de moi dit que le moment est venu de commencer à reprendre contact avec les gens de l'extérieur. Les « gens de l'extérieur », ce sont les gens normaux qui vivent dans un monde ordinaire, et seul ton visage me vient à l'esprit. Franchement, je n'ai pas très envie de voir mes parents. C'est qu'à cause de moi ils ont été très troublés, et quand je les vois j'ai l'impression de passer mon temps à les consoler. En plus, j'ai plusieurs choses à t'expliquer. Je ne sais pas si j'y arriverai, mais c'est très important, et ce ne sont pas des choses que l'on peut passer sous silence.

Mais ce n'est pas parce que je t'ai dit tout cela que je dois être une charge pour toi. Je ne veux surtout pas être à la charge de quelqu'un. Je sens que tu m'aimes bien, j'en suis très heureuse, et je me contente de te le faire savoir. A l'heure actuelle, cette sympathie m'est peut-être nécessaire. Si ce que je t'écris t'ennuie, je te fais mes excuses. Pardonne-moi. Comme je te l'ai déjà dit, je suis quelqu'un d'encore moins complet que tu ne le penses.

Il m'arrive parfois d'imaginer ce qui se serait passé si nous nous étions rencontrés dans des conditions normales et si nous avions sympathisé. Que serait-il arrivé si toi et moi avions été sains (nous le sommes au départ, n'est-ce pas ?) et si Kizuki n'avait pas existé ? Mais ce si *est bien trop important. Au moins, j'essaie de toutes mes forces de devenir quelqu'un de franc et honnête. Je ne peux rien faire d'autre pour l'instant. Et c'est comme cela que je veux essayer de te dire ce que je ressens.*

Contrairement aux hôpitaux traditionnels, les visites sont libres, en principe, dans cet établissement. Je peux te voir quand tu veux, à condition que tu me préviennes par téléphone, au plus tard la veille. Tu peux déjeuner avec moi, et il y a même des chambres pour ceux qui veulent passer la nuit. Viens quand tu peux. Je suis heureuse à l'idée de te revoir. Je mets un plan dans l'enveloppe. Excuse-moi pour cette longue lettre.

Après avoir lu cette lettre jusqu'au bout, je la relus une seconde fois en entier. Puis je me rendis en bas, achetai un coca au distributeur automatique, et la relus encore une fois en le buvant. Ensuite, je remis les sept feuillets dans leur enveloppe, que je posai sur mon bureau. Sur le papier rose étaient écrits mon nom et mon adresse, d'une fine écriture bien nette, un peu trop appliquée, peut-être, pour une fille. Assis à mon bureau, je contemplai l'enveloppe pendant un certain temps. Au dos de l'enveloppe, il y avait pour toute adresse : *Amiryô*. C'était un nom étrange. Après avoir réfléchi quatre ou cinq minutes à la signification de ce nom, je finis par supposer qu'on avait sans doute pensé au mot français « ami », et que cela signifiait « Pension des Amis ».

Après avoir rangé la lettre dans le tiroir de mon bureau, je me changeai pour sortir. C'était parce que j'avais l'impression que, si je restais près de cette lettre, j'allais la relire une dizaine ou une vingtaine de fois. Comme je l'avais fait auparavant en compagnie de Naoko, je marchai sans but, seul ce dimanche-là dans

Tôkyô. J'errai solitaire de rue en rue, me rappelant sa lettre ligne après ligne, et y réfléchissant à ma manière. Revenu au foyer à la tombée du jour, je décidai de téléphoner à la Pension des Amis. A la réception, une femme me demanda ce que je voulais. Je citai le nom de Naoko et lui demandai si c'était possible que je vienne lui rendre visite le lendemain dans l'après-midi. Elle me demanda mon nom et me pria de la rappeler une demi-heure plus tard.

Quand je rappelai après avoir dîné, la même femme me répondit que je pouvais venir. Je raccrochai après l'avoir remerciée, et m'employai aussitôt à remplir mon sac à dos avec de quoi me changer et mes affaires de toilette. Puis je lus la suite de *La Montagne magique* en buvant du brandy jusqu'à ce que je tombe de sommeil. Pourtant, il était plus d'une heure du matin lorsque j'arrivai enfin à m'endormir.

6

Je me réveillai le lundi matin à sept heures, me lavai rapidement le visage, me rasai, puis, sans prendre mon petit déjeuner, je me rendis au bureau du directeur du foyer, à qui je déclarai que je partais pour deux jours faire de l'escalade en montagne. Le directeur se contenta d'acquiescer, car j'avais déjà fait plusieurs petits voyages quand l'occasion s'en était présentée. Je me rendis à la gare de Tôkyô dans un train bondé, achetai un billet de Shinkansen pour Kyôto, sautai littéralement dans le premier « Hikari », où je pris un café brûlant et des sandwichs en guise de petit déjeuner. Ensuite, je somnolai pendant une heure.

J'arrivai en gare de Kyôto un peu avant onze heures. Suivant les indications de Naoko, j'allai jusqu'à Sanjô dans un autobus de la ville pour me rendre au terminal d'une compagnie de cars privée où je demandai d'où et à quelle heure partait le numéro 16. Il s'avéra que le départ était prévu pour onze heures trente-cinq du quai le plus éloigné, et qu'il me faudrait un peu plus d'une heure pour atteindre mon but. J'achetai mon ticket au guichet, puis me rendis dans une librairie voisine pour acheter une carte avant d'aller m'asseoir sur un banc de la salle d'attente afin de vérifier la position exacte de la Pension des Amis. Sur la carte, l'endroit apparaissait profondément enfoncé dans les montagnes. Après en avoir escaladé plusieurs, en roulant toujours vers le nord, le car, ne pouvant aller plus avant, rebroussait vers la ville. L'endroit où je devais descendre se trouvait un peu avant le terminus. De là partait le chemin escarpé dont Naoko m'avait parlé, et qui menait en vingt minutes à la Pension des Amis. Il me semblait que, situé aussi loin dans les montagnes, l'endroit était forcément calme.

Ayant fait le plein d'une vingtaine de passagers, le car démarra aussitôt, se dirigeant vers le nord, en longeant la Kamo. Au fur et à mesure que l'on progressait vers le nord, les rues devenaient de plus en plus tristes, les champs et les terrains vagues se faisant de plus en plus nombreux. Les toits de tuiles noires et les serres étincelaient sous le soleil du début de l'automne. Le car pénétra bientôt dans les montagnes. Sur la route en lacets, le chauffeur ne cessait de tourner son volant dans un sens puis dans l'autre, et je commençai à avoir mal au cœur. Le café que j'avais bu m'était resté sur l'estomac. Bientôt, les virages se firent plus espacés et, alors que je commençais enfin à souffler, le car pénétra soudain dans une forêt de cyprès froide et humide. Les cyprès s'élançaient très haut vers le ciel comme dans une forêt préhistorique, arrêtant les rayons du soleil, plongeant tout dans la pénombre. Le vent qui entrait par la vitre entrouverte se rafraîchit soudain, et ma peau frémit au contact de l'humidité dont il était chargé. Nous avançâmes longtemps dans la forêt de cyprès, en suivant un torrent, et, au moment où je commençais à me demander si le monde n'avait pas été englouti pour l'éternité dans les cyprès, la forêt se termina enfin, et nous débouchâmes dans une sorte de cuvette entourée de montagnes. Des champs verdoyants nous entouraient de toutes parts, à perte de vue, et un joli torrent courait le long de la route. Au loin s'élevait une fine colonne de fumée blanche, et çà et là sur les étendoirs séchait la lessive, alors que plusieurs chiens aboyaient.

Un chat faisait la sieste au sommet d'un tas de bûches empilées devant une maison jusqu'à hauteur du toit. Les maisons se succédèrent ainsi le long de la route, pendant un certain temps, mais je ne vis pas un seul être humain.

La scène se reproduisit plusieurs fois. Le car entrait dans un bois de cyprès, qu'il quittait pour entrer dans un hameau qu'il traversait pour entrer à nouveau dans un bois de cyprès. Chaque fois qu'il s'arrêtait dans un hameau, plusieurs voyageurs en descendaient. Mais personne ne montait. Une quarantaine de minutes après avoir quitté la ville, nous arrivâmes au sommet d'un col bien dégagé, et le chauffeur s'arrêta, nous annonçant qu'il fallait attendre cinq ou six minutes et que ceux qui voulaient descendre du car le pouvaient. Nous n'étions plus que quatre passagers, moi y compris, et nous descendîmes tous pour nous détendre en fumant une cigarette ou en regardant la ville de Kyôto qui s'étendait à nos pieds. Le chauffeur urina. Un homme d'environ cinquante ans, à la peau brûlée par le soleil et qui avait apporté un gros carton entouré d'une ficelle à l'intérieur du car, me demanda si j'étais venu faire une excursion en montagne. Je lui répondis que oui, pour couper court à la conversation.

Bientôt, un autre car arriva en sens inverse, qui vint s'arrêter le long du nôtre, et le chauffeur en descendit. Après avoir discuté un moment, les chauffeurs remontèrent dans leur véhicule. Les passagers firent de même. Et les deux autobus repartirent chacun dans leur direction. Je ne fus pas long à comprendre la raison pour laquelle notre car avait été obligé de s'arrêter en haut du col pour attendre le passage de l'autre. Peu après avoir amorcé la descente, la route se rétrécissait soudain, et il devenait impossible à deux gros autobus de s'y croiser. Nous rencontrâmes plusieurs voitures ou camionnettes, et cela nécessita à chaque fois que l'un ou l'autre des véhicules fît marche arrière pour se ranger le plus près possible du bas-côté.

Le nombre de hameaux qui se succédaient le long du torrent avait diminué, et les champs cultivés étaient plus petits. Les montagnes étaient plus abruptes et s'étaient rapprochées. Seuls les chiens, toujours aussi nombreux, se mettaient à aboyer furieusement à notre passage.

L'endroit où je descendis était désert. Il n'y avait ni maisons, ni champs. Le panneau indiquant l'arrêt de l'autobus se dressait, solitaire, et il n'y avait rien d'autre qu'un torrent et le départ du sentier de montagne. Mon sac sur le dos, je me mis à gravir le sentier qui longeait le torrent. Il coulait sur ma gauche et des taillis s'étendaient à ma droite. Ayant cheminé un bon quart d'heure sur cette montée en pente douce, je trouvai sur ma droite un embranchement à peine assez large pour livrer le passage à une voiture, à l'entrée duquel un panneau indiquait :

PENSION DES AMIS
Entrée interdite aux personnes
extérieures à l'établissement

Le chemin entre les taillis était nettement marqué de traces de pneus. De temps à autre, des bruits de battements d'ailes provenaient des bois environnants. C'était un son étrangement net, comme partiellement amplifié. Une fois seulement j'entendis une sorte de détonation venant de loin, mais elle me parvint très assourdie, comme passée au travers de plusieurs filtres.

Au bout du bois, j'aperçus un mur de pierres blanches. Il n'était pas plus haut que moi, et sans grille ni grillage supplémentaires, si bien qu'on aurait pu le franchir sans difficulté. Le portail en fer noir semblait solide, mais il était grand ouvert, et il n'y avait personne dans la guérite du gardien. Un panneau identique à celui que je venais de voir se trouvait à côté de l'entrée. On apercevait dans la guérite les traces d'une présence humaine. Il y avait trois mégots, une tasse de thé à moitié bue, une radio sur une étagère, tandis qu'au mur une pendule égrenait le temps avec un bruit sec. J'attendis donc le retour du gardien, mais, comme il tardait à venir, j'appuyai deux ou trois fois sur un bouton qui ressemblait à celui d'une sonnette. Le portail franchi, il y avait un parking sur lequel étaient garés un minibus, un 4 × 4, et une Volvo bleu marine. Le parking avait une capacité d'une trentaine de véhicules, mais seuls ces trois-là s'y trouvaient garés.

Deux ou trois minutes plus tard, le gardien, vêtu d'un uniforme bleu marine, arriva sur une bicyclette jaune par le chemin traversant le bois. L'homme, âgé d'une soixantaine d'années, était grand, le front dégarni. Il rangea sa bicyclette le long du mur de la guérite, et m'adressa des excuses sur un ton pas très convaincu. Le numéro 32 était inscrit à la peinture blanche sur le garde-boue de la bicyclette. Je lui dis mon nom, et il téléphona quelque part, le répétant par deux fois. On lui dit quelque chose, et il y répondit par l'affirmative avant d'ajouter qu'il avait compris, puis il raccrocha.

« Vous allez vous rendre au bâtiment principal, où vous demanderez le professeur Ishida, me dit-il. Vous allez continuer ce chemin à travers bois, et vous allez tomber sur un rond-point. Là, vous prendrez la deuxième à gauche, vous avez bien compris ? La deuxième route sur votre gauche. Vous verrez alors un vieux bâtiment, vous tournerez à droite, vous traverserez un autre bois, et vous trouverez un autre bâtiment à charpente métallique, c'est ça le bâtiment principal. Il y a des panneaux, vous ne pouvez pas vous tromper. »

Au rond-point, je pris la deuxième à gauche comme on me l'avait indiqué, et j'arrivai bientôt à un vieux bâtiment au charme suranné. Dans le jardin, on avait disposé de belles pierres, des lanternes, et les plantations étaient bien entretenues. L'endroit avait dû servir de villégiature à un particulier. Tournant alors à droite, j'aperçus au bout du bois un bâtiment à deux étages. Il n'était pas particulièrement imposant, puisqu'il se dressait au milieu d'une sorte de dépression du terrain. Il était d'un style assez simple, et avait un air propret.

L'entrée était au premier étage. Je gravis quelques marches, puis poussai une grande porte de verre, pénétrant ainsi à l'intérieur. Une jeune femme vêtue d'une robe rouge était assise à la réception. Je me présentai et demandai à voir le professeur Ishida. Elle me fit un grand sourire et me dit à mi-voix de m'asseoir, en m'indiquant le canapé marron, dans l'entrée. Puis elle décrocha le téléphone et fit un numéro. Je posai mon sac, m'assis confortablement et regardai autour de moi. L'entrée était agréable et propre. Il y avait plusieurs plantes vertes, des tableaux abstraits de bon goût sur les murs, et le sol était reluisant. Pendant tout le temps que j'attendis, je contemplai mes chaussures qui s'y reflétaient.

A un moment, la jeune femme de la réception m'interpella pour me dire qu'on n'allait pas tarder à arriver. J'acquiesçai d'un signe de tête. J'étais émerveillé par le calme de l'endroit. Il n'y avait pas un bruit. J'avais l'impression que c'était l'heure de la sieste. L'après-midi était paisible comme si tout, absolument tout, les hommes, les animaux, les insectes et la végétation, sommeillait.

Mais j'entendis bientôt un bruit souple de semelles de caoutchouc, et une femme entre deux âges, aux cheveux courts et très raides, vint subrepticement s'asseoir à mes côtés en croisant les jambes. Puis elle me serra la main. Ce faisant, elle la tourna et la retourna pour l'observer.

« Cela fait au moins plusieurs années que vous n'avez pas touché à un instrument de musique, n'est-ce pas ? me demanda-t-elle en préambule.

– C'est vrai, lui répondis-je, surpris.

– Je le vois à vos mains », me dit-elle en riant.

Cette femme faisait une très curieuse impression. Elle avait beaucoup de rides sur le visage, et c'était cela que l'on remarquait en premier, mais elles ne la vieillissaient pas, bien au contraire : ces rides mettaient l'accent sur quelque chose de juvénile sans rapport avec l'âge. Elles collaient parfaitement à son visage, comme si elles s'étaient trouvées là dès sa naissance. Quand elle riait, elles riaient aussi, et, quand son visage se durcissait, elles se durcissaient à leur tour. Quand son visage n'était ni grave, ni rieur, elles s'éparpillaient un peu partout avec ironie et chaleur. Cette jeune femme devait avoir abordé la seconde moitié de la trentaine, et non seulement elle faisait bonne impression, mais en plus elle avait un certain charme. J'eus tout de suite de la sympathie pour elle.

Ses cheveux étaient coupés n'importe comment, ils étaient hérissés par endroits, et sa frange tombait en désordre sur son front, mais cela lui allait très bien. Elle portait une chemise de travail bleue sur un T-shirt blanc, un pantalon de toile crème et des chaussures de tennis. Elle était mince, avec très peu de poitrine, ses lèvres se tordaient en un rictus ironique, et ses pattes d'oie bougeaient délicieusement. Elle avait tout d'un charpentier aimable et habile, un rien boudeur envers le reste du monde.

Le menton en retrait, la bouche retroussée, elle me toisa de haut en bas pendant un moment. A tel point qu'il me semblait qu'elle allait sortir de sa poche son mètre à ruban pour prendre la mesure de chaque partie de mon corps.

« Vous jouez d'un instrument ?

– Non, lui répondis-je.

– C'est dommage. Cela aurait été amusant. »

Je lui répondis que oui. Je ne comprenais pas pourquoi elle me disait cela.

Elle prit une Seven Stars dans sa poche, la porta à sa bouche et l'alluma à son briquet avant d'en souffler la fumée avec satisfaction.

« Eh bien, monsieur Watanabe, j'ai pensé qu'avant de rencontrer Naoko il valait mieux que je vous donne quelques précisions. C'est pour cela que j'ai décidé de parler ainsi avec vous. Comme ici c'est un peu différent des autres endroits, je pense qu'il pourrait y avoir des petits malentendus si vous n'aviez pas de connaissances préalables. Dites, vous ne connaissez pas encore très bien cet endroit, n'est-ce pas ?

– Non, presque pas.

– Je vais donc vous expliquer... commença-t-elle. (Elle s'interrompit aussitôt pour claquer des doigts.) Dites-moi, vous avez déjeuné ? Vous n'avez pas faim ?

– Si.

– Alors venez, nous allons manger ensemble tout en bavardant. Ce n'est plus l'heure du repas, mais, en y allant tout de suite, je crois qu'on trouvera quelque chose à manger. »

Elle se leva avant moi, se mit à marcher d'un pas rapide dans le couloir, descendit l'escalier et se dirigea vers la salle à manger, qui se trouvait au rez-de-chaussée. Celle-ci avait une capacité d'environ deux cents places, mais seule la moitié était utilisée, le reste étant fermé par une cloison mobile. On se serait cru dans un hôtel de station balnéaire à la morte saison. Le menu du déjeuner était composé de ragoût de pommes de terre avec des nouilles, d'une salade de légumes, de jus d'orange et de pain. Conformément à ce que Naoko m'avait dit dans sa lettre, les légumes étaient extraordinairement bons. Je mangeai tout, sans rien laisser dans mon assiette.

« Vous avez l'air de trouver cela délicieux, me dit la jeune femme avec admiration.

– C'est vraiment bon, je vous assure. Et puis, je n'ai rien mangé depuis ce matin.

– Vous pouvez prendre ma part si vous voulez. Je n'ai plus faim. En voulez-vous ?

– Si vous n'en voulez plus, je veux bien, lui dis-je.

– J'ai un petit estomac, je ne peux manger que très peu à la fois. Alors je compense en fumant, dit-elle en allumant une autre Seven Stars. Ah, c'est vrai, appelez-moi donc Reiko. Tout le monde m'appelle ainsi. »

Elle me regardait avec curiosité finir son ragoût de pommes de terre, auquel elle n'avait pratiquement pas touché.

« Vous êtes le médecin responsable de Naoko ? lui demandai-je.

– Moi, médecin ? dit-elle en faisant la grimace. Qu'est-ce qui vous fait croire cela ?

– Mais on m'a dit de voir le professeur Ishida...

– Ah, oui. Eh bien, moi, je suis professeur de musique, ici. C'est pour cela que certaines personnes m'appellent professeur. Mais, en réalité, je suis une pensionnaire moi aussi. Cela fait sept ans que je suis là, et comme j'enseigne la musique à tout le monde et aide au bureau, on finit par ne plus savoir si je suis malade ou si je fais partie du personnel. Naoko ne vous a pas parlé de moi ? (Je secouai la tête.) Hum... Eh bien, Naoko et moi, nous partageons la même chambre. Nous sommes compagnes de chambre, si vous préférez. C'est amusant de vivre avec elle, vous savez. Elle parle beaucoup. D'ailleurs, elle me parle souvent de vous.

– Que dit-elle sur moi ? lui demandai-je.

– Ah c'est vrai, il faut d'abord que je vous explique comment ça marche ici, commença-t-elle en ignorant ma question. La première chose qu'il faut que vous compreniez bien, c'est que ce n'est pas un "hôpital", au sens où on l'entend habituellement. En deux mots, nous ne sommes pas ici pour nous soigner, mais pour nous reposer. Bien sûr, il y a plusieurs médecins, et nous avons tous les jours une consultation d'environ une heure, mais c'est uniquement pour s'assurer de notre condition physique, prendre notre température par exemple, et il n'y a pas de traitement actif comme dans les autres hôpitaux. C'est pour cela qu'il n'y a pas de grilles et que le portail est toujours ouvert. Les gens viennent ici sans y être contraints, et sortent quand ils le veulent. Et ne peuvent entrer ici que ceux à qui cela convient. Tout le monde n'entre pas. Les malades qui ont besoin d'un traitement spécialisé sont dirigés vers des hôpitaux adaptés à leur cas. Jusque-là, vous avez compris ?

– Oui, vaguement. Mais, concrètement, en quoi consiste le traitement ? »

Reiko souffla la fumée de sa cigarette et but le reste de son jus d'orange.

« C'est la vie ici même qui fait partie de la cure. Une vie bien réglée, de l'exercice, la séparation d'avec le monde extérieur, le calme, le bon air. Nous avons des terres et nous vivons pratiquement en autarcie, nous n'avons ni la télévision, ni la radio. C'est comme la vie en communauté qui est à la mode actuellement. Mais, contrairement à la vie en communauté, cela coûte assez cher de vivre ici.

– C'est si cher que ça ?

– Pas autant que vous le croyez, mais ce n'est pas donné. Cela représente une organisation incroyable, non ? L'endroit est vaste, le nombre de patients est restreint et le personnel est nombreux, et en ce qui me concerne, je suis là depuis longtemps et je fais presque partie du personnel, on m'enlève donc une part substantielle du prix de mon hospitalisation, alors ça va. Dites, vous ne voulez pas boire un café ? »

Je lui répondis par l'affirmative. Elle éteignit sa cigarette, se leva, se dirigea vers la machine qui se trouvait sur le comptoir, et revint avec deux tasses de café. Elle mit du sucre dans le sien, mélangea avec une cuillère et goûta en faisant la grimace.

« Ce centre de cure n'est pas une entreprise à but lucratif, vous savez. Ils s'en sortent avec un prix d'hospitalisation assez bon marché. Le terrain a été donné par celui qui a créé la fondation. Avant, ici c'était la villa de cette personne. Jusqu'à il y a environ vingt ans. Vous avez vu la maison, n'est-ce pas ? »

Je lui dis que oui, je l'avais vue.

« Avant, il n'y avait que ce seul et unique bâtiment, où les malades se rassemblaient pour se soigner en groupe. Cela a commencé ainsi parce que le fils de cette personne était malade mental, et qu'un spécialiste avait préconisé la thérapie de groupe. La thèse défendue par ce médecin était que l'on pouvait guérir certaines sortes de maladies en se retirant du monde, en travaillant physiquement, en s'entraidant, avec les conseils de spécialistes et une surveillance médicale. C'est ainsi que l'on a débuté ici. Cela a pris des proportions de plus en plus importantes, c'est devenu une fondation, les terres se sont agrandies, et le bâtiment principal a été construit il y a cinq ans.

– C'est donc que le traitement a donné des résultats.

– Oui, même s'il ne marche pas pour toutes les maladies, et s'il existe beaucoup de gens dont l'état ne s'améliore pas. Mais il y en a pas mal pour qui rien ne marchait et qui sont repartis d'ici guéris. La meilleure chose, chez nous, c'est que tout le monde s'entraide. Puisque chacun sait qu'il est incomplet, on s'aide mutuellement. Ce n'est pas le cas partout, malheureusement. Ailleurs, les médecins restent des médecins, et les patients des patients. Les malades attendent du secours de leur médecin, et les médecins daignent secourir leurs malades. Mais ici, nous nous soutenons réciproquement. Nous sommes des miroirs l'un pour l'autre. Et les médecins sont des amis. Ils ont l'œil sur nous et, quand ils s'aperçoivent que nous avons besoin de quelque chose, ils se précipitent à notre secours, mais, dans certains cas, c'est nous qui venons à leur aide. Parce que, pour certaines choses, justement, nous sommes supérieurs à eux. Par exemple, j'enseigne le piano à l'un d'entre eux, tandis qu'un autre patient apprend le français à une infirmière, c'est comme ça que ça marche. Il existe pas mal de gens doués pour une spécialité parmi ceux qui sont malades comme nous. C'est pour cela qu'ici nous sommes tous égaux. Les malades, l'équipe soignante, et vous aussi. Même vous, tant que vous êtes là, vous êtes l'un d'entre nous, je vous viens en aide et réciproquement. (Reiko se mit à rire, et ses rides s'incurvèrent doucement.) Vous venez en aide à Naoko, et elle vient elle aussi à votre secours.

– Et que dois-je faire, concrètement ?

– Tout d'abord, vous devez avoir envie de secourir l'autre. Et puis, penser que vous devez vous aussi être secouru par quelqu'un. Ensuite, vous devez être franc. Il ne faut ni mentir, ni arranger, ni falsifier les choses. C'est tout.

– Je ferai tout mon possible, lui dis-je. Mais pourquoi êtes-vous là depuis sept ans ? A vous entendre parler, on n'a pas l'impression qu'il y ait quelque chose qui ne tourne pas rond avec vous.

– Dans la journée oui, me répondit-elle d'un air sombre. Mais c'est la nuit que ça ne va pas. La nuit, je me roule dans mon lit en bavant.

– C'est vrai ?

– Bien sûr que non, me dit-elle en secouant la tête

d'un air sidéré. Je suis guérie pour l'instant. Mais j'ai envie de rester là pour aider les autres à guérir. J'enseigne la musique, je jardine. J'aime cet endroit, vous savez. Nous sommes tous des amis. Alors, que trouverais-je de plus à l'extérieur ? J'ai trente-huit ans, j'en aurai bientôt quarante. Ce n'est pas comme Naoko. Personne ne m'attend si je sors d'ici, je n'ai pas de famille pour me recevoir, je n'ai pas de travail véritable, et je n'ai pratiquement pas d'amis. En plus, je suis là depuis sept ans déjà. Je ne sais plus rien de ce qui se passe dans le monde, vous savez. Bien sûr, il m'arrive de lire des journaux à la bibliothèque. Mais je n'ai pas mis les pieds dehors depuis sept ans. Si je sors maintenant, je ne saurai pas comment me débrouiller.

– Mais un monde nouveau s'étendra peut-être devant vous, lui suggérai-je, cela vaut peut-être la peine d'essayer.

– Oui, vous avez sans doute raison, me répondit-elle en tournant et en retournant son briquet dans ses mains. Mais Watanabe, moi aussi, j'ai mes raisons, vous savez. Si vous voulez, je vous en parlerai plus longtemps un de ces jours... »

J'acquiesçai et demandai :

« Et Naoko, va-t-elle mieux ?

– Oui, nous le pensons. Au début, elle était assez perturbée, et nous nous demandions avec inquiétude ce qu'elle allait devenir, mais maintenant elle est plus calme, elle parle plus, et elle s'exprime de mieux en mieux... Elle s'oriente certainement vers la guérison. Mais elle aurait dû se soigner beaucoup plus tôt, vous savez. Elle commençait déjà à présenter des signes avant-coureurs de la maladie au moment de la mort de son petit ami Kizuki. Ses parents ou elle-même auraient dû s'en apercevoir. D'autant plus qu'avec les antécédents familiaux...

– Les antécédents familiaux ? repris-je, surpris.

– Est-ce donc que vous ne le saviez pas ? » fit-elle, encore plus étonnée que moi.

Je secouai la tête en silence.

« Alors, voyez cela directement avec Naoko, ce sera mieux. D'ailleurs, elle a l'intention de vous parler de tout avec franchise. (Reiko remua encore une fois son café avec sa cuillère, avant d'en boire une gorgée.) Ensuite, mieux vaut que vous le sachiez tout de suite : il vous est interdit de rester seul avec Naoko. C'est le règlement. Les personnes venues de l'extérieur ne peuvent rester seules avec la personne qu'ils sont venus voir. Alors il y aura toujours un observateur, en fait il s'agit de moi, à vos côtés. Je sais bien que ce n'est pas drôle, mais il vous faudra le supporter. Vous voulez bien ?

– Bien sûr, lui répondis-je en riant.

– Vous pourrez parler sans crainte, vous savez, sans vous préoccuper de ma présence à vos côtés. De toute façon, je sais déjà tout de votre relation avec Naoko.

– Tout ?

– Oui, à peu près tout. N'oubliez pas que nous faisons des réunions de groupe. Alors, en général, nous sommes au courant. Et puis, Naoko et moi, nous nous disons tout. Ici, il n'y a pas grand-chose qui puisse rester secret. »

J'observai le visage de Reiko tout en buvant mon café :

« A vrai dire, je ne sais pas très bien. Je ne sais pas si ce que je lui ai fait quand nous étions à Tôkyô était bien ou non. Je n'ai pas cessé d'y repenser depuis, et je ne le sais toujours pas.

– Je ne le sais pas plus que vous, dit Reiko, et Naoko non plus. C'est à vous d'en discuter tous les deux avant d'en décider, vous ne croyez pas ? Vous savez, il peut arriver n'importe quoi, on peut toujours s'orienter dans la bonne direction. Il suffit de se comprendre. Vous aurez tout le temps de réfléchir plus tard pour savoir si c'était bien ou non, vous ne croyez pas ? »

J'acquiesçai.

« Il me semble, reprit Reiko, que nous pouvons nous venir en aide mutuellement tous les trois. Vous, Naoko et moi. Il suffit d'être francs et de vouloir s'entraider. A trois, on peut parfois obtenir un résultat remarquable, vous savez. Jusqu'à quand pouvez-vous rester ?

– Je voudrais être de retour à Tôkyô au plus tard après-demain soir. Parce que j'ai mon job et que, jeudi, j'ai un examen d'allemand.

– Alors c'est parfait, vous allez dormir chez nous. Cela ne vous coûtera rien et nous pourrons bavarder tranquillement sans avoir à nous soucier de l'heure.

– Qu'entendez-vous par "chez nous" ?

– Chez Naoko et moi, bien sûr, dit Reiko. Les chambres sont séparées et, puisqu'il y a un canapé-lit, vous dormirez bien, soyez tranquille.

– Mais cela ne vous dérange pas ? je veux dire, cela ne vous gêne pas qu'un visiteur dorme près de vous ?

– Vous n'avez quand même pas l'intention de pénétrer dans notre chambre à une heure du matin pour nous violer à tour de rôle, n'est-ce pas ?

– Bien sûr que non !

– Alors je ne vois pas où est le problème. Vous allez dormir chez nous, et nous parlerons tranquillement de toutes sortes de choses. Ce sera beaucoup mieux ainsi. Cela nous permettra de mieux nous connaître, et puis je vous jouerai de la guitare. Je joue pas mal, vous savez.

– Mais cela ne vous gêne vraiment pas ? »

Reiko porta sa troisième Seven Stars à la bouche avant de l'allumer avec un rictus très prononcé.

« Nous en avons bien discuté toutes les deux. Et nous avons décidé de vous inviter personnellement. Alors ne vaudrait-il pas mieux accepter sans vous faire prier ?

– Mais j'en suis très heureux, bien sûr », lui dis-je.

Reiko m'observa un moment, ses rides au bord des yeux profondément creusées.

« Dites-moi, vous avez une drôle de façon de parler, me dit-elle. Ne me dites pas que vous êtes en train d'imiter le garçon de *L'Attrape-Cœur*, quand même !

– Et puis quoi encore ? » fis-je en riant.

Reiko se mit à rire également, la cigarette à la bouche.

« Mais vous êtes quelqu'un de franc, n'est-ce pas ? Je m'en suis tout de suite aperçue. Cela fait sept ans que je vois passer toutes sortes de gens, alors vous savez... Il y en a qui s'ouvrent facilement, d'autres pas. Vous, vous êtes ouvert. Ou, plus exactement, vous pouvez vous ouvrir quand vous le voulez, n'est-ce pas ?

– Et que se passe-t-il quand on s'ouvre ? »

La cigarette aux lèvres, Reiko posa les deux mains sur la table d'un air joyeux :

« On guérit ! »

La cendre de sa cigarette tomba sur la table, mais elle ne s'en aperçut pas.

Nous sortîmes du bâtiment principal, franchîmes une petite colline, et longeâmes une piscine, un court de tennis et un terrain de basket-ball. Deux personnes jouaient sur le court. Un homme d'âge moyen, maigre, et un jeune, plutôt gros. Ils n'étaient pas mauvais, mais, à mes yeux, ils semblaient jouer à tout autre chose qu'au tennis. Au lieu de jouer, ils donnaient l'impression de s'intéresser à l'élasticité de la balle, comme pour l'étudier. Curieusement méditatifs, ils étaient complètement absorbés dans leur échange. Et ils étaient tous les deux en sueur. Ayant aperçu Reiko, le jeune qui se trouvait le plus près s'interrompit au milieu du jeu pour dire deux ou trois choses en riant. Le long du court, un homme au visage inexpressif coupait l'herbe à l'aide d'une énorme tondeuse à gazon.

Un peu plus loin, on arrivait à un bois où étaient disséminées, à bonne distance l'une de l'autre, entre quinze et vingt petites maisons à la mode occidentale. Devant la plupart d'entre elles était posée la même bicyclette jaune, comme un gardien. Reiko me dit que c'était là qu'habitaient les familles du personnel soignant.

« Il n'est pas nécessaire d'aller en ville, ici nous avons tout ce dont nous avons besoin, m'expliquait Reiko tout en marchant. Comme je vous l'ai dit tout à l'heure, nous produisons pratiquement toute notre nourriture. Nous avons même des œufs, grâce à notre poulailler. Nous avons des livres, des disques, des équipements sportifs, et même une sorte de petit supermarché, sans oublier le coiffeur qui vient toutes les semaines. Et puis, en fin de semaine, on projette un film. On peut demander au personnel qui sort en ville de nous faire des courses si besoin est, et il existe un système pour commander des vêtements sur catalogue, alors je vous assure que nous ne manquons de rien.

– Vous ne pouvez pas aller en ville ? lui demandai-je.

– Non. A moins de devoir aller chez le dentiste, ou toute autre obligation de ce genre, mais en principe, nous n'en avons pas le droit. Nous avons toute la liberté de choisir de partir d'ici, mais, une fois partis, nous ne pouvons plus revenir. C'est comme si le pont avait été coupé. Nous ne pouvons pas partir en ville pour deux ou trois jours, et revenir après. C'est normal, vous ne trouvez pas ? A ce compte-là, tout le monde ne ferait qu'entrer et sortir ! »

Au bout du bois, nous arrivâmes au sommet d'une pente douce. Sur cette pente se suivaient avec irrégularité des maisons en bois, à un étage, qui faisaient une curieuse impression. Je n'aurais pas su l'expliquer, mais le fait est que ces maisons avaient quelque chose de vaguement inquiétant. Cela ressemblait à ce que l'on éprouve devant une peinture qui tente de reproduire agréablement l'irréel. Il me vint soudain à l'idée que cela aurait pu être l'équivalent d'un dessin animé de Walt Disney fait à partir de peintures de Munch. Toutes les maisons avaient la même forme et la même couleur. Presque cubiques, avec une grande entrée et beaucoup de fenêtres. Entre ces maisons passait un chemin qui faisait des tours et des détours comme un circuit d'auto-école. Devant chaque maison, des fleurs étaient plantées, qui étaient soigneusement entretenues. On ne voyait âme qui vive, et toutes les fenêtres avaient leurs rideaux tirés.

« Ici, c'est le quartier C, où habitent les femmes. C'est-à-dire nous. Il y a dix maisons comme celles-ci, chacune est divisée en quatre, et nous vivons à deux dans chaque division. Alors, en tout, on peut accueillir quatre-vingts personnes, même si pour l'instant nous ne sommes que trente-deux.

– C'est très calme, remarquai-je.

– A cette heure-ci, il n'y a personne, me répondit-elle. Comme j'ai un statut particulier, je suis libre en ce moment, mais les autres sont occupées. Certaines font du sport, d'autres jardinent, d'autres encore sont en thérapie de groupe, et certaines sont même sorties en montagne faire la cueillette. On décide soi-même et on se fait son emploi du temps. Que fait Naoko maintenant ? Il me semble qu'elle doit être en train de changer du papier peint ou de repeindre. Je ne sais plus. En tout cas, elle a plusieurs activités de ce genre-là jusque vers cinq heures. »

Elle entra dans la maison qui portait le numéro C-7, monta l'escalier qui se trouvait au fond, ouvrit la porte de droite, qui n'était pas fermée à clef. Elle me fit visiter. C'était un logement agréable et simple, constitué d'un salon, d'une chambre, d'une cuisine et d'une salle de bains, sans décorations superflues, sans meubles déplacés, et qui ne donnait pourtant pas l'impression d'être vide. Cela n'a sans doute pas grande importance, mais on s'y sentait bien, détendu, comme lorsqu'on était devant Reiko. Dans le salon, il y avait un sofa, une table et un rocking-chair. Dans la cuisine, une table pour déjeuner. Sur chaque table se trouvait un gros cendrier. Dans la chambre, deux lits, deux bureaux et une garde-robe. A la tête de chaque lit, une table de nuit sur laquelle étaient posés une lampe de chevet et des livres de poche ouverts et retournés. La cuisine était équipée de plaques électriques et d'un réfrigérateur, ce qui permettait de cuisiner un peu.

« Il y a seulement une douche, pas de baignoire, mais ce n'est pas mal, n'est-ce pas ? dit Reiko. La salle de bains et la buanderie sont communes.

– Mais c'est absolument magnifique ! Dans le foyer où je vis, il n'y a que le plafond et les fenêtres.

– Vous dites cela parce que vous ne savez pas ce que l'hiver représente ici, me dit-elle en m'invitant à m'asseoir sur le sofa d'une bourrade dans le dos avant d'y prendre place à son tour. Ici, l'hiver est long et rude, vous savez. C'est humide, la neige s'étend à perte de vue, et l'on est transi jusqu'aux os. Pendant l'hiver, il faut déblayer la neige tous les jours. A cette saison-là, nous chauffons la maison, et nous passons notre temps à écouter de la musique et à tricoter tout en bavardant. Alors cela n'irait pas, nous étoufferions si nous n'avions pas ce minimum d'espace. Vous le sentiriez très bien si vous veniez ici pendant l'hiver. »

Reiko soupira profondément, comme si elle se souvenait de la longue saison hivernale, avant de croiser les mains sur ses genoux.

« Je vais déplier cela et faire votre lit, reprit-elle en

tapotant le canapé sur lequel nous étions assis. Nous dormirons dans la chambre, et vous ici. Cela vous va ?

– C'est parfait.

– Alors c'est décidé. Je pense que nous serons de retour vers cinq heures. D'ici là, nous avons des choses à faire, Naoko et moi, alors nous aimerions que vous nous attendiez ici tout seul, vous êtes d'accord ?

– Bien sûr, je vais étudier mon allemand. »

Après le départ de Reiko, je m'allongeai sur le sofa et fermai les yeux. Alors que j'étais en train de me laisser aller à une douce torpeur dans le calme ambiant, je me rappelai soudain la sortie que nous avions faite à moto, Kizuki et moi. Il me semblait que cela aussi s'était passé en automne. Mais combien d'années avant, au juste ? Quatre ans, je me souvenais de l'odeur de son blouson de cuir et de sa Yamaha 125 cm^3 qui pétaradait. Nous étions allés très loin jusqu'à la mer et nous étions rentrés le soir complètement épuisés. Il ne s'était rien passé de spécial, mais je me souvenais parfaitement bien de cette sortie. Le vent d'automne sifflait puissamment à mes oreilles, et je regardais le ciel, agrippé de toutes mes forces au blouson de Kizuki, avec l'impression que mon corps allait être propulsé dans les airs.

Je restai longtemps dans la même position sur le canapé, à évoquer l'un après l'autre des souvenirs de ce temps-là. Je ne sais pourquoi, allongé dans cette chambre, tous ces faits et toutes ces scènes d'autrefois que j'avais pratiquement oubliés me revenaient maintenant à l'esprit. Certains étaient drôles, d'autres un peu tristes.

Combien de temps passai-je ainsi ? Trempé par ce déluge de souvenirs auxquels je ne m'attendais pas (ils jaillissaient abondamment, exactement comme une source d'une fente de rocher), je ne m'aperçus même pas que Naoko entrait doucement dans la pièce. Je vis soudain qu'elle était là. Je relevai la tête, et je l'observai un moment dans les yeux. Assise sur l'accoudoir du canapé, elle me regardait. Au début, je crus à une image surgie parmi les souvenirs de mon imagination. Mais c'était vraiment Naoko.

« Tu dormais ? me demanda-t-elle d'une voix étouffée.

– Non, j'étais seulement en train de réfléchir, lui répondis-je. (Je me redressai.) Tu vas bien ?

– Oui, je vais bien, me répondit-elle en souriant. (Son sourire m'apparut pâle, comme dans une scène lointaine.) Je n'ai pas beaucoup de temps. En fait, je n'ai pas le droit de venir, mais je me suis échappée quelques minutes. Alors, je dois tout de suite repartir. Dis, tu ne trouves pas que mes cheveux sont abominables ?

– Non, je t'assure, c'est très mignon », lui dis-je.

Sa coiffure était nette, comme celle d'une écolière, retenue sur le côté par la même barrette qu'autrefois. Cette coiffure lui allait vraiment bien, et m'était familière. Elle me faisait penser aux belles jeunes filles que l'on voit souvent dans les gravures sur bois du Moyen Age.

« C'est tellement ennuyeux que je demande à Reiko de me les couper. Tu trouves vraiment que ce n'est pas laid ?

– Oui, je le pense vraiment.

– Mais ma mère m'a dit que c'était horrible... »

Elle enleva sa barrette et se passa plusieurs fois les mains dans les cheveux. Sa barrette était en forme de papillon.

« Je voulais absolument te voir. Je n'ai rien à te dire en particulier, mais je voulais retrouver ton visage et m'habituer à toi. Sinon, je n'y serais pas arrivée. Je suis si maladroite !

– Tu t'habitues ?

– Un peu... (Elle porta encore une fois la main à sa

barrette.) Mais je n'ai plus le temps. Il faut que j'y aille. (J'acquiesçai de la tête.) Watanabe, merci d'être venu. Je suis très contente, tu sais ? Mais, si cela te pèse d'être ici, je veux que tu me le dises sans hésiter. L'endroit est un peu spécial, le système aussi, et certaines personnes ont du mal à s'adapter. Alors si c'est le cas, dis-le-moi franchement. Je ne serai pas déçue. Nous sommes tous sincères, ici. Nous parlons franchement de tout un tas de choses.

– Je serai franc », lui promis-je.

Naoko s'assit à mes côtés sur le sofa et s'appuya sur moi. Je passai mon bras autour d'elle, et elle vint poser sa tête sur mon épaule, collant son nez contre mon cou. Et elle resta ainsi immobile, comme si elle voulait prendre ma température. A l'avoir ainsi dans mes bras, je sentis mon cœur s'enflammer pour elle. Elle se leva bientôt sans rien dire et sortit aussi discrètement qu'elle était entrée.

Après son départ, je m'endormis sur le canapé. Je n'en avais pas eu l'intention, mais je dormis profondément, avec le sentiment de l'existence de Naoko. La vaisselle qu'elle utilisait était dans la cuisine, sa brosse à dents dans la salle de bains, et son lit dans sa chambre. Je dormis si profondément dans cette pièce que j'extirpai de mon corps, cellule après cellule, toute la fatigue qui s'y était accumulée. Et je rêvai de papillons dansant dans la pénombre.

Quand je rouvris les yeux, il était cinq heures moins vingt-cinq à ma montre. L'intensité de la lumière avait changé, le vent s'était tu, et les nuages n'étaient plus les mêmes. Comme j'étais en sueur, je pris une serviette dans mon sac pour m'essuyer le visage, avant de changer de chemise. Puis je me rendis dans la cuisine pour boire un peu d'eau, et je regardai dehors par la fenêtre qui se trouvait au-dessus de l'évier. Je vis les fenêtres de la maison d'en face. Les vitres en étaient décorées à l'intérieur de papiers découpés accrochés à un fil. Des silhouettes d'oiseaux, de nuages, de vaches et de chats avaient été soigneusement découpées et assemblées. L'endroit était toujours aussi triste et silencieux. On avait l'impression de vivre seul au milieu de ruines parfaitement entretenues.

Il était un peu plus de cinq heures quand les femmes commencèrent à revenir au quartier C. En jetant un coup d'œil par la fenêtre de la cuisine, j'en aperçus deux, puis trois qui passaient juste au-dessous. Elles avaient des chapeaux, aussi je distinguais mal leur visage, mais, au son de leur voix, il me sembla qu'elles n'étaient pas aussi jeunes qu'on aurait pu le croire. Dès qu'elles eurent disparu au coin de la maison, un groupe de quatre autres femmes arriva, qui disparut de la même manière. Le jour commençait à tomber. Par la fenêtre du salon, j'apercevais la crête des montagnes et la cime des arbres. La ligne de faîte était nimbée d'une pâle lueur verte.

Naoko et Reiko revinrent ensemble à cinq heures et demie. Nous nous saluâmes, Naoko et moi, comme si nous nous rencontrions pour la première fois depuis bien longtemps. Naoko semblait vraiment intimidée. Reiko se pencha sur le livre que j'étais en train de lire en me demandant ce que c'était. Je lui dis qu'il s'agissait de *La Montagne magique* de Thomas Mann.

Reiko nous fit un café que nous bûmes tous les trois. Je racontai à Naoko que le facho s'était subitement volatilisé. Je lui dis aussi que le jour où je l'avais vu pour la dernière fois, il m'avait donné une luciole. Elle me dit d'un air un peu déçu qu'elle trouvait dommage qu'il ait disparu, car elle aurait aimé entendre bien d'autres histoires sur son compte. Comme Reiko avait envie d'entendre parler du facho, je ressortis mes vieilles histoires. Bien sûr, elle aussi rit beaucoup. Il me suffisait de parler de lui pour que le monde fût soudain plein de paix et de joie.

A six heures, nous nous rendîmes tous les trois au réfectoire du bâtiment principal pour le dîner. Naoko et moi nous mangeâmes du poisson frit, des crudités, des légumes mijotés, du riz et une soupe de miso, tandis que Reiko ne prenait qu'un gratin de macaronis et un café. Ensuite, elle fuma une cigarette.

« Quand on vieillit, le corps change, et l'on n'a pas besoin de manger énormément, vous savez », nous expliqua-t-elle pour se justifier.

Dans le réfectoire, une vingtaine de personnes, assises à table, étaient en train de dîner. Pendant que nous mangions, des gens entrèrent, d'autres sortirent. La salle à manger, mis à part le fait qu'il s'y trouvait des personnes de tous âges, offrait un spectacle à peu près semblable à celui de la cafétéria de mon foyer. La seule différence était qu'ici tout le monde parlait avec la même intensité de voix. Personne ne parlait fort, personne ne chuchotait. Personne ne riait fort, ne s'exclamait, n'appelait quelqu'un avec de grands gestes. Tout le monde parlait tranquillement, d'une voix égale. On dînait par groupes de trois ou cinq personnes. Quand quelqu'un parlait, les autres l'écoutaient en hochant la tête, et, quand il avait terminé, quelqu'un d'autre prenait la parole. Je ne savais pas très bien quel était le sujet de leur conversation, mais ils me faisaient penser à l'étrange match de tennis que j'avais vu dans l'après-midi. Je me demandais si Naoko parlait de la même manière quand elle était avec eux. Et puis, cela peut vous sembler curieux, mais je ressentis alors une pointe de tristesse, mêlée de jalousie.

A la table derrière moi, un homme en blouse blanche et aux cheveux clairsemés, qui m'avait tout l'air d'être un médecin, était en train d'expliquer en détail ce qu'il advenait de la sécrétion du liquide gastrique en état d'apesanteur à un jeune homme à lunettes assez nerveux et à une femme d'âge mûr au visage d'écureuil. Ils écoutaient tous les deux en acquiesçant de temps à autre, mais, à les écouter parler ainsi, je finis par me demander si l'homme en blouse blanche et aux cheveux rares était vraiment médecin.

Personne, dans la salle à manger, ne fit particulièrement attention à moi. Je ne fus pas dévisagé, et l'on ne se rendit même pas compte de ma présence. Pour eux, mon arrivée était quelque chose de tout à fait naturel.

Une seule fois, l'homme en blouse blanche se tourna soudain vers moi pour me regarder :

« Combien de temps resterez-vous ?

– Deux jours. Je repars mercredi, lui répondis-je.

– A cette saison, c'est agréable de venir ici, n'est-ce pas ? Mais revenez donc en hiver. Tout est blanc, c'est très bien aussi, vous savez.

– Naoko sera peut-être partie avant la neige, intervint Reiko.

– Oui, mais l'hiver c'est bien », répéta l'homme d'un air pénétré.

Je me demandai une fois de plus s'il était vraiment médecin.

« De quoi parlez-vous tous ensemble ? » demandai-je à Reiko.

Elle ne parut pas bien comprendre le sens de ma question.

« De quoi ? Eh bien, mais de choses ordinaires. De ce que nous avons fait dans la journée, des livres que nous avons lus, du temps qu'il fera le lendemain, de toutes sortes de choses, quoi. J'espère bien que vous n'imaginez pas que quelqu'un va se lever pour s'écrier : "Il pleuvra demain parce qu'aujourd'hui l'ours blanc a mangé les étoiles !"

– Bien sûr, ce n'est pas ce que je veux dire. Mais,

comme tout le monde parle très tranquillement, je me demandais seulement de quoi ils pouvaient bien discuter.

– C'est tellement calme ici que tout le monde, forcément, parle doucement. (Naoko avait proprement disposé les arêtes de son poisson sur le rebord de son assiette, avant de s'essuyer la bouche avec son mouchoir.) En plus, on n'a pas besoin d'élever la voix, car il n'est pas nécessaire de convaincre son interlocuteur, ni d'essayer d'attirer son attention.

– Tu as sans doute raison », lui dis-je.

Mais à manger ainsi dans le calme, le brouhaha humain, curieusement, commençait à me manquer. J'avais envie d'entendre des gens rire, crier sans raison, ou s'exprimer avec de grands gestes. Jusqu'alors, ces bruits confus m'ennuyaient plutôt, mais, maintenant, manger mon poisson dans ce calme bizarre me troublait. L'ambiance de cette salle à manger ressemblait à celle d'une foire exposition d'instruments mécaniques. Des gens passionnés étaient rassemblés dans un espace restreint, où ils échangeaient des informations qu'ils étaient les seuls à comprendre.

En revenant à la maison après le dîner, Naoko et Reiko déclarèrent qu'elles allaient se laver au bain commun du quartier C. Elles ajoutèrent que si je voulais bien me contenter d'une douche, je pouvais utiliser la salle de bains. Je leur répondis que c'était ce que j'allais faire. Après leur départ, je me déshabillai, pris une douche et me lavai les cheveux. Puis, tout en me séchant les cheveux au séchoir, je pris un disque de Bill Evans parmi ceux qui se trouvaient sur une étagère, m'apercevant, quelques instants plus tard, que c'était le même que celui que nous avions écouté tant de fois dans la chambre de Naoko le jour de son anniversaire. C'était la nuit où elle avait pleuré et où je l'avais prise dans mes bras. C'était déjà si loin, alors que cela s'était passé à peine six mois auparavant ! Sans doute était-ce parce que j'y avais repensé sans arrêt depuis, et qu'à cause de cela j'avais perdu la notion du temps écoulé.

La lumière de la lune qui entrait par la fenêtre allongeait l'ombre de toutes sortes de choses, et teignait légèrement les murs comme si on les avait enduits d'une couche d'encre très diluée. Je sortis de mon sac une gourde métallique plate remplie de cognac et bus une gorgée. Je sentis une brûlure descendre lentement le long de ma gorge jusqu'à mon estomac. Et cette chaleur s'étendit à mon corps tout entier. Je refermai mon flacon après y avoir bu une seconde gorgée et le remis dans mon sac. Le clair de lune semblait danser au rythme de la musique.

Naoko et Reiko revinrent du bain au bout d'une vingtaine de minutes.

« C'était éteint, il faisait tout noir à l'intérieur, et nous avons eu peur, dit Reiko. Nous avons cru que vous aviez fait vos bagages et que vous étiez reparti pour Tôkyô.

– Mais non ! J'ai seulement éteint parce qu'il y avait longtemps que je n'avais pas vu un clair de lune aussi brillant.

– Mais c'est épatant comme cela, intervint Naoko. Dis-moi, Reiko, avons-nous encore les bougies que nous avons utilisées lors de la dernière panne d'électricité ?

– Elles doivent se trouver dans le tiroir de la cuisine. »

Naoko alla ouvrir le tiroir de la cuisine et nous apporta deux grosses bougies blanches. Je les allumai et fis couler de la cire dans les cendriers pour les y faire tenir. Reiko y alluma une cigarette. L'endroit était toujours aussi calme et, avec nos bougies, nous avions l'air d'avoir été abandonnés au bout du monde. Les ombres nées de la lumière du clair de lune, ainsi que celles qui tremblotaient à la lueur des bougies, se rejoignaient sur les murs blancs où elles s'enchevêtraient. Je pris place à côté de Naoko sur le canapé, tandis que Reiko s'asseyait sur le rocking-chair qui se trouvait en face.

« Que diriez-vous de boire un peu de vin ? me proposa Reiko.

– On a le droit d'en boire, ici ? lui demandai-je, quelque peu surpris.

– En réalité, c'est interdit, me répondit-elle d'un air embarrassé en tripotant le lobe de son oreille. Mais, en général, on ferme les yeux. Le vin ou la bière sont tolérés, si l'on n'en boit pas trop. Je demande à quelqu'un du personnel qui me connaît, et qui me l'achète par petites quantités.

– Nous faisons la fête de temps en temps, ajouta Naoko avec espièglerie.

– C'est bien », lui dis-je.

Reiko alla prendre une bouteille de vin blanc dans le réfrigérateur, l'ouvrit avec un tire-bouchon et nous apporta trois verres. C'était un vin délicieux, si léger qu'on aurait pu croire qu'il venait d'une vigne toute proche. Dès que le disque fut terminé, Reiko prit sa guitare dans la boîte déposée sous le lit et, après l'avoir délicatement accordée, se mit à jouer lentement une fugue de Bach. Ses doigts hésitaient par endroits, mais c'était du meilleur Bach, joué correctement. C'était intime et chaud, débordant de joie dans l'interprétation.

« J'ai commencé la guitare quand je suis arrivée ici, parce qu'il n'y avait pas de piano dans les chambres. J'ai appris toute seule, et mes doigts ne sont pas faits pour en jouer, alors je ne progresse pas beaucoup. Mais j'aime bien cet instrument, vous savez. Il est petit, simple, facile... On dirait une petite chambre bien douillette. »

Elle joua une autre courte pièce de Bach. C'était un morceau extrait d'une suite. Je l'écoutais tout en buvant du vin à la lueur des bougies, et je fus progressivement et à mon insu envahi d'un sentiment de paix. Quand Bach fut terminé, Naoko demanda à Reiko de lui jouer quelque chose des Beatles.

« C'est l'heure des commandes, remarqua Reiko en m'adressant un clin d'œil. Depuis que Naoko est arrivée, elle ne cesse de me demander de lui jouer des chansons des Beatles. Je suis devenue une pauvre esclave musicale. »

Reiko joua *Michelle*, très joliment.

« C'est une belle chanson, vous ne trouvez pas ? Je l'aime beaucoup, dit-elle avant de boire une gorgée de vin et d'allumer une cigarette. On dirait que la pluie tombe doucement sur une vaste plaine. »

Elle nous interpréta ensuite *Nowhere man*, puis *Julia*. Tout en jouant, elle fermait de temps en temps les yeux en secouant la tête. Puis elle but et tira une bouffée d'une nouvelle cigarette.

« Tu veux bien jouer *Norwegian Wood* ? » demanda Naoko.

Reiko alla chercher dans la cuisine une tirelire en forme de chat et Naoko prit une pièce de cent yens dans son porte-monnaie pour la glisser à l'intérieur.

« Qu'est-ce que c'est que ça ? demandai-je.

– A chaque fois que je lui demande de jouer *Norwegian Wood*, je dois lui donner cent yens, dit Naoko. Je fais cela parce que c'est le morceau que je préfère.

– C'est pour me payer mes cigarettes. »

Reiko joua donc *Norwegian Wood*. Les morceaux qu'elle jouait étaient pleins de sentiment, mais jamais de sentimentalité mièvre. A mon tour, je pris une pièce de cent yens dans ma poche pour la glisser dans la tirelire.

« Merci, dit Reiko avec un franc sourire.

– Quand j'entends cette chanson, je me sens parfois terriblement triste. Je ne sais pas pourquoi, mais j'ai l'impression d'errer au milieu d'une forêt profonde, dit Naoko. Je suis seule, j'ai froid, il fait noir et personne ne vient à mon aide. C'est pour cela qu'elle ne la joue pas tant que je ne le lui ai pas demandé.

– On dirait *Casablanca* », remarqua Reiko en riant.

Elle joua ensuite plusieurs bossas-novas. Pendant ce temps, j'observais Naoko. Comme elle me l'avait écrit dans sa lettre, elle était en meilleure santé qu'avant, bronzée, le corps musclé par l'exercice et les travaux à l'extérieur. Seuls ses yeux limpides et profonds comme un lac et ses lèvres frémissantes de timidité n'avaient pas changé, mais, dans son ensemble, sa beauté n'était pas loin d'être celle d'une femme ayant atteint la maturité. Cette espèce d'acuité qu'elle laissait parfois transparaître auparavant derrière sa beauté, comme le tranchant d'une fine lame qui vous glace, était restée loin derrière, remplacée par une tranquillité particulière, faite d'une douce sérénité. Cette beauté me frappa. Et je fus abasourdi par le fait qu'une femme puisse changer à ce point en six mois seulement. La nouvelle beauté de Naoko me séduisait autant qu'avant, et peut-être même encore plus, mais, en même temps, je ne pouvais pas m'empêcher de regretter ce qu'elle avait perdu. Plus jamais ne reviendrait cette splendeur frondeuse, si particulière aux adolescentes lorsqu'elles sont à la veille de voler de leurs propres ailes.

Naoko me demanda ce que je faisais. Je lui parlai de la grève qui avait eu lieu à l'université, et aussi de Nagasawa. Ce fut la première fois que je lui en parlai. Ce ne fut pas tâche facile que de lui expliquer correctement son étrange humanité, son système de pensée original et sa moralité douteuse, mais, finalement, Naoko comprit à peu près ce que je voulais dire. J'évitai de lui raconter que j'allais à la chasse aux filles avec lui. Je me contentai de lui expliquer le personnage unique qu'était le seul garçon que je fréquentais dans mon foyer. Pendant ce temps-là, Reiko, qui avait repris sa guitare, s'exerçait à des fugues de Bach. Comme à son habitude, elle s'arrêtait de temps à autre pour boire une gorgée de vin et tirer sur sa cigarette.

« Quel drôle de personnage, me dit Naoko.

– C'est un curieux garçon en effet, approuvai-je.

– Mais tu l'aimes bien ?

– Je ne sais pas trop. Mais là n'est pas la question. Il n'appartient pas à la catégorie de ceux qu'on aime ou qu'on n'aime pas. Et lui-même n'y attache aucune importance. Sur ce point, c'est quelqu'un de franc, honnête, et inébranlable.

– Tu ne trouves pas ça bizarre de dire qu'il est inébranlable alors qu'il a couché avec tant de filles ? dit Naoko en riant. Avec combien, dis-tu ?

– Il me semble que ça doit faire au moins quatre-vingts, lui dis-je. Mais, dans son cas, plus le nombre de filles augmente, moins l'acte en soi revêt de l'importance, et je crois que c'est cela qu'il recherche.

– Et c'est cela être inébranlable ? me demanda Naoko.

– Pour lui, oui. »

Après avoir réfléchi quelques instants, Naoko me dit :

« Je crois que ce garçon est encore plus dérangé que moi.

– Il me semble, oui. Mais lui, il a construit tout un système autour de sa déformation et il en a fait une théorie. C'est un garçon très intelligent, tu sais. Si on l'amenait ici, il repartirait au bout de deux jours. Il vous prouverait qu'il connaît tout. Il est comme ça. Ces gens-là sont respectés.

– Alors je dois être bête, me dit Naoko. Je ne comprends toujours pas ce qui se passe ici. Exactement comme je ne me comprends toujours pas moi-même.

– Ce n'est pas parce que tu es bête, c'est normal. Il y a plein de choses de moi que je ne comprends pas non plus, tu sais. C'est tout à fait normal. »

Naoko remonta ses jambes sur le canapé pour poser son menton sur ses genoux repliés.

« J'aimerais bien en savoir un peu plus sur toi, Watanabe, me dit-elle.

– Je suis quelqu'un d'ordinaire. Je suis né dans une famille tout à fait banale, j'ai grandi normalement, avec un visage ordinaire, des résultats ordinaires, et des pensées tout ce qu'il y a de plus ordinaires, lui répondis-je.

– Dis-moi, n'est-ce pas ton cher Scott Fitzgerald qui a écrit qu'il ne fallait pas croire les gens qui se disaient ordinaires ? Je l'ai lu dans un livre que tu m'as prêté, me dit-elle en riant d'une manière espiègle.

– C'est vrai, reconnus-je. Mais je n'en ai pas décidé ainsi consciemment car, au fond de moi, je pense vraiment que je suis un être ordinaire. Est-ce que tu peux trouver en moi quelque chose qui n'est pas ordinaire ?

– Bien sûr, me dit-elle, stupéfaite. Tu ne t'en rends vraiment pas compte ? Sinon, pourquoi aurais-je couché avec toi ? Tu crois que je l'ai fait parce que j'étais ivre et que j'aurais aussi bien pu le faire avec n'importe qui ?

– Bien sûr que non. »

Naoko resta silencieuse un moment, tout en regardant le bout de ses pieds. Ne sachant que dire, je bus une gorgée de vin.

« Dis-moi, Watanabe, tu as couché avec combien de filles ? me demanda-t-elle soudain d'une toute petite voix.

– Huit ou neuf », lui répondis-je franchement.

Reiko s'arrêta de jouer et laissa tomber bruyamment la guitare sur ses genoux :

« Vous n'avez pas encore vingt ans, n'est-ce pas ? Quelle vie menez-vous donc ? »

Naoko m'observait en silence de ses yeux limpides. J'expliquai à Reiko dans quelles circonstances j'avais couché avec une fille pour la première fois, et comment nous nous étions séparés. Je lui dis que je n'avais pas pu réussir à l'aimer. Je lui racontai aussi comment, entraîné par Nagasawa, j'avais successivement couché avec plusieurs filles.

« Je n'essaie pas de me justifier, mais c'était dur, tu sais, dis-je à Naoko. Je te voyais toutes les semaines, nous parlions et je me rendais bien compte que tu n'avais que Kizuki en tête. C'était très pénible à supporter. Je crois que c'est à cause de cela que j'ai couché avec des inconnues. »

Naoko secoua plusieurs fois la tête avant de me regarder à nouveau.

« Tu te souviens que tu m'as demandé pourquoi je n'avais jamais couché avec Kizuki ? Tu veux toujours le savoir ?

– Ce serait sans doute mieux que je le sache.

– C'est ce que je pense, moi aussi, me dit-elle. Les gens qui sont morts sont définitivement morts, mais nous, nous devons continuer à vivre. »

J'acquiesçai. Reiko jouait, répétant inlassablement le même passage difficile.

« J'avais bien envie de coucher avec lui... commença Naoko. (Elle enleva sa barrette en forme de papillon pour laisser retomber ses cheveux. Puis elle se mit à la tripoter tout en reprenant son récit.) Bien sûr, il voulait lui aussi coucher avec moi. Alors, nous avons essayé plusieurs fois. Mais c'était impossible. Nous n'y sommes jamais arrivés. Nous ne savions pas pourquoi, et je ne le sais toujours pas. Je l'aimais, et je n'étais pourtant pas très préoccupée par ma virginité. Et lui, il était prêt à faire tout ce que je voulais. Mais nous n’y sommes pas arrivés... (Naoko releva ses cheveux et les attacha avec sa barrette.) Je ne mouillais pas du tout, continua-t-elle à mi-voix. Je ne me dilatais pas. Alors c’était très douloureux. J’étais sèche, et cela me faisait mal. Nous avons pourtant essayé de toutes les façons, tous les deux. Mais nous avions beau faire, cela ne marchait pas. Cela me faisait mal, même avec quelque chose pour faciliter le passage. Alors, je l’ai toujours soulagé avec mes mains et avec ma bouche... Tu comprends, n’est-ce pas ? »

J’acquiesçai en silence.

Naoko regardait la lune à travers la fenêtre. Elle me semblait encore plus grande et plus lumineuse qu’avant.

« Si cela avait été possible, j’aurais préféré ne pas t’en parler. J’aurais aimé le garder pour moi. Mais c’est impossible. Je suis obligée d’en parler. Je n’arrive pas à m’en sortir seule. Tu te souviens ? Quand j’ai couché avec toi, j’étais très humide, n’est-ce pas ? Dis, tu te souviens ?

– Oui.

– Le soir de l’anniversaire de mes vingt ans, j’étais mouillée dès que je t’ai vu et je n’ai pas cessé de l’être. Et je pensais sans arrêt que j’avais envie d’être dans tes bras. J’avais envie que tu me prennes, que tu me déshabilles, que tu me caresses et que tu me pénètres. C’était la première fois que je pensais à cela. Pourquoi ? Pourquoi de telles choses existent-elles ? Pourtant, j’aimais vraiment Kizuki, tu sais !

– Et moi, tu ne m’aimais pas vraiment, c’est bien cela ?

– Excuse-moi, dit Naoko. Je ne veux pas te blesser, mais je veux que tu comprennes, c’est tout. Nous avions vraiment une relation particulière, lui et moi. Nous jouions déjà ensemble à l’âge de trois ans. Nous étions toujours tous les deux, et nous parlions de tout un tas de choses, nous nous comprenions, et c'est ainsi que nous avons grandi. La première fois que nous nous sommes embrassés, nous étions en septième, et c'était chouette. Quand j'ai eu mes premières règles, je me suis précipitée chez lui pour pleurer. C'est ainsi que nous étions, tous les deux. Alors, après sa mort, je ne savais plus comment me comporter avec les autres. Je me demandais comment on pouvait aimer les gens. »

Elle essaya de prendre son verre, qui était posé sur la table, mais elle n'y arriva pas et il tomba sur le sol. Le vin se répandit sur le tapis. Je me penchai, ramassai le verre pour le remettre sur la table. Je lui demandai si elle en voulait un autre. Elle resta silencieuse un moment et se mit à pleurer soudain, le corps pris de contractions. Pliée en deux, le visage caché dans ses mains, elle était secouée de violents sanglots qui lui faisaient perdre le souffle. Reiko posa sa guitare et vint lui caresser doucement le dos. Puis elle posa sa main sur son épaule, et Naoko vint blottir son visage sur sa poitrine, comme un bébé.

« Dites-moi, Watanabe, me dit Reiko, cela ne vous ennuie pas d'aller vous promener dans le coin pendant une vingtaine de minutes ? Je crois que cela suffira. »

J'acquiesçai puis me levai, et je passai un gilet par-dessus ma chemise. Je m'excusai.

« Mais non, ce n'est pas grave. Et puis, ce n'est pas de votre faute. Ne vous en faites pas. Quand vous allez revenir, elle ira mieux, vous verrez », me dit-elle en m'adressant un clin d'œil.

Suivant le chemin éclairé par la lumière irréelle de la lune, je m'enfonçai dans le bois où je marchai sans but. Dans cette lueur étrange, les sons résonnaient curieusement. Le bruit de mes pas retentissait comme provenant d'un tout autre endroit. De temps à autre, un petit bruit sec claquait derrière moi. Dans le bois régnait une atmosphère étouffante, faite du souffle réprimé des animaux nocturnes qui attendaient que je fusse passé.

Quand j'eus traversé le bois, je m'assis sur le flanc d'une petite colline et regardai en direction de la maison où habitait Naoko. Je repérai facilement sa chambre. Il m'avait suffi de chercher une petite lueur tremblotante dans le lointain, au milieu des autres fenêtres obscures. Immobile, je gardai longtemps les yeux fixés sur cette tache lumineuse. Elle me faisait penser aux derniers clignotements de l'âme. J'aurais voulu la soutenir et la protéger de mes mains. De la même façon que Jay Gatsby regardait toutes les nuits cette petite lumière sur l'autre rive, de la même façon je regardai longuement cette petite flamme vacillante.

Je revins une demi-heure plus tard et, en arrivant à l'entrée de la maison, j'entendis Reiko qui s'exerçait à la guitare. Je montai discrètement l'escalier et frappai à la porte. Naoko n'était pas dans la pièce, et Reiko était seule, assise sur le tapis, à jouer de la guitare. Elle me désigna la porte de la chambre. Cela semblait vouloir dire que Naoko s'y trouvait. Puis Reiko posa sa guitare sur le sol, s'assit sur le canapé et me pria de venir prendre place à côté d'elle. Ensuite, elle partagea le vin qui restait entre nos deux verres.

« Elle va bien, vous savez, me dit-elle en me tapotant le genou. Vous n'avez pas à vous inquiéter, car elle va retrouver son calme quand elle sera restée seule allongée un moment. Elle était seulement un peu nerveuse. Vous ne voulez pas que nous allions nous promener dehors pendant ce temps-là ?

– D'accord. »

Nous marchâmes lentement tous les deux sur le chemin éclairé par la lumière des réverbères et, arrivés au court de tennis et au terrain de basket, nous allâmes nous asseoir sur un banc. Elle ramassa le ballon orange qui se trouvait sous le banc et le fit tourner un moment entre ses mains. Puis elle me demanda si je jouais au tennis. Je lui répondis que oui, mais très mal.

« Et le basket ?

– Ce n'est pas vraiment ma spécialité.

– Alors, c'est quoi votre spécialité ? me demanda-t-elle en riant, les yeux plissés, à part coucher avec les filles !

– Je ne suis pas vraiment spécialiste en la matière, vous savez, lui répondis-je, légèrement blessé.

– Allons, ne vous fâchez pas. C'était juste une plaisanterie. Mais, sérieusement, vous avez bien une spécialité ?

– Pas vraiment, même si j'aime plus particulièrement certaines choses.

– Lesquelles, par exemple ?

– Voyager à pied. Nager. Lire.

– Vous aimez être seul, n'est-ce pas ?

– Oui... peut-être. Je n'ai jamais beaucoup aimé faire des jeux avec les autres. Je n'arrive pas vraiment à m'investir. Tout m'est indifférent.

– Alors, revenez nous voir en hiver. Ici, l'hiver, nous faisons du ski de fond. Vous aimerez certainement. Après avoir pataugé dans la neige toute la journée, on ruisselle de sueur. »

Elle se mit à observer sa main droite à la lumière du lampadaire, comme si elle examinait un vieil instrument de musique.

« Naoko est souvent ainsi ? lui demandai-je.

– Eh bien, cela lui arrive de temps en temps, me répondit-elle en observant cette fois-ci sa main gauche. Elle est comme ça de temps en temps. Elle s'énerve et elle pleure. Mais ce n'est pas grave en soi. Puisqu'elle exprime ses sentiments. C'est quand on ne peut plus le faire que cela devient dangereux. Alors, les émotions s'accumulent à l'intérieur du corps et se durcissent.

Toutes sortes de sentiments se figent et meurent à l'intérieur du corps. Et c'est terrible.

– J'ai peut-être dit quelque chose qu'il ne fallait pas, tout à l'heure ?

– Mais non, je vous assure, tout va bien. Ne vous inquiétez pas, vous avez fait tout ce qu'il fallait. Dites franchement ce que vous pensez. C'est ce qu'il y a de mieux. Même si cela doit nous blesser, ou même si, comme tout à l'heure, quelqu'un doit s'énerver, la meilleure chose à faire est d'être patient et d'envisager l'avenir avec courage. Si vous voulez vraiment que Naoko guérisse, c'est comme ça qu'il faut agir. Comme je vous l'ai dit dès le début, il ne faut pas espérer la secourir, mais il faut vouloir se guérir soi-même par le biais de sa guérison. C'est ainsi que nous procédons. C'est pour cela que vous devez vous aussi parler franchement de toutes sortes de choses quand vous êtes ici. A l'extérieur, tout le monde ne parle pas forcément avec franchise, n'est-ce pas ?

– C'est vrai.

– En l'espace de sept ans, j'ai vu pas mal de gens aller et venir. D'ailleurs, j'en ai sans doute trop vu. C'est pour cela que dès le début je sais tout de suite s'ils vont guérir ou non. Mais en ce qui concerne Naoko, justement, je ne sais pas très bien. Personne ne peut dire ce qu'il adviendra d'elle. Elle peut être complètement guérie le mois prochain, ou elle peut traîner ainsi pendant des années et des années, alors je ne peux pas vous éclairer là-dessus. Je peux seulement vous dire des généralités, comme vous demander d'être franc ou de l'aider.

– Pourquoi Naoko est-elle la seule pour laquelle vous ne sachiez pas ?

– Peut-être parce que je l'aime. C'est sans doute pour cela que je n'arrive pas à savoir qui elle est vraiment. J'éprouve trop de sentiments envers elle. Vous savez, je l'aime, c'est vrai. Et, en plus, ses problèmes sont si compliqués, ils sont entortillés comme une pelote de ficelle emmêlée, si bien que ce n'est pas facile d'en démêler les brins, un à un. Il faudra peut-être beaucoup de temps, à moins que cela ne se libère d'un seul coup, à la faveur d'un rien. Enfin, voilà. Alors j'hésite à me décider. »

Elle ramassa encore une fois le ballon de basket, qu'elle fit tourner dans ses mains avant de le faire rebondir sur le sol.

« Ce qu'il y a de plus important, vous savez, c'est de ne pas s'impatienter, ajouta-t-elle. C'est un autre de mes conseils. Ne pas s'énerver. Même si l'on ne peut pas s'en sortir parce que c'est trop embrouillé, il ne faut ni désespérer, ni s'énerver en tirant trop fort. Il faut démêler les fils un à un, patiemment, en prenant son temps. Vous le pouvez ?

– Je vais essayer.

– Cela prendra peut-être beaucoup de temps, et, même avec le temps, elle risque de ne jamais guérir complètement, vous savez. Vous y avez pensé ? »

Je hochai la tête.

« C'est dur de patienter, me dit-elle en faisant rebondir le ballon. Surtout pour les gens de votre âge. Il faut attendre sa guérison. Et celle-ci n'est pas garantie, même dans le temps. Vous le pouvez ? Vous aimez suffisamment Naoko pour le faire ?

– Je ne sais pas, lui répondis-je franchement. Moi non plus je ne sais pas très bien ce que cela représente d'aimer quelqu'un. Que ce soit Naoko ne change rien. Mais je suis prêt à faire mon possible. Sinon, je ne saurai pas très bien moi non plus où je dois aller. Comme vous l'avez dit tout à l'heure, nous devons nous aider mutuellement, Naoko et moi, et je crois que nous n'avons pas d'autre voie pour nous en sortir tous les deux.

– Et vous allez continuer à coucher avec la première fille venue ?

– Justement, je ne sais pas très bien ce que je dois faire. Qu'en pensez-vous ? Dois-je attendre tout ce temps en me livrant à la masturbation ? J'ai du mal à m'en sortir de ce côté-là aussi, vous savez. »

Reiko posa le ballon sur le sol et tapota mon genou.

« Vous savez, je ne dis pas que c'est mal de coucher avec des filles. Si cela vous convient, c'est bien. Il s'agit de votre vie, c'est donc à vous de décider. Ce que je veux dire, c'est que vous ne devez pas vous épuiser d'une manière qui n'est pas naturelle. Vous comprenez ? Ce serait trop bête. La période entre dix-neuf et vingt ans est très importante pour la formation de la personnalité, et le moindre gauchissement fait à ce moment-là devient pénible à supporter quand on est plus âgé. C'est vrai, je vous assure. Alors, réfléchissez. Si vous voulez bien vous occuper de Naoko, il faut aussi que vous vous occupiez bien de vous-même. »

Je lui dis que j'allais y réfléchir.

« Moi aussi j'ai eu vingt ans. Même si c'était il y a très longtemps, reprit Reiko. Vous me croyez ?

– Bien sûr que je vous crois !

– Vous me croyez vraiment ?

– Je vous crois vraiment, lui dis-je en riant.

– J'étais assez mignonne en ce temps-là, même si je ne l'étais pas autant que Naoko. Et je n'avais pas toutes les rides que j'ai maintenant. »

Je lui dis que j'aimais beaucoup ses rides. Elle me remercia.

« Mais, à l'avenir, je vous défends de dire à une femme que ses rides sont charmantes. Même si je suis contente qu'on me le dise.

– Je ferai attention. »

Elle sortit un portefeuille de la poche de son pantalon et me montra une photographie glissée à l'intérieur d'un compartiment réservé aux cartes d'abonnement. C'était la photo couleur d'une adorable petite fille d'une dizaine d'années. Elle souriait sur la neige, les skis aux pieds, vêtue d'une éclatante combinaison.

« Elle est plutôt belle, n'est-ce pas ? C'est ma fille. Elle m'a envoyé cette photo au début de l'année. Elle doit être en huitième.

– Elle a votre façon de rire », lui dis-je en lui rendant la photographie.

Elle remit le portefeuille dans sa poche, puis renifla légèrement avant d'allumer une cigarette.

« Quand j'étais jeune, je voulais devenir pianiste professionnelle. J'étais douée, c'est vrai. Alors on s'est beaucoup occupé de moi. Je gagnais des concours, j'étais toujours première à l'université de musique, et il était question que j'aille étudier en Allemagne dès que j'aurais mon diplôme, bref, j'avais une jeunesse sans aucun nuage. Je réussissais tout ce que j'entreprenais, et si par hasard quelque chose n'allait pas, mon entourage se débrouillait pour que cela s'arrange. Mais il s'est passé quelque chose, et, un jour, tout s'est déréglé. J'étais en quatrième année d'université. Je préparais un concours assez important, je travaillais donc d'arrache-pied, lorsque soudain mon petit doigt de la main gauche n'a plus bougé. Je ne savais pas pourquoi, mais, en tout cas, il était bel et bien paralysé. J'ai fait des massages, je l'ai trempé dans l'eau chaude, j'ai même arrêté de jouer pendant deux ou trois jours, mais rien n'y faisait. Je me suis précipitée à l'hôpital, bouleversée. On m'a fait tout un tas d'examens, mais les médecins, eux non plus, ne comprenaient pas. Ils me disaient que je n'avais rien d'anormal au doigt, que mes nerfs étaient intacts, et qu'il n'y avait aucune raison pour que ce doigt ne bouge pas. Ils croyaient à une cause psychologique. Alors je suis allée dans le service des maladies mentales. Mais, là non plus, on ne savait pas très bien ce que j'avais. On m'a seulement dit que c'était peut-être dû au stress précédant le concours. Et l'on m'a conseillé de vivre un certain temps loin de mon piano. »

Reiko inspira profondément la fumée de sa cigarette avant de la recracher. Puis elle hocha la tête plusieurs fois.

« Alors j'ai décidé d'aller me reposer chez ma grand-mère, qui vivait à Izu. J'ai renoncé à ce concours, et je me suis dit que j'allais me laisser aller pendant quinze jours à faire tout ce que je voudrais sans toucher au piano. Mais cela n'a pas marché. J'avais beau faire tout ce que je voulais, je n'avais que mon instrument en tête. Rien d'autre ne me venait à l'esprit. Je me demandais si mon petit doigt n'allait pas rester ainsi paralysé à vie, et comment, dans ce cas, j'allais pouvoir vivre. Je ressassais tout le temps ces questions dans ma tête. Vous comprenez bien que ce n'était pas possible autrement, puisque jusqu'alors ma vie avait été entièrement consacrée au piano. J'avais commencé cet instrument à quatre ans, et j'avais vécu en ne pensant qu'à cela. Je n'avais pratiquement pensé à rien d'autre en dehors. Je n'avais jamais participé aux travaux ménagers, sous prétexte que je risquais de m'abîmer les mains, et, autour de moi, tout le monde faisait attention parce que j'étais douée pour le piano. Essayez donc de retirer son piano à une jeune fille élevée dans ces conditions ! Que lui reste-t-il ? J'ai disjoncté. Mes idées se sont embrouillées, et tout est devenu noir... »

Elle jeta son mégot sur le sol, l'écrasa et hocha la tête plusieurs fois.

« C'est ainsi que s'est terminé mon rêve de devenir pianiste. Je suis restée deux mois à l'hôpital, puis j'en suis sortie. Mon doigt s'étant progressivement remis à bouger, j'ai pu retourner à l'université, où j'ai fini par obtenir mon diplôme. Mais quelque chose avait disparu. Quelque chose qui ressemblait à une boule d'énergie avait quitté mon corps. Quant aux médecins, ils me disaient que j'avais les nerfs trop fragiles pour faire une carrière de pianiste, et ils me conseillaient d'abandonner. Alors, après l'université, je me suis mise à enseigner à la maison. Mais c'était vraiment très dur, vous savez. J'avais l'impression que ma vie venait de se terminer. La plus belle partie de mon existence s'était terminée alors que je venais d'avoir vingt ans. Vous ne trouvez pas cela absolument terrible ? J'avais toutes les possibilités entre les mains, et, quand je m'en suis aperçue, je n'avais plus rien. On ne m'applaudissait plus, on ne me faisait plus la fête, on ne m'abreuvait plus de compliments, je restais à la maison où je passais mes journées à enseigner à des enfants les sonatines de Beyer. J'étais si triste que je pleurais tout le temps. J'étais tellement humiliée que je versais des larmes chaque fois que j'entendais parler de quelqu'un, manifestement beaucoup moins doué que moi, qui avait obtenu un prix dans un concours, ou donnait un récital dans une salle de concert quelconque...

« Mes parents me traitèrent avec toute la délicatesse voulue. Mais je me rendais bien compte qu'ils étaient déçus. Alors que, la veille encore, ils pouvaient s'enorgueillir de leur fille, voici maintenant qu'elle revenait de l'hôpital psychiatrique ! Il n'était même plus question de mariage. Vivant avec eux, je sentais cela très fort. Je n'arrivais plus à le supporter. En plus, j'avais très peur de sortir, car j'avais l'impression que les gens du quartier allaient parler de moi si je le faisais. Alors, les ressorts ont sauté une deuxième fois, la pelote de fil s'est emmêlée, et c'est devenu tout noir à l'intérieur de ma tête. J'avais vingt-quatre ans, et je me suis retrouvée dans une maison de repos pour sept mois. Pas ici, mais dans un endroit avec de grands murs et une porte fermée. C'était sale, il n'y avait pas de piano... Je ne savais plus quoi faire. Mais je ne pensais qu'à sortir le plus vite possible de cet endroit, alors je me suis accrochée désespérément. Sept mois... Ce fut très long. C'est ainsi que mes rides se sont multipliées. »

Reiko se mit à rire, la bouche étirée sur les côtés.

« J'ai connu mon mari et l'ai épousé peu après ma sortie de l'hôpital. C'était un de mes élèves de piano, il était ingénieur dans une entreprise de construction d'avions de ligne, et il avait un an de moins que moi. Quelqu'un de bien. Il parlait peu, mais il était sincère et affectueux. Après avoir continué à prendre des leçons pendant environ six mois, il m'a soudain demandée en mariage. Un beau jour, comme ça, brusquement, alors que nous étions en train de prendre le thé après sa leçon. C'est incroyable, vous ne trouvez pas ? Jusqu'alors, nous ne nous étions jamais donné de rendez-vous, et il ne m'avait même jamais pris la main. Je suis tombée des nues. Puis je lui ai dit que je ne pouvais pas me marier. J'ai ajouté que je l'aimais bien et que je le trouvais gentil, mais que, pour diverses raisons, je ne pouvais pas l'épouser. Comme il voulait savoir, je lui ai tout expliqué franchement. Je lui ai dit que j'étais devenue folle et que j'avais été hospitalisée deux fois. Je lui ai tout raconté en détail. Ce qui en était la cause, comment cela avait évolué, et aussi que cela pouvait encore se reproduire à l'avenir. Il me demanda de le laisser réfléchir, et je lui ai donné tout le temps qu'il voulait pour le faire. J'ai ajouté que je n'étais pas du tout pressée. Quand il est revenu la semaine suivante, il m'a dit qu'il voulait toujours m'épouser. Alors je lui ai demandé d'attendre encore trois mois. Nous allions nous voir et sortir ensemble régulièrement pendant ce temps-là. Puis s'il voulait toujours m'épouser, nous en reparlerions tranquillement.

« Pendant trois mois, nous sommes sortis une fois par semaine. Nous sommes allés un peu partout, nous avons parlé de tout. Et je suis tombée follement amoureuse de lui. Quand j'étais à ses côtés, j'avais l'impression que j'étais enfin revenue à la vie. Sa présence me rassurait et me faisait oublier toutes sortes de choses désagréables. Je réalisai que ma vie n'était pas finie parce que je n'avais pas pu devenir pianiste ou que j'avais été hospitalisée à cause d'une maladie mentale, et que dans la vie il y avait tout un tas de choses extraordinaires que je ne connaissais pas encore. Je lui fus extrêmement reconnaissante de m'avoir permis de réagir ainsi. Trois mois plus tard, il a réitéré sa demande en mariage. Je lui ai dit que je voulais bien coucher avec lui si c'était ce qu'il désirait. Je n'avais encore jamais couché avec un homme mais je l'aimais beaucoup, et s'il avait voulu le faire, cela ne m'aurait pas du tout dérangée. Mais se marier avec moi était quelque chose de complètement différent. M'épouser revenait à prendre en charge mes difficultés. C'était quelque chose de beaucoup plus difficile qu'il ne l'imaginait. Mais si cela ne le dérangeait pas...

« Il m'a répondu que non. Il ne voulait pas uniquement coucher avec moi, il voulait m'épouser, il voulait tout partager. Et il le pensait vraiment. C'était un homme à ne dire que ce qu'il pensait, et à réaliser ce qu'il avait dit. Alors je lui ai dit d'accord, marions-nous. Que pouvais-je dire d'autre ? Et nous nous sommes mariés quatre mois plus tard. A cause de cela, il s'est fâché avec ses parents et a rompu avec eux. Il était d'une vieille famille paysanne de Shikoku, et ses parents, ayant fait faire une enquête minutieuse à mon sujet, avaient appris que j'avais été hospitalisée deux fois. Alors ils se sont opposés au mariage, ce qui a provoqué la dispute. Je trouve quand même qu'ils n'avaient pas tout à fait tort. C'est pour cela que nous n'avons pas fait de cérémonie. Nous nous sommes contentés d'une déclaration de mariage à la mairie et d'un voyage de deux jours à Hakone. Mais nous nagions en plein bonheur. Finalement, je suis restée vierge jusqu'à mon mariage, vous savez, jusqu'à vingt-cinq ans. C'est incroyable, vous ne trouvez pas ? »

Reiko soupira et reprit le ballon de basket.

« Je pensais que tout irait bien tant qu'il serait à mes côtés, continua-t-elle. Dans la mesure où il était près de moi, je ne risquais rien. Vous savez que dans ce genre de maladie, c'est ce sentiment de confiance qui est le plus important ? Je n'avais qu'à le laisser faire, dès que j'irais un peu plus mal, c'est-à-dire quand les écrous commenceraient à se desserrer, il s'en apercevrait aussitôt et s'empresserait d'y remédier avec précision et courage, il démêlerait la pelote. Tant qu'il y a cette sorte de confiance, la maladie ne réapparaît pas. L'existence même de ce sentiment fait qu'il n'y a pas d'explosion. J'étais si contente ! Je pensais que la vie était merveilleuse. C'était comme si on m'avait sortie de l'océan impétueux et glacé, pour m'allonger sur un lit, enroulée dans une couverture bien chaude ! Notre fille est née deux ans après notre mariage et, par la suite, j'ai été complètement prise par elle. J'en ai même oublié que j'étais malade. Je me levais le matin, faisais le ménage, m'occupais d'elle et, quand il rentrait, je lui servais à dîner... Et cela se répétait tous les jours. Mais j'étais heureuse. Ce fut sans doute la période la plus heureuse de ma vie. Combien de temps a-t-elle duré ? Cela a continué jusqu'à l'âge de trente et un ans. Et puis, cela a recommencé ! J'ai éclaté. »

Reiko alluma une nouvelle cigarette. Il n'y avait plus de vent. La fumée s'élevait tout droit avant de disparaître dans la nuit. J'apercevais dans le ciel d'innombrables étoiles qui brillaient.

« Que s'est-il passé ? lui demandai-je.

– Eh bien, me répondit-elle, quelque chose de très curieux. On aurait dit qu'une sorte de piège m'attendait là depuis longtemps. Quand j'y pense aujourd'hui encore, j'en ai des frissons. (Elle se frotta la tempe de sa main qui ne tenait pas la cigarette.) Mais je vous ennuie, à parler uniquement de moi. C'est pour Naoko que vous êtes venu.

– Mais cela m'intéresse. Vous ne voulez pas continuer ?

– Notre fille est entrée à la maternelle, et petit à petit, je me suis remise à jouer du piano, commença-t-elle. Je jouais uniquement pour moi, et non pour les autres. J'ai commencé par des petites pièces de Bach, Mozart ou Scarlatti. Bien sûr, comme je n'avais pas joué depuis longtemps, j'avais du mal à retrouver mon agilité. Mes doigts n'étaient pas aussi mobiles que j'aurais pu l'espérer, par rapport à autrefois. Mais j'étais heureuse. Je comprenais que je pouvais encore jouer. En rejouant ainsi du piano, je compris à quel point j'aimais la musique. Et combien elle m'avait manqué. Mais ce qui était merveilleux, c'était que je pouvais interpréter de la musique pour moi-même.

« Comme je vous l'ai dit tout à l'heure, j'avais joué du piano depuis l'âge de quatre ans, et je me rendais compte que pas une seule fois je n'avais joué uniquement pour moi. Je n'avais joué que pour passer des auditions, n'interprétant que des morceaux imposés, ou encore pour émerveiller les autres. Tout cela, bien sûr, est important si l'on veut maîtriser son instrument. Mais, à partir d'un certain âge, on doit interpréter de la musique pour soi. C'est cela la musique. Et je l'ai enfin compris trente et un ou trente-deux ans après avoir été éjectée du parcours de l'élite. Je conduisais notre fille à la maternelle, je me débarrassais rapidement des tâches ménagères, puis je jouais, pendant une heure ou deux, des morceaux que j'aimais. Jusqu'alors, je n'avais aucun problème. N'est-ce pas ? »

J'acquiesçai.

« Mais un jour, une femme que je connaissais uniquement de vue et que je saluais quand je la rencontrais par hasard dans la rue, vint me voir pour me demander si je voulais bien donner des leçons de piano à sa fille, qui le désirait. Même si elle était du quartier, elle habitait assez loin, et je ne connaissais pas la jeune fille en question, mais, d'après sa mère, elle m'avait entendue jouer en passant devant la maison et elle en avait été très impressionnée. Ensuite, elle me connaissait de vue, et je lui plaisais beaucoup. Elle était en quatrième, et elle avait appris le piano avec plusieurs professeurs, mais, pour diverses raisons, cela n'avait pas marché, et maintenant plus personne ne s'occupait d'elle.

« J'ai refusé. Car cela faisait plusieurs années que je n'avais pas joué et que même si je pouvais, à la rigueur, donner des leçons à un débutant, il était hors de question que je le fasse pour elle. D'ailleurs, j'étais bien trop occupée par ma fille. De plus, mais cela je ne le lui dis pas, c'est impossible de donner des cours à un enfant qui change constamment de professeur. Mais la jeune femme insista pour que je voie au moins une fois sa fille. Il m'était difficile de refuser devant tant d'insistance et, puisqu'elle semblait tellement vouloir me rencontrer, je lui répondis que si c'était uniquement pour me voir, cela ne me dérangeait pas. Trois jours plus tard, la jeune fille est venue, seule. Elle était belle comme un ange. Vous ne pouvez pas imaginer, elle était si jolie qu'elle en était transparente. Je n'avais jamais vu avant, et je n'ai jamais rencontré depuis, de fille aussi belle. Elle avait des cheveux longs et noirs comme de l'encre juste faite, des mains et des pieds effilés, des yeux brillants et une bouche fine et douce comme si elle venait à peine d'être modelée. Quand je l'ai vue, j'ai été incapable de lui parler tout de suite, tellement j'avais été frappée par sa beauté. Je la fis asseoir sur le canapé du salon, et la pièce en fut aussitôt transformée. Quand on la regardait, on était tellement ébloui qu'on ne pouvait pas s'empêcher de fermer à demi les yeux. Elle était ainsi. Je la revois encore comme si c'était hier. »

Reiko garda un moment les yeux mi-clos, comme si elle contemplait encore une fois le visage de la jeune fille.

« Nous avons parlé environ une heure en prenant le café. De toutes sortes de choses. De musique, de l'école. Elle était intelligente. Elle parlait bien, s'exprimait correctement, et elle avait un charme inné. C'en était presque effrayant. Mais je ne compris pas alors d'où venait cette impression de frayeur. J'ai seulement réalisé soudain qu'il y avait quelque chose dans son expression de vaguement inquiétant. Mais, en parlant avec elle, on perdait peu à peu la notion de ce qui est normal. C'est-à-dire qu'on était tellement écrasé par sa jeunesse et sa beauté que l'on finissait par se trouver soi-même bien inférieur et grossier, et, quand on avait des pensées négatives envers elle, on avait l'impression que c'était sans doute de mauvaises pensées dues au dépit. »

Elle hocha plusieurs fois la tête.

« Si j'avais été aussi jolie et intelligente que cette petite, je serais devenue quelqu'un de beaucoup plus honnête. Etant si intelligente et si belle, que voulait-elle de plus ? Alors qu'elle était si gâtée par son entourage, pourquoi fallait-il qu'elle soit méchante et qu'elle piétine les gens faibles et qui lui étaient inférieurs ? Elle n'avait pourtant aucune raison de le faire, n'est-ce pas ?

– Elle vous a fait quelque chose de mal ?

– Eh bien, pour commencer, je dois vous dire qu'elle était mythomane. C'était vraiment une maladie chez elle. Elle fabriquait des histoires à propos de tout. Tout en parlant, elle finissait par se persuader que ce qu'elle disait était vrai. Puis elle arrangeait le reste pour que son histoire reste plausible. Mais, comme elle réfléchissait à une vitesse incroyable, elle devançait tout le monde et modifiait son histoire au fur et à mesure, si bien qu'on ne trouvait jamais la faille. Et l'on ne se rendait pas compte qu'elle mentait. D'ailleurs, personne ne pouvait imaginer qu'une fille aussi jolie pouvait mentir sur des choses aussi insignifiantes. C'est ce qui m'arriva. Elle m'a menée en bateau pendant six mois, et je ne m'en suis même pas aperçue. Elle n'avait pas cessé de me mentir. C'est idiot, vraiment.

– Quel genre de mensonges ?

– Toutes sortes, me répondit-elle en riant avec ironie. Je viens de le dire, n'est-ce pas ? Quand on ment sur quelque chose, on est obligé de mentir sur tout un tas d'autres choses pour que cela reste plausible. C'est cela la mythomanie. Mais la plupart des mensonges des mythomanes ne tirent pas à conséquence, et l'entourage sait vite à quoi s'en tenir. Mais dans son cas, c'était différent. Pour se protéger, elle n'hésitait pas à blesser les autres par un mensonge, utilisant tout ce qui pouvait l'être à son profit. Puis elle mentait ou ne mentait pas, selon la personne qui se trouvait en face d'elle. Par exemple, elle ne mentait pas beaucoup à sa mère ni à ses amis proches, ni encore à des personnes qui auraient pu s'en rendre compte assez rapidement, et si parfois elle était obligée de le faire, elle était alors très prudente. Elle s'arrangeait pour ne pas être découverte. Et si l'on se rendait compte qu'elle avait menti, de grosses larmes se mettaient à couler de ses beaux yeux, et elle trouvait un prétexte ou s'excusait d'une voix implorante. Alors, plus personne ne pouvait se mettre en colère.

« Je ne sais toujours pas pourquoi elle a jeté son dévolu sur moi. M'a-t-elle choisie pour faire de moi sa victime, ou pour me demander du secours ? Aujourd'hui encore je n'en sais rien. Et puis, de toute façon, cela n'a plus d'importance. Puisque tout est terminé et que, finalement, c'est comme ça. »

Il y eut un bref silence.

« Elle répéta ce qu'avait dit sa mère. Elle avait été impressionnée en m'entendant jouer du piano, alors qu'elle passait devant chez moi. Puis elle m'avait croisée plusieurs fois et je lui plaisais. Elle m'a dit que je lui plaisais, vous vous rendez compte ? J'ai rougi, vous savez. Plaire à une fille qui était aussi belle qu'une poupée ! Mais je crois que ce n'était pas vraiment un mensonge. Bien sûr, j'avais déjà dépassé l'âge de trente ans, et je n'étais ni aussi belle ni aussi intelligente qu'elle, et je n'étais pas particulièrement douée. Mais sans doute y avait-il en moi quelque chose qui l'avait attirée. Quelque chose qui lui manquait, ou autre chose d'approchant, sait-on jamais ? C'est sans doute cela qui a fait qu'elle s'est intéressée à moi. C'est ce que je pense maintenant. Mais n'allez pas croire que je me vante !

– Je crois comprendre.

– Elle avait apporté une partition, et elle m'a demandé si elle pouvait la jouer. Je lui ai dit que oui. Et elle a interprété une invention de Bach. Et ce fut, comment dire, une exécution intéressante. Intéressante ou curieuse, en tout cas, elle ne fut pas ordinaire. Bien sûr, elle n'était pas vraiment douée. Elle ne fréquentait aucune école de musique, et allait ou non à ses leçons, selon son humeur. On sentait qu'elle ne travaillait pas régulièrement. Avec ce jeu-là, on ne l'aurait pas prise dans un conservatoire. Mais ce n'était pas mal du tout, vous savez. C'est-à-dire que quatre-vingt-dix pour cent de son jeu ne valait rien, mais que pour les dix pour cent qui restaient, c'était pas mal du tout. Et il s'agissait d'une invention de Bach, vous savez ! C'est ainsi que cette enfant m'a beaucoup intéressée. Je me demandais qui elle était vraiment.

« Bien sûr, dans le monde, il existe un tas de jeunes qui sont capables de jouer très bien des pièces de Bach. Il y en avait certainement qui étaient capables de jouer mille fois mieux qu'elle. Mais, en général, leur jeu n'avait pas de poids. C'était complètement creux. Elle n'était pas douée, mais elle possédait quelque chose qui attirait les gens, moi tout au moins. Alors je me suis dit que cela valait peut-être la peine d'essayer de lui donner des leçons. Bien sûr, il était hors de question pour moi de tout reprendre pour essayer d'en faire une professionnelle. Mais je croyais qu'il était possible d'en faire une pianiste heureuse, pouvant prendre plaisir à jouer pour soi, comme je l'étais alors, et comme je le suis maintenant encore. Mais finalement, c'était un désir inutile. Elle n'était pas du genre à faire quelque chose uniquement pour elle, silencieusement. C'était une enfant qui calculait tout minutieusement et qui utilisait tous les moyens pour obtenir l'admiration des autres. Elle savait exactement ce qu'il fallait faire pour que les autres l'admirent et la félicitent. Elle savait aussi comment jouer pour me séduire. Elle avait tout calculé. Et sans doute avait-elle travaillé sans relâche le morceau qu'elle voulait me faire entendre. Je la vois d'ici.

« Et pourtant, même maintenant, alors que j'ai tout compris, je trouve toujours qu'elle l'a remarquablement bien interprété, et que, si elle devait me le rejouer, cela me toucherait toujours autant. Même en tenant compte de sa ruse, de ses mensonges et de ses défauts. On voit beaucoup de choses comme cela dans la vie, n'est-ce pas ? »

Après une petite toux sèche, Reiko se tut et resta un moment silencieuse.

« Et vous l'avez prise comme élève ? lui demandai-je.

– Bien sûr. Une fois par semaine. Le samedi matin.

Parce qu'elle n'avait pas école ce jour-là. C'était une élève idéale, qui n'a jamais manqué une leçon et qui n'est jamais arrivée en retard. Et qui travaillait avant de venir. La leçon terminée, nous bavardions en mangeant une pâtisserie. (Elle regarda soudain sa montre.) Dites, vous ne croyez pas que nous ne devrions pas tarder à rentrer ? Je suis inquiète pour Naoko. Vous ne l'avez quand même pas oubliée, j'espère ?

– Bien sûr que non, lui répondis-je en riant. J'étais seulement pris par notre conversation.

– Si vous voulez savoir la suite, je continuerai demain. C'est tellement long que je ne peux pas tout vous raconter en une seule fois.

– On dirait Schéhérazade !

– Eh oui, vous ne pourrez plus retourner à Tôkyô », dit-elle en riant.

Nous rentrâmes par le même chemin qui coupait à travers bois. La bougie ne brûlait plus et la lumière du salon était éteinte. La porte de la chambre était ouverte, la lampe de chevet allumée, et la faible lumière s'écoulait dans le salon. Naoko était assise sur le canapé plongé dans la pénombre. Elle était maintenant en robe de chambre. Elle l'avait boutonnée jusqu'au menton, et était assise, les jambes remontées sur le canapé, genoux repliés. Reiko alla la trouver et posa sa main sur sa tête.

« Tu vas mieux ?

– Oui. Excuse-moi, répondit-elle à mi-voix. (Elle se tourna vers moi.) Tu as été surpris ?

– Oui, un peu, lui dis-je en riant.

– Viens là. »

J'allai m'asseoir à ses côtés. Alors, ses genoux toujours repliés sur le canapé, elle se rapprocha de moi, comme si elle voulait me confier un secret, et appuya légèrement sa bouche près de mon oreille :

« Excuse-moi, murmura-t-elle encore. Il m'arrive parfois de ne plus savoir où j'en suis.

– Cela m'arrive tout le temps, tu sais. »

Naoko me regarda en souriant. Je lui demandai si elle voulait bien me parler d'elle. De la vie qu'elle menait ici. Ce qui s'y passait, jour après jour, qui étaient les gens qui s'y trouvaient.

Elle se mit à parler, par bribes mais clairement, de ses journées. Elle se levait à six heures, prenait son petit déjeuner, puis s'en allait travailler au jardin, après avoir nettoyé le poulailler. Elle s'occupait des légumes. Avant ou après le déjeuner, elle avait une consultation avec son médecin pendant une heure, ou bien une discussion de groupe. L'après-midi, elle était libre et pouvait choisir d'assister à des cours, de faire des activités à l'extérieur ou du sport. Elle prenait des leçons de français, de tricot, de piano et d'histoire ancienne.

« Je prends des cours de piano avec Reiko, me dit-elle. Mais tu sais, elle enseigne aussi la guitare. Nous sommes tous élèves ou professeurs à tour de rôle. Ceux qui ont des dispositions pour le français enseignent le français, c'est un ancien professeur d'histoire qui donne les cours d'histoire, le tricot est fait par quelqu'un qui est doué en tricot, et c'est suffisant pour que nous ayons presque une école tout à fait correcte. Malheureusement, je n'ai rien à enseigner aux autres.

– Moi non plus.

– En tout cas, ici j'apprends beaucoup mieux que quand j'étais à l'université. J'étudie très sérieusement, et cela m'amuse beaucoup.

– Que fais-tu d'habitude après le dîner ?

– Je discute avec Reiko, je lis, j'écoute des disques, je vais faire un tour dans les autres chambres, enfin, tu vois.

– Moi, je m'exerce à la guitare et j'écris mes mémoires, intervint Reiko.

– Vos mémoires ?

– Je plaisante, dit-elle en riant. Et nous nous couchons vers dix heures. C'est une vie saine, n'est-ce pas ? Nous dormons profondément, vous savez. »

Je regardai ma montre. Il n'était pas loin de neuf heures.

« Alors, vous n'allez pas tarder à avoir envie de dormir, n'est-ce pas ?

– Aujourd'hui, c'est exceptionnel, nous pouvons veiller un peu plus tard, dit Naoko. Cela fait tellement longtemps que nous ne nous sommes pas vus que j'ai envie de parler un peu. Raconte-nous quelque chose.

– Quand j'étais tout seul, tout à l'heure, je me suis soudain rappelé tout un tas de choses. Tu te souviens quand Kizuki et moi nous sommes allés te rendre visite ? Tu étais à l'hôpital au bord de la mer. Cela devait être pendant l'été de la classe de première, il me semble.

– Quand je me suis fait opérer de la poitrine, dit-elle en riant. Je m'en souviens très bien, tu sais. Vous étiez venus tous les deux à moto. Vous m'aviez apporté des chocolats qui étaient tout fondus. Quelle histoire ça a été pour les manger ! Mais il me semble que cela s'est passé il y a très très longtemps.

– C'est vrai. A l'époque, tu écrivais de longs poèmes, non ?

– Toutes les filles de cet âge écrivent des poèmes, tu sais, fit-elle en riant doucement. Pourquoi t'es-tu souvenu de cela ?

– Je ne sais pas. Cela m'est seulement revenu soudain à l'esprit. C'est peut-être à cause de la brise marine, ou des lauriers-roses. Dis-moi, il est souvent venu te voir à cette époque ?

– Mais non, pratiquement pas. C'est même pour ça que nous nous sommes disputés par la suite. La première fois, il est venu tout seul, puis avec toi, et c'est tout. Tu ne trouves pas que c'est épouvantable ? D'ailleurs, la première fois qu'il est venu, il ne tenait pas en place, et il est reparti au bout de dix minutes. Il m'avait apporté des oranges, et il a commencé par se fâcher, je ne sais pas trop pourquoi, puis il m'a épluché une orange pour me la faire manger, et il a continué à rouspéter tant et plus, avant de repartir comme il était venu. Il m'a dit qu'il ne supportait pas les hôpitaux. (Elle se mit à rire.) Sur ce plan, il était resté un enfant, tu sais. Tu ne trouves pas ? Personne n'aime les hôpitaux, n'est-ce pas ? C'est pour cela qu'on rend visite aux malades, pour les réconforter. C'est pour les encourager à guérir. Il ne comprenait pas très bien cela, tu vois.

– Mais quand nous y sommes allés tous les deux, ce n'était pas si terrible. Il était comme d'habitude.

– C'était parce que tu étais avec lui. Devant toi, il se comportait toujours ainsi. Il s'efforçait de ne pas te montrer ses points faibles. Sans doute qu'il t'aimait. C'est pour cela qu'il faisait tout ce qu'il pouvait pour te montrer uniquement ses bons côtés. Mais il n'était pas comme ça quand nous étions seuls tous les deux. Il se relâchait un peu. En fait, il était d'humeur changeante. Il se mettait à parler tout seul, et, l'instant d'après, il se refermait dans sa coquille. Ce genre de chose lui arrivait très souvent. Depuis qu'il était tout petit c'était comme ça. Pourtant, il a toujours voulu changer, et faire des progrès, tu sais. (Naoko changea de position sur le canapé.) Il voulait changer et progresser, mais il n'y arrivait pas, et c'est cela qui le rendait triste et le mettait en colère. Il possédait quelque chose de bien et de beau, et pourtant, jusqu'à la fin, il n'a jamais eu confiance en lui, et il se sentait obligé de faire certaines choses ou de changer. Pauvre Kizuki !

– Mais, s'il a fait son possible pour me montrer uniquement ses bons côtés, il a réussi, on dirait. Je t'assure que je n'ai vu que ses qualités. »

Naoko sourit :

« Il serait certainement content s'il t'entendait. Tu étais son seul ami, tu sais.

– Mais il était mon seul ami lui aussi, je n'ai jamais eu et je n'aurai jamais d'autre ami que lui.

– C'est pour ça que j'aimais beaucoup quand nous étions tous les trois. Je ne voyais alors que ses bons côtés. Et je me sentais bien. J'étais rassurée. Et toi ?

– J'étais soucieux de savoir ce que tu en pensais, lui dis-je en hochant légèrement la tête.

– Mais le problème était que cela ne pouvait pas durer très longtemps. Un petit cercle comme celui-là ne pouvait pas durer éternellement, tu sais. Kizuki, toi et moi, nous le savions, n'est-ce pas ? »

J'acquiesçai.

« Mais, pour être franche, j'aimais beaucoup ses faiblesses. Presque autant que ses qualités. Tu savais comme moi qu'il n'avait pas un brin de malice ni de méchanceté. Il était seulement faible. Mais, quand je le lui disais, il ne me croyait pas. Sais-tu ce qu'il me répondait alors ? Il me disait que je le connaissais trop bien puisque nous étions ensemble depuis l'âge de trois ans, et que c'était à cause de cela que je mélangeais tout et que je n'arrivais plus à distinguer ses qualités de ses défauts. Il disait toujours ça. Mais je l'aimais malgré tout, et je n'ai pratiquement jamais été intéressée par quelqu'un d'autre que lui. »

Naoko se tourna vers moi et m'adressa un pauvre sourire.

« Notre relation était assez différente de celle que peuvent avoir un garçon et une fille ordinaires. On aurait dit que nous étions reliés physiquement par quelque chose. Comme si, dès que nous étions séparés, une force nous faisait revenir l'un vers l'autre. C'est pour cela que nous nous sommes aimés d'un sentiment très naturel. Il n'y avait pas de place pour la réflexion ou le choix. Nous nous sommes embrassés à l'âge de douze ans et, à treize, nous flirtions. J'allais chez lui ou il venait chez moi, et je le soulageais avec mes mains... Mais je ne crois pas que nous étions précoces. Nous trouvions que c'était quelque chose d'inévitable. Cela ne me gênait pas du tout qu'il me caresse la poitrine ou le sexe s'il en avait envie, et naturellement, cela ne m'ennuyait pas non plus de l'aider à avoir du plaisir s'il le voulait. Et, si quelqu'un nous l'avait reproché, j'aurais certainement été étonnée ou en colère. Nous ne faisions rien de répréhensible, n'est-ce pas ? Nous ne faisions que ce que nous devions faire, c'est tout. Nous connaissions le moindre recoin de notre corps, c'était comme si nous étions chacun propriétaire du corps de l'autre, en tout cas, c'était l'effet que cela me faisait. Mais nous avons décidé de ne pas aller plus loin pendant quelque temps. J'avais peur d'être enceinte et, à l'époque, nous ne savions pas très bien comment faire pour éviter d'avoir des enfants... En tout cas, c'est comme ça que nous avons grandi, en couple et main dans la main. Presque sans faire l'expérience de l'espèce de souffrance générée par la pression sexuelle ou le développement de l'ego, comme les enfants ordinaires au cours de leur croissance. Comme je te le disais tout à l'heure, nous étions très ouverts sur le plan sexuel, et, comme il nous était possible d'assimiler et de partager nos ego respectifs, nous n'en avions pas particulièrement conscience. Tu comprends ce que je veux dire ?

– Je crois comprendre.

– Nous étions inséparables. Alors, si Kizuki avait vécu, nous serions restés ensemble, nous nous serions aimés, et nous serions peu à peu devenus malheureux.

– Pourquoi ? »

Naoko passa plusieurs fois la main dans ses cheveux. Comme elle avait enlevé sa barrette, ils retombaient et dissimulaient entièrement son visage quand elle baissait la tête.

« Sans doute parce que nous devions nous acquitter d'une dette en ce monde, me dit-elle en relevant la tête. Quelque chose comme la douleur de grandir. Puisque nous n'avions pas payé le prix au moment où il le fallait, c'était obligatoire de payer la note tôt ou tard. C'est pour cela que Kizuki a fait ce qu'il a fait, et que j'en suis là aujourd'hui. Nous étions comme deux enfants nus qui ont grandi sur une île déserte. Quand nous avions faim, nous mangions des bananes, et, quand nous étions tristes, nous dormions dans les bras l'un de l'autre. Mais cela ne pouvait durer éternellement. Nous grandissions à toute vitesse, et nous allions devoir prendre notre place dans la société. C'est pour cela que ton existence était très importante pour nous. Tu étais comme le chaînon qui nous manquait pour faire le lien avec le monde extérieur. A notre façon, nous faisions tout ce que nous pouvions pour nous assimiler au monde extérieur par ton intermédiaire, tu sais. Mais, finalement, cela n'a pas marché. »

J'acquiesçai.

« Surtout, ne va pas croire que nous t'avons utilisé. Kizuki t'aimait vraiment beaucoup, et ce n'est que par hasard que tu as été pour nous la première personne extérieure avec laquelle nous avons été en relation. Et c'est encore le cas. Kizuki n'est plus là parce qu'il est mort, mais tu es toujours le seul lien qui me relie au monde extérieur. Et je t'aime de la même façon que Kizuki t'aimait. Et puis, nous n'en avions pas du tout l'intention, mais finalement nous t'avons peut-être blessé. Nous ne nous sommes même pas rendu compte que nous l'avions fait. »

Naoko redevint silencieuse et baissa la tête.

« Vous ne voulez pas boire un cacao ? demanda Reiko.

– Oui, volontiers, répondit Naoko.

– Moi, je boirais bien le cognac que j'ai apporté, cela ne vous ennuie pas, j'espère ? demandai-je.

– Bien sûr que non, dit Reiko. Vous m'en donnerez bien une gorgée ?

– Bien sûr que oui », fis-je en riant.

Reiko apporta deux verres, et nous portâmes un toast à notre santé. Puis Reiko s'en alla dans la cuisine pour préparer le chocolat.

« Si nous parlions d'un sujet plus gai ? » proposa Naoko.

Mais je n'avais aucun sujet de conversation amusant à proposer. Je déplorai l'absence du facho. S'il avait été encore là, j'aurais pu raconter un certain nombre de faits nouveaux, et cela nous aurait rendus d'humeur joyeuse. Ne pouvant faire autrement, je m'étendis longuement sur la vie immonde que nous menions tous dans le foyer. C'était tellement sale que le seul fait d'en parler me mettait mal à l'aise, mais cela les amusa tant qu'elles m'écoutèrent en se tordant de rire. Puis Reiko se mit à imiter plusieurs malades mentaux. Cela aussi fut très drôle. Vers onze heures, Naoko ayant l'air de tomber de sommeil, Reiko déplia le canapé pour faire le lit.

« Vous pouvez être tenté par un viol pendant la nuit, mais, surtout, ne vous trompez pas de partenaire, dit Reiko. Naoko, avec son corps ferme, dort dans le lit de gauche, vous savez.

– Ce n'est pas vrai. Le mien est à droite, intervint Naoko.

– Dites, vous ne voulez pas aller pique-niquer demain ? Nous avons réussi à nous faire dispenser de plusieurs activités de l'après-midi, proposa Reiko.

– C'est une bonne idée », répondis-je.

Elles se rendirent à tour de rôle dans le cabinet de toilette pour se laver les dents, avant de se retirer dans leur chambre, et je bus un peu de cognac, puis m'allongeai sur le canapé, essayant de remonter le cours des événements qui s'étaient déroulés depuis le matin. La journée m'avait semblé très longue. La pièce baignait toujours dans le clair de lune. La chambre où dormaient Naoko et Reiko était silencieuse, et je ne discernais plus aucun bruit. J'entendais seulement, de temps à autre, le grincement d'un des lits. Quand je fermai les yeux, de minuscules figures géométriques se mirent à danser dans les ténèbres, mes oreilles conservant l'écho des accords de guitare de Reiko, mais tout cela ne dura pas longtemps. Le sommeil vint, m'engluant dans la tiédeur. Et je rêvai de saules pleureurs. Ils se dressaient de chaque côté d'un sentier de montagne. Il y en avait un nombre incroyable. Il soufflait un vent assez fort, mais les branches n'avaient pas un frémissement. Je me demandais pourquoi, et, en y regardant de plus près, je m'aperçus que des petits oiseaux étaient accrochés à chacune des branches. Leur poids empêchait les branches de remuer. Je pris un bâton pour taper sur la branche la plus proche. Je voulais chasser les oiseaux pour permettre aux branches de bouger. Mais les oiseaux ne s'envolèrent pas. Au lieu de cela, ils se transformaient en oiseaux métalliques, tombant sur le sol dans un bruit de ferraille.

Quand j'ouvris les yeux, j'eus l'impression de vivre la suite de mon rêve. La pièce baignait dans la lumière blafarde de la lune. Je me mis instinctivement à la recherche des oiseaux métalliques sur le sol, mais il n'y en avait pas, bien sûr. Seule Naoko, assise toute droite au pied de mon lit, regardait dehors. Elle avait posé son menton sur ses genoux repliés, comme un enfant affamé. Je cherchai des yeux la montre que j'avais posée à mon chevet, pour vérifier l'heure, mais je ne la trouvai pas à l'endroit où elle était supposée être. D'après le clair de lune, je présumai qu'il devait être deux ou trois heures du matin. J'avais la gorge très sèche, mais je décidai d'observer Naoko sans bouger. Comme tout à l'heure, elle portait une sorte de robe de chambre bleue, et ses cheveux étaient retenus sur le côté par sa barrette en forme de papillon. Je pus ainsi voir très nettement son joli front éclairé par la lune. Je trouvais cela curieux. Avant de dormir, elle avait enlevé sa barrette.

Elle restait immobile dans la même position. Elle ressemblait à un petit animal nocturne attiré par le clair de lune. L'ombre de ses lèvres était amplifiée par l'angle du rayon de lune. Cette ombre qui semblait si fragile tremblotait au rythme de son cœur. Comme si ses lèvres chuchotaient des mots inaudibles à l'adresse des ténèbres.

J'avalai ma salive pour essayer de rafraîchir ma gorge desséchée et le bruit que je fis résonna fortement dans le calme de la nuit. Alors, comme répondant à un signal, Naoko se releva et vint s'agenouiller sur le sol à mon chevet, dans un léger froissement de tissu, pour me regarder dans les yeux. Je lui rendis son regard, mais ses yeux ne me parlaient pas. Ses prunelles étaient d'une limpidité presque artificielle, et j'eus l'impression que je pourrais peut-être apercevoir l'autre monde à travers elles, mais, j'eus beau regarder, je ne vis rien. Nos deux visages étaient éloignés d'à peine trente centimètres, mais il me semblait qu'elle se trouvait à des années-lumière de moi.

Je tendis la main pour essayer de la toucher, mais elle se recula rapidement. Ses lèvres frémirent. Elle leva les deux mains et commença lentement à déboutonner sa robe de chambre. Il y avait sept boutons en tout. J'observai ses beaux doigts fins déboutonnant les boutons l'un après l'autre, et je croyais rêver. Quand elle eut entièrement déboutonné ces sept petits boutons blancs, elle enleva sa robe de chambre en la faisant glisser sur ses hanches, comme un insecte lors de la mue, et se retrouva nue. Elle n'avait rien dessous. La seule chose qu'elle avait sur elle était cette barrette en forme de papillon. Maintenant qu'elle avait enlevé sa robe de chambre, elle me regardait, toujours agenouillée sur le sol. Son corps, éclairé par la douce lumière émanant de la lune, était comme un corps neuf, tout juste né. Quand elle bougea, d'un mouvement imperceptible, les parties de son corps éclairées par la lune se déplacèrent curieusement, et les ombres qui rehaussaient ses courbes se modifièrent. Les rondeurs de sa poitrine, ses petits mamelons, le creux du nombril, l'ombre granuleuse des hanches et des poils pubiens changeaient de forme exactement comme les cercles concentriques aux reflets multiples évoluant à la surface d'un lac paisible.

Je réalisai que son corps avait atteint sa perfection. A quel moment s'était-il transformé de cette manière ? Et où était donc passé celui que j'avais serré dans mes bras en cette nuit de printemps ?

Cette nuit-là, quand je lui avais doucement enlevé ses vêtements et qu'elle pleurait, il m'avait semblé que son corps était encore imparfait. J'avais trouvé que sa poitrine était dure, que ses mamelons ne se dressaient pas au bon endroit, et que ses hanches manquaient de souplesse. Bien sûr, elle était belle et son corps était plein de charme. Elle m'avait excité sexuellement, et m'avait emporté avec une force peu commune. Mais pourtant, tout en serrant son corps nu dans mes bras, en la caressant et en y posant mes lèvres, j'avais soudain curieusement ressenti tout son déséquilibre et sa maladresse. J'aurais voulu pouvoir le lui expliquer, sans cesser de la serrer dans mes bras. J'étais en train de lui faire l'amour. J'étais à l'intérieur d'elle. Mais ce n'était vraiment rien du tout. On aurait pu faire autrement, cela n'avait aucune importance. Ce n'était rien de plus qu'une relation physique. Seul ce contact de nos deux corps nous permettait d'exprimer ce que nous ne pouvions pas dire autrement. En faisant cela, nous partagions nos imperfections. Mais bien sûr, nous n'arrivions pas à l'exprimer. Alors, je me contentais de la serrer dans mes bras en silence. En la serrant dans mes bras, je pouvais sentir les aspérités d'un corps étranger n'arrivant pas à s'apprivoiser. C'était cela qui m'avait rendu amoureux et qui avait provoqué mon érection.

Mais le corps qui se trouvait maintenant devant moi était complètement différent de celui d'alors. Je réalisai qu'après être passé par plusieurs paliers d'évolution il se révélait maintenant achevé dans le clair de lune. Son corps joufflu de petite fille s'était creusé au moment de la mort de Kizuki, pour se remodeler à la maturité. Il était devenu d'une beauté si parfaite que je n'en ressentais plus aucune excitation sexuelle. Je me contentais de regarder, ébloui, la belle courbure de ses hanches, la plénitude de sa poitrine, son ventre souple qui remuait tranquillement au rythme de sa respiration, et la nébuleuse noire de ses poils pubiens, un peu plus bas.

Je pense qu'elle ne resta pas plus de cinq ou six minutes à exposer ainsi son corps nu à mon regard. Elle remit bientôt sa robe de chambre et entreprit de la reboutonner en commençant par le haut. Puis elle se leva soudain, ouvrit doucement la porte de la chambre et disparut.

Je restai assez longtemps immobile sur le lit, puis je décidai d'en sortir, ramassai ma montre qui était tombée sur le sol, et l'orientai vers le clair de lune. Il était quatre heures moins vingt. Je me remis au lit après avoir bu plusieurs verres d'eau dans la cuisine, mais finalement le sommeil ne me gagna pas avant que la lumière blafarde de la lune n'eût été remplacée par le soleil illuminant la pièce jusque dans ses moindres recoins. Bientôt, Reiko vint me taper sur les joues en criant : « C'est le matin, c'est le matin ! », et je n'ai jamais su si j'avais vraiment dormi ou non.

Pendant que Reiko refaisait le canapé, Naoko préparait le petit déjeuner, debout dans la cuisine. Elle se tourna vers moi et me dit bonjour avec un grand sourire. Je lui dis bonjour à mon tour. Je l'observai un moment, me tenant debout à côté d'elle qui faisait bouillir de l'eau et coupait du pain en fredonnant, et je n'arrivais pas à savoir si elle s'était trouvée nue devant moi la nuit précédente.

« Tu as les yeux bien rouges. Que s'est-il passé ? me dit-elle en me servant du café.

– Je me suis réveillé en pleine nuit, et je n'ai pas réussi à me rendormir.

– Aurions-nous ronflé ? demanda Reiko.

– Non !

– Heureusement, dit Naoko.

– Il est seulement poli, tu sais », dit Reiko en étouffant un bâillement.

Au début, je crus que Naoko faisait comme si de rien n'était à cause de Reiko, ou encore qu'elle était intimidée, mais, même lorsque Reiko se fut absentée un moment de la pièce, il n'y eut aucun changement dans son attitude, et ses yeux étaient aussi limpides qu'à l'ordinaire.

« Tu as bien dormi ? lui demandai-je.

– Oui, profondément », me répondit-elle.

Ses cheveux étaient attachés avec une barrette toute simple, sans aucun ornement.

Je restai sur ce sentiment contradictoire pendant tout le petit déjeuner. Tout en beurrant mes tartines et en écalant mon œuf, je lançais de temps à autre un coup d'œil à Naoko, assise en face de moi, à la recherche d'un signe quelconque.

« Dis-moi, Watanabe, pourquoi est-ce que tu ne cesses de me regarder depuis ce matin ? me demanda-t-elle, perplexe.

– Il doit être amoureux, intervint Reiko.

– C'est vrai, tu es amoureux ? » répéta Naoko.

Je lui dis en riant que c'était peut-être vrai. Et, tout en observant les deux jeunes femmes qui continuaient à plaisanter à mon sujet, je renonçai à réfléchir plus avant sur ce qui s'était passé la nuit précédente, mangeai mon pain et bus mon café.

Le petit déjeuner terminé, elles me dirent qu'elles allaient donner à manger aux animaux du poulailler, et je décidai de les accompagner. Elles passèrent un jean et une chemise de travail, enfilèrent des bottes blanches. La basse-cour se trouvait dans un enclos au milieu d'un petit parc situé derrière le court de tennis, et il s'y trouvait toutes sortes de volatiles, allant de la poule au pigeon, en passant par le paon et le perroquet. Tout autour se trouvaient des parterres de fleurs, des buissons, des bancs. Deux hommes, certainement des patients, étaient en train de balayer les feuilles mortes du chemin. Ils semblaient avoir entre quarante et cinquante ans. Reiko et Naoko allèrent les trouver pour leur dire bonjour, et Reiko plaisanta comme d'habitude, ce qui eut don de les faire rire. Des cosmos fleurissaient dans les parterres, et les buissons étaient taillés avec soin. En apercevant Reiko, les oiseaux se mirent à s'agiter dans leur cage en poussant des cris perçants.

Elles pénétrèrent dans la cabane à outils qui se trouvait près du poulailler pour en ressortir avec un sac de grain et un tuyau de caoutchouc. Naoko fixa le tuyau et ouvrit le robinet. Puis, faisant attention à ne pas laisser sortir les volatiles, elle pénétra dans la cage, la nettoya à grande eau, tandis que Reiko brossait énergiquement le sol au lave-pont. Les gouttelettes d'eau éblouissaient au soleil, et le paon fuyait en battant des ailes à l'intérieur de la cage pour éviter de se faire mouiller les plumes. Le dindon tendait le cou et me fixait d'un air ténébreux, comme un vieillard en colère, tandis que le perroquet, perché sur sa branche, battait bruyamment des ailes d'un air dégoûté. Reiko se tourna vers lui en imitant le miaulement d'un chat, et l'animal se recula dans un coin en rentrant le cou, mais, peu après, il cria : « Merci, fou, crétin ! »

« Je me demande qui lui a appris ça, dit Naoko en soupirant.

– Ce n'est pas moi. Je n'ai pas l'habitude d'enseigner un vocabulaire aussi méprisant », répondit Reiko.

Puis elle recommença à miauler. Le perroquet resta silencieux.

« Il s'est battu une fois avec un chat, et depuis, vous ne pouvez pas savoir comme il en a peur ! » fit Reiko en riant.

Le nettoyage terminé, elles déposèrent leurs instruments et mirent du grain dans la mangeoire. Le dindon arriva en pataugeant dans les flaques d'eau, éclaboussant tout autour de lui, et plongea la tête dans la mangeoire. Naoko eut beau lui taper sur la croupe, il continua à manger, sans se soucier d'elle le moins du monde.

« Vous faites cela tous les matins ?

– Oui. C'est en général ce que font les femmes nouvellement arrivées. C'est parce que ce n'est pas difficile. Tu veux voir les lapins ? »

Je lui répondis que oui, je voulais les voir. Les cages se trouvaient derrière le poulailler, et une bonne quinzaine de lapins y dormaient, blottis dans la paille. Elle balaya les crottes, leur donna à manger, puis souleva un bébé lapin pour lui faire un câlin.

« Il est mignon, n'est-ce pas ? » me dit-elle, tout heureuse.

Elle me le mit dans les bras. Cette petite boule de poils tiède se recroquevilla, immobile, les oreilles tremblantes.

« Ne t'inquiète pas. Il n'est pas méchant », lui dit-elle en lui caressant la tête du bout des doigts et en me regardant avec un grand sourire.

Son visage était tellement lumineux et sans arrière-pensée que je ne pus m'empêcher de rire à mon tour. Puis je me demandai qui était vraiment la Naoko que j'avais vue la nuit précédente. C'était sans aucun doute la véritable Naoko, ce n'était pas un rêve, c'était bien elle qui s'était déshabillée devant moi.

Tout en sifflant *Proud Mary* d'une façon experte, Reiko rassembla les ordures, les mit dans un sac en plastique qu'elle ferma. Je les aidai à ranger les instruments de travail et le sac de grain dans le cabanon.

« C'est le matin que j'aime le mieux, dit Naoko. On dirait que tout recommence une nouvelle fois. Mais, dès midi, je commence à être triste. Et c'est le soir que je déteste le plus. C'est ainsi que je vis jour après jour.

– Et comme ça, toi aussi tu prends de l'âge comme moi. Alors que tu es en train de penser que la nuit succède au jour, dit joyeusement Reiko. Tu ne t'en rendras même pas compte.

– Mais on dirait que tu es contente de vieillir, il me semble... dit Naoko.

– Je ne trouve pas que ce soit amusant de vieillir, mais je n'ai pas du tout envie de redevenir jeune.

– Pourquoi ? lui demandai-je.

– Parce que ce n'est pas drôle. C'est évident, non ? » répondit Reiko.

Puis, tout en continuant à siffloter *Proud Mary*, elle lança le balai dans la cabane et ferma la porte.

De retour à la maison, elles enlevèrent leurs bottes de caoutchouc pour mettre des chaussures de sport ordinaires et me déclarèrent qu'elles allaient aux champs. Ce n'était pas un travail très amusant à regarder et, puisqu'il se déroulait en commun avec d'autres personnes, il valait sans doute mieux que je reste à la maison, à lire par exemple, me suggéra Reiko.

« Et puis, dans le cabinet de toilette, il y a un plein panier de nos sous-vêtements sales, vous voudrez bien les laver ? ajouta-t-elle.

– Vous plaisantez, n'est-ce pas ? répliquai-je, surpris.

– Evidemment, répondit Reiko en riant. Bien sûr que c'est une plaisanterie. Vous êtes mignon tout plein. Tu ne trouves pas, Naoko ?

– Oui, dit-elle en riant.

– Je vais faire mon allemand, leur dis-je en soupirant.

– Soyez gentil, travaillez bien. Nous serons de retour avant midi », assura Reiko.

Puis elles sortirent toutes les deux de la pièce en s'esclaffant. J'entendis plusieurs personnes passer sous les fenêtres en bavardant.

J'entrai dans le cabinet de toilette, me lavai encore une fois le visage et empruntai un coupe-ongles. C'était un cabinet de toilette terriblement sobre pour les deux filles habitant là. Seulement quelques crèmes et lotions, et il n'y avait pratiquement aucun véritable produit de maquillage. Après m'être coupé les ongles, j'allai me faire du café dans la cuisine, et le bus, assis à la table, mon livre d'allemand ouvert devant moi. J'étais en train d'apprendre par cœur un tableau de grammaire allemande, en T-shirt au milieu de la cuisine inondée de soleil, quand je fus soudain la proie d'un étrange sentiment. J'avais l'impression que les verbes irréguliers allemands et cette table de cuisine étaient séparés par une distance incroyable.

Elles revinrent toutes les deux à onze heures et demie,

prirent leur douche l'une après l'autre et se changèrent. Puis nous nous rendîmes tous les trois au réfectoire pour déjeuner, après quoi nous marchâmes jusqu'à l'entrée. Cette fois-ci, le concierge était bien dans sa guérite, assis à table, mangeant avec appétit un repas qu'on avait dû lui apporter du réfectoire. Des chansons populaires s'écoulaient d'un transistor posé sur une étagère. En nous voyant arriver, il leva la main pour nous saluer, et nous lui dîmes bonjour à notre tour.

Reiko lui annonça que nous allions nous promener à l'extérieur et que nous pensions être de retour vers trois heures.

« Mais bien sûr, allez-y, il fait si beau. Le chemin qui borde la vallée est dangereux, car il s'effondre par endroits depuis la pluie de l'autre jour, mais, à part ça, tout va bien, il n'y a pas de problème. »

Reiko inscrivit son nom et celui de Naoko ainsi que le jour et l'heure de sortie sur une sorte de registre

« A tout à l'heure ! dit le gardien.

– Il a l'air gentil, dis-je.

– Il est un peu fêlé », fit Reiko en tapotant sa tête du bout du doigt.

En tout cas, comme l'avait dit le gardien, il faisait un temps magnifique. Le ciel était d'un bleu insondable, et les nuages fins et légers s'accrochaient au zénith comme de légères touches de peinture. Nous cheminâmes un moment le long du petit mur de pierre de la Pension des Amis, avant de nous en éloigner pour gravir, l'un derrière l'autre, un sentier très étroit et très raide. Reiko allait en tête, suivie de Naoko, et je fermais la marche. Reiko marchait d'un bon pas comme pour nous prouver qu'elle connaissait ce coin de montagne comme sa poche. Nous mettions toute notre énergie à marcher, et nous n'échangions pas une parole. Naoko, en jean et chemise blanche, avait enlevé sa veste qu'elle tenait à la main. Je marchais en regardant ses cheveux raides se balancer sur ses épaules. Elle se retournait de temps en temps, me souriant lorsque nos regards se croisaient. L'ascension se prolongea si longtemps que je me sentais sur le point de défaillir, mais Reiko ne ralentit pas le rythme, et Naoko la suivait sans faiblir, tout en essuyant son front en sueur de temps en temps. J'étais essoufflé, car je n'avais pas fait d'escalade à cette allure depuis longtemps.

« Vous grimpez toujours comme ça ? demandai-je à Naoko.

– Une fois par semaine, peut-être, me répondit-elle. C'est assez raide, n'est-ce pas ?

– Oui, assez...

– On a déjà fait au moins les deux tiers, on n'en a plus pour longtemps. Vous êtes un homme, n'est-ce pas ? Alors tenez bon ! dit Reiko.

– C'est que je manque d'exercice.

– C'est parce que tu passes ton temps avec les filles », fit Naoko à mi-voix, comme pour elle-même.

Je voulus répliquer, mais j'étais fatigué et je ne trouvais pas mes mots. De temps à autre, des oiseaux rouges avec des plumes sur la tête traversaient devant mes yeux. Leur silhouette se détachant sur le ciel bleu était éblouissante. Dans les prairies alentour, des fleurs innombrables s'épanouissaient en taches blanches, bleues et jaunes, et l'on entendait partout des bourdonnements d'abeilles. Tout en regardant le paysage autour de moi, je marchais, un pas après l'autre, sans plus penser à rien.

Puis, dix minutes plus tard, le sentier se termina et nous arrivâmes dans un endroit plat qui ressemblait à une sorte de plateau. Nous fîmes une pause pour essuyer notre sueur, reprendre notre souffle et boire l'eau de nos gourdes. Reiko s'en alla ramasser une feuille dont elle fit une sorte de flûte dans laquelle elle souffla.

Le sentier, qui commençait à redescendre tranquillement, était bordé de hauts épis de susuki. Après avoir marché une bonne quinzaine de minutes, nous traversâmes un hameau d'une vingtaine de maisons abandonnées, sans trace de présence humaine. Les maisons étaient entourées d'herbes hautes jusqu'à la taille, et les trous des murs étaient parsemés de fientes de pigeon séchées, toutes blanches. Certaines maisons étaient complètement délabrées, n'ayant plus que leurs piliers, tandis que d'autres semblaient habitables, pourvu qu'on en ouvrît les volets. Nous poursuivîmes notre chemin entre ces maisons silencieuses et mortes.

« Il y a encore sept ou huit ans, des gens habitaient ici, vous savez, m'expliqua Reiko. Et, tout autour, il y avait des champs. Mais maintenant, tout le monde est parti. La vie est trop dure. L'hiver, on ne peut plus bouger à cause de la neige, et la terre n'est pas bien riche. On gagne mieux en allant travailler en ville.

– C'est dommage. Certaines maisons sont encore très bien, pourtant.

– Pendant un temps, il y avait même des hippies qui vivaient là, mais, quand l'hiver est arrivé, ils sont repartis bien vite. »

Peu après la traversée du hameau, il y avait un vaste pâturage entouré d'une clôture, et nous aperçûmes au loin plusieurs chevaux qui broutaient. Alors que nous marchions le long de la clôture, un gros chien arriva en courant, en agitant la queue. Il se jeta sur Reiko pour renifler son visage puis sur Naoko pour jouer. Je sifflai et il vint à moi, pour me lécher la main d'une longue langue râpeuse.

« C'est le chien de l'élevage, m'expliqua Naoko en lui caressant la tête. Il ne doit pas avoir loin de vingt ans et, depuis que ses dents sont devenues fragiles, il ne mange pratiquement plus de nourriture solide. Il est toujours en train de dormir devant le chalet et, dès qu'il entend des bruits de pas, il accourt pour se faire câliner. »

Reiko sortit un morceau de fromage de son sac et le chien, reniflant l'odeur, se précipita vers elle pour l'avaler d'un air joyeux.

« Dans peu de temps on ne le verra plus, dit Reiko en tapotant la tête du chien. Vers le milieu du mois d'octobre, on charge les chevaux et les vaches dans des camions pour les emmener à l'étable un peu plus bas. On les laisse brouter en liberté sur les alpages uniquement pendant l'été, et il y a une sorte de petit salon de thé pour les touristes. Même s'il n'en vient qu'une vingtaine par jour. Vous ne voulez pas boire quelque chose ?

– Volontiers », répondis-je.

Le chien partit en tête et nous guida jusqu'au chalet. En face de nous se trouvait une petite maison peinte en blanc avec une véranda. De l'auvent pendait une enseigne aux teintes passées, en forme de tasse à café. Le chien arriva le premier sur la véranda où il se coucha et ferma les yeux. Dès que nous fûmes assis à une table, une jeune fille en jean blanc et sweat-shirt, coiffée d'une queue de cheval, arriva et salua Reiko et Naoko avec sympathie.

« Voici un ami de Naoko, me présenta Reiko.

– Bonjour, dit la jeune fille.

– Bonjour ! »

Pendant que les trois jeunes femmes bavardaient de tout et de rien, je caressais la tête du chien, qui se trouvait sous la table. Son cou était nerveux comme celui d'un vieil animal. Je lui grattai les endroits durs de sa nuque, et il ferma les yeux d'un air heureux, en grognant.

« Comment s'appelle-t-il ? demandai-je à la jeune fille.

– Pépé.

– Pépé », appelai-je.

Le chien n'eut aucune réaction.

« Il est sourd, il n'entendra pas si vous ne l'appelez pas plus fort, me dit la jeune fille avec son accent de Kyôto.

– Pépé ! » criai-je.

Le chien ouvrit les yeux, remua et aboya.

« Allez, ça va, dors et tu vivras longtemps », dit la jeune fille.

Pépé se recoucha à mes pieds.

Naoko et Reiko commandèrent un lait glacé, tandis que je demandais une bière. Reiko pria la jeune fille de mettre la radio et elle la brancha sur la FM. Nous entendîmes *Spinning Wheel* des Blood, Sweat and Tears.

« A dire vrai, si je viens ici, c'est pour écouter la radio, dit Reiko d'un air satisfait. Il n'y en a pas là où nous sommes, et si nous ne venions pas ici de temps en temps nous ne connaîtrions pas les musiques qui sont à la mode en ce moment.

– Vous vivez toujours ici ? demandai-je à la jeune fille.

– Vous êtes fou ! me répondit-elle en riant. C'est triste à mourir, la nuit. Le soir, je me fais raccompagner avec ça en ville par les gens d'ici, et je reviens le matin. »

Tout en parlant, elle montrait le 4 × 4 garé un peu plus loin, devant la ferme.

« Vous n'allez pas tarder à pouvoir vous reposer, n'est-ce pas ? fit Reiko.

– Oui, c'est bientôt la fin de la saison. »

Reiko lui offrit une cigarette, et elles fumèrent toutes les deux.

« Ce sera triste quand vous ne serez plus là, dit Reiko.

– Je reviendrai au mois de mai l'année prochaine », lui répondit la jeune fille en riant.

Il y eut *White Room* de Cream, puis une publicité, suivie de *Scarborough Fair* de Simon et Garfunkel. Quand la chanson fut terminée, Reiko m'expliqua qu'elle l'aimait beaucoup.

« J'ai vu le film, lui dis-je.

– Avec quel acteur ?

– Dustin Hoffman.

– Je ne le connais pas, dit-elle en hochant la tête d'un air triste, le monde change à toute allure et je ne m'en aperçois pas. »

Reiko demanda à la jeune fille si elle ne voulait pas lui prêter sa guitare. Elle accepta, éteignit la radio et revint avec un vieil instrument. Le chien leva la tête et renifla la guitare.

« Ce n'est pas bon à manger », lui dit Reiko.

Un souffle d'air à l'odeur d'herbe traversa la véranda. La ligne de faîte des montagnes se détachait nettement devant nos yeux.

« On dirait une scène de *La Mélodie du bonheur*, vous ne trouvez pas ? dis-je à Reiko qui accordait la guitare.

– Que voulez-vous dire ? » me répondit-elle.

Elle joua le début de *Scarborough Fair*. Apparemment, c'était la première fois qu'elle le jouait sans partition, aussi tâtonna-t-elle un peu avant de retrouver le thème, mais, à force d'essayer, elle y parvint et put le jouer en entier. Quand elle le reprit pour la troisième fois, elle le joua sans difficulté, en ajoutant par endroits des ornements.

« J'ai du flair, vous savez, dit Reiko en m'adressant un clin d'œil et en me montrant sa tête du doigt. Il me suffit d'écouter trois fois un morceau pour arriver à le jouer à peu près correctement. »

Elle interpréta *Scarborough Fair* en entier assez

bien, tout en fredonnant les paroles. Nous applaudîmes tous les trois, et Reiko inclina gracieusement la tête.

« Les applaudissements étaient bien plus fournis autrefois quand je jouais des concertos de Mozart », dit-elle.

La jeune fille du salon de thé dit alors qu'elle offrirait les laits glacés si elle voulait bien jouer *Here comes the Sun* des Beatles. Reiko fit signe qu'elle était d'accord en levant le pouce. Puis elle chanta *Here comes the Sun* en s'accompagnant à la guitare. Elle n'avait pas beaucoup de voix, et sans doute était-elle un peu enrouée parce qu'elle fumait trop, mais c'était une voix épatante, qui avait du corps. Contempler les montagnes en buvant de la bière donnait l'impression, quand on l'écoutait chanter, que le soleil allait véritablement renaître. Le sentiment qu'elle faisait naître était doux et chaleureux.

Quand elle eut fini de chanter, Reiko rendit la guitare à la jeune fille, en lui demandant de remettre la radio. Puis elle nous suggéra, à Naoko et à moi, d'aller nous promener une petite heure dans les parages.

« Je vais bavarder avec elle en écoutant la radio, alors revenez vers trois heures.

– Cela ne vous ennuie pas de nous laisser seuls tous les deux aussi longtemps ? demandai-je.

– En fait, ce n'est pas autorisé, mais cela ira pour cette fois. Je ne suis pas chaperon et, de temps en temps, moi aussi j'ai envie d'être un peu tranquille, seule. Et puis vous êtes venu de si loin, vous avez certainement beaucoup de choses à vous dire, répondit Reiko tout en allumant une nouvelle cigarette.

– Allons-y », dit Naoko en se levant.

Je me levai à mon tour pour la suivre. Le chien se réveilla et nous suivit un moment, mais il renonça bientôt. Nous marchâmes tranquillement sur le chemin plat qui longeait la clôture du pâturage. De temps en temps,

Naoko me prenait la main ou glissait son bras sous le mien.

« Tu ne trouves pas qu'ainsi c'est comme autrefois ? me dit-elle.

– Il ne s'agit pas d'autrefois, tu sais. C'était au printemps dernier, lui dis-je en riant. Nous étions ainsi jusqu'au printemps. Si c'est cela que tu qualifies d'autrefois, ce qui s'est passé il y a dix ans appartient à l'Antiquité, alors.

– On dirait de l'histoire ancienne, pourtant, me dit-elle. Mais excuse-moi pour hier. J'avais les nerfs à vif. Ce n'était pas gentil pour toi qui étais venu tout exprès pour me voir.

– Ce n'est pas grave. Je crois qu'il faut sans doute que tu exprimes encore plus ce que tu ressens, moi aussi d'ailleurs. Alors, si tu as de tels sentiments à exprimer, tu peux le faire contre moi. Nous pourrons ainsi mieux nous comprendre.

– Que se passera-t-il si tu me comprends ?

– Voyons, tu ne me suis pas, lui dis-je. Le problème n'est pas ce qui va se passer. Dans la vie, il existe des gens qui aiment consulter les horaires et qui en lisent toute la journée. Il y en a d'autres qui construisent des bateaux d'un mètre de long avec des allumettes. Alors, ce n'est pas si exceptionnel qu'il existe au moins une personne qui essaie de te comprendre ?

– Je vois, il s'agit d'une sorte de passe-temps ? fit-elle d'un air espiègle.

– Oui, si tu veux. En général, les gens ordinaires parlent plutôt de sympathie ou d'amitié, mais si tu veux qualifier cela de passe-temps, tu peux.

– Dis, Watanabe, commença-t-elle, tu aimais bien Kizuki, n'est-ce pas ?

– Bien sûr.

– Et Reiko, tu l'aimes ?

– Je l'aime beaucoup elle aussi. C'est une fille bien.

– Dis-moi, pourquoi est-ce que tu n'aimes que les gens qui sont comme ça ? dit Naoko. Nous sommes tous les trois un peu fêlés quelque part, un peu tordus, nous ne savons pas nager et nous perdons pied peu à peu. Moi, Kizuki et Reiko. Nous le sommes tous. Pourquoi ne peux-tu pas aimer des gens plus normaux ?

– Parce que ce n'est pas ce que je pense, lui répondis-je après avoir réfléchi un instant. Je n'arrive pas à croire que toi, Kizuki et Reiko, vous soyez tordus. Ceux que je trouve fêlés sont tous dehors et en pleine forme.

– Mais nous sommes tordus. Je le sais bien. »

Nous marchâmes un moment en silence. Le chemin s'écarta de la clôture du pâturage pour arriver au milieu d'une petite prairie de forme ronde entourée de taillis, semblable à un petit lac.

« Il m'arrive de temps en temps de me réveiller la nuit et d'avoir terriblement peur, me dit-elle en se blottissant contre mon bras. J'ai comme l'impression que si je continue à être tordue et si je n'arrive pas à me retrouver comme avant, je vais vieillir et je vais finir par pourrir sur place. A cette pensée, je me glace jusqu'au fond de moi. C'est affreux, tu sais. C'est pénible à supporter, tout ce froid... (Je passai mon bras autour de ses épaules.) Il me semble que Kizuki sort de l'ombre et veut absolument m'entraîner avec lui. Je crois l'entendre dire que nous sommes inséparables, et cela me met dans des états incroyables.

– Que fais-tu dans ces cas-là ?

– Dis, Watanabe, tu ne vas pas te moquer de moi ?

– Mais non, bien sûr.

– Je demande à Reiko de me serrer dans ses bras. Je la réveille, je me glisse dans son lit, et je lui demande de me prendre dans ses bras. Et puis je pleure. Elle me caresse. Jusqu'à ce que je sois réchauffée. Tu trouves cela bizarre ?

– Non. Je préférerais seulement être à la place de Reiko.

– Alors prends-moi dans tes bras, maintenant. »

Nous nous assîmes sur l'herbe sèche de la prairie et je la serrai dans mes bras. Dès que nous fûmes assis, nos corps furent entièrement dissimulés dans l'herbe, et nous ne vîmes plus rien en dehors du ciel et des nuages. J'installai doucement le corps de Naoko sur l'herbe et je la serrai dans mes bras. Son corps était souple et tiède, et ses mains me cherchaient. Nous échangeâmes un tendre baiser.

« Dis-moi, Watanabe... me chuchota-t-elle à l'oreille.

– Oui ?

– Tu veux coucher avec moi ?

– Bien sûr.

– Mais tu peux attendre ?

– Bien sûr que je peux attendre.

– Avant de le faire, je voudrais mettre un peu d'ordre en moi. Je voudrais me remettre pour devenir quelqu'un qui soit à ton goût. Est-ce que tu peux attendre ?

– Bien sûr que j'attendrai.

– C'est dur, maintenant ?

– Tu veux parler de mes plantes de pied ?

– Idiot, va, dit-elle en riant.

– Si c'est pour me demander si je bande, c'est oui, bien sûr.

– Dis, tu ne veux pas arrêter de dire bien sûr ?

– D'accord, j'arrête.

– C'est pénible à supporter ?

– Quoi ?

– Quand c'est dur.

– Pénible ? répétai-je.

– Je veux dire, euh... est-ce que c'est douloureux ?

– Cela dépend pour qui.

– Tu veux que je m'en occupe ?

– A la main ?

– Oui.

– Pour tout dire, depuis tout à l'heure, cela me gênerait plutôt... »

Elle se déplaça légèrement.

« Comme ça, c'est mieux ? demanda-t-elle.

– Oui, merci... Dis-moi, Naoko... fis-je.

– Quoi ?

– Je veux bien que tu t'en occupes.

– D'accord », me dit-elle en souriant.

Puis elle ouvrit la braguette de mon jean et prit mon pénis durci dans sa main.

« Il est tiède », dit-elle.

Je l'interrompis alors qu'elle commençait à me caresser, déboutonnai son chemisier et glissai ma main dans son dos pour dégrafer son soutien-gorge. Puis j'embrassai doucement ses doux mamelons roses. Elle ferma les yeux, puis recommença ses caresses.

« Tu es drôlement douée, lui dis-je.

- Sois gentil, tais-toi », me répondit-elle.

Après avoir éjaculé, je la pris gentiment dans mes bras et l'embrassai encore. Puis elle remit son soutien-gorge et son chemisier, tandis que je remontais ma braguette.

« Comme ça, tu peux marcher plus facilement ? me demanda-t-elle.

– Oui, grâce à toi.

– Alors, tu veux bien te promener un peu plus ?

– Oui, je veux bien. »

Nous traversâmes la prairie, puis un petit bois, puis une autre étendue d'herbe. Et, tout en marchant, Naoko me parla de sa sœur aînée, qui était morte. Elle me dit qu'elle n'en avait pratiquement parlé à personne jusqu'alors, mais qu'elle m'en parlait parce qu'elle pensait que c'était mieux de le faire.

« Nous avions six ans de différence et nos caractères

étaient assez opposés, mais, pourtant, nous nous entendions très bien, me dit-elle. Nous ne nous sommes pas disputées une seule fois. Je t'assure. Même si on peut dire que si nous ne nous sommes jamais disputées, c'est parce qu'il y avait trop de différence entre nous. »

Elle m'expliqua que sa sœur pouvait faire n'importe quoi, c'était toujours la perfection. Elle était la première pour ses études comme pour le sport, elle était estimée et savait se faire respecter, mais en même temps, comme elle était franche et gentille, les garçons l'aimaient bien et les professeurs la chouchoutaient, bref, c'était le genre de fille à posséder une centaine de diplômes. Il existe au moins une fille de ce type dans n'importe quel lycée. C'était difficile pour elle de dire cela de sa sœur aînée, mais cela ne l'avait pas du tout gâtée, car elle n'était pas bêcheuse et n'aimait pas se faire remarquer, elle se contentait de faire tout bien, naturellement.

« C'est pour cela qu'enfant j'ai pris la décision de devenir une gentille petite fille, dit Naoko en faisant tourner entre ses doigts un épi de susuki. Tu comprends bien, n'est-ce pas, que je grandissais avec une sœur aînée dont tout le monde disait qu'elle était intelligente, sportive et très estimée ? Je crois que j'aurais eu beau faire, c'était perdu d'avance. Alors, comme j'avais un assez joli visage, mes parents ont sans doute voulu m'élever gentiment. C'est ainsi que je suis entrée dans cette école dès le primaire. Et puis ce furent les robes de velours, les chemisiers bordés de dentelle, les vernis noirs, les leçons de piano et de danse. Mais tout cela fit que ma sœur s'est beaucoup occupée de moi, sa petite sœur si mignonne. Elle me faisait plein de cadeaux, m'emmenait partout et m'aidait à étudier. Je l'accompagnais même à ses rendez-vous avec son petit ami. C'était une sœur aînée épatante.

« Personne n'a compris la raison pour laquelle elle

s'est suicidée. Comme pour Kizuki. Ce fut exactement pareil. Elle avait dix-sept ans et n'avait jamais laissé paraître son intention de le faire, et elle n'a pas laissé de testament... C'est la même chose, n'est-ce pas ?

– C'est vrai, lui dis-je.

– Tout le monde a dit que c'était parce qu'elle était trop intelligente ou qu'elle avait lu trop de livres. C'est vrai qu'elle lisait beaucoup. Elle avait plein de livres, et, après sa mort, j'en ai lu pas mal, mais cela me rendait triste. A l'intérieur, il y avait ses notes, des fleurs séchées, des lettres de son petit ami. Cela me faisait pleurer. »

Naoko resta un moment silencieuse, tournant et retournant l'épi de susuki entre ses doigts.

« En général, elle se débrouillait toute seule. Elle ne demandait jamais ni conseils, ni aide. Ce n'était pas par orgueil. Elle croyait sans doute que c'était normal. Nos parents y étaient habitués et croyaient pouvoir la laisser se débrouiller seule. Moi, je lui demandais souvent conseil et elle m'apprenait toutes sortes de choses très gentiment, mais, elle-même, elle ne demandait conseil à personne. Elle se débrouillait toute seule. Elle ne se mettait jamais en colère, pas plus qu'elle n'avait d'accès de mauvaise humeur. Je t'assure. Je n'exagère pas. Tu sais bien que les filles, quand elles vont avoir leurs règles, ne sont pas à prendre avec des pincettes. Eh bien, elle n'avait même pas ça. Au lieu d'être de mauvaise humeur, elle devenait mélancolique. Une fois tous les deux ou trois mois, elle s'enfermait dans sa chambre et dormait pendant deux jours. Elle n'allait pas à l'école, et ne mangeait pratiquement pas. Elle était là, sans rien faire, dans sa chambre plongée dans l'obscurité. Mais elle n'était pas de mauvaise humeur. Quand je rentrais de l'école, elle m'appelait dans sa chambre, me faisait asseoir à côté d'elle et m'écoutait raconter ma journée. Ce n'était pas très intéressant. Je lui racontais à quoi j'avais joué avec mes amis, ce que la maîtresse avait dit, ou les notes que j'avais eues. Elle m'écoutait avec intérêt, me disait ce qu'elle en pensait, me donnait des conseils. Mais dès que je n'étais plus là, par exemple quand j'allais jouer avec des amis ou quand je me rendais à mon cours de danse, elle se replongeait dans sa solitude. Et, deux jours plus tard, elle s'était remise tout naturellement et repartait en pleine forme pour l'école. Il me semble que cela a duré environ quatre ans. Au début, nos parents s'étaient inquiétés et avaient même demandé conseil au médecin, mais, puisque c'était fini au bout de deux jours, ils pensaient qu'il valait mieux la laisser tranquille et que cela finirait par s'arranger. D'autant plus qu'elle était solide et intelligente.

« Mais, après sa mort, j'ai surpris une conversation entre mes parents. Ils parlaient du frère cadet de mon père qui est mort il y a très longtemps. Lui aussi était très intelligent, mais de dix-sept à vingt et un ans, il s'était cloîtré chez lui et finalement, un beau jour, il était sorti pour aller se jeter sous un train. Mon père a dit alors : "C'est sans doute une question d'hérédité de mon côté." »

Tout en parlant, Naoko, inconsciemment, dépouillait du bout des doigts l'épi de susuki qui s'éparpillait au vent. Quand elle eut terminé, elle s'en servit comme d'une ficelle, l'entourant autour de ses doigts.

« C'est moi qui ai découvert ma sœur quand elle est morte, continua-t-elle. C'était l'automne, et j'étais en dernière année d'école primaire. Novembre. Un jour morne et sombre, il pleuvait. Elle était en terminale. Quand je suis rentrée de ma leçon de piano, il était six heures et demie et ma mère, qui était dans la cuisine, m'a demandé d'aller la chercher pour dîner. Je suis montée au premier étage, j'ai frappé à la porte de sa chambre et je lui ai crié qu'on dînait. Mais je n'ai pas eu de réponse, tout était étrangement calme. J'ai trouvé cela bizarre, j'ai frappé une seconde fois, et j'ai ouvert doucement la porte. Je croyais qu'elle dormait. Mais elle ne dormait pas. Elle était debout près de la fenêtre, la tête légèrement penchée, regardant obstinément dehors. On aurait dit qu'elle était plongée dans ses pensées. La pièce était sombre, la lampe n'était pas allumée, et je ne voyais que très vaguement. Je lui ai demandé ce qu'elle faisait, et je lui ai dit de venir dîner. Mais je me suis aussitôt aperçue qu'elle était plus grande que d'habitude. Cela m'a semblé curieux, je me suis demandé ce qui se passait. J'ai pensé qu'elle avait peut-être mis des talons hauts ou qu'elle était grimpée sur quelque chose, et c'est quand je me suis approchée pour lui parler que j'ai enfin compris. Il y avait une corde autour de son cou. La corde pendait du plafond, et tu ne peux pas imaginer comme elle était droite, on aurait dit qu'une ligne avait été tracée à la règle dans l'espace. Elle portait un chemisier blanc tout simple, un peu comme celui que je porte aujourd'hui, une jupe grise, et ses pieds étaient étirés et droits comme si elle faisait des pointes, tandis qu'entre le bout de ses pieds et le sol il n'y avait pas plus de vingt centimètres. J'ai vu tout cela en détail, tu sais. Même son visage. J'ai vu aussi son visage. Je n'ai pas pu faire autrement. J'ai pensé qu'il fallait aller tout de suite le dire à ma mère, qu'il fallait crier. Mais mon corps ne voulait pas m'obéir. Il évoluait en dehors de ma conscience. Alors que ma conscience aurait voulu que je me précipite aussitôt en bas, mon corps a pris la liberté d'essayer de libérer ma sœur de sa corde. Mais, bien sûr, un enfant n'a pas la force de faire ce travail, et je crois que je suis bien restée cinq ou six minutes ainsi, à ne penser à rien, victime d'une absence. Je ne savais plus du tout où j'étais. J'avais l'impression que quelque chose était mort en moi. Je suis restée là, avec ma sœur, jusqu'à ce que ma mère arrive pour me demander ce que je faisais. Dans cet endroit sombre et froid... »

Naoko hocha la tête.

« Et pendant trois jours, j'ai été incapable de parler. J'étais comme une morte dans mon lit, immobile, les yeux ouverts. Je ne savais plus du tout où j'en étais. (Naoko se colla à mon bras.) Je te l'ai écrit dans ma lettre, n'est-ce pas, que j'étais un être beaucoup plus incomplet que tu ne pouvais le penser ? Je suis beaucoup plus atteinte que tu ne le crois, et les racines du mal sont profondes. Alors, si tu peux aller de l'avant, je voudrais que tu le fasses tout seul. Sans m'attendre. Si tu veux coucher avec d'autres filles, fais-le. Ne te préoccupe pas de moi, fais tout ce que tu as envie de faire. Sinon, je risque de t'entraîner, et ça, quoi qu'il arrive, je ne le veux pas. Je ne veux pas être un obstacle à ta vie. Je ne veux être un obstacle dans la vie de personne. Comme je te l'ai dit tout à l'heure, viens me voir de temps en temps, et ne m'oublie jamais. C'est tout ce que je désire.

– Mais mon désir à moi, ce n'est pas uniquement ça.

– Tu es en train de gaspiller ta vie à cause de moi.

– Je ne gaspille rien du tout.

– Mais il se peut que je ne guérisse jamais. Tu veux m'attendre quand même ? Tu peux m'attendre pendant dix ou vingt ans ?

– Tu as trop peur, lui dis-je. De l'ombre, des cauchemars, des morts. Tu dois oublier tout cela, et je suis sûr que tu guériras.

– Si c'est possible d'oublier, dit-elle en secouant la tête.

– Dès que tu pourras quitter cet endroit, tu ne veux pas vivre avec moi ? lui proposai-je. Je pourrais alors te protéger de l'ombre et des cauchemars, et même si Reiko n'est plus là, c'est moi qui te serrerai dans mes bras quand ce sera trop dur. »

Naoko se blottit encore plus fort contre mon bras.

« Ce serait épatant si c'était possible », me dit-elle.

Nous fûmes de retour au salon de thé un peu avant trois heures. Reiko lisait un livre, tout en écoutant le deuxième concerto pour piano de Brahms, sur la FM. C'était assez chouette, cette musique de Brahms en bordure d'un pâturage vide à perte de vue. Elle sifflait la partie de violoncelle du début du troisième mouvement.

« Backhaus et Böhm, dit-elle. Autrefois, j'ai écouté ce disque jusqu'à ce qu'il soit tout usé. Il était complètement rayé. Je l'ai écouté d'un bout à l'autre. J'en étais complètement imprégnée. »

Naoko et moi, nous commandâmes un café.

« Vous avez parlé ? demanda Reiko à Naoko.

– Oui, beaucoup, répondit Naoko.

– J'espère bien que tu vas me raconter après en détail comment ça s'est passé.

– Mais nous n'avons rien fait, dit Naoko en rougissant.

– Vraiment ? dit Reiko en s'adressant à moi.

– Vraiment !

– Ce n'est pas drôle, dit Reiko, l'air ennuyé.

– Vous avez raison », lui dis-je en buvant une gorgée de café.

7

Le dîner fut à peu près semblable à celui de la veille. L'ambiance, les voix, l'expression des visages étaient les mêmes, et seul le menu fut différent. L'homme en blouse blanche qui avait parlé de la sécrétion du liquide gastrique en état d'apesanteur vint se joindre à notre table, et ne cessa de disserter sur la corrélation entre les compétences du cerveau et sa grosseur. Tout en mangeant un hamburger de soja, nous l'écoutâmes parler de la capacité cérébrale de Bismarck ou de Napoléon. Il déplaça son assiette et nous fit au stylo, sur une feuille de bloc-notes, un dessin du cerveau. Ensuite, il le rectifia en répétant plusieurs fois : « Non, ce n'est pas tout à fait ça. » Puis, quand il eut terminé son dessin, il rangea soigneusement la feuille de bloc-notes dans la poche de sa blouse blanche et glissa son stylo dans sa poche de poitrine. Il s'y trouvait déjà trois stylos-bille, un crayon et une règle. Plus tard, quand il eut fini de manger, il nous quitta après avoir dit la même chose que la veille : « C'est bien, ici, l'hiver. La prochaine fois, il faut venir en hiver... »

« C'est un médecin ou un patient ? demandai-je à Reiko.

– Qu'en pensez-vous ?

– Je n'en ai pas la moindre idée. En tout cas, il ne me paraît pas très net.

– C'est un médecin. C'est le professeur Miyata, dit Naoko.

– Pourtant, c'est lui qui est le plus fou de nous tous ici. On peut parier, si vous voulez, dit Reiko.

– Mais M. Omura, le gardien, n'est pas mal non plus, dit Naoko.

– Oui, c'est vrai qu'il est fou lui aussi, approuva Reiko en plantant sa fourchette dans un brocoli.

– Tu l'as vu le matin quand il fait sa gymnastique n'importe comment, tout en criant des choses incompréhensibles ? Et puis, avant ton arrivée, il y avait une fille, à la comptabilité, qui s'appelait Mlle Kinoshita, et qui avait tenté de se suicider au cours d'une dépression, et il y avait encore l'infirmière qui s'appelait Tokushima, qu'on a été obligé de renvoyer, tellement elle était devenue alcoolique.

– On pourrait presque intervertir les patients avec les membres du personnel, dis-je avec admiration.

– Vous avez tout à fait raison, dit Reiko en brandissant sa fourchette, on dirait que vous commencez à comprendre comment est fait le monde.

– On dirait, approuvai-je.

– Ce qui est bien avec nous, dit Reiko, c'est que nous, nous savons que nous sommes atteintes. »

De retour dans la maison, nous fîmes une partie de cartes, Naoko et moi, pendant que Reiko jouait du Bach à la guitare.

« A quelle heure repartez-vous demain ? me demanda-t-elle après s'être interrompue, en allumant une cigarette.

– Après le petit déjeuner. D'ailleurs, l'autocar passe vers neuf heures, je pourrai donc aller à mon travail dans la soirée.

– C'est dommage, vous auriez pu rester un peu plus longtemps.

– Si je faisais cela, je risquerais de ne jamais repartir, lui dis-je en riant.

– C'est vrai, approuva Reiko avant de se tourner vers Naoko.

– Tu sais qu'il faut que nous allions chez M. Oka chercher du raisin ? J'avais complètement oublié.

– Tu veux que je t'accompagne ? proposa Naoko.

– Est-ce que je ne pourrais pas plutôt t'emprunter Watanabe ?

– Bien sûr que oui.

– Alors, nous allons encore faire une promenade nocturne tous les deux, dit Reiko en me prenant par la main. Hier, on n'en était pas loin, alors, ce soir, j'ai bien l'intention d'aller jusqu'au bout.

– Mais je vous en prie, allez-y », dit Naoko en étouffant un rire.

Comme le vent était froid, Reiko avait passé un cardigan bleu ciel sur son chemisier. Elle marchait, les mains enfoncées dans les poches de son pantalon, en regardant le ciel et en reniflant comme un chien. Puis elle dit que l'air sentait la pluie. J'essayai comme elle de renifler, mais je ne sentis rien. Pourtant, le ciel était chargé de nuages qui cachaient la lune.

« Quand on a vécu longtemps ici, on sait à peu près le temps qu'il va faire, rien qu'à l'odeur de l'air », me dit Reiko.

Au moment où nous entrions dans le bois où se trouvaient les habitations des membres du personnel, Reiko me demanda de l'attendre et s'en alla toute seule sonner à la porte d'une des maisons. Une femme apparut sur le seuil, bavarda quelques instants avec elle, se mit à rire et disparut pour réapparaître quelques instants plus tard avec un gros sac en plastique. Reiko la remercia, lui dit bonsoir et revint vers moi.

« Tenez, elle m'a donné du raisin, me dit-elle en me

montrant ce qu'il y avait à l'intérieur du sac, à savoir une assez grande quantité de grappes. Vous aimez ça ?

– Oui. »

Elle prit une grappe qui se trouvait sur le dessus du sac, pour me la donner.

« Il a été lavé, vous pouvez le manger. »

Je le mangeai tout en marchant, en crachant la peau et les pépins sur le sol. Il était délicieux et bien juteux. Reiko en mangea elle aussi.

« Je donne parfois des leçons de piano à leur fils, alors ils m'offrent toutes sortes de choses pour me remercier. Le vin d'hier venait de chez eux. Et ils me font des petites courses en ville.

– Je voudrais écouter la suite de l'histoire d'hier, lui dis-je.

– D'accord, me dit-elle, mais, si nous rentrons tard tous les soirs, Naoko ne va-t-elle pas se douter de quelque chose ?

– Et alors ? Je veux entendre la suite de l'histoire...

– OK, alors allons à l'abri. Il fait plutôt froid ce soir. »

Elle tourna à gauche devant le court de tennis, gravit un étroit escalier qui nous conduisit à un endroit où s'alignaient plusieurs baraques qui devaient servir de débarras. Elle ouvrit la porte de la cabane qui se trouvait devant nous, pénétra à l'intérieur et alluma l'électricité.

« Entrez donc. Il n'y a pas grand-chose, mais... »

A l'intérieur de la cabane étaient soigneusement rangés des skis, des bâtons et des chaussures de ski de fond, et sur le sol étaient entassés des outils et des produits pour déblayer la neige.

« Autrefois, je venais souvent ici m'entraîner à la guitare. Ou quand je voulais être seule. C'est douillet, c'est tout à fait ce qu'il nous faut, n'est-ce pas ? »

Reiko s'assit sur un sac de sel et m'invita à prendre place à côté d'elle. Je fis ce qu'elle me disait.

« Ce n'est pas bien aéré, mais est-ce que je peux fumer une cigarette ?

– Bien sûr, je vous en prie.

– C'est la seule chose à laquelle je n'arrive pas à renoncer », dit Reiko en faisant la grimace.

Elle alluma sa cigarette avec un air gourmand. J'ai rarement vu quelqu'un fumer avec autant de plaisir. Je mangeai avec soin mes grains de raisin l'un après l'autre, jetant la peau et les pépins dans la boîte en fer-blanc qui servait de poubelle.

« Où en étais-je arrivée hier ?

– Au moment où, par une nuit de tempête, vous escaladiez un ravin accidenté pour aller chercher un nid de martinets noirs.

– Vous êtes drôle avec vos plaisanteries dites d'un air si sérieux, répliqua-t-elle, éberluée. Il me semble que j'en étais arrivée au moment où j'ai commencé à enseigner le piano à cette fille le samedi matin.

– C'est cela même.

– Si on devait séparer les gens entre ceux qui savent enseigner et ceux qui ne le savent pas, je serais sans doute parmi les premiers. Ce n'est pas ce que je croyais quand j'étais jeune. Sans doute que je ne voulais pas me l'avouer, mais, depuis que j'ai un certain âge et que je sais me juger, je pense ainsi. Je suis douée pour enseigner. Je vous assure, je suis vraiment douée pour ça.

– Je le crois.

– Je suis beaucoup plus patiente envers les autres qu'envers moi-même, et je trouve plus facilement les bons côtés des autres que les miens. C'est ainsi que je suis. Finalement, je ressemble au grattoir d'une boîte d'allumettes. Mais ce n'est pas grave. Cela ne me gêne pas particulièrement. Plutôt qu'une allumette de second ordre, je préfère être une boîte de première qualité. C'est quand j'ai commencé à donner des leçons à cette fille que je l'ai vraiment compris. Jusqu'alors, quand j'étais beaucoup plus jeune, j'avais eu plusieurs élèves pour gagner ma vie, mais je ne pensais pas ainsi. C'est quand j'ai commencé à donner des leçons à cette fille que cela m'est venu. C'est alors que j'ai réalisé que j'étais faite pour enseigner. Mes leçons se déroulaient tellement bien qu'il ne pouvait vraiment pas en être autrement...

« Comme je vous l'ai dit hier, la technique de cette fille n'était pas extraordinaire et, puisqu'elle n'avait pas l'intention de devenir une professionnelle, j'étais assez détendue. De plus, elle allait dans une école de filles où il suffisait de suivre pour entrer automatiquement à l'université, alors il n'était pas nécessaire pour elle de travailler d'arrache-pied, d'ailleurs sa mère lui disait de “s'exercer tranquillement”. C'est pour cela que je ne l'ai pas poussée. Et puis j'avais senti dès notre première rencontre qu'elle n'aimait pas qu'on la force. Elle disait oui à tout très gentiment, mais, en fait, elle ne faisait que ce qu'elle avait envie de faire. Je la laissais donc jouer comme elle voulait. Exactement comme elle le désirait. Puis je lui jouais le même morceau de toutes les manières possibles et imaginables. Ensuite, nous discutions toutes les deux pour déterminer la version qu'elle trouvait bonne ou qui lui plaisait. Ensuite, je lui faisais rejouer le morceau. Elle le jouait alors beaucoup mieux qu'avant. Elle avait repéré les bons passages et se les était appropriés. »

Reiko reprit sa respiration et observa l'extrémité incandescente de sa cigarette. Je continuais à manger mon raisin en silence.

« J'avais déjà, il me semble, un sens musical assez développé, mais le sien était bien supérieur. Je le déplorais presque. Je me disais qu'elle serait arrivée à un bon niveau si elle avait eu, toute petite, un bon professeur qui l'aurait fait travailler correctement. Mais j'étais loin du compte. Car, finalement, elle était incapable de supporter un enseignement approfondi. Il y a des gens comme ça. Ils ont un don extraordinaire et ils n'ont pas assez d'énergie pour le faire fructifier, et ils finissent toujours par gaspiller leurs capacités. J'en ai vu pas mal comme ça. Au départ, on est ébloui. Il y en a par exemple qui sont capables de jouer un morceau très difficile dès la première fois qu'ils voient la partition. Et cela assez bien. On en est abasourdi. On a l'impression d'être complètement surclassé. Mais c'est tout. Ils ne vont jamais plus loin. Pourquoi ? Parce qu'ils n'ont pas le courage de continuer. Parce qu'on ne les a jamais obligés à travailler. Ils ont été gâtés. Puisqu'ils ont eu la malchance d'avoir du talent et que depuis qu'ils sont tout petits on ne cesse de leur faire des compliments sur ce qu'ils jouent, même s'ils ne travaillent pas, le travail leur apparaît comme accessoire. Là où les autres mettent trois semaines pour un morceau, il leur faut moitié moins de temps, alors le professeur, les croyant capables, les fait passer à un autre morceau. Là encore, ils le finissent en moitié moins de temps que les autres. C'est ainsi que, sans avoir jamais connu la difficulté, il leur manque un élément indispensable à la formation de la personnalité humaine. C'est un drame, vous savez. Enfin, moi aussi j'ai été plus ou moins victime de ce phénomène, mais heureusement mon professeur était quelqu'un d'assez sévère, alors je n'en ai pas trop souffert...

« Mais, vous savez, cela me plaisait de lui donner des leçons. C'était comme de rouler sur une autoroute dans une voiture de sport perfectionnée, il suffit de remuer légèrement les doigts pour la voir réagir au quart de tour. Même s'il arrive parfois qu'elle réagisse trop vite. Le truc pour enseigner à de tels enfants, c'est d'abord de ne pas leur faire trop de compliments. Ils sont habitués depuis tout petits à être félicités, aussi on a beau les complimenter encore et encore, cela ne leur fait plus rien du tout. Il faut donc leur faire un éloge bien placé de temps en temps. Ensuite, surtout ne pas les forcer. On les laisse décider. Ne pas les pousser à aller de plus en plus loin et les laisser s'arrêter pour réfléchir. C'est tout. Dans ce cas, ça peut marcher assez bien. »

Reiko laissa tomber sa cigarette sur le sol et l'éteignit avec le pied. Puis elle respira profondément, comme pour essayer de se calmer.

« La leçon terminée, nous bavardions en prenant le thé. De temps en temps, je lui jouais un air de jazz. Je l'initiais au style de Pat Powell ou de Thelonious Monk. Mais la plupart du temps, c'était elle qui parlait. Et elle savait s'y prendre, vous savez, pour vous emmener là où elle voulait. Même si, comme je vous l'ai dit hier, je crois qu'elle inventait pas mal de choses, je dois dire que c'était intéressant. Elle avait un sens de l'observation très développé, s'exprimait correctement, elle avait un esprit mordant et de l'humour, suffisamment pour rendre la conversation passionnante. En tout cas, elle était vraiment douée pour exciter les passions chez les autres. Et comme elle savait très bien ce dont elle était capable, elle s'en servait avec habileté pour arriver à ses fins. Elle pouvait faire à peu près ce qu'elle voulait avec les autres : les mettre en colère, les rendre tristes, les amener à compatir, les décourager, ou les rendre heureux. Elle manipulait les sentiments d'autrui sans raison, uniquement pour savoir si elle en était capable. Bien sûr, on s'en apercevait plus tard, mais, sur le coup, on ne comprenait pas. »

Après un hochement de tête, Reiko mangea plusieurs grains de raisin.

« C'est une maladie, vous savez, poursuivit-elle. Elle

était malade. Elle était atteinte comme une pomme pourrie qui abîme tout autour d'elle. Et personne ne pouvait la guérir. Elle restera toute sa vie ainsi. C'est pour cela que, dans un certain sens, elle est à plaindre. Je crois que c'est ce que j'aurais pensé si je n'avais pas été sa victime. Elle aussi est une victime dans son genre. »

Puis elle mangea encore du raisin. Elle semblait réfléchir à la façon de me présenter les choses.

« Bref, pendant six mois, ce fut assez amusant. Il y avait bien de temps en temps certaines choses qui me surprenaient ou que je trouvais un peu bizarres, mais je n'y prêtais pas particulièrement attention. Ensuite, au fur et à mesure de nos conversations, il m'arriva d'être effrayée en constatant qu'elle pouvait éprouver une violente aversion vis-à-vis de quelqu'un, ce qui me semblait absolument dépourvu de sens et déraisonnable. Mais mon instinct était habituellement si sûr que je finis par me demander ce qu'elle pensait vraiment. Nous avons tous nos défauts, n'est-ce pas ? D'ailleurs, je n'étais rien de plus que son professeur de piano, alors je n'avais pas à m'occuper de son caractère ni de sa bonté. Dans la mesure où elle travaillait correctement, cela me suffisait. Et puis, pour être franche, je l'aimais bien...

« Seulement, j'avais décidé de ne pas aborder des sujets trop personnels. Je sentais instinctivement que je ne devais pas le faire. Alors, même si elle me posait toutes sortes de questions sur mon compte, et si elle montrait une grande curiosité, je lui disais uniquement ce qui ne prêtait pas à conséquence. Cela n'allait pas plus loin que de lui raconter comment j'avais grandi, ou à quelle école j'étais allée. Elle me dit qu'elle voulait en savoir plus sur mon compte. Je lui répondis que cela ne lui servirait pas à grand-chose, que je menais une vie banale, avec un mari et un enfant ordinaires, et que je passais mon temps à m'occuper de la maison. Elle me regardait alors d'un air implorant et me disait qu'elle m'aimait. Cela me faisait un choc de la voir me regarder ainsi. Mais cela ne m'était pas désagréable. Pourtant, je ne lui ai jamais rien dit de trop.

« Un jour, il me semble qu'on était au mois de mai, elle me dit soudain pendant la leçon qu'elle ne se sentait pas bien. Son visage avait pâli et il y perlait des gouttes de sueur. Je lui demandai alors ce qu'elle voulait faire, si elle désirait rentrer chez elle, mais elle préféra s'allonger quelques instants pour se remettre. Je lui proposai donc de me suivre dans ma chambre et je fus presque obligée de la porter jusque sur mon lit. Je l'avais conduite dans ma chambre, car le canapé était bien trop petit. Elle s'excusa de me causer des ennuis et je lui dis de ne pas s'inquiéter pour cela. Je lui demandai si elle ne voulait pas boire quelque chose. Elle refusa et me pria seulement d'attendre à côté, alors je lui dis que j'étais d'accord pour l'attendre à côté autant de temps qu'il le faudrait.

« Peu après, elle me demanda en s'excusant si je ne pouvais pas lui masser le dos. Elle semblait souffrir. Elle transpirait tellement que je m'exécutai sans tarder. Elle me dit alors : “Excusez-moi, mais vous ne voudriez pas m'enlever mon soutien-gorge ? Il me gêne.” Je le lui ai enlevé, qu'auriez-vous fait à ma place ? Comme sa chemise était très serrée, je la lui ai déboutonnée avant de dégrafer son soutien-gorge. Pour une fille de treize ans, sa poitrine était bien formée, elle en avait au moins deux fois plus que moi. D'ailleurs, son soutien-gorge était d'un modèle pour adultes, même assez luxueux. Mais finalement cela non plus, ce n'était pas important, n'est-ce pas ? Et j'ai continué à lui masser le dos, comme une imbécile. Elle s'excusait toujours, d'une voix vraiment sincère, et à chaque fois, je lui répétais que ce n'était pas grave. »

Reiko fit tomber la cendre de sa cigarette à ses pieds. A ce moment-là, j'avais déjà cessé de manger du raisin, et je l'écoutais intensément.

« Bientôt, elle se mit à sangloter. "Qu'y a-t-il ? lui ai-je demandé. – Rien du tout. – Il y a certainement quelque chose. Dis-le-moi franchement. – Cela m'arrive de temps en temps. Je n'y peux rien. Je me sens triste et solitaire, j'ai l'impression que personne ne peut m'aider et que tout le monde se moque de mon existence. C'est si pénible que voilà ce que ça donne. Je n'arrive pas à dormir la nuit, je n'ai plus d'appétit. Ma seule distraction est de venir chez vous. – Dis-moi donc pourquoi ce genre de choses t'arrive. Je t'écoute."

« Elle m'expliqua qu'elle avait des difficultés familiales. Elle n'arrivait pas à aimer ses parents et ceux-ci ne l'aimaient pas non plus. Son père avait une autre femme dans sa vie et mettait rarement les pieds à la maison, et sa mère, que cette situation rendait à moitié folle, se vengeait sur elle, et il ne se passait pas un jour sans qu'elle ne soit battue. Elle ne voulait pas rentrer chez elle. Et elle sanglotait en disant cela. Ses jolis yeux étaient noyés de larmes. Même les dieux n'auraient pu rester indifférents. Voici comment je lui ai parlé : je lui ai dit que si c'était vraiment trop dur de rentrer chez elle, elle n'avait qu'à venir à la maison de temps en temps, en dehors des leçons, pour se changer les idées. Elle s'est alors agrippée à moi en s'excusant et en me disant que, si je n'avais pas été là, elle n'aurait plus su quoi faire. Elle me suppliait de ne pas l'abandonner, car, si je le faisais, elle n'aurait pas d'autre endroit où aller.

« Je n'ai pas pu faire autrement que de serrer sa tête dans mes bras en la caressant, pour essayer de la calmer comme un enfant. A ce moment-là, elle avait déjà passé sa main dans mon dos pour me caresser. Et, petit à petit, j'ai commencé à me sentir toute bizarre. C'était comme si mon corps prenait feu. Mettez-vous à ma place : j'avais dans les bras une jolie fille qu'on aurait dit tout droit sortie d'un magazine, et celle-ci me caressait le dos d'une manière extraordinairement voluptueuse. Même mon mari ne lui arrivait pas à la cheville. Je sentais mon corps sortir de ses gonds un peu plus à chaque caresse. C'était incroyable, vous savez. Quand j'ai repris mes esprits, je n'avais plus ni chemisier ni soutien-gorge, et elle me caressait la poitrine. C'est là que j'ai enfin compris que j'étais tombée entre les mains d'une lesbienne. Cela m'était déjà arrivée une fois. Au lycée, avec une fille d'une classe supérieure. Alors je lui ai dit qu'il ne fallait pas et je lui ai demandé d'arrêter. “S'il vous plaît. Rien qu'un peu. Je suis tellement malheureuse. Je ne vous mens pas. Je suis vraiment malheureuse. Je n'ai que vous. Ne m'abandonnez pas.” Puis elle me prit la main et la posa sur sa poitrine. Elle avait des seins extraordinaires, si bien qu'en les touchant j'en avais la gorge serrée. Je ne savais plus quoi faire, vous savez, et j'étais incapable de faire autre chose que de répéter bêtement qu'il ne fallait pas aller plus loin. Je ne sais pas pourquoi mon corps ne se rétractait pas. Au lycée, j'avais facilement réussi à m'esquiver, mais là, c'était impossible. Mon corps ne m'obéissait plus. Avec sa main gauche, elle maintenait ma main pressée contre sa poitrine, tandis que, tout en léchant et en mordillant gentiment mes mamelons, sa main droite caressait mon dos, mes flancs et mes fesses. C'est incroyable, quand j'y pense, de se retrouver presque entièrement déshabillée par une fille de treize ans dans une chambre aux rideaux tirés – car elle m'avait enlevé mes vêtements un à un sans que je m'en aperçoive –, en train de me tordre sous ses caresses ! C'est idiot, n'est-ce pas ? Mais à ce moment-là, vous savez, c'était comme si j'avais été ensorcelée. Tout en suçant mes mamelons, elle ne cessait de me dire : “Je suis si triste. Je n'ai que vous. Ne me repoussez pas. Je suis vraiment seule", et moi je continuais à lui dire qu'il ne fallait pas. »

Reiko s'arrêta de parler et tira une bouffée de sa cigarette.

« Vous savez, c'est la première fois que je parle de cela à un homme, me dit-elle en me regardant. Je vous en parle parce que je crois que je dois le faire, mais cela ne m'empêche pas d'avoir terriblement honte.

– Excusez-moi », lui dis-je.

Je ne savais pas trop quoi lui dire d'autre.

« Cela a duré un bon moment, puis sa main droite est descendue petit à petit. Elle me toucha à travers mon sous-vêtement. A ce moment-là, j'étais bien mouillée depuis un certain temps déjà. J'en ai honte, mais c'était la première fois que je mouillais autant et cela ne s'est jamais reproduit depuis. Jusqu'alors je me considérais pour ainsi dire comme étant assez simple sur le plan sexuel. Alors ce qui se passait me laissait plutôt perplexe. Ensuite, elle glissa ses doigts doux et fins à l'intérieur de mon sous-vêtement et... Dites, vous voyez à peu près, n'est-ce pas ? C'est difficile à expliquer, vous savez. C'est complètement différent de ce que peut faire un homme avec ses gros doigts rugueux. Je vous assure, c'est incroyable. On dirait qu'on vous chatouille avec une plume. J'étais prête à disjoncter. Mais, dans ma demi-conscience, je savais qu'il ne fallait pas faire cela. Si je m'y risquais une seule fois, je continuerais à le faire, et, avec un tel secret, j'allais encore me compliquer l'existence, c'était évident. Puis j'ai pensé à ma fille. Qu'arriverait-il si elle me voyait ? Elle avait l'habitude d'aller tous les samedis dans ma famille jusqu'à trois heures, mais que ferais-je s'il y avait quelque chose et qu'elle rentrait sans prévenir ? J'ai pensé à cela. Et j'ai rassemblé toutes mes forces pour me redresser en criant : "Je t'en prie, arrête !" »

« Mais elle n'arrêta pas. Elle m'avait déjà enlevé mon sous-vêtement et me faisait un cunnilingus. Je n'avais pratiquement jamais laissé mon mari me faire cela tellement j'étais pudique, et voici qu'une fille de treize ans était en train de me lécher avec ardeur. J'étais complètement perdue, vous savez. J'étais au bord des larmes. Et en plus, c'était extraordinaire, j'avais l'impression de monter au paradis.

« "Arrête !" ai-je crié encore une fois, et je l'ai giflée. De toutes mes forces. Et elle s'est enfin arrêtée. Puis elle s'est redressée, et m'a regardée longuement. A ce moment-là, nous étions entièrement nues toutes les deux, et, à moitié redressées sur le lit, nous nous regardions intensément. Elle avait treize ans et j'en avais trente et un... Mais si vous aviez vu son corps ! J'en étais complètement retournée. Maintenant encore, je m'en souviens très bien, vous savez. Je ne pouvais absolument pas croire que c'était le corps d'une fille de treize ans, et je ne le crois toujours pas. Comparé au sien, mon propre corps était laid à en pleurer. C'est vrai, vous savez. »

Ne sachant quoi dire, je gardai le silence.

« Elle me demanda pourquoi nous devrions arrêter. "Vous aimez cela, non ? Je le sais depuis le début. Vous appréciez, n'est-ce pas ? Je l'ai vu tout de suite, vous savez. C'est beaucoup mieux que de le faire avec un homme, vous ne croyez pas ? D'ailleurs, regardez comme vous êtes mouillée. Je peux vous donner encore plus de plaisir. C'est vrai. Je vous donnerai tellement de bonheur que vous ne sentirez plus votre corps. Vous voulez bien, n'est-ce pas ?" Mais vous savez, c'était exactement comme elle le disait. Je vous assure. C'était beaucoup mieux avec elle qu'avec mon mari, et *je voulais qu'elle continue*. Mais *ce n'était pas possible*. "Faisons cela une fois par semaine. C'est suffisant. Personne ne le saura. Ce sera notre secret à toutes les deux, vous voulez bien ?" m'a-t-elle dit alors.

« Mais je me suis levée, j'ai mis mon peignoir, puis je lui ai dit de s'en aller et de ne plus jamais revenir. C'est alors qu'elle m'a regardée. Ses yeux, contrairement à son habitude, n'avaient aucune profondeur. Ils étaient aussi plats que si on les avait peints sur un carton. Ils étaient vides. Après m'avoir regardée un moment, elle a pris ses vêtements en silence, s'est habillée avec une lenteur étudiée, comme pour s'exhiber devant moi, puis elle est retournée dans la pièce où se trouvait le piano, a fouillé dans son sac à la recherche de sa brosse pour se brosser les cheveux, a essuyé le sang de ses lèvres avec son mouchoir, a mis ses chaussures pour sortir. Avant de partir, elle m'a dit : "Vous êtes lesbienne, je le sais. Vous pourrez toujours le nier, vous le serez toute votre vie !"

– C'est vrai ? » demandai-je.

Reiko réfléchit un moment en faisant la grimace.

« Oui et non. Le fait est que j'ai eu plus de plaisir avec elle que je n'en avais avec mon mari. C'est vrai. Alors pendant quelque temps je me suis demandé si je n'étais pas lesbienne et cela m'a beaucoup tracassée. Je croyais seulement ne pas m'en être aperçue. Mais, depuis peu, je ne le crois plus. Bien sûr, je ne dis pas que cette tendance n'existe pas en moi. Sans doute existe-t-elle. Mais je ne suis pas une lesbienne au sens propre du terme. Parce que ce n'est pas moi qui désire une femme en premier. Vous comprenez ? »

J'acquiesçai.

« Je ne laisse pas certaines femmes insensibles, et je ne fais rien d'autre que de ressentir cette sensibilité. Je le deviens uniquement dans ces cas très limités. Par exemple, je peux prendre Naoko dans mes bras, je ne ressens rien de particulier. Quand il fait chaud, nous vivons presque nues dans notre chambre, nous avons l'habitude de prendre le bain ensemble, et il nous arrive parfois de dormir dans le même lit... Mais il ne se passe rien entre nous. Elle a pourtant un corps magnifique, mais cela ne va pas plus loin. Vous savez, nous avons essayé une fois toutes les deux. Naoko et moi. Vous ne voulez peut-être pas que je vous en parle ?

– Mais si, racontez-moi.

– Quand je lui ai dit ce qui m'était arrivé, car nous parlons de tout entre nous, Naoko a essayé toutes sortes de caresses sur mon corps, pour voir si cela me faisait quelque chose. Nous étions nues toutes les deux. Mais cela n'a pas marché, vous savez, pas du tout. Cela me chatouillait tellement que j'étais au bord des larmes. Maintenant encore, cela me donne envie de rire. Elle n'est vraiment pas douée pour ce genre de choses, vous savez. Vous êtes rassuré, maintenant ?

– Franchement, oui.

– Voici à peu près ce qui s'est passé, ajouta-t-elle en se grattant le sourcil avec son petit doigt. Après son départ, je suis restée un moment assise sur une chaise, sans penser à rien. Je ne savais plus très bien où j'en étais. J'entendais les battements saccadés de mon cœur tout au fond de moi, mes mains et mes pieds étaient désagréablement pesants, et ma gorge desséchée comme si j'avais avalé un papillon de nuit. Mais, comme ma fille n'allait pas tarder à rentrer, j'ai décidé de prendre un bain. Je voulais surtout laver les parties de mon corps qui avaient été caressées et léchées par cette fille. Mais j'ai eu beau utiliser plein de savon, je ne suis pas arrivée à me débarrasser de cette espèce de viscosité. Sans doute était-ce seulement une impression, mais c'était impossible. Alors, cette nuit-là, j'ai fait l'amour avec mon mari. Pour essayer de me débarrasser de cette souillure. Bien sûr, je ne lui ai rien dit. J'étais incapable de le lui en parler. Je lui ai seulement demandé de me faire l'amour, et il s'est exécuté de bonne grâce. Je lui ai demandé de prendre son temps et de le faire plus lentement que d'habitude. Il l'a fait très gentiment. En prenant bien son temps. Et cela a été fulgurant. C'était la première fois que cela m'arrivait aussi fort depuis notre mariage. Pourquoi, à votre avis ? Parce que mon corps avait conservé le souvenir des doigts de cette fille. C'est tout. Fulgurant, je vous dis. J'ai vraiment honte de l'avouer. Cela me met en rage. Aller parler de *faire l'amour* ou de *jouissance* ! (Reiko se mit à rire en faisant la grimace.) Mais, vous savez, cela n'a pas marché. Deux ou trois jours après, j'avais encore l'impression qu'elle me collait à la peau. Et puis ce qu'elle m'avait dit avant de partir ne cessait de tourner dans ma tête...

« Elle n'est pas venue le samedi suivant. Je l'ai attendue en tremblant à la maison, ne sachant que faire si par hasard elle venait. J'étais incapable de faire autre chose que de l'attendre. Mais elle n'est pas venue. C'était normal. Elle était fière, et son orgueil en avait pris un coup. Elle n'est venue ni la semaine suivante, ni la semaine d'après, et cela a continué pendant un mois. Je pensais que j'oublierais avec le temps, mais je n'y arrivais pas. Quand j'étais seule à la maison, je n'arrivais plus à trouver le calme, parce que j'avais l'impression qu'elle était près de moi. Je n'arrivais ni à jouer du piano, ni à réfléchir posément. Je ne pouvais rien faire. Et, au bout d'un mois de ce régime, je me suis aperçue un jour qu'il se passait quelque chose de très curieux quand j'allais dehors. Les gens du voisinage faisaient bizarrement attention à moi. Leurs yeux avaient une lueur étrange, et ils semblaient m'éviter. Ils me saluaient quand même, mais leurs voix comme leurs attitudes semblaient différentes de ce qu'elles avaient été jusqu'alors. Et ma voisine, qui venait de temps en temps me rendre visite, semblait maintenant vouloir m'éviter. J'avais pourtant décidé de ne pas y faire attention. Car commencer à se préoccuper de l'opinion d'autrui constitue l'un des signes précurseurs de la maladie.

« Un jour, une femme que j'aimais bien vint me trouver. Nous étions assez intimes, car elle avait mon âge, c'était la fille d'une amie de ma mère, et nos enfants étaient dans la même école maternelle. Elle arriva soudain et me demanda si je savais qu'une terrible rumeur circulait à mon sujet. Je lui répondis que non et la questionnai : "Quel genre de rumeur ? – C'est que ce n'est pas facile à dire. – Même si ce n'est pas facile à dire, il le faut, puisque tu as commencé, il faut aller jusqu'au bout." Elle répugnait à m'en parler, mais je fis tant et si bien qu'elle finit par tout me dire. Il ne faut quand même pas oublier qu'elle était venue uniquement pour cela et qu'elle aurait bien fini par m'en parler. D'après elle, la rumeur voulait que je sois une homosexuelle notoire ayant fait plusieurs séjours en hôpital psychiatrique, que j'avais voulu m'attaquer à une de mes élèves de piano, et que, lorsque celle-ci avait résisté, je l'avais frappée au point que son visage en était resté marqué. L'histoire était assez terrible, mais ce qui était plus surprenant, c'était qu'elle savait que j'avais été hospitalisée et je me demandais comment elle avait bien pu le savoir. "Comme je te connais depuis longtemps, j'ai dit à tout le monde que tu n'étais pas comme ça, me dit mon amie. Mais les parents de cette fille la croient, et ils en parlent à tout le monde dans le quartier. Ils affirment que, comme tu as agressé leur fille, ils ont fait faire une enquête et ont appris que tu étais passée par les hôpitaux psychiatriques."

« D'après elle, un jour, c'est-à-dire le jour de cette histoire, comme sa fille était revenue en pleurs de sa leçon de piano, sa mère lui avait demandé ce qui s'était passé. Elle avait soi-disant le visage tout enflé, la lèvre qui saignait, un bouton de son chemisier arraché, et ses sous-vêtements déchirés. C'est incroyable, non ? Bien sûr, c'était elle qui avait tout fait pour rendre son récit plus crédible. Elle avait mis exprès un peu de sang sur sa chemise, avant d'arracher son bouton et de déchirer la dentelle de son soutien-gorge, et elle avait pleuré tant et plus pour avoir les yeux bien rouges, s'était ébouriffé les cheveux, avant de rentrer chez elle pour servir à sa mère un bon paquet de mensonges. Je vois ça d'ici comme si j'y étais.

« Mais ce n'est pas pour autant qu'il faut reprocher aux autres de l'avoir crue. A leur place, j'aurais eu la même réaction. Quand une fille belle comme un cœur et au langage diabolique vous dit en sanglotant : "Non, je ne veux rien dire. J'ai trop honte", tout le monde est forcé de la croire. Et, pour tout arranger, c'était vrai que j'avais fait des séjours en hôpital psychiatrique. C'était vrai aussi que je n'avais pas hésité à la gifler. Alors, pourquoi est-ce qu'on m'aurait crue ? Le seul qui aurait pu me croire, c'était mon mari, et encore.

« Après avoir longtemps hésité, j'ai pris la décision de lui en parler, et il m'a crue, bien sûr. Je lui ai raconté tout ce qui s'était passé ce jour-là. Je lui ai dit que je l'avais frappée parce qu'elle avait voulu me faire des choses de lesbiennes. Bien sûr, je ne suis pas allée jusqu'à lui dire que cela m'avait fait de l'effet. C'était trop, quand même. Il a réagi violemment en disant : "Il ne faut pas se laisser faire. Je vais aller les trouver pour leur parler directement ! Enfin, tu es mariée avec moi et tu as même un enfant ! Alors, pourquoi est-ce qu'on te traiterait de lesbienne ? C'est incroyable !"

« Mais je l'en ai empêché. Je lui ai demandé de ne pas y aller. Cela n'aurait fait qu'envenimer les choses. C'est vrai, je le savais déjà. Je savais que son cœur était atteint. Je le savais parce que j'avais déjà vu beaucoup de gens malades de cette façon. Elle était pourrie jusqu'à la moelle. Sous la peau magnifique, l'intérieur était entièrement corrompu. Cette façon de s'exprimer est peut-être épouvantable, mais c'est la vérité. Les gens ordinaires ne s'en étaient pas aperçus, et je ne pouvais rien changer à cela. Elle excellait dans sa façon de jouer avec les sentiments des adultes, et nous ne possédions aucun élément valable entre les mains. Qui aurait pu croire qu'une fille de treize ans avait fait des avances à une femme de plus de trente ans ? On a beau dire, les gens ne croient que ce qu'ils veulent croire. Plus nous nous serions débattus, plus nous nous serions enfoncés.

« Je lui ai proposé de déménager. Je lui ai expliqué qu'il n'y avait rien d'autre à faire et que, si nous restions là, la pression serait trop forte et les rouages de ma tête ne tarderaient pas à sauter. J'étais déjà assez secouée. En tout cas, il fallait s'en aller loin, là où personne ne me connaissait. Mais mon mari n'avait pas envie de bouger. Il n'avait pas encore compris à quel point c'était grave. C'était à une époque où son travail dans sa société le passionnait, nous venions enfin de devenir propriétaires même si nous avions acheté notre maison toute construite, et notre fille était habituée à son école maternelle. Il m'a répondu qu'on ne pouvait pas bouger aussi vite. Il ne pourrait pas retrouver du travail aussi facilement, il fallait vendre la maison, chercher une autre maternelle pour la petite, et cela nécessiterait deux mois au moins.

« Je lui ai dit que si on ne le faisait pas, je serais si atteinte que je ne m'en remettrais jamais. Je ne disais pas cela pour lui faire peur, c'était vrai. Je le savais bien moi-même. Je commençais déjà à avoir des bourdonnements d'oreille, des hallucinations et des insomnies. Alors il m'a demandé de partir devant, et m'a assurée qu'il me rejoindrait dès qu'il aurait tout arrangé. Je lui ai répondu que je ne voulais pas. Je ne voulais pas partir toute seule. Si je le quittais maintenant, j'allais me retrouver en miettes. J'avais besoin de lui. Je ne voulais pas qu'il me laisse seule.

« Alors il m'a prise dans ses bras. Puis il m'a demandé de patienter un peu. Un mois seulement. Pendant ce temps-là, il arrangerait tout. Il liquiderait son travail, vendrait la maison, s'occuperait de la maternelle pour notre fille et trouverait un nouvel emploi. Avec un peu de chance, il allait peut-être avoir une proposition pour l'Australie. C'était pour cela qu'il me demandait d'attendre un mois. Alors, tout irait bien. Qu'aurais-je pu lui dire de plus ? Plus je lui parlais, plus je me sentais seule. »

Reiko soupira et regarda la lumière au plafond.

« Mais je n'ai pas réussi à attendre un mois. Un jour, les ressorts ont sauté à l'intérieur de ma tête. Ce fut assez grave : j'ai pris des somnifères et j'ai ouvert le gaz. Mais je n'ai pas pu mourir, et je me suis retrouvée dans un lit d'hôpital. Et ce fut la fin. Après plusieurs mois, quand j'ai retrouvé mes esprits, j'ai demandé le divorce. Je lui ai dit que c'était ce qu'il y avait de mieux, pour moi comme pour notre fille. Il m'a répondu qu'il n'avait pas l'intention de divorcer. "Recommençons. Recommençons tous les trois dans un nouvel endroit, m'a-t-il proposé. – C'est trop tard, lui ai-je répondu. C'est fini maintenant. Tu n'aurais pas dû me demander d'attendre un mois. Tu ne m'aurais pas dit cela si tu avais vraiment eu l'intention de tout recommencer. Où qu'on aille, si loin qu'on déménage, la même chose recommencera. Et je te ferai souffrir encore et encore en te redemandant la même chose, et je ne veux plus faire ça."

« Et nous avons divorcé. Ou plutôt, je l'ai contraint à le faire. Il s'est remarié il y a deux ans, et maintenant encore je crois que c'était ce qu'il avait de mieux à faire. C'est vrai, vous savez. A cette époque, je savais que ma vie serait toujours ainsi, et je ne voulais entraîner personne dans mon sillage. Je ne voulais forcer personne à vivre sans cesse sur le qui-vive en se demandant quand les ressorts de ma tête allaient sauter.

« Il m'a fait beaucoup de bien, vous savez. C'est quelqu'un d'honnête, énergique et patient, en qui on peut avoir confiance, et pour moi c'était l'homme idéal. Il a fait tout ce qu'il pouvait pour que je guérisse, et il m'a donné la force de m'en sortir. Pour lui comme pour notre fille. Et il a pensé que j'étais effectivement guérie. Nous étions mariés depuis six ans, et j'étais heureuse. Il était pour ainsi dire parfait. Mais il a suffi d'un rien, d'un tout petit rien, et tout s'est détraqué. Tout ce que nous avions bâti s'est écroulé en un instant, pour être réduit à néant. A cause d'une fille. »

Reiko rassembla les mégots de cigarette qu'elle avait accumulés à ses pieds, et les jeta dans la boîte en fer-blanc.

« C'est une histoire épouvantable, vous ne trouvez pas ? Moi qui avais tellement souffert pour essayer de construire peu à peu quelque chose. Quand ça s'écroule, c'est vraiment en un clin d'œil, vous savez. Tout disparaît en un instant... (Reiko se leva et mit les mains dans les poches de son pantalon.) Rentrons. D'ailleurs, il est déjà tard. »

Le ciel était encore plus chargé de nuages qu'un moment plus tôt, et la lune avait entièrement disparu. Maintenant, moi aussi je pouvais sentir l'odeur de la pluie. Elle se mêlait à celle du raisin frais cueilli que je transportais dans le sac.

« C'est pour cela que je n'arrive pas à sortir d'ici, dit Reiko. J'ai peur de partir et de me fondre dans le monde extérieur. J'ai peur de rencontrer des tas de gens et d'éprouver toutes sortes de sentiments.

– Je comprends ce que vous ressentez, lui dis-je. Mais je crois que vous en êtes capable. Je suis persuadé que vous pouvez vous débrouiller à l'extérieur. »

Reiko eut un rire franc mais garda le silence.

Naoko lisait, assise sur le canapé. Elle lisait, jambes croisées, les doigts appuyés sur les tempes, comme si elle avait voulu toucher du doigt les mots qui rentraient dans sa tête, pour mieux les comprendre. Il commençait déjà à pleuvoir, à grosses gouttes, et la lumière de la lampe nimbait son corps d'une fine poussière. En la voyant, après avoir parlé si longtemps avec Reiko, je ne pouvais m'empêcher de réaliser encore une fois à quel point elle était jeune.

« Excuse-nous d'avoir tardé, dit Reiko en lui caressant la tête.

– Vous vous êtes bien amusés ? demanda Naoko en levant les yeux.

– Bien sûr, répondit Reiko.

– Qu'avez-vous fait tous les deux ? me demanda-t-elle alors.

– Je ne te le dirai pas », lui répondis-je.

Naoko posa son livre en riant. Puis nous grapillâmes du raisin en écoutant tomber la pluie.

« Quand il pleut de cette façon, j'ai l'impression que nous sommes tous les trois seuls au monde, dit Naoko. Si la pluie ne s'arrêtait pas, nous pourrions rester ainsi indéfiniment.

– Et pendant que vous seriez dans les bras l'un de l'autre, je serais comme une stupide esclave noire en train d'agiter un éventail à long manche et de jouer de la musique d'ambiance à la guitare, n'est-ce pas ? Eh bien non, ne comptez pas sur moi, dit Reiko.

– Voyons, je te le prêterai de temps à autre, dit Naoko en riant.

– Dans ce cas, ce ne serait peut-être pas si mal, répondit Reiko. Que la pluie tombe, alors ! »

La pluie continuait de tomber. De temps en temps, il y avait même un coup de tonnerre. Quand elle eut fini de manger du raisin, Reiko alluma une cigarette comme à son habitude, et sortit la guitare de dessous le lit pour se mettre à en jouer. Elle interpréta *Desafinado* et *La Fille d'Ipanema*, puis quelques morceaux de Bacharach et de Lennon-McCartney. Nous bûmes encore du vin, elle et moi, et, quand il n'y en eut plus, nous nous partageâmes le cognac qui restait dans ma gourde. Puis nous parlâmes de tout, d'une façon assez intime. Je me surpris à penser moi aussi que ce serait bien si la pluie continuait de tomber éternellement.

« Tu reviendras encore me rendre visite ? me demanda Naoko en me regardant droit dans les yeux.

– Bien sûr.

– Tu m'écriras ?

– Je t'écrirai une fois par semaine.

– Vous voudrez bien m'écrire à moi aussi ? demanda Reiko.

– Si vous voulez. Je me ferai une joie de vous écrire », lui dis-je.

A onze heures, Reiko déplia le canapé pour faire mon lit, comme elle l'avait fait la veille. Puis nous nous souhaitâmes le bonsoir, éteignîmes les lumières et nous couchâmes. Comme je n'arrivais pas à trouver le sommeil, je pris dans mon sac ma pile électrique et *La Montagne magique* et je me mis à lire. Un peu avant minuit, la porte de la chambre s'ouvrit doucement, laissant le passage à Naoko, qui vint se glisser près de moi. Contrairement à la nuit précédente, c'était bien elle, telle qu'elle était habituellement. Elle n'avait pas le regard vague et ses gestes étaient vifs. Elle approcha sa bouche de mon oreille et me dit à mi-voix :

« Je ne sais pas pourquoi, mais je n'arrive pas à dormir. »

Je lui dis qu'il m'arrivait la même chose. Je posai

mon livre, éteignis ma lampe électrique, la pris dans mes bras et l'embrassai. Les ténèbres et le bruit de la pluie nous enveloppaient avec douceur.

« Reiko ?

– Ne t'inquiète pas, elle dort profondément. Une fois qu'elle est endormie, elle ne se réveille plus, me dit-elle. C'est vrai que tu reviendras me voir ?

– Je reviendrai.

– Même si je ne peux rien faire pour toi ? »

J'acquiesçai dans le noir. Je sentais nettement la forme de ses seins sur ma poitrine. A travers sa robe de chambre, je suivais les contours de son corps du plat de la main. Je la fis aller plusieurs fois lentement de ses épaules vers son dos, puis vers ses reins, gravant dans ma tête les courbes de son corps. Après m'avoir enlacé ainsi avec tendresse pendant un certain temps, Naoko déposa un léger baiser sur mon front, avant de se glisser hors du lit. Sa robe de chambre bleu ciel se mit à flotter dans les ténèbres comme un poisson.

« Au revoir », me dit-elle à mi-voix.

Et je m'endormis doucement, en écoutant tomber la pluie.

Le lendemain matin, la pluie tombait toujours. Contrairement à la nuit précédente, il s'agissait d'une pluie d'automne, si fine qu'on la distinguait à peine. S'il n'y avait pas eu les flaques d'eau et les gouttes tombant le long des arbres, on n'aurait pas su qu'il pleuvait. Quand j'ouvris les yeux, le ciel, d'un blanc laiteux, était couvert, mais, au fur et à mesure que le soleil montait dans le ciel, la brume fut balayée par le vent, tandis que les arbres et la crête des montagnes apparaissaient peu à peu.

Comme le matin précédent, nous prîmes tous les trois notre petit déjeuner avant d'aller nous occuper du poulailler. Naoko et Reiko portaient un ciré jaune à capuche. Moi, je portais un coupe-vent par-dessus mon pull-over. L'air était froid et humide. Les volatiles eux aussi s'étaient regroupés dans le fond de la volière pour éviter la pluie.

« Il fait froid, dites donc, quand il pleut, dis-je à Reiko.

– Chaque fois qu'il se met à pleuvoir, il fait un peu plus froid, et bientôt cela se changera en neige, me répondit-elle. Les nuages venus de la mer du Japon se déchargent par ici de leur neige avant de continuer leur chemin.

– Que faites-vous des oiseaux pendant l'hiver ?

– On les met à l'abri, bien entendu. Vous voudriez peut-être qu'au printemps on creuse la neige pour déterrer les oiseaux gelés, qu'on les réchauffe pour les faire revivre et qu'on leur dise : "Allez, venez manger !" ? »

Quand je tapai du doigt sur le grillage, le perroquet fit battre ses ailes et se mit à crier « Crétin, merci, fou ».

« Lui, je voudrais bien le congeler, dit Naoko d'un air mélancolique. Quand on entend ça tous les matins, il y a vraiment de quoi devenir fou... »

Dès que le nettoyage du poulailler fut terminé, nous revînmes à la maison, où j'entrepris de faire mes bagages. Elles se préparèrent à partir aux champs. Nous quittâmes ensemble la maison et nous nous arrêtâmes un peu après le court de tennis. Nous nous fîmes nos adieux. Je leur promis de revenir les voir. Elles tournèrent dans un chemin sur la droite, tandis que je continuais tout droit. Naoko m'adressa un sourire avant de disparaître dans le virage.

Je croisai plusieurs personnes avant d'arriver au portail, et tout le monde portait le même ciré jaune que Naoko et son amie, avec la capuche profondément enfoncée sur la tête. Toutes les couleurs ressortaient grâce à la pluie. Le sol était noir, les branches de pin d'un vert éclatant, et les gens, emmitouflés dans leur ciré jaune, ressemblaient à quelque démon à qui on aurait accordé la permission exceptionnelle de se promener sur terre en ce matin pluvieux. Ils se déplaçaient sans faire de bruit sur le sol, avec leurs outils, un panier ou un sac.

Le gardien se souvenait de moi et, quand je sortis, il cocha mon nom sur la liste des visiteurs.

« Vous venez de Tôkyô, n'est-ce pas ? me dit-il en regardant mon adresse. J'y suis allé une seule fois, et la viande de porc est délicieuse, là-bas.

– Ah bon ? répondis-je sans bien comprendre.

– En général, tout ce que j'ai pu manger à Tôkyô n'était pas spécialement bon. Mais la viande de porc, ça c'était quelque chose ! Ils doivent avoir une manière bien à eux de les engraisser. »

Je lui dis que je n'en savais rien et que c'était la première fois que j'entendais dire que le porc était bon à Tôkyô.

« C'est à quelle époque que vous êtes allé à Tôkyô ? lui demandai-je.

– Je me demande quand c'était, commença le vieil homme en penchant la tête d'un air perplexe. Il me semble bien que c'était au moment du mariage du prince héritier. Mon fils qui habite là-bas voulait que j'y aille au moins une fois, alors on a choisi ce moment-là.

– Sans doute qu'à cette époque la viande de porc était bonne à Tôkyô, lui dis-je.

– Et maintenant, comment est-elle ? »

Je lui répondis que je n'étais pas très au courant, mais que je n'avais rien entendu dire à ce sujet. Il sembla un peu déçu par ma réponse. Il avait manifestement envie de continuer à bavarder avec moi, mais j'interrompis la conversation en lui disant que c'était l'heure de l'autocar, et je me mis à marcher en direction du chemin. Des lambeaux de brume s'attardaient encore ici ou là sur la route qui longeait la rivière, et, poussés par le vent, erraient à flanc de montagne. Je m'arrêtai plusieurs fois en chemin pour regarder derrière moi en poussant à chaque fois un soupir sans signification. C'est que j'avais l'impression d'arriver sur une planète où la pression était légèrement différente. Et je me sentis triste soudain, en réalisant que j'étais revenu dans le monde extérieur.

Il était quatre heures et demie quand j'arrivai à mon foyer, et je déposai mes bagages dans ma chambre et me changeai pour repartir aussitôt chez le marchand de disques de Shinjuku où je travaillais. Puis, de six heures jusqu'à dix heures et demie, je gardai le magasin et vendis des disques. Pendant ce temps-là, j'observai distraitement les gens de toutes sortes qui passaient devant la boutique. C'était un défilé perpétuel d'individus appartenant à toutes les catégories possibles et imaginables, il y avait des familles, des couples, des ivrognes, des yakuza, des filles bien portantes en minijupe, des garçons hippies aux longs cheveux, des hôtesses de bar, et bien d'autres encore. Quand je mettais de la musique rock, des hippies et des clochards se massaient devant la boutique, dansant, respirant de la colle, ou s'asseyant sans rien faire. Si je leur mettais un disque de Tony Bennett, ils disparaissaient aussitôt.

A côté de la boutique se trouvait un sex-shop, dont le propriétaire, un vieil homme à l'air endormi, vendait des jouets pour adultes. Je n'arrivais pas à comprendre qui pouvait avoir envie de ce genre de chose, mais le fait est que sa boutique était très fréquentée. En face, dans la ruelle qui se trouvait légèrement en biais par rapport au magasin, un étudiant qui avait trop bu était en train de vomir. Dans le game center qui se trouvait de l'autre côté de la rue, les cuisiniers d'un restaurant voisin profitaient de leur temps de repos pour jouer au bingo avec de l'argent liquide. Un clochard au visage terreux était accroupi, immobile, sous le rideau d'une boutique fermée. Une fille, qui m'avait tout l'air d'être une collégienne malgré son rouge à lèvres rose pâle, entra dans le magasin pour me demander si je voulais bien mettre *Jumping Jack Flash* des Rolling Stones. Je trouvai le disque, le mis, et elle dansa en se déhanchant, et en claquant des doigts pour suivre le rythme. Puis elle me demanda si je n'avais pas une cigarette à lui offrir. Je lui donnai une des Lark que le patron de la boutique avait laissées. Elle la fuma d'un air ravi et, quand le disque fut terminé, s'en alla sans même me dire merci. Tous les quarts d'heure, on entendait la sirène d'une ambulance ou d'une voiture de police. Trois salarymen, tous aussi saouls les uns que les autres, débitaient en riant des obscénités à une belle femme aux cheveux longs qui téléphonait d'un téléphone public.

J'étais de plus en plus troublé et me demandais ce que tout cela signifiait.

Le patron du magasin revint après dîner et se vanta devant moi d'avoir couché l'avant-veille avec la femme de la boutique du coin. Cela faisait longtemps qu'il l'avait repérée et qu'il lui offrait de temps en temps des disques qu'il prenait dans les rayons. Je le félicitai, et il me raconta tout en détail. Ensuite, il m'expliqua d'un ton docte que, si je voulais moi aussi me payer une fille, il me suffisait de lui offrir des cadeaux, puis de la faire boire jusqu'à ce qu'elle soit complètement éméchée. Après, il ne restait plus qu'à s'exécuter. C'était simple, non ?

Je pris le train et rentrai au foyer, toujours aussi troublé. Je tirai les rideaux de ma chambre, éteignis la lumière et m'allongeai sur mon lit, tout en ayant l'impression que Naoko allait venir se glisser à côté de moi. Quand je fermai les yeux, je sentis sur ma poitrine la rondeur souple de ses seins, je l'entendis chuchoter, et je pus même suivre les contours de son corps avec mes mains. Au milieu des ténèbres, je retournai encore une fois dans son petit monde. Je sentis l'odeur de l'herbe et j'entendis tomber la pluie. Je me remémorai Naoko telle que je l'avais vue, nue dans le clair de lune, et je la revis, son corps magnifique et souple enveloppé dans son ciré jaune, en train de nettoyer le poulailler et de s'occuper des légumes. Alors, j'empoignai mon pénis en érection et je me mis en devoir d'éjaculer en pensant à elle. Quand ce fut fait, le trouble à l'intérieur de ma tête s'apaisa quelque peu, mais j'eus beaucoup de mal à trouver le sommeil. J'étais terriblement fatigué et j'avais vraiment envie de dormir, mais je n'y arrivais pas.

Je me levai, et restai un moment debout à la fenêtre à regarder distraitement l'estrade servant au lever du drapeau dans le jardin. Le mât tout blanc, sans son drapeau, ressemblait à un os gigantesque perçant les ténèbres de la nuit. Je me demandai ce que Naoko était en train de faire. Sans doute devait-elle dormir. Elle dormait certainement très profondément, au milieu des ténèbres de ce curieux monde en miniature. Je priai pour qu'elle ne fît pas de cauchemar.

8

Le lendemain jeudi, ayant un cours de gymnastique pendant la matinée, je fis plusieurs allers et retours dans la piscine de cinquante mètres. Cet exercice violent m'ayant remis en forme, j'avais faim. Je dévorai un repas conséquent dans un restaurant à prix fixe, puis, alors que je me dirigeais vers la bibliothèque de la faculté de littérature pour y faire des recherches, je tombai pile sur Midori Kobayashi. Elle était accompagnée d'une fille de petite taille qui portait des lunettes, mais, dès qu'elle m'aperçut, elle vint aussitôt vers moi, seule.

« Où vas-tu ? me demanda-t-elle.

– A la bibliothèque.

– Et si tu y renonçais pour venir déjeuner avec moi ?

– Je viens tout juste de manger.

– Eh bien, ça ne fait rien, tu remangeras avec moi ! »

Finalement, je l'accompagnai dans un café où elle déjeuna d'un curry pendant que je prenais un café. Elle portait un gilet de laine jaune brodé de poissons, sur un chemisier blanc à manches longues, une chaînette en or autour du cou, et une montre Disney. Elle mangea son curry en ayant vraiment l'air de le trouver bon et but trois verres d'eau.

« Ces derniers temps, tu n'étais pas là, n'est-ce pas ? J'ai téléphoné plusieurs fois.

– Tu avais besoin de moi ?

– Non, j'ai téléphoné comme ça.

– Ah bon.

– Ça veut dire quoi, ce "Ah bon" ?

– Rien de particulier. C'était un simple signe d'approbation, lui dis-je. Alors, il n'y a pas eu d'incendie récemment ?

– C'est vrai qu'on s'est bien amusé. D'ailleurs, il n'y a pas eu de gros dégâts, et pourtant, c'était bien réel avec toute cette fumée, et c'est ça qui est chouette. (Midori avala encore une fois un verre d'eau. Puis, après un soupir, elle me regarda d'un air sérieux.) Dis-moi, Watanabe, que se passe-t-il ? Tu as un drôle d'air. Et puis, tes yeux n'accommodent pas.

– C'est parce que je reviens de voyage et que je suis un peu fatigué. Mais ce n'est pas grave.

– On dirait que tu es allé voir des fantômes.

– Ah bon ?

– Dis, Watanabe, tu as des cours cet après-midi ?

– Oui, allemand et religions.

– Tu peux les sécher ?

– Non, pas l'allemand. On a un examen aujourd'hui.

– A quelle heure il se termine ?

– Deux heures

– Tu ne veux pas qu'on aille en ville après pour boire un peu ?

– Dès deux heures de l'après-midi ?

– Une fois de temps en temps, ce n'est pas grave. Tu as l'air tellement mal en point que ça ne peut que te faire du bien de boire avec moi. Moi aussi, j'ai envie de me remettre en buvant avec toi. Dis, tu veux bien ?

– Bon, d'accord, allons boire, lui dis-je en soupirant. Je t'attendrai à deux heures dans la cour de la faculté des lettres. »

Après le cours d'allemand, nous prîmes le bus pour Shinjuku et nous entrâmes au Dug, qui se trouvait en sous-sol dans une rue derrière la librairie Kinokuniya, où nous bûmes chacun deux vodkas tonic.

« Je viens ici de temps en temps, parce qu'on peut y boire dans la journée sans en avoir honte.

– Parce que tu bois tant que ça dans la journée ?

– Cela m'arrive, me répondit-elle en secouant son verre où les glaçons s'entrechoquaient bruyamment. Quand parfois le monde devient trop dur, je viens ici et je bois de la vodka avec du tonic.

– Le monde est trop dur ?

– Parfois, oui, dit Midori. A mon niveau, j'ai toutes sortes de problèmes, tu sais.

– Lesquels, par exemple ?

– La maison, mon boy-friend, mes règles qui ne sont pas régulières, tu vois, c'est très varié.

– Tu veux en boire un autre ?

– Bien sur que oui. »

Je levai la main pour appeler le serveur, et lui commandai deux autres vodkas tonic.

« L'autre dimanche, tu m'as embrassée, n'est-ce pas ? commença-t-elle. J'y ai beaucoup réfléchi depuis, et je trouve que c'était très bien.

– Alors, tant mieux.

– "Alors, tant mieux", répéta-t-elle. Tu as vraiment une façon de parler extraordinaire !

– Tu crois ?

– En tout cas, c'est ce que j'ai pensé à ce moment-là. Je me disais que ça aurait fait un premier baiser vraiment très chouette. Si je pouvais changer le cours chronologique des événements qui ponctuent ma vie, je déciderais certainement que c'est mon premier baiser, j'en suis sûre. Et tout le reste de ma vie en dépendrait. A cinquante-huit ans, je me demanderais encore ce qu'est devenu ce Watanabe, celui qui m'aurait embrassée pour la première fois sur la véranda. Qu'en penses-tu ? Tu ne trouves pas ça chouette ?

– Si, approuvai-je en décortiquant une pistache.

– Pourquoi es-tu si distrait ? C'est la deuxième fois que je te le demande.

– Sans doute que j'ai du mal à me réhabituer au monde, lui dis-je après avoir réfléchi un instant. Ici, j'ai l'impression de ne pas être dans le monde véritable. Il me semble que les gens ou les paysages autour de moi ne sont pas réels. »

Midori s'accouda au comptoir et me regarda bien en face.

« Il me semble qu'il y avait quelque chose dans ce genre dans une chanson de Jim Morrison.

– *People are strange when you are a stranger...*

– *Peace*, dit Midori.

– *Peace*, lui répondis-je.

– Ce serait bien si tu venais avec moi en Uruguay, me dit-elle alors, toujours accoudée au comptoir. Après avoir tout abandonné, la fille que tu aimes, ta famille et l'université.

– Ce serait peut-être pas mal, comme tu dis, lui répondis-je en riant.

– Tu ne trouves pas ça génial de tout laisser pour partir dans un endroit où personne ne te connaît ? De temps en temps, j'ai très envie de le faire. Alors, si tu voulais bien m'emmener très loin quelque part, je te ferais une ribambelle d'enfants bien solides. Et nous serions heureux tous ensemble. Nous nous roulerions par terre de rire. »

Je finis de boire ma troisième vodka tonic en riant.

« Tu n'as pas encore envie d'avoir une ribambelle d'enfants bien solides, c'est ça ?

– Cela me tente, bien sûr. J'aimerais bien voir ce que ça donne.

– Mais ce n'est pas grave, tu sais, si tu n'en veux pas, me dit-elle en mangeant une pistache. De toute façon, ce ne sont que des idées vagabondes qui me viennent à la tombée du jour après avoir bu. J'ai envie de tout abandonner et de fuir quelque part. Et puis en plus, en Uruguay, il n'y a guère que des crottes d'âne.

– Peut-être bien que tu as raison.

– Du crottin partout. Là ou ailleurs. Le monde en est plein. Tiens, je te la donne, elle est trop dure », me dit-elle en me tendant une pistache.

Je la décortiquai avec difficulté.

« Mais j'étais si bien avec toi, l'autre dimanche. A regarder l'incendie en buvant et en chantant sur la véranda. Cela faisait longtemps que je ne m'étais pas sentie aussi bien. Si tu savais comme tout le monde autour de moi me force à faire des tas de choses. On est toujours en train de me dire ce que je dois faire. Toi, au moins, tu me laisses tranquille.

– Je ne te connais pas encore assez pour te forcer à faire quoi que ce soit.

– Alors, quand tu me connaîtras mieux, toi aussi, comme les autres, tu m'obligeras à faire des tas de choses ?

– Oui, c'est possible, lui dis-je. Parce que la vie est ainsi faite que les gens vivent en se contraignant mutuellement.

– Mais cela m'étonnerait que tu le fasses. Je le sens bien. Je suis assez réceptive à ce sujet. Tu n'es pas ainsi, et c'est pour cela que je suis bien avec toi. Sais-tu que dans la vie il y a pas mal de gens qui aiment contraindre les autres ou être contraints ? Et puis ils se mettent à crier sur les toits qu'on les a forcés ou qu'ils ont forcé les autres ! Ils aiment ça. Pas moi. Je le subis parce que je ne peux pas faire autrement.

– Et qu'est-ce que tu subis ? »

Midori avait un glaçon dans la bouche qu'elle suça quelques instants.

« Tu veux me connaître mieux ?

– Pourquoi pas !

– Je t'ai demandé si tu voulais me connaître mieux ! Tu ne trouves pas que ta réponse est un peu légère, non ?

– Je veux en savoir plus sur toi, rectifiai-je.

– Vraiment ?

– Vraiment.

– Même si tu es forcé de détourner les yeux ?

– C'est si terrible que ça ?

– Oui, en un certain sens, dit Midori en faisant la grimace. J'en voudrais un autre. »

Je fis signe au serveur pour passer commande une quatrième fois. Midori resta accoudée au comptoir jusqu'à ce que nos boissons arrivent. J'écoutais en silence *Honeysuckle rose* par Thelonious Monk. Il y avait cinq ou six autres clients dans le bar, mais nous étions les seuls à boire de l'alcool. L'odeur intense du café donnait une atmosphère d'après-midi feutré à cet endroit plongé dans la pénombre.

« Tu es libre dimanche prochain ? me demanda-t-elle.

– Je te l'ai déjà dit, je suis toujours libre le dimanche. Mis à part mon travail qui commence à six heures du soir.

– Alors tu veux bien passer ton prochain dimanche avec moi ?

– Bien sûr.

– Je viendrai te chercher au foyer dimanche matin. Je ne sais pas très bien à quelle heure. Cela ne t'ennuie pas ?

– Je t'en prie, ce n'est pas grave.

– Dis-moi, Watanabe... Tu sais ce que j'ai envie de faire en ce moment ?

– Eh bien, je n'en ai pas la moindre idée.

– Avant tout, j'ai envie de m'allonger sur un grand lit bien moelleux. Je suis juste assez ivre pour me sentir bien, il n'y a pas une seule crotte d'âne dans les parages et tu es allongé à côté de moi. Et puis, tu m'enlèves mes vêtements un à un. Très doucement. Aussi gentiment qu'une mère qui déshabille son enfant.

– Hum... fis-je.

– Je me laisse faire jusqu'à un certain point, en trouvant cela agréable. Mais bientôt, je retrouve mes esprits et je crie : "Arrête, Watanabe ! Je t'aime, mais il y a quelqu'un d'autre et je ne peux pas faire ça. Je suis assez à cheval là-dessus, tu sais. Alors arrête, je t'en prie !" Mais tu n'arrêtes pas...

– Mais si, j'arrête.

– Je le sais bien, mais c'est une scène imaginaire. Alors c'est bien comme ça, me dit-elle. Et puis, tu me le montres. Tu es en pleine érection. Je détourne aussitôt les yeux, mais j'ai quand même eu le temps de le voir. Alors je m'écrie : "Non, ce n'est pas possible, il ne rentrera jamais tellement il est gros et dur !"

– Il n'est pas aussi gros que tu le dis. Il est normal, je t'assure.

– Ce n'est pas grave. Je te répète que c'est une scène imaginaire. Alors tu deviens tout triste, et tu as l'air si malheureux que je te plains et que je te console gentiment.

– En fait, ça veut dire que tu en as envie.

– Exactement.

– Oh là là... », soupirai-je.

Nous bûmes cinq vodkas tonic chacun avant de partir. Quand je voulus régler, Midori me donna une tape sur la main et paya l'addition avec un billet de dix mille yens tout neuf qu'elle sortit de son portefeuille.

« Ça va, tu sais, j'ai reçu de l'argent pour mon travail, et puis c'est moi qui t'ai invité, me dit-elle. A moins cependant que tu te prennes pour un fasciste plein aux as ne supportant pas de se faire offrir à boire par une fille ?

– Non, je ne crois pas.
– Et en plus je ne t'ai pas laissé faire.
– Parce qu'il était gros et dur, lui dis-je.
– Oui, répéta-t-elle, parce qu'il était gros et dur. »

Midori, qui était légèrement ivre, manqua une marche et nous faillîmes tomber en bas de l'escalier. Dehors, le ciel s'était éclairci, et la ville baignait dans un doux soleil de fin d'après-midi. Nous marchâmes un moment au hasard dans les rues. Midori me dit qu'elle avait envie de grimper aux arbres, mais malheureusement il n'y en avait pas à Shinjuku, et le parc de Shinjuku Gyoen était fermé.

« C'est dommage, j'aime tant grimper aux arbres ! » dit-elle.

Alors que nous marchions, Midori et moi, en regardant les vitrines, je finis par avoir l'impression que le spectacle de la ville n'était pas aussi artificiel que je l'avais ressenti jusqu'alors.

« Grâce à toi, il me semble que je me suis un peu réhabitué à ce monde », lui dis-je.

Midori s'arrêta pour me regarder bien en face :

« Mais c'est vrai ! Ton regard a l'air moins vague. Tu vois bien que quand tu es avec moi, c'est pas si mal...

– Tu as raison. »

A cinq heures et demie, Midori me fit remarquer qu'elle n'allait pas tarder à rentrer parce qu'il fallait qu'elle prépare le dîner. Je lui dis alors que j'allais prendre le bus pour rentrer au foyer. Et je l'accompagnai jusqu'à la gare de Shinjuku, où nous nous séparâmes.

« Tu sais ce que j'ai envie de faire en ce moment ? me demanda-t-elle avant de partir.

– Je n'en ai pas la moindre idée.

– Je voudrais que des pirates nous fassent prisonniers, qu'ils nous déshabillent et qu'ils nous ligotent, nos deux corps bien collés l'un à l'autre.

– Pour quoi faire ?

– Ce sont des pirates vicieux.

– C'est plutôt toi, la vicieuse, il me semble.

– Ils nous abandonnent dans la cale en nous disant de prendre du bon temps en attendant qu'ils reviennent dans une heure pour nous jeter à la mer.

– Et ensuite ?

– Nous nous amusons pendant une heure, en nous roulant par terre l'un sur l'autre.

– C'est ce que tu as le plus envie de faire en ce moment ?

– Oui.

– Oh là là... », dis-je en hochant la tête.

Midori vint me chercher le dimanche matin à neuf heures et demie. Je venais tout juste de me réveiller et je n'avais pas encore fait ma toilette. Quelqu'un était venu frapper bruyamment à ma porte en hurlant qu'une fille était en bas, aussi étais-je descendu dans l'entrée, où j'avais trouvé Midori en train de bâiller, assise jambes croisées sur une chaise dans le couloir et vêtue d'une jupe en jean incroyablement courte. Les garçons qui allaient prendre leur petit déjeuner ne pouvaient détacher leurs yeux de ses longues jambes en passant devant elle. Il est vrai qu'elles étaient très belles.

« Serais-je venue trop tôt ? On dirait que tu viens tout juste de te réveiller.

– Tu peux m'attendre un petit quart d'heure, le temps de faire ma toilette et de me raser ? lui demandai-je.

– Bien sûr que je peux attendre, mais, depuis tout à l'heure, tout le monde ne fait que de regarder mes jambes...

– Quelle idée, aussi, de venir dans un foyer de garçons avec une jupe aussi courte ! C'est normal qu'ils en profitent.

– Alors ne t'inquiète pas. Aujourd'hui, j'ai de très jolis sous-vêtements. Ils sont roses avec de la dentelle. C'est très léger.

– Justement, c'est encore pire », laissai-je tomber en soupirant.

Je retournai dans ma chambre, où je me dépêchai de faire ma toilette et de me raser. Puis je descendis, vêtu d'une veste de tweed gris sur une chemise bleue à col boutonné, et entraînai Midori hors du foyer. J'étais couvert de sueur froide.

« Tu penses que tous ceux qui vivent ici se masturbent ? me demanda Midori en levant les yeux vers le bâtiment que nous venions de quitter.

– Sans doute.

– Les garçons le font en pensant aux filles ?

– Peut-être bien que oui. Cela m'étonnerait qu'il y ait des garçons qui le fassent en pensant au marché des changes, aux conjugaisons ou au canal de Suez. Je crois qu'en général ils pensent à des filles.

– Le canal de Suez ?

– Pour citer un exemple.

– Tu veux dire qu'ils pensent à une fille déterminée ?

– Et si tu allais le demander à ton amoureux ? lui proposai-je. Veux-tu me dire pourquoi je suis obligé de t'expliquer tout cela un dimanche matin ?

– J'ai seulement envie de savoir, dit-elle. Et, si je le lui demande, il se mettra terriblement en colère. Il me dira sans doute que ce n'est pas aux filles de demander cela.

– Il aura tout à fait raison.

– Mais je veux savoir, moi. C'est de la pure curiosité. Dis, quand vous vous masturbez, vous pensez à une fille déterminée ?

– Oui. Pour moi en tout cas, c'est comme ça. Mais

je ne sais pas très bien comment font les autres, lui répondis-je, renonçant à lui tenir tête.

– Tu l'as déjà fait en pensant à moi ? Réponds-moi franchement, je ne me mettrai pas en colère.

– Non, pour être franc, jamais, lui répondis-je honnêtement.

– Pourquoi, je ne te plais pas ?

– Ce n'est pas cela. Tu as beaucoup de charme, tu es jolie et tu t'habilles d'une façon provocante qui te va bien.

– Alors pourquoi est-ce que tu ne penses pas à moi ?

– Tout d'abord parce que je te considère comme une amie et que je ne veux pas te mêler à ce genre de chose. Enfin, à ce genre de fantasme. Et puis...

– Il existe quelqu'un d'autre à qui penser...

– Oui, en quelque sorte.

– Même pour ça, tu es très bien élevé, n'est-ce pas ? C'est ce que j'aime en toi. Mais tu ne veux pas me laisser la vedette au moins une fois ? Dans tes fantasmes et tes pensées impures ? J'aimerais bien y jouer un rôle. Je t'en prie, puisque nous sommes amis. Tu conviendras comme moi que je ne peux pas demander cela à quelqu'un d'autre. Ce n'est pas quelque chose qu'on peut demander à n'importe qui. Si je m'adresse à toi, c'est justement parce que je sais que tu es mon ami. Je voudrais que tu me dises après comment ça s'est passé. Et ce que tu as fait, par exemple. »

Je soupirai.

« Mais il ne faut pas passer à l'acte. Parce que nous sommes amis, tu comprends ? On peut penser et faire tout ce que l'on veut du moment qu'on ne passe pas à l'acte.

– Tu crois ? J'ai rarement eu à subir de telles contraintes, tu sais.

– Tu veux bien y réfléchir ?

– Oui.

– Dis-toi bien, Watanabe, que je ne suis ni débauchée, ni frustrée, ni provocante. Je suis seulement très intéressée et j'ai très envie de savoir. J'ai été éduquée dans une école de filles, n'est-ce pas ? Alors j'ai très envie de savoir ce que pensent les garçons et comment ils sont faits physiquement. Et pas comme on nous les présente dans les magazines féminins, tu comprends, mais plutôt comme l'étude d'un cas.

– L'étude d'un cas... murmurai-je, désespéré.

– Mais quand j'ai envie de faire un certain nombre de choses, parce que j'ai besoin de savoir, mon copain est de mauvaise humeur ou se met en colère. Il me traite de dépravée. Il me dit même que je suis folle. Il n'a jamais voulu me laisser lui faire une fellation. Pourtant, j'ai très envie d'étudier ça d'un peu plus près.

– Hum, fis-je.

– Tu n'aimes pas la fellation ?

– Je ne déteste pas...

– Tu aimerais plutôt ?

– Oui, plutôt, lui dis-je. Mais on en reparlera une autre fois, veux-tu ? Aujourd'hui, nous risquerions de gâcher cette belle matinée de dimanche en parlant de masturbation et de fellation. On va parler d'autre chose. Ton petit ami est dans la même université que toi ?

– Non. Dans une autre, bien sûr. Nous nous sommes connus dans un club au lycée. J'étais dans un lycée de filles et lui dans un lycée de garçons, et cela arrive souvent, n'est-ce pas ? On fait un concert, ou autre chose ensemble. Même si nous sommes devenus amis après être sortis du lycée. Dis-moi, Watanabe ?

– Oui ?

– Tu veux bien penser à moi, ne serait-ce qu'une fois ?

– Je vais essayer prochainement, lui dis-je, résigné.

Nous prîmes le train jusqu'à Ochanomizu. Comme je n'avais pas encore pris mon petit déjeuner, en changeant à la gare de Shinjuku j'achetai un mince sandwich et un café insipide sur le quai. En ce dimanche matin, les trains étaient pleins de familles ou de couples qui partaient pour la journée. Un groupe de garçons portant une batte et le même uniforme de base-ball faisaient du chahut dans le train. Il y avait aussi plusieurs filles en mini-jupe, mais aucune n'était aussi courte que celle de Midori. D'ailleurs, il lui arrivait de temps en temps de tirer dessus pour la baisser. J'étais troublé par le fait que plusieurs garçons regardaient ses cuisses avec de grands yeux étonnés, mais elle ne semblait pas y faire particulièrement attention.

« Tu sais ce que j'ai envie de faire en ce moment ? me dit-elle à mi-voix aux abords d'Ichigaya.

– Je n'en ai pas la moindre idée, lui répondis-je. Mais, je t'en supplie, ne m'en parle pas dans le train. Cela m'ennuierait que les gens entendent.

– C'est dommage. Pourtant, cette fois-ci, c'était pas mal, dit-elle d'un air franchement désolé.

– Dis-moi donc plutôt ce qui nous attend à Ochanomizu ?

– Attends, tu verras. »

Le quartier d'Ochanomizu, en ce dimanche, était plein d'écoliers et de lycéens qui allaient passer des examens blancs ou se rendaient à leur cours de rattrapage. La main gauche accrochée à la bandoulière de son sac, la droite dans la mienne, Midori fendit sans complexe cette foule studieuse.

« Peux-tu expliquer correctement la différence entre le présent et le passé du conditionnel en anglais ? me demanda-t-elle soudain.

– Je crois que oui, lui répondis-je.

– Je voudrais bien savoir à quoi cela te sert dans la vie quotidienne ?

– C’est vrai que cela ne m’est pas très utile, mais je crois que, plutôt que d’en chercher l’utilité concrète, il faut le considérer comme un exercice destiné à vous faire appréhender les choses avec méthode. »

Midori réfléchit sérieusement sur ce que je venais de lui dire.

« Tu es vraiment extraordinaire, fit-elle au bout d’un moment. Je n’ai jamais pensé à ça jusqu’à présent. Je me demandais seulement à quoi pouvait nous servir la forme conditionnelle, le calcul différentiel ou les symboles chimiques. C’est pour ça que je les ai toujours ignorés, tous ces trucs difficiles. Tu crois que je me trompais dans ma façon de vivre ?

– Tu les ignorais ?

– Oui. Je faisais comme si tout cela n’existait pas. Tu sais que je ne comprends rien aux sinus et cosinus ?

– Et, malgré ça, tu as quand même réussi à finir tes études au lycée et à entrer à l’université ? lui dis-je, consterné.

– Tu es idiot, me dit-elle. Tu ne sais donc pas que, si on a de l’intuition, on n’est pas obligé de savoir quelque chose pour réussir son examen d’entrée à l’université ? Moi, je suis très intuitive. Quand on me demande de choisir parmi trois réponses celle qui est correcte, je tombe toujours dessus.

– Comme je n’ai pas autant d’intuition que toi, je suis bien obligé d’avoir une pensée un tant soit peu systématique. Comme une pie qui accumule les objets brillants dans son nid.

– Et cela te sert à quoi ?

– Je ne sais pas. Sans doute que cela m’aide pour certaines choses.

– Par exemple ?

– Par exemple pour l’apprentissage de la pensée métaphysique ou de plusieurs langues étrangères.

– Et cela sert à quelque chose ?

– Cela dépend des gens. Il y en a à qui ça sert, d'autres à qui ce n'est d'aucune utilité. Mais il s'agit uniquement d'un exercice, et le problème de savoir si c'est utile ou non ne vient qu'après. Comme je te l'ai dit au départ. »

Midori laissa échapper une exclamation d'admiration et continua de descendre la rue en pente en me tenant par la main.

« Tu es vraiment doué pour les explications, tu sais ?

– Vraiment ?

– Je t'assure. Jusqu'à présent, j'ai posé la question de l'utilité du mode conditionnel en anglais à pas mal de gens, mais personne n'a pu me répondre aussi correctement que toi. Même le professeur d'anglais. Quand je pose la question, je n'obtiens pour seule réaction que le trouble, la colère ou le mépris. Personne ne daigne m'éclairer. Si quelqu'un avait pu m'expliquer clairement, comme toi, peut-être aurais-je été intéressée par le mode conditionnel ?

– Hum, fis-je.

– Tu as lu *Le Capital* ? me demanda-t-elle.

– Oui. Pas en entier, bien sûr. Comme la plupart des gens.

– Tu as compris ?

– Certains endroits, oui, mais pas tout. Il faut avoir acquis un système de pensée particulier pour lire correctement *Le Capital*. Bien sûr, je crois que j'ai à peu près compris le marxisme dans son ensemble.

– Tu crois qu'un jeune étudiant qui n'a pas lu de livres sur le sujet peut comprendre *Le Capital* ?

– Cela m'étonnerait.

– Tu sais, quand je suis entrée à l'université, je me suis inscrite à un club de folksong. J'avais envie de chanter. Mais c'était un ramassis de types, tu peux pas savoir, j'en frissonne encore rien que d'y penser ! Pour entrer dans ce club, il fallait d'abord lire Marx. On nous disait de lire de telle page à telle page. On nous faisait des discours pour nous expliquer ce que le folk-song avait à voir avec la société et le radicalisme... Alors, comme j'y étais obligée, j'ai essayé de lire Marx en rentrant à la maison. Mais je n'y ai rien compris, c'était encore pire que la forme conditionnelle. J'ai abandonné au bout de trois pages. Et, à la réunion de la semaine suivante, je leur ai dit que je l'avais lu mais que je n'y avais rien compris. Depuis, on me prend pour une idiote. Il paraît que je n'ai pas conscience des problèmes, ou que je manque de sens civique. Quelle idée ! Je leur ai seulement dit que je ne comprenais pas le texte. Tu ne trouves pas ça un peu gros ?

– Hum, fis-je à nouveau.

– Et tu verrais les discussions ! Ils emploient des mots difficiles d'un air entendu. Alors, comme je ne comprenais pas, je leur posais des questions. Je leur demandais ce que c'était que l'exploitation impérialiste, et ce que cela avait à voir avec les sociétés d'Inde orientale. Ou encore si anéantir la coopération des institutions universitaires et des entreprises industrielles signifiait qu'il ne fallait pas chercher du travail dans la société après l'université. Mais personne ne voulait m'expliquer. Au lieu de cela, on se mettait réellement en colère. Tu me crois ?

– Oui.

“Que veux-tu faire si tu ne comprends pas ça ? Tu vis en pensant à quoi ?” Et puis c'était tout. Mais quand même. Bien sûr, je sais bien que je ne suis pas aussi intelligente que ça. Je suis du peuple. Et c'est le peuple qui soutient le monde. Alors, qu'est-ce que c'est que cette révolution à base de mots que le peuple ne comprend pas ! Qu'est-ce que c'est que cette révolution sociale ! Bien sûr que moi aussi je veux améliorer le monde. Si quelqu'un est opprimé, je veux que cela s'arrête. C'est justement pour ça que je pose des questions. N'est-ce pas ?

– C'est vrai.

– Alors j'ai compris qu'ils faisaient tous n'importe quoi. Ils se rengorgeaient avec leurs grands discours uniquement pour susciter l'admiration des nouvelles étudiantes et glisser la main sous leur jupe. Ils ne pensaient qu'à ça. Et puis, arrivés en quatrième année, ils se faisaient couper les cheveux pour se faire embaucher chez Mitsubishi, TBS, IBM ou la banque Fuji, puis épousaient une jolie jeune femme n'ayant jamais lu Marx, et donnaient des noms tarabiscotés à leurs enfants. Où est l'anéantissement de la coopération des institutions universitaires et des entreprises industrielles dans tout ça ? C'est drôle à en pleurer. Et les autres jeunes étudiants étaient terribles, eux aussi. Ils riaient d'un air entendu alors qu'ils ne comprenaient rien. Et après, ils me traitaient d'imbécile et me conseillaient, même si je ne comprenais pas, de faire semblant. Et, tu sais, il y a quelque chose qui m'a encore plus énervée, tu veux savoir quoi ?

– Oui.

– Un jour, il a été décidé que nous irions à un rassemblement politique en soirée, et on a demandé aux filles de préparer et d'apporter vingt boules de riz chacune pour le dîner. Ils se foutaient de nous, n'est-ce pas ? C'était de la véritable discrimination sexuelle. Mais, puisque je ne voulais pas toujours être en train de semer la tempête, je n'ai rien dit et j'ai préparé mes vingt boules de riz. Avec une prune confite à l'intérieur et une feuille d'algue autour. Et qu'est-ce que tu crois qu'ils ont dit après ? Ils se sont plaints qu'il n'y avait que de la prune à l'intérieur, et rien d'autre. Dans ceux des autres filles, il y avait soit du saumon, soit des œufs de morue, et il y en avait même qui avaient ajouté de l'omelette. C'était tellement stupide que je n'ai même pas réagi. Veux-tu me dire pourquoi des types qui discutent de la révolution devraient se mettre à discuter à chaque fois des boules de riz qu'ils ont pour leur dîner ? C'est déjà bien qu'elles soient entourées d'une feuille d'algue et fourrées d'une prune confite, n'est-ce pas ? Il suffit de se mettre à la place des enfants indiens. »

Je me mis à rire.

« Alors, qu'as-tu fait finalement avec ce club ?

– J'en avais tellement marre que j'ai arrêté en juin, me dit-elle. Mais les types de la fac sont presque tous des imposteurs. Ils vivent dans la hantise qu'on découvre qu'il y a quelque chose qu'ils ne savent pas. Alors ils lisent les mêmes livres, tiennent le même langage, écoutent John Coltrane et vont voir les films de Pasolini. Tu crois que c'est ça la révolution ?

– Je me le demande. En tout cas, je ne peux rien dire parce que je n'ai jamais vu comment la révolution se déroulait en réalité.

– Si c'est ça la révolution, je n'en veux pas. Sans doute qu'on me fusillerait pour n'avoir mis que des prunes confites dans mes boules de riz. D'ailleurs, on te fusillerait certainement, toi aussi. Pour la simple raison que tu comprends parfaitement le mode conditionnel.

– C'est possible...

– Tu sais, je comprends. Parce que je suis issue du peuple. Qu'il y ait une révolution ou non, le peuple n'a rien d'autre à faire qu'à continuer sa petite vie de pas grand-chose. C'est quoi, la révolution ? Cela change seulement le nom de la mairie. Mais eux, ils n'y comprennent rien. Tous ces gens qui se targuent de si bien parler ! Tu as déjà vu un employé des impôts ?

– Non.

– Moi j'en ai souvent vu. Ils ne se gênent pas pour faire irruption à la maison. "Qu'est-ce que c'est que ce livre de comptes ? Vous faites n'importe quoi ! Et ça, ce sont vraiment vos frais ? Les factures, montrez-moi les factures !" C'est comme ça qu'ils nous harcèlent. On est tous recroquevillés dans un coin, et, pour le déjeuner, on lui commande les meilleurs sushis. Mais mon père n'a jamais fraudé le fisc, tu sais. Je t'assure. Il est comme ça, on ne le changera pas, c'est un tempérament à l'ancienne. Et pourtant, le fonctionnaire des impôts continue inlassablement ses remarques. "Votre revenu ne serait pas un peu trop faible, par hasard ?" Quelle idée, je vous jure ! Si on a peu de revenus, c'est parce que les clients n'achètent pas. Cela me rend folle d'entendre ça. J'ai envie de lui crier d'aller faire ses affaires chez des gens plus riches. Est-ce que tu sais si l'attitude des fonctionnaires des impôts changerait au cas où il y aurait une révolution ?

– J'en doute fort.

– Alors je ne crois pas à la révolution. Je ne crois qu'en l'amour.

– *Peace* ! lui dis-je.

– *Peace* !

– A propos, où allons-nous ? lui demandai-je alors.

– A l'hôpital. Mon père est là-bas et, aujourd'hui, je dois passer la journée avec lui. C'est mon tour.

– Ton père ? fis-je surpris. Tu ne m'avais pas dit qu'il était parti pour l'Uruguay ?

– C'était un mensonge, me répondit-elle aussitôt, imperturbable. Il n'a cessé de dire qu'il allait partir pour l'Uruguay, mais il ne le fera jamais. Il n'est même pas capable de quitter Tôkyô !

– Comment va-t-il ?

– A dire vrai, ce n'est plus qu'une question de temps. »

Nous continuâmes un moment à marcher en silence.

« Je le sais bien, parce qu'il a la même maladie que ma mère. Tumeur au cerveau. C'est à peine croyable ! Ma mère est morte de ça il y a tout juste deux ans. Et maintenant, c'est au tour de mon père d'avoir une tumeur au cerveau ! »

L'hôpital universitaire, sans doute parce que c'était dimanche, grouillait de visiteurs et de malades à peu près valides. Et il y flottait une indubitable odeur d'hôpital. Elle était faite d'un mélange de désinfectant, de bouquets de fleurs apportés par les visiteurs, d'urine et de literie, et les infirmières s'y promenaient en faisant claquer leurs sandales.

Le père de Midori était couché dans le premier lit d'une chambre pour deux. On aurait dit un petit animal grièvement blessé. Il était recroquevillé sur le côté, immobile. Dans son bras gauche étendu était plantée l'aiguille de la perfusion. Il était petit et maigre, mais on sentait qu'il allait le devenir encore plus. Il avait un bandage blanc autour de la tête, et ses bras pâles étaient constellés de traces d'aiguilles de seringues ou de perfusions. Les yeux entrouverts, il fixait vaguement un point dans l'espace, mais, à notre arrivée, il remua légèrement ses yeux injectés de sang pour nous regarder. Dix secondes plus tard, il reporta son faible regard vers le même point dans l'espace.

En voyant ses yeux, on comprenait qu'il n'allait pas tarder à mourir. On ne distinguait pratiquement plus aucune vitalité dans son corps. Seul un très léger signe de vie. Il était comme une vieille maison débarrassée de ses meubles et de ses huisseries, attendant d'être démolie. Autour de ses lèvres desséchées poussaient quelques poils, comme des herbes folles. Je me dis que, malgré le peu de vie qui lui restait, sa barbe continuait quand même à pousser.

Midori dit bonjour à l'homme bien en chair et entre deux âges qui était couché dans le lit près de la fenêtre. Celui-ci était sans doute incapable de parler, car il lui répondit en souriant d'un signe de tête. Après avoir toussé deux ou trois fois, il but de l'eau qui se trouvait sur sa table de nuit, puis se tourna lentement vers la fenêtre pour regarder dehors. On apercevait des poteaux et des fils électriques. On ne voyait rien d'autre. Il n'y avait pas un nuage dans le ciel.

« Alors, papa, comment vas-tu ? commença Midori près de l'oreille de son père. (Elle parlait exactement comme si elle testait la puissance d'un micro.) Comment ça va, aujourd'hui ? »

Son père remua lentement les lèvres.

« Pas bien, dit-il. (Il ne donnait pas l'impression de parler, mais de laisser passer les mots à travers l'air sec du fond de sa gorge.) Ma tête...

– Ta tête te fait mal ? lui demanda Midori.

– Oui », répondit son père.

Il semblait incapable de prononcer des mots de plus de quatre syllabes.

« On n'y peut rien, tu sais. C'est normal que ça fasse mal juste après une opération. Ce n'est pas amusant, mais il faut le supporter encore un peu. Voici Watanabe. Un ami. »

Je lui dis que j'étais enchanté de le connaître. Il entrouvrit les lèvres, puis les referma.

« Assieds-toi là », me dit Midori en me désignant une chaise ronde en plastique qui se trouvait au pied du lit.

J'obéis. Midori fit boire son père et lui demanda s'il ne voulait pas un fruit ou un peu de gelée aux fruits.

« Non », répondit-il.

Midori lui dit alors qu'il fallait manger un peu, et il répondit :

« J'ai mangé. »

A la tête du lit se trouvait une petite table de nuit, sur laquelle étaient posés une carafe d'eau, un verre, une assiette et un petit réveil. Midori prit, dans un grand sac de papier qui se trouvait sous la table, un pyjama, des sous-vêtements, et plusieurs autres petites choses qu'elle arrangea dans le placard fermant à clef qui se trouvait à l'entrée de la chambre. Tout au fond, le sac contenait de la nourriture pour le malade. Il y avait deux pamplemousses, de la gelée aux fruits et trois concombres.

« Des concombres ? s'exclama Midori, stupéfaite. Pourquoi des concombres ? Je me demande à quoi pense ma sœur. Je lui ai pourtant dit ce qu'il fallait acheter au téléphone. Je ne lui ai certainement pas demandé d'acheter des concombres !

– Elle n'aurait pas confondu avec des kiwis [1] par hasard ? » hasardai-je.

Midori fit claquer ses doigts.

« C'est vrai, je lui avais demandé d'acheter des kiwis. C'est certainement ça. Mais elle aurait pu réfléchir, quand même ! Comment peut-on croire qu'un malade va se mettre à croquer des concombres ! Dis, Papa, tu veux un concombre ?

– Non », fit le père.

Midori s'assit à son chevet et commença à lui parler de toutes sortes de choses. Elle lui dit qu'elle avait appelé le réparateur parce que la télévision donnait des signes de faiblesse, que la tante de Takaïdô avait dit qu'elle allait venir le voir dans deux ou trois jours, que M. Miyagi, de la pharmacie, avait fait une chute de bicyclette, etc. Son père se contentait de ponctuer ses phrases de grognements.

« Tu ne veux vraiment rien manger, Papa ?

– Non, répondit-il.

– Watanabe, tu ne veux pas manger un pamplemousse ? »

Je répondis moi aussi par la négative.

Peu après, elle m'entraîna vers la salle de télévision, où nous fumâmes une cigarette, assis sur un canapé. Il s'y trouvait trois autres malades en pyjama, qui regar-

1. En japonais, concombre se dit *kyûri* et kiwi *kyuwi*, d'où la confusion.

daient une sorte de débat politique, tout en fumant eux aussi.

« Tu vois ce type là-bas, avec ses béquilles ? Depuis tout à l'heure, il n'arrête pas de regarder mes hanches. Le type en pyjama bleu, avec les lunettes ! »

Elle semblait contente.

« Cela ne m'étonne pas, avec la jupe que tu as...

– Mais finalement, c'est bien. Puisque tout le monde s'ennuie ici, ce n'est pas si mal de pouvoir admirer les hanches d'une jeune fille de temps en temps. Peut-être que l'excitation va les aider à guérir plus rapidement...

– Pourvu que ce ne soit pas le contraire ! »

Midori contempla un moment la fumée qui s'élevait tout droit de sa cigarette.

« A propos de mon père, commença-t-elle, il n'est pas méchant, tu sais. De temps en temps, il dit des horreurs et cela m'énerve, mais, au fond, c'est un brave homme et il aimait sincèrement ma mère. Et en plus, à sa manière, il a vécu de toutes ses forces. Il avait ses faiblesses, il n'était pas doué pour le commerce, et il n'a jamais été très populaire, mais, comparé aux petits imbéciles qui évoluaient autour de lui dans un monde de mensonge, il était beaucoup plus sérieux. Et comme moi aussi j'ai un caractère assez direct, nous étions tout le temps en train de nous disputer. Mais ce n'est pas un mauvais homme, tu sais. »

Midori me prit la main comme si elle ramassait un objet tombé à terre, pour la poser sur son propre genou. La moitié de ma main était sur le tissu de sa jupe, l'autre sur sa cuisse. Elle me regarda un moment dans les yeux.

« Cela ne te fait rien de rester encore un peu avec moi, même si ce n'est pas très drôle ici ?

– Sans problème jusqu'à cinq heures. J'aime bien être avec toi, et puis je n'ai rien d'autre à faire.

– Que fais-tu d'habitude, le dimanche ?

– La lessive. Puis le repassage.

– Tu n'as pas très envie de me parler de cette fille, n'est-ce pas ? Je veux dire de ton amie.

– C'est vrai. Je n'en ai pas très envie. C'est compliqué, et je ne sais pas si j'arriverai à t'expliquer facilement.

– Ce n'est pas grave si tu ne m'expliques pas. Mais est-ce que je peux essayer de te dire ce que j'imagine ?

– Bien sûr. Cela m'amuserait de savoir ce que tu penses.

– Je crois qu'elle est mariée.

– Hum, fis-je.

– C'est une belle femme riche de trente-deux ou trente-trois ans, qui porte des manteaux de fourrure, des chaussures Charles Jourdan et des sous-vêtements en soie, et qui a en plus terriblement besoin de sexe. Et puis elle fait des choses très vicieuses. Elle te retrouve en fin d'après-midi pendant la semaine pour s'envoyer en l'air avec toi. Mais elle ne peut pas te voir le dimanche parce que son mari est là. Est-ce que je me trompe ?

– C'est assez drôle comme interprétation.

– Elle doit certainement se faire ligoter, un bandeau sur les yeux, et se faire lécher le corps partout, jusque dans les moindres recoins. Et puis elle doit se faire mettre des trucs bizarres, prendre des poses acrobatiques, et photographier tout ça au Polaroid.

– Cela semble très amusant.

– Ça lui manque tellement qu'elle est prête à faire n'importe quoi. Elle y pense tout le temps. C'est qu'elle n'a rien d'autre à faire. Elle se dit que, la prochaine fois qu'elle va te voir, elle fera telle ou telle chose. Et, dès qu'elle est au lit, son avidité la pousse à jouir trois fois dans des positions différentes. Après, elle te dit comme ça : "Alors, comment trouves-tu mon corps, il est extraordinaire, n'est-ce pas ? Tu ne pourras plus jamais te satisfaire des jeunes filles, tu sais. Est-ce que tu crois qu'elles pourraient faire ce que je fais en ce moment ? Alors, ça te plaît ? Tu sens quelque chose ? Mais arrêtons-nous, sinon, ça va recommencer."

– Je crois que tu vois trop de films porno, lui dis-je en riant.

– Peut-être bien que oui. J'aime beaucoup ça, tu sais ? Tu ne veux pas m'y emmener la prochaine fois ?

– D'accord, allons-y dès que tu auras un moment de libre.

– C'est vrai, tu veux bien ? Je suis drôlement contente. On ira voir un film sado-maso. Il y a plein de coups de fouet, on fait faire pipi aux femmes devant tout le monde, tu vois, ce genre de truc, quoi. C'est ça que j'aime...

– D'accord.

– Tu sais ce que j'aime le plus dans les cinémas qui passent des films porno ?

– Je n'en ai pas la moindre idée.

– Eh bien, quand il y a des scènes de sexe, on entend les gens tout autour avaler bruyamment leur salive, me dit-elle. J'aime beaucoup ce bruit de déglutition. C'est charmant. »

De retour dans la chambre du malade, Midori recommença à parler de tout et de rien, tandis que son père approuvait d'un « Ah » ou d'un « Hum », ou encore gardait le silence. Vers onze heures arriva la femme du malade allongé dans le lit d'à côté, qui lui changea son pyjama et lui éplucha un fruit. Elle avait l'air gentille avec son visage rond, et elle se mit à bavarder avec Midori. L'infirmière arriva pour changer la perfusion et repartit après avoir échangé quelques mots avec Midori et l'autre femme. Pendant ce temps-là, je me tenais au milieu de la chambre, sans rien faire, à regarder bêtement ce qui se passait autour de moi, ainsi que les poteaux électriques que j'apercevais dehors. Des hirondelles se posaient de temps en temps sur les fils. Midori parlait à son père, essuyait sa transpiration, recueillait ses expectorations, bavardait avec la femme, les infirmières et moi-même, et vérifiait le bon fonctionnement de la perfusion.

La visite du médecin ayant lieu à onze heures et demie, Midori et moi sortîmes attendre dans le couloir. Quand le médecin ressortit, Midori s'adressa à lui pour lui demander comment il le trouvait.

« Comme il vient tout juste d'être opéré et qu'il est sous calmants, il n'est pas en très bon état, dit le médecin. On saura dans deux ou trois jours le résultat de l'opération. Si ça va, tant mieux, sinon on verra à ce moment-là.

– Vous n'allez quand même pas lui rouvrir la tête, j'espère !

– On ne peut rien dire pour l'instant, dit le médecin. Mais, dites donc, votre jupe est bien courte aujourd'hui...

– Elle est bien, n'est-ce pas ?

– Mais comment faites-vous pour monter les escaliers ?

– Comme d'habitude. Je montre tout », répondit Midori.

L'infirmière qui se trouvait derrière nous se mit à rire.

« Il faudra penser à venir nous voir, que je vous ouvre la tête pour voir ce qu'il y a dedans, dit le médecin, ahuri. Et puis, tant que vous êtes dans cet hôpital, essayez plutôt de prendre l'ascenseur. Je ne voudrais pas que le nombre de malades augmente. Je suis trop occupé en ce moment. »

Peu après la fin de la visite vint l'heure du déjeuner. L'infirmière passa de chambre en chambre avec le chariot pour distribuer les repas. Celui du père de Midori était composé de soupe, de fruits et de poisson mixé avec des légumes. Midori aida son père à s'allonger sur le dos, tourna la poignée qui se trouvait au pied du lit pour lui soulever la tête, et lui fit boire de la soupe à la cuillère. Après cinq ou six gorgées, il détourna la tête et dit :

« Je n'en veux plus.

– Mais il faut manger un peu, lui dit-elle.

– Plus tard, répondit son père.

– Ce n'est pas possible. Tu ne retrouveras pas tes forces si tu ne manges pas convenablement. Et pour tes besoins, ça va ?

– Oui, répondit son père.

– Watanabe, tu ne veux pas qu'on aille manger tous les deux en bas ? », me demanda-t-elle en se tournant vers moi.

Je lui répondis que j'étais d'accord, mais, en fait, je n'avais pas très faim. La cafétéria était envahie de médecins et d'infirmières mélangés aux visiteurs. Des tables et des chaises étaient alignées dans un vaste hall en sous-sol, sans fenêtres, où tout le monde mangeait en parlant, de maladies sans doute, et cela résonnait comme dans un passage souterrain. Parfois, une voix de haut-parleur appelant un médecin ou une infirmière s'élevait au-dessus de ce brouhaha. Pendant que je gardais une table, Midori se chargea d'apporter nos deux repas sur un plateau d'aluminium. Dans des récipients de plastique blanc, comme pour les malades, étaient servis des croquettes à la crème avec une salade de pommes de terre et de choux, des légumes mijotés, du riz et de la soupe de miso. J'en laissai à peu près la moitié. Midori mangea tout avec plaisir.

« On dirait que tu n'as pas très faim ? me dit-elle en buvant son thé brûlant à petites gorgées.

– Non, pas très...

– C'est à cause de l'hôpital, commenta-t-elle en

jetant un coup d'œil autour d'elle. C'est ce qui arrive quand on n'est pas habitué. C'est à cause de l'odeur, du bruit, de l'atmosphère lourde, du visage des malades, du stress, de la colère, du désespoir, de la douleur et de la fatigue. Tout cela serre le ventre et fait perdre l'appétit. Mais, une fois qu'on y est habitué, ça ne fait plus rien. En plus, il faut bien manger pour pouvoir s'occuper d'un malade. Je t'assure. Je le sais bien parce que je me suis occupée de mon grand-père, de ma grand-mère, de ma mère, et maintenant de mon père. Parce qu'il arrive que quelque chose d'imprévu t'empêche de manger. C'est pour cela qu'il faut bien manger quand on le peut, sinon on ne tient pas le coup.

– Je comprends ce que tu veux dire.

– Quand la famille vient en visite, on mange ensemble ici, n'est-ce pas ? Alors tout le monde laisse à peu près la moitié de son repas dans son assiette, exactement comme toi. Et puisque moi je mange de tout avec appétit, ils s'étonnent de me trouver en pleine forme alors qu'eux ils sont tellement émus qu'ils ne peuvent rien avaler. Mais c'est moi qui m'occupe du malade. Ils me font rigoler ! Les autres se contentent de venir une fois de temps en temps pour s'apitoyer. C'est moi qui lui fais faire ses besoins, qui recueille ses crachats, et qui le lave. S'il suffisait de s'apitoyer pour que tout cela se fasse, tu penses bien que je serais la première à le faire. Au lieu de quoi, ils sont tous là à me regarder manger d'un air désapprobateur et s'étonnent de ma bonne santé. Ils me prennent sans doute pour une sorte d'âne qui tire une charrette. Je me demande pourquoi tous ces gens qui ont déjà atteint un certain âge ne comprennent pas un peu mieux comment est fait le monde On peut dire à peu près tout ce qu'on veut. L'essentiel, c'est de savoir si on s'occupe de mettre la main à la pâte ou non. Il m'arrive d'être blessée, tu sais. Il m'arrive d'être complètement épuisée. Il m'arrive aussi d'avoir envie de pleurer. Essaie un peu de te mettre à ma place, comment peut-on supporter de voir les médecins lui ouvrir la tête et recommencer sans arrêt, quitte à devenir un peu plus fou à chaque fois, alors qu'ils savent très bien qu'il n'y a plus d'espoir ? Avec la vie qui devient de plus en plus difficile, je ne sais même pas si je vais pouvoir finir mes études universitaires, il me reste trois ans et demi, et, dans cette situation, il n'est pas question pour ma sœur de penser à une cérémonie de mariage.

– Tu passes combien de jours ici par semaine ? lui demandai-je.

– A peu près quatre. Ici, en principe, on s'occupe de tout, mais, dans la réalité, les infirmières n'y arrivent pas toutes seules. Elles travaillent beaucoup, mais elles ne sont pas assez nombreuses et il y a trop de choses à faire. Alors il est absolument nécessaire que la famille participe, au moins jusqu'à un certain point. Ma sœur doit s'occuper du magasin, alors je ne peux pas faire autrement que de m'arranger pour venir entre les cours. Elle vient quand même trois jours par semaine, et moi quatre. Et, dès qu'il nous reste un peu de temps, nous l'utilisons pour nos rendez-vous. Nous avons un horaire très chargé, tu vois.

– Alors, pourquoi est-ce que tu me rencontres si souvent si tu es tellement occupée ?

– Parce que j'aime beaucoup être avec toi, me dit-elle tout en tripotant sa tasse en plastique vide.

– Allez, va vite te promener dans le coin un moment, lui dis-je. Je vais m'occuper de ton père pendant ce temps-là.

– Pourquoi ?

– Il vaut mieux pour toi t'éloigner un petit moment de l'hôpital et te retrouver un peu seule. Fais le vide dans ta tête, et ne parle à personne. »

Midori réfléchit un instant avant d'acquiescer.

« Oui, tu as peut-être raison. Mais tu sais quoi faire ? Comment t'occuper d'un malade ?

– Je crois pouvoir y arriver puisque je t'ai vue faire. Il faut surveiller la perfusion, le faire boire, éponger sa transpiration, recueillir ses crachats. Quant à l'urinal, il est sous le lit, et, s'il a faim, il faut lui faire manger le reste de son déjeuner. Ensuite, si je ne comprends pas, je demanderai à l'infirmière.

– Cela suffit amplement, dit-elle en souriant. La seule chose, c'est qu'il commence à dérailler et que parfois il dit des trucs bizarres. Des choses sans queue ni tête. Alors, si ça arrive, n'y fais pas trop attention.

– Ne t'inquiète pas. »

De retour dans la chambre du malade, Midori expliqua à son père qu'elle allait sortir parce qu'elle avait à faire, et que, pendant ce temps-là, c'était moi qui allais m'occuper de lui. Il ne sembla pas avoir d'avis particulier sur la question. Ou alors, il n'avait peut-être rien compris de ce que Midori lui avait dit. Allongé sur le dos, immobile, il regardait le plafond. On l'aurait cru mort, s'il n'avait battu des paupières de temps à autre. Ses yeux étaient injectés de sang comme s'il était ivre, et son nez se gonflait légèrement quand il respirait à fond. Il ne bougeait pas d'un poil et n'essayait même pas de répondre à Midori lorsque celle-ci lui parlait. Je n'avais aucune idée de ce qui pouvait se passer tout au fond de sa conscience obscurcie.

Après le départ de Midori, je faillis lui adresser la parole, mais, comme je ne savais pas quoi lui dire, je restai finalement silencieux. Et, bientôt, il finit par fermer les yeux et ne tarda pas à s'endormir. Assis sur une chaise à son chevet, j'observais les contractions régulières de son nez, tout en priant pour qu'il ne mourût pas sous mes yeux. Et je pensais que ce serait curieux si cet homme rendait son dernier soupir pendant que je me trouvais à ses côtés. Après tout, je venais tout juste de le rencontrer pour la première fois, seule Midori nous liait l'un à l'autre, et celle-ci n'était rien de plus que ma condisciple à l'université au cours « Histoire du théâtre II ».

Mais il n'était pas sur le point de mourir. Il dormait seulement profondément. En approchant mon oreille de son visage, je percevais sa faible respiration. Alors, rassuré, j'entrepris de converser avec la femme d'à côté. Me prenant vraisemblablement pour le petit ami de Midori, elle ne cessa de me parler d'elle.

« C'est vraiment une fille bien, me dit-elle. Elle s'occupe très bien de son père, elle est aimable, douce, attentive, courageuse, et en plus elle est jolie. Vous devriez en prendre soin et ne pas la lâcher. Parce que, des filles comme ça, on n'en trouve plus beaucoup !

– J'en prends bien soin, lui répondis-je pour aller dans son sens.

– J'ai une fille de vingt et un ans et un fils de dix-sept, mais ni l'un ni l'autre ne viennent à l'hôpital. Quand ils sont en vacances, ils trouvent toujours une bonne raison, le surf ou un rendez-vous, pour aller s'amuser quelque part. C'est incroyable, n'est-ce pas ? Ils nous extorquent leur argent de poche et nous laissent tomber d'un cœur léger. »

Au bout d'une heure et demie, elle quitta la chambre en disant qu'elle allait faire quelques courses. Les deux malades dormaient profondément. Les doux rayons du soleil de l'après-midi remplissaient la pièce, au point que je faillis m'assoupir moi aussi sur ma chaise. Sur la table près de la fenêtre, des chrysanthèmes blancs et jaunes arrangés dans un vase nous indiquaient que nous étions en automne. Dans la chambre flottait l'odeur fade du poisson qui restait de midi, auquel personne n'avait touché. Les infirmières continuaient leur bruyant va-et-vient dans les couloirs, tout en s'interpellant d'une voix claire qui portait loin. Elles passaient de temps à autre dans la chambre, où, après avoir constaté que les deux malades dormaient profondément, elles m'adressaient alors un large sourire avant de disparaître. J'aurais aimé pouvoir lire, mais il n'y avait dans la chambre ni livres, ni revues, ni journaux. Seul un calendrier était accroché au mur.

Je songeai à Naoko. J'évoquai son corps nu, uniquement orné de sa barrette dans les cheveux. J'imaginai la courbe de ses hanches et l'ombre de ses poils pubiens. Pourquoi s'était-elle montrée nue devant moi ? Avait-elle été victime d'un accès de somnambulisme ? Avais-je été le jouet de mon imagination ? Au fur et à mesure que le temps s'écoulait, m'éloignant de ce monde en miniature, je finissais par ne plus savoir si les faits qui s'étaient déroulés cette nuit-là étaient réels. Si je me persuadais qu'ils l'étaient, ils devenaient vrais, et si je croyais qu'ils n'étaient qu'une illusion, je finissais par penser que c'en était une. Mais les détails en étaient trop nets pour n'être qu'une illusion, et tout cela était trop beau pour constituer un fait réel. Cela concernait tout autant le corps de Naoko que le clair de lune.

Le père de Midori ouvrit soudain les yeux et se mit à tousser, interrompant le cours de mes pensées. Je recueillis son crachat à l'aide d'un mouchoir en papier avant d'essuyer la sueur qui perlait à son front avec une serviette.

Je lui demandai s'il voulait boire, et il inclina la tête de quatre millimètres. Je le fis boire lentement à la petite carafe en verre, et ses lèvres sèches se mirent à trembler, tandis que sa gorge tressautait. Il but toute l'eau tiède de la carafe.

« Vous en voulez d'autre ? » lui demandai-je.

Il voulut me dire quelque chose, et j'approchai mon oreille.

« Non merci », me dit-il d'une petite voix sèche.

Sa voix était encore plus rauque et plus basse qu'avant.

« Voulez-vous manger quelque chose ? Vous devez avoir faim ? » hasardai-je.

Il fit encore un tout petit signe de tête. Comme l'avait fait Midori, je tournai la poignée pour relever le lit, et je lui fis manger à la cuillère alternativement les légumes mixés et le poisson. Après avoir mis un temps infini pour en manger la moitié, il fit un tout petit signe de tête pour me signifier qu'il en avait assez. Bouger la tête devait lui faire mal, car le mouvement était presque imperceptible. Il me répondit « Non » quand je lui demandai s'il voulait des fruits. Je lui essuyai alors la bouche avec la serviette, remis le lit à l'horizontale et déposai le plateau dans le couloir.

« C'était bon ? lui demandai-je en revenant.

– Non, me répondit-il.

– C'est vrai que ça n'a pas l'air bien fameux ! » fis-je en riant.

Il me fixait sans rien dire, l'air égaré, comme s'il ne savait pas très bien s'il devait ouvrir ou fermer les yeux. Je me demandai soudain si cet homme savait qui j'étais. Parce que j'avais vaguement l'impression qu'il était plus à l'aise seul avec moi que lorsqu'il était avec Midori. Ou alors, peut-être qu'il me prenait pour quelqu'un d'autre. Je préférais encore que ce fût le cas.

« Il fait vraiment un temps magnifique dehors, attaquai-je, assis sur ma chaise, en croisant les jambes. C'est l'automne, on est dimanche, il fait beau, et c'est plein de monde partout, vous savez. Ces jours-là, le mieux c'est encore de se reposer de cette façon à l'intérieur, car on évite ainsi la fatigue. Dans les endroits bondés, on se fatigue vite, et l'air est irrespirable. En général, le dimanche, je fais ma lessive. Je lave mon linge le matin, je l'étends sur le toit du foyer, et je le rentre avant le soir pour me dépêcher de le repasser. Vous savez que je ne déteste pas le repassage ? Ce n'est pas désagréable d'aplatir des choses qui sont toutes froissées. D'ailleurs, je suis assez doué pour cela. Au début, bien sûr, je n'y arrivais pas très bien. Je faisais plein de faux plis. Mais, au bout d'un mois, j'étais bien habitué. Alors, le dimanche, c'est le jour de la lessive et du repassage. Enfin, aujourd'hui ce n'est pas le cas. C'est dommage, il fait un temps idéal pour la lessive.

« Mais soyez tranquille. Je me lèverai plus tôt demain matin pour la faire. Cela ne doit pas vous inquiéter. C'est parce que, d'habitude, je n'ai rien d'autre à faire le dimanche. Demain, après avoir étendu la lessive que j'aurai faite, j'irai au cours de dix heures. Je suis avec Midori dans ce cours. C'est "Histoire du théâtre II", et en ce moment nous sommes sur Euripide. Vous connaissez Euripide ? C'est un Grec, et, avec Eschyle et Sophocle, il fait partie des trois plus grands poètes tragiques. On dit qu'il est mort attaqué par des chiens en Macédoine, mais il y a des thèses différentes. C'est cela Euripide. Personnellement, je préfère Sophocle, mais c'est une question de goût.

« La particularité de ses tragédies est que tout un tas de choses s'y bousculent et qu'on finit par ne plus pouvoir bouger. Vous comprenez ? Il y a plein de personnages placés dans certaines situations et qui ont leurs raisons et leurs opinions, et chacun, à sa manière, est à la recherche du bonheur et de la justice. Et, à cause de cela, tout le monde se retrouve dans une impasse. Cela se comprend, n'est-ce pas ? Parce qu'en principe personne ne peut faire valoir sa propre justice ni son propre bonheur, alors cela conduit à un chaos indescriptible. Et que croyez-vous qu'il arrive ? Eh bien, c'est vraiment très simple, car à la fin Dieu apparaît. Et il fait la circulation. Il fait aller les uns, venir les autres, regroupe certains et ordonne à d'autres de se tenir tranquilles. Comme quelqu'un qui tire les ficelles. Et tout se résout aussi sec. C'est ce qu'on appelle le *deus ex machina*. Dans le théâtre d'Euripide, il y a toujours des *deus ex machina*, et c'est à cela qu'on reconnaît ses tragédies.

« Mais s'il y avait un tel *deus ex machina* dans le monde réel, ce serait amusant, n'est-ce pas ? Quand on serait dans une situation sans issue et qu'on ne pourrait plus faire un pas, Dieu descendrait tranquillement pour tout arranger. Rien de plus simple. Voilà en tout cas ce qu'on nous apprend en "Histoire du théâtre II". C'est ce genre de chose, en gros, que nous étudions à l'université. »

Pendant que je parlais, le père de Midori me regardait d'un air vague, sans rien dire. Son regard ne me disait pas s'il avait compris tout ce que je lui avais dit.

« *Peace* », dis-je pour finir.

Le seul fait de parler m'avait creusé l'appétit. Parce que, non content de n'avoir pratiquement pas pris de petit déjeuner, j'avais laissé presque la moitié de mon repas de midi. Je regrettai amèrement de n'avoir pas correctement déjeuné, mais cela ne me fut d'aucune utilité. Je fouillai dans le placard à la recherche de quelque chose à me mettre sous la dent, mais je trouvai uniquement une boîte d'algues, des pastilles Vicks et de la sauce de soja. Dans le sac en papier se trouvaient le pamplemousse et les concombres.

« Cela ne vous ennuie pas si je mange les concombres, parce que je commence à avoir faim ? » questionnai-je.

Le père de Midori ne dit rien. Je lavai les trois concombres[1] dans le lavabo. Puis je versai un peu de sauce de soja dans une assiette, roulai un concombre dans une feuille d'algue et le croquai allégrement après l'avoir trempé dans la sauce.

1. Les concombres japonais sont plus petits que ceux de nos régions.

« C'est délicieux, vous savez, lui dis-je. C'est simple, frais, cela exhale le parfum de la vie. Ce sont de bons concombres. Si vous voulez mon avis, je trouve que c'est bien meilleur que des kiwis... »

Ayant fini de manger le premier concombre, j'entamai le deuxième. Le joli bruit que je faisais en le croquant se répercutait dans toute la chambre. Ce ne fut qu'après avoir englouti ce deuxième concombre que je repris enfin ma respiration. Puis j'allai faire bouillir de l'eau sur le réchaud à gaz qui se trouvait dans le couloir, pour boire un thé.

« Voulez-vous de l'eau ou un jus de fruit ? lui demandai-je.

– Concombre », me répondit-il.

Je ne pus m'empêcher de sourire.

« D'accord. Avec de l'algue ? »

Il m'adressa un petit signe d'assentiment. Je relevai encore une fois le lit, découpai le concombre en petits morceaux, pour que ce soit plus facile à manger, à l'aide du couteau à peler les fruits, enroulai ces morceaux dans une feuille d'algue, trempai le tout dans la sauce, et y plantai une pique à hors-d'œuvre pour le porter à sa bouche. Il mâcha longtemps sans changer d'expression, avant d'avaler.

« Alors, qu'en pensez-vous ? C'est bon, n'est-ce pas ? questionnai-je.

– C'est bon, dit-il.

– C'est bien de trouver bonne la nourriture. C'est la preuve qu'on est vivant. »

Finalement, il mangea le concombre en entier. Puis, comme il semblait avoir soif, je le fis boire encore une fois à la carafe. Peu après avoir bu, il me dit vouloir satisfaire un petit besoin, aussi sortis-je l'urinal de dessous le lit, pour en appliquer l'ouverture à l'extrémité de son pénis. Ensuite, je me rendis dans les toilettes où je vidai l'urine avant de rincer à l'eau le récipient.

Puis je retournai dans la chambre du malade, où je bus le reste de mon thé.

« Comment vous sentez-vous ? lui demandai-je.

– La tête... me dit-il.

– Votre tête vous fait mal ? »

Il grimaça légèrement, comme pour me dire que c'était cela.

« C'est normal après une opération, vous savez. Moi, je ne sais pas très bien ce que ça fait, vu que je n'ai jamais été opéré.

– Ticket, dit-il alors.

– Ticket ? De quel ticket voulez-vous parler ?

– Midori, dit-il. Ticket. »

Ne comprenant pas très bien de quoi il s'agissait, je pris le parti de garder le silence. Il se tut lui aussi pendant un certain temps. Puis il fit :

« S'il vous plaît. »

Il semblait vouloir me demander de l'aide. Les yeux grands ouverts, il me regardait fixement. Il avait quelque chose à me dire, que je ne saisissais pas.

« Ueno, dit-il. Midori.

– S'agit-il de la gare d'Ueno ? »

Il acquiesça légèrement.

J'essayai de récapituler : « Ticket. Midori. S'il vous plaît. Gare d'Ueno. » Mais je ne comprenais pas du tout ce que cela voulait dire. Je supposai qu'il était sans doute un peu abruti et désorienté, mais son regard me semblait beaucoup plus ferme que tout à l'heure. Il tendit vers moi son bras qui n'était pas relié à la perfusion. Cela sembla lui coûter un effort, car sa main tremblait. Je me levai et pris cette main parcheminée dans la mienne. Il me la serra faiblement en retour avant de répéter :

« S'il vous plaît. »

Dès que je lui eus dit que je m'occuperais du ticket et de Midori, que tout se passerait bien et qu'il n'avait pas à s'inquiéter, il laissa retomber sa main et ferma les yeux, épuisé. Puis il s'endormit en ronflant. Après avoir vérifié qu'il n'était pas mort, je sortis, fis bouillir de l'eau et bus un autre thé. Et je me rendis compte que j'éprouvais de la sympathie envers cet homme fragile qui se mourait.

Peu après revint la femme du malade du lit voisin, qui me demanda si tout s'était bien passé. Je lui répondis que oui. Son mari, qui ronflait, semblait lui aussi dormir paisiblement.

Il était plus de trois heures quand Midori revint.

« J'ai flâné dans le parc, me dit-elle. J'ai suivi ton conseil, je n'ai parlé à personne et j'ai fait le vide dans ma tête.

– C'était comment ?

– Je te remercie. J'ai l'impression d'être beaucoup plus détendue. Je me sens encore un peu crevée, mais j'ai le corps beaucoup plus léger qu'avant. Je crois que j'étais encore plus fatiguée que je ne le pensais. »

Son père dormait profondément et, comme il n'y avait rien de particulier à faire, nous achetâmes un café au distributeur automatique, et nous allâmes le boire dans le salon de télévision. Et je lui rapportai fidèlement tout ce qui s'était passé pendant son absence. Il avait dormi profondément, avait mangé la moitié du reste de son déjeuner à son réveil, puis, m'ayant vu croquer un concombre devant lui, avait voulu en manger un, et pour finir il avait fait un petit besoin avant de se rendormir.

« Watanabe, tu es vraiment extraordinaire, tu sais ? me dit-elle avec admiration. Tu lui fais manger un concombre, alors que personne n'arrive à lui faire avaler quoi que ce soit. C'est incroyable, quand même !

– Je ne comprends pas très bien, mais c'est peut-être parce que moi-même j'en ai mangé un avec appétit.

– A moins que tu n'aies une certaine capacité pour mettre les autres à l'aise.

– Quelle idée ! lui dis-je en riant. Il y a plein de gens qui me disent le contraire.

– Que penses-tu de mon père ?

– Je l'aime bien, tu sais. On n'a rien dit de particulier, mais il me donne l'impression d'être quelqu'un de bien.

– Il était calme ?

– Très.

– Pourtant il y a une semaine, c'était terrible, tu sais, me dit-elle en secouant la tête. Il a commencé à dérailler, et il est devenu violent. Il m'a lancé un verre à la figure et il m'a traitée de tous les noms. Cela arrive de temps en temps, avec cette maladie. On ne sait pas pourquoi, mais, à un certain moment, ils deviennent très méchants. C'était pareil pour ma mère. Que crois-tu qu'elle m'a dit ? Que je n'étais pas sa fille et qu'elle me détestait. Tout s'est alors obscurci devant mes yeux. C'est une des particularités de cette maladie. Il se produit une pression sur certaines parties du cerveau, qui irrite les gens et leur fait dire n'importe quoi. Je le sais bien. Il n'empêche que cela me blesse quand même. Je ne peux pas m'empêcher de me demander pourquoi il faut qu'on me dise ça alors que je fais de mon mieux. C'est vraiment épouvantable !

– Je comprends », lui dis-je.

Je me rappelai alors que son père avait tenu des propos sans suite, et lui en fis part.

« Un ticket ? La gare d'Ueno ? répéta-t-elle. Je ne vois pas du tout de quoi il s'agit...

– Et il a ajouté “S'il vous plaît, Midori”.

– Peut-être voulait-il te confier à moi ?

– Ou alors il voulait peut-être que tu ailles à la gare d'Ueno acheter un ticket, lui dis-je. En tout cas, les quatre mots étaient en désordre, si bien que je ne vois pas très bien ce qu'il a voulu dire. La gare d'Ueno, ça ne te dit rien ?

– Ueno... répéta-t-elle, pensive. Cela me rappelle uniquement mes deux fugues. J'étais encore à l'école primaire, en dixième et en huitième, et par deux fois, j'ai pris le train à Ueno pour aller à Fukushima. J'avais volé de l'argent dans la caisse. Je l'avais fait sous le coup de la colère. Et je suis allée à Fukushima, parce qu'une de mes tantes, que j'aimais beaucoup, habitait là-bas. C'est mon père qui m'a ramenée. Il est venu jusqu'à Fukushima. Nous sommes revenus tous les deux en train jusqu'à Ueno, en prenant un bentô. Dans ces moments-là, mon père me parlait de tout un tas de choses, même si c'était par bribes. Il m'a parlé du grand tremblement de terre du Kantô [1], de la guerre, de l'époque où je suis née, enfin de plein de choses dont on ne parlait pas d'habitude. Finalement, ce sont les seules fois où j'ai pu bavarder tranquillement seule avec lui. C'est incroyable, tu ne trouves pas ? Au moment du grand tremblement de terre du Kantô, il était en plein milieu de Tôkyô, et il ne s'est aperçu de rien, tu sais.

– Ce n'est pas vrai ! lui dis-je abasourdi.

– Mais si, je t'assure. A ce moment-là, il roulait à bicyclette avec une remorque dans le quartier de Koishikawa, et il paraît qu'il n'a absolument rien senti. En rentrant chez lui, il a trouvé toutes les tuiles par terre, et toute la famille apeurée encore agrippée aux piliers de la maison. Il n'a rien compris, et il paraît qu'il leur a demandé ce qu'ils faisaient là. C'est cela le souvenir que mon père a du grand tremblement de terre du Kantô... (Elle se mit à rire.) Les souvenirs de mon père sont tous dans ce style-là. Ce n'est jamais dramatique avec lui. Il y a toujours un certain décalage. Quand on l'écoute parler, on a l'impression que, pendant les cin-

1. Celui de 1923.

quante ou soixante dernières années, il ne s'est rien passé de grave au Japon. Pour un peu, on croirait que l'affaire du 26 février[1] ou la guerre du Pacifique n'ont jamais eu lieu. C'est drôle, tu ne trouves pas ?... Il m'a parlé ainsi, par bribes. Pendant nos retours entre Fukushima et Ueno. Et, pour finir, il me disait toujours la même chose. Tu peux aller où tu veux, Midori, ce sera toujours pareil. J'ai eu tendance à le croire, avec mon âme d'enfant.

– C'est ça, tes souvenirs de la gare d'Ueno ?

– Oui. Et toi, Watanabe, tu as fait des fugues ?

– Non.

– Pourquoi ?

– L'idée ne m'en est jamais venue, c'est tout.

– Quel original tu fais, me dit-elle avec admiration, un peu perplexe.

– Tu trouves ?

– En tout cas, je crois que mon père a voulu te demander de prendre soin de moi.

– Tu crois vraiment ?

– J'en suis sûre. Je comprends intuitivement ce genre de chose. Alors, qu'est-ce que tu lui as répondu ?

– Comme je ne comprenais pas très bien, je lui ai dit qu'il n'avait pas à s'inquiéter, que tout irait bien, que je m'occuperais de toi et du ticket.

– Alors tu as promis à mon père que tu t'occuperais de moi, c'est bien ça ? me dit-elle d'un air sérieux, en me fixant droit dans les yeux.

– Non, ce n'est pas cela, argumentai-je précipitamment. A ce moment-là, je ne comprenais pas très bien où il voulait en venir...

– Ne t'inquiète pas, c'est une plaisanterie. C'était juste pour me moquer de toi, me dit-elle en riant. Tu es si drôle, dans ces moments-là. »

1. 1936 (coup d'Etat).

Après avoir bu notre café, nous retournâmes dans la chambre du malade. Celui-ci dormait encore profondément. En approchant l'oreille, on percevait sa faible respiration. Au fur et à mesure que l'après-midi s'écoulait, la lumière de l'autre côté de la fenêtre se changeait en une couleur empreinte de douceur et de calme, caractéristique de l'automne. Un groupe d'oiseaux arriva, qui s'arrêta sur les fils électriques avant d'aller plus loin. Midori et moi, assis l'un à côté de l'autre dans un coin de la chambre, bavardions à mi-voix de tout et de rien. Elle me lut les lignes de la main et me prédit que je vivrais jusqu'à cent cinq ans, que je me marierais trois fois, et que je mourrais dans un accident de la circulation. Je lui dis que cette vie qu'elle me faisait n'était pas si mal.

A quatre heures passées, son père se réveilla, et elle alla s'asseoir à son chevet pour essuyer sa transpiration, le faire boire, et lui demander s'il souffrait toujours de la tête. L'infirmière arriva pour prendre sa température, relever le nombre des mictions et vérifier la perfusion. Assis sur le canapé de la salle de télévision, je regardais la retransmission d'un match de football.

« Je ne vais pas tarder à y aller, dis-je vers cinq heures. (Je me tournai vers son père.) Je dois aller à mon travail, lui expliquai-je. De six heures jusqu'à dix heures et demie, je vends des disques à Shinjuku. »

Il tourna son regard vers moi et acquiesça doucement.

« Watanabe... me dit Midori alors que nous nous trouvions dans le hall. Je ne peux pas très bien expliquer ce que je ressens en ce moment, mais je te suis très reconnaissante de ce que tu as fait aujourd'hui. Merci...

– Je n'ai pourtant pas fait grand-chose, lui répondis-je. Mais, si cela peut t'aider, je peux revenir la semaine prochaine. D'ailleurs, j'ai envie de revoir ton père.

– C'est vrai ?

– Puisque de toute façon je n'ai pas grand-chose à faire au foyer, au moins, en venant ici, je peux manger des concombres. »

Midori, les bras croisés, frappait le linoléum de l'entrée avec le talon de sa chaussure.

« J'irais bien une fois encore boire avec toi, me dit-elle en inclinant légèrement la tête, pensive.

– Et les films porno ?

– On boirait après en avoir vu un, me dit-elle. Et puis, comme d'habitude, nous parlerions de tout un tas de choses vicieuses.

– Très peu pour moi, protestai-je.

– C'est comme tu veux. En tout cas, on boit tout en bavardant jusqu'à ce qu'on soit ivres, puis on dort dans les bras l'un de l'autre.

– Je peux imaginer ce qui se passera ensuite... lui dis-je en soupirant. Je voudrai passer à l'acte, et tu t'y opposeras, c'est bien ça ? (Elle ricana.) De toute façon, tu peux venir me chercher dimanche prochain, comme tu l'as fait ce matin. Nous viendrons ensemble jusqu'ici.

– Avec une jupe un peu plus longue ?

– Oui. »

Mais, finalement, nous ne retournâmes pas à l'hôpital le dimanche suivant. Parce que le père de Midori mourut le vendredi matin.

Midori m'apprit la nouvelle par téléphone ce matin-là à six heures et demie. Quand le signal indiquant qu'on m'appelait se mit à sonner, je passai un gilet par-dessus mon pyjama avant de descendre jusque dans l'entrée pour prendre le téléphone. Il tombait une pluie froide et silencieuse. Midori me dit d'une voix calme et basse que son père venait de mourir. Je lui demandai si je pouvais faire quelque chose.

« Je te remercie. Ça ira, me dit-elle. Nous avons l'habitude des enterrements. Je voulais seulement te prévenir... (Elle soupira.) Ne viens pas. Je déteste les enterrements. Je n'ai pas envie de t'y rencontrer.

– J'ai compris.

– Tu m'emmèneras vraiment voir un film porno ?

– Bien sûr.

– Quelque chose de bien vicieux ?

– Je vais te chercher ça.

– D'accord. Je te rappellerai. »

Elle raccrocha.

Mais, pendant la semaine qui suivit, elle ne donna aucun signe de vie. Je ne la vis pas au cours, et elle ne me téléphona pas. A chaque fois que je rentrais au foyer, je ne manquais jamais de vérifier s'il y avait un message pour moi, mais il n'y avait ni message, ni coup de téléphone. Une nuit, pour honorer ma promesse, j'essayai de me masturber en pensant à elle, mais cela ne marcha pas. Dans le cours de l'action, je tentai même d'évoquer Naoko, mais cela ne me fut d'aucune utilité. J'arrêtai donc, trouvant cela stupide. Puis je bus du whisky, me lavai les dents et me couchai.

Le dimanche matin, j'écrivis une lettre à Naoko. Je lui parlai du père de Midori. Je lui dis que j'étais allé rendre visite au père d'une fille qui était dans ma classe, et que j'avais mangé un concombre. Cela lui avait alors donné envie d'en manger. Mais, finalement, il était mort au matin du cinquième jour après ma visite. Je me souvenais encore très nettement du petit bruit qu'il avait fait en croquant son concombre. J'ajoutai que je trouvais que la mort de quelqu'un laissait de drôles de petits souvenirs.

Je lui écrivis qu'en me réveillant dans mon lit, le matin, je pensais à elle, à Reiko et à la volière. Je revoyais le paon, les pigeons, le perroquet et les dindons, et même les lapins. Je me souvenais aussi du ciré jaune à capuche qu'elles avaient porté le matin où il avait plu. C'était très agréable de penser à elle dans mon lit bien chaud. J'avais l'impression qu'elle dormait profondément, le corps roulé en boule, blottie tout contre moi. Et je me disais que ce serait merveilleux si cela pouvait être vrai.

Même s'il m'arrivait parfois de me sentir terriblement triste, j'étais dans l'ensemble en bonne forme. Je remontais mes ressorts tous les matins, de la même façon qu'elle s'occupait des oiseaux et du jardin potager. Je les remontais au moins trente-six fois dès que je sortais de mon lit, en me lavant les dents, en me rasant, en prenant mon petit déjeuner, en m'habillant, et en quittant le foyer pour me rendre à l'université. Je m'encourageais à vivre correctement un jour de plus. Je ne m'en rendais pas compte moi-même, mais on me disait que ces derniers temps je parlais souvent tout seul. C'était sans doute que j'avais pris l'habitude de monologuer tout en remontant mes ressorts.

C'était dur de ne pas pouvoir la rencontrer, mais je pensais que la vie à Tôkyô serait encore plus pénible si elle n'avait pas existé. C'était justement parce que je pensais à elle le matin dans mon lit que je trouvais la force de remonter mes ressorts et de vivre normalement. Je me devais de le faire, comme elle le faisait, elle aussi, de son côté.

Mais, aujourd'hui dimanche, c'était le matin où je ne remontais pas mes ressorts. J'avais fait ma lessive, et maintenant je faisais mon courrier dans ma chambre. Quand j'aurais fini d'écrire cette lettre, que j'y aurais collé un timbre et que je l'aurais glissée dans la boîte, je n'aurais plus rien à faire jusqu'au soir. Car, le dimanche, je n'étudiais pas non plus. Pendant la semaine, je travaillais assez dur à la bibliothèque entre les cours, alors je n'avais rien à faire le dimanche. Le dimanche après-midi, tout était calme, paisible et solitaire. Je lisais ou j'écoutais de la musique, seul. Il m'arrivait aussi d'évoquer une par une les rues où nous avions déambulé tous les deux le dimanche, à l'époque où elle habitait Tôkyô. Je me souvenais très nettement des vêtements qu'elle portait alors. Je me souvenais vraiment de tout un tas de choses, le dimanche après-midi.

Je la priai de dire bonjour à Reiko de ma part. Le soir, je pensai avec nostalgie à ses airs de guitare.

Ayant fini d'écrire ma lettre, j'allai la glisser dans la boîte qui se trouvait à deux cents mètres de là, puis j'achetai un sandwich aux œufs et un Coca-Cola dans une boulangerie proche, et m'installai sur un banc du square. Des enfants jouaient au base-ball, et je les regardai un moment. Le ciel était devenu de plus en plus haut et bleu au fur et à mesure que s'avançait l'automne, et, levant soudain les yeux, j'aperçus deux traces d'avion, parallèles comme des rails de chemin de fer, qui progressaient vers l'ouest. Quand je leur renvoyai une balle perdue qui avait roulé à mes pieds, les enfants enlevèrent leur casquette pour me dire merci. Comme toujours, quand les jeunes jouent au base-ball, il y avait beaucoup de balles mauvaises et de bases volées.

L'après-midi, je retournai dans ma chambre pour lire. Au bout d'un moment, ne réussissant plus à me concentrer, je levai les yeux au plafond pour penser à Midori. Je me demandais si son père avait vraiment voulu me la confier. Mais, bien sûr, je n'avais aucun moyen de savoir ce qu'il avait voulu dire. Il m'avait sans doute pris pour quelqu'un d'autre. De toute façon, il était mort un vendredi matin alors qu'il tombait une pluie froide, et je n'avais plus aucun moyen de savoir. J'imaginais qu'il avait dû se recroqueviller encore plus au moment de sa mort. Et, quand il avait été incinéré, il était devenu cendre. Il n'avait laissé derrière lui qu'une petite librairie de quartier et deux filles, dont l'une au moins était une originale. Je me demandais comment il avait mené sa vie. Comment m'avait-il vu, moi, alors qu'il était sur son lit d'hôpital, abruti par son opération à la tête ?

Comme j'étais accablé à force de penser ainsi au père de Midori, je rentrai un peu plus tôt que prévu ma lessive qui séchait sur le toit, car j'avais décidé d'aller passer le temps en déambulant dans le quartier de Shinjuku. Ce quartier, envahi le dimanche, m'apaisa. J'achetai *Lumière d'août* de Faulkner à la librairie Kinokuniya, qui était aussi encombrée que les trains aux heures de pointe, puis j'entrai dans un bar de jazz où le son me semblait très fort et où je bus un café brûlant, épais et pas bon en écoutant des disques d'Ornette Coleman et de Bud Powell, et en lisant le livre que je venais d'acheter. A cinq heures et demie, je fermai mon livre et sortis pour aller dîner légèrement. Je me demandai soudain combien de dizaines ou de centaines de fois allait se répéter un pareil dimanche. « Un dimanche calme, paisible et solitaire », dis-je à haute voix. Je ne remontais pas mes ressorts le dimanche.

9

Vers le milieu de la semaine, je me coupai la main assez profondément à un morceau de verre. Je ne m'étais pas rendu compte qu'une des parois d'un bac à disques était cassée. Je saignais tellement que cela m'étonna, et les gouttes de sang ne tardèrent pas à former une tache rouge sur le sol à mes pieds. Le patron apporta plusieurs serviettes qu'il serra fortement autour de ma main pour faire un bandage. Puis il téléphona pour s'enquérir d'un service d'urgences ouvert la nuit. Ce n'était pas un garçon bien intéressant, mais il était efficace pour ce genre de choses. Il y avait heureusement un hôpital à proximité et, le temps d'y arriver, les serviettes étaient devenues toutes rouges, tandis que le sang tombait à grosses gouttes sur l'asphalte. Les gens s'écartaient rapidement pour me laisser passer. Ils devaient croire que je m'étais blessé au cours d'une bagarre. Je ne ressentais pas de vraie douleur. Il y avait seulement ce sang qui n'arrêtait pas de couler.

Le médecin enleva avec détachement les serviettes pleines de sang, serra fortement mon poignet pour arrêter l'écoulement et se mit à recoudre la blessure après l'avoir désinfectée. Il me dit ensuite de revenir le lendemain. Quand je retournai au magasin de disques, le patron me dit de rentrer chez moi, et qu'il me compterait ma journée de travail. Je pris le bus pour retourner au foyer. Puis j'allai voir Nagasawa dans sa chambre.

J'étais excité par ma blessure, j'avais envie de parler à quelqu'un, et en plus il me semblait que cela faisait longtemps que je ne l'avais pas vu.

Il buvait une bière en regardant un cours d'espagnol à la télévision. A la vue de mon bandage, il me demanda ce qui m'était arrivé. Je lui répondis que je m'étais blessé, mais que ce n'était rien. Il me proposa une bière, que je refusai.

« Attends, c'est presque fini », me dit-il.

Et il continua de s'exercer à la prononciation de l'espagnol. Je fis bouillir de l'eau pour me préparer un thé en sachet. Une Espagnole lut une phrase : « C'est la première fois qu'il pleut aussi fort. Plusieurs ponts de Barcelone ont été emportés. » Après avoir lu la phrase à son tour, Nagasawa se plaignit de ce que c'était inintéressant, et que toutes les phrases des cours de langues étrangères étaient de ce style-là.

Dès que le cours d'espagnol fut terminé, Nagasawa éteignit la télévision, prit une autre bière dans le petit réfrigérateur et se mit à la boire.

« Je ne te dérange pas, au moins ? lui demandai-je.

– Moi ? Mais non. Je m'ennuyais justement. Tu ne veux vraiment pas une bière ? »

Je lui dis que non.

« Ah oui, on a eu les résultats de l'examen de l'autre jour. J'ai été reçu, me dit-il.

– Au concours du ministère des Affaires étrangères ?

– Oui, on l'appelle officiellement le concours de recrutement des fonctionnaires du ministère des Affaires étrangères. C'est stupide, tu ne trouves pas ?

– Félicitations, lui dis-je en lui serrant la main de la main gauche.

– Merci.

– C'est normal que tu l'aies eu.

– Sans doute, répliqua-t-il en riant, mais je me sens mieux maintenant que je l'ai.

– Tu vas partir à l'étranger ?

– Non, la première année, on fait un stage à l'intérieur du pays. Ensuite, on est envoyé pour longtemps à l'étranger. »

J'aspirai une gorgée de thé, il but sa bière avec contentement.

« Si tu veux, je peux te donner ce réfrigérateur quand je partirai. Tu le veux ? Avec ça, on peut boire de la bière fraîche.

– Oui, j'aimerais bien, mais je crois que tu en auras besoin. Tu vas sans doute vivre dans un appartement.

– Ne dis pas de bêtises ! Quand je partirai d'ici, j'en achèterai un bien plus grand et je vivrai dans le luxe. Cela fait quatre ans que je ronge mon frein ici, alors tout ce que j'utilise me sort par les yeux. Je te donne tout ce que tu veux, la télé, la bouteille thermos, la radio, tout !

– Tout ce que tu veux, alors, lui dis-je. (Je pris le texte d'espagnol qui se trouvait sur son bureau.) Tu as commencé l'espagnol ?

– Oui, je suis doué pour les langues, et c'est très utile d'en savoir plusieurs. J'ai appris le français tout seul, et je le parle presque couramment, tu sais. C'est un jeu. Dès qu'on en connaît les règles, on peut en apprendre plein, c'est toujours la même chose. C'est comme pour les filles, tu vois.

– C'est une façon de vivre assez introspective, lui dis-je avec ironie.

– A propos, tu n'as pas envie de venir dîner avec moi un de ces soirs ? me proposa-t-il.

– Serait-ce pour retourner à la pêche aux filles ?

– Non, tu te trompes. Uniquement pour manger. Nous irions tous les trois avec Hatsumi dans un bon restaurant pour fêter mon succès. Si possible dans un endroit très cher. Puisque, de toute façon, c'est mon père qui paie !

– Dans ce cas, pourquoi n'y vas-tu pas seul avec elle ?

– C'est plus amusant pour moi comme pour elle quand tu es avec nous. »

J'en avais assez de ce genre de situation. Ne s'était-il pas passé la même chose avec Kizuki et Naoko ?

« Après le dîner, j'irai coucher chez elle. On peut bien manger tous les trois !

– Si cela vous convient à tous les deux, j'irai. Mais toi, Nagasawa, que comptes-tu faire pour Hatsumi ? Après ton stage, tu seras en poste à l'étranger pour plusieurs années, n'est-ce pas ? Que deviendra-t-elle ?

– C'est son problème, pas le mien.

– Je ne comprends pas très bien ce que tu veux dire... »

Il but sa bière, les jambes toujours posées sur son bureau, puis bâilla.

« En fait, je n'ai pas l'intention de me marier avec qui que ce soit, d'ailleurs Hatsumi le sait très bien. Alors, elle peut épouser qui elle veut. Je ne l'en empêcherai pas. Et, si elle veut m'attendre, elle le peut. C'est cela, ce que je veux dire. »

J'eus un soupir admiratif.

« Tu me trouves épouvantable, n'est-ce pas ? reprit-il.

– C'est vrai.

– Le monde est fondamentalement injuste, tu sais. Ce n'est pas de ma faute. C'est comme ça depuis le commencement. Je n'ai jamais eu l'intention de tromper Hatsumi. Je lui ai dit que, puisque sur ce point je n'étais pas quelqu'un de très recommandable, elle n'avait qu'à me quitter si cela lui déplaisait. »

Ayant fini de boire sa bière, Nagasawa alluma une cigarette.

« Il ne t'arrive pas parfois d'avoir peur de la vie ? lui demandai-je.

– Je ne suis pas si bête que ça, tu sais, me répondit-il. Bien sûr que cela m'arrive. C'est normal, je crois. Mais cela ne m'empêche pas de faire ce que j'ai à faire. Je veux aller jusqu'au bout de mes possibilités. Je prends ce que je veux, je laisse le reste. C'est ainsi que je veux vivre. Quand cela deviendra impossible, je réfléchirai. Une société injuste est aussi, à l'inverse, une société où on peut aller jusqu'au bout de ses possibilités.

– Cela me semble assez égoïste comme point de vue...

– Mais je n'attends pas que cela me tombe tout cuit dans la bouche. A mon niveau, je fais pas mal d'efforts, tu vois. Au moins dix fois plus que toi.

– Oui, peut-être, reconnus-je.

– Alors de temps en temps, quand je regarde autour de moi, je suis vraiment découragé. Je me demande toujours pourquoi les gens ne font pas plus d'efforts. Ils ne font rien et passent leur temps à se plaindre que la vie est injuste. »

Je le regardai, sidéré.

« A moi, ils me donnent plutôt l'impression de travailler et de se remuer un maximum, mais peut-être que je me trompe...

– Dans ce cas, il ne s'agit pas d'efforts mais de travail, rétorqua-t-il simplement. Cela n'a rien à voir avec les efforts dont je parle. Les efforts se font d'une manière plus active et dans un but bien précis.

– Par exemple, c'est choisir d'étudier l'espagnol au moment où les autres sont soulagés d'avoir trouvé un travail, c'est cela, n'est-ce pas ?

– Exactement. Au printemps prochain, l'espagnol n'aura plus de secrets pour moi. Je sais déjà l'anglais, l'allemand et le français, et je me débrouille pas trop mal en italien. Tu crois qu'on peut arriver à cela sans efforts ? »

Il fumait sa cigarette, pendant que je pensais au père

de Midori. Je me disais qu'il n'avait sans doute jamais eu l'idée d'apprendre l'espagnol à la télévision. Il ne s'était sans doute jamais demandé où était la différence entre l'effort et le travail. Il était sans doute trop occupé pour avoir le temps d'y penser. Il avait beaucoup de travail, et en plus il lui fallait aller jusqu'à Fukushima pour ramener sa fille qui avait fugué.

« Pour le dîner, ça te va samedi prochain ? »

Je lui dis que c'était d'accord.

L'endroit choisi par Nagasawa était un restaurant de luxe, spécialisé dans la cuisine française, qui se trouvait dans une rue à l'écart, derrière Azabu. Nagasawa se présenta, et on nous conduisit dans un salon particulier au fond du restaurant. C'était une petite pièce, dont les murs étaient décorés d'une quinzaine d'estampes. En attendant l'arrivée de Hatsumi, nous bûmes un vin délicieux, lui et moi, tout en parlant des romans de Joseph Conrad. Il portait un luxueux costume gris, tandis que j'avais revêtu un simple blazer bleu marine.

Hatsumi arriva un quart d'heure plus tard. Elle s'était maquillée avec soin, avait mis des boucles d'oreilles en or, et portait une élégante robe d'un bleu profond, ainsi que des escarpins rouges très chic. Je lui fis compliment de la couleur de sa robe et elle m'apprit qu'on appelait cette couleur « midnight blue ».

« Quel endroit charmant.

– Mon père mange toujours là quand il vient à Tôkyô. Je suis déjà venu avec lui une fois. Mais je n'aime pas trop ce genre de cuisine recherchée, précisa Nagasawa.

– Pourtant, ce n'est pas si mal de temps en temps, tu ne trouves pas, Watanabe ? dit Hatsumi.

– Tu as raison, surtout si ce n'est pas moi qui paie, répondis-je.

– En général, mon père y vient toujours accompagné, continua Nagasawa. Il a une maîtresse à Tôkyô.

– C'est vrai ? » fit Hatsumi.

Je continuai de boire mon vin, feignant de n'avoir rien entendu.

Le serveur arriva bientôt et nous passâmes notre commande. Nous choisîmes un potage et un hors-d'œuvre, et, comme plat principal, Nagasawa prit du canard, tandis que Hatsumi et moi demandions un loup grillé. Comme le repas nous fut servi avec lenteur, nous bavardâmes de tout un tas de choses en buvant notre vin. Au début, Nagasawa nous parla de son examen des Affaires étrangères. La plupart des candidats étaient si affreux qu'il les aurait volontiers précipités dans un marécage sans fond, mais il y en avait quand même quelques-uns parmi eux qui n'étaient pas si mal. Je lui demandai si la proportion était plus forte ou plus faible que dans le reste de la société en général.

« C'est pareil, bien sûr, répliqua-t-il tout naturellement. C'est la même chose partout. C'est une constante. »

Quand le vin fut terminé, Nagasawa commanda une autre bouteille et réclama un double whisky pour lui.

Puis Hatsumi se mit comme toujours à me parler d'une fille qu'elle tenait à me faire connaître. C'était l'éternel sujet de conversation entre elle et moi. Elle voulait me présenter « une fille adorable, plus jeune qu'elle et participant aux activités du club », et je me défilais toujours.

« Mais elle est vraiment gentille, tu sais. Elle est belle, en plus. La prochaine fois, je l'amène, et tu pourras lui parler. Je suis sûre qu'elle te plaira.

– Impossible, lui répondis-je. Je ne suis pas assez riche pour sortir avec une fille de ton université. Je n'ai pas suffisamment d'argent, ni assez de conversation, d'ailleurs.

– Mais pas du tout ! C'est une fille bien et qui est très ouverte, je t'assure. Elle n'est pas aussi prétentieuse que tu as l'air de le penser.

– Si tu essayais de la voir au moins une fois, Watanabe, intervint Nagasawa, surtout que tu n'es pas forcé de coucher avec elle.

– J'espère bien. Tu n'as pas intérêt, parce qu'elle est vierge, intervint Hastsumi.

– Comme toi autrefois.

– Oui, comme moi autrefois, répéta-t-elle en riant. Mais tu sais, Watanabe, cela n'a rien à voir avec la richesse ou je ne sais quoi d'autre encore que tu imagines. Bien sûr, il y a plusieurs filles dans la classe qui sont de sacrées poseuses, mais, dans l'ensemble, nous sommes tout à fait normales. A midi, nous mangeons un repas à deux cent cinquante yens à la cafétéria...

– Mais, Hatsumi, dans mon école, il y a trois menus. Le menu A à cent vingt yens, le B à cent et le C à quatre-vingts. Et, quand il m'arrive de prendre le menu A, tout le monde me regarde de travers. Quant aux types qui ne peuvent pas s'offrir le menu C, ils se contentent d'un *ramen*[1] à soixante yens. C'est comme ça dans notre école. Tu crois qu'on pourrait s'entendre dans ces conditions ? »

Hatsumi éclata d'un grand rire.

« Ce n'est pas cher. J'irais bien y déjeuner un de ces jours. Mais, Watanabe, tu es un garçon sympathique, et je suis sûre que tu t'entendrais bien avec elle. D'ailleurs, peut-être que le repas à cent vingt yens lui plairait.

– Cela n'étonnerait, lui dis-je en riant. Personne ne mange cela par plaisir. C'est parce qu'on ne peut pas faire autrement.

– Mais je te demande de ne pas juger de l'extérieur.

1. Soupe de nouilles chinoises.

Même si c'est une école un peu clinquante, il s'y trouve pas mal de filles qui pensent sérieusement à leur avenir. Toutes ne songent pas uniquement à sortir avec un garçon propriétaire d'une voiture de sport.

– Je le sais bien.

– Watanabe a déjà une fille qu'il aime, intervint Nagasawa. Mais il n'en parle jamais. Il est muet comme une carpe à ce sujet. Le grand mystère.

– C'est vrai ? me demanda-t-elle.

– C'est vrai. Mais ce n'est pas particulièrement mystérieux. C'est seulement trop compliqué pour que ce soit facile d'en parler.

– C'est un amour adultère ? Tu peux me demander conseil. »

Je me dérobai en buvant une gorgée de vin.

« Tu vois ? Il ne dira rien. (Nagasawa sirotait son troisième whisky.) Quand il a décidé de ne rien dire, il ne dit rien.

– C'est dommage, dit Hatsumi en portant à sa bouche un petit morceau de terrine piqué sur sa fourchette. Nous aurions pu nous donner des rendez-vous à quatre.

– Nous aurions pu aussi faire un échange après avoir bu, ajouta Nagasawa.

– Ne dis donc pas de bêtises !

– Mais ce ne sont pas des bêtises, parce que je ne sais pas si tu sais, mais Watanabe est amoureux de toi.

– Ce n'est pas la même chose, répondit-elle clairement. Il n'a pas le genre à faire ça. C'est un garçon qui garde précieusement ce qui lui appartient. Je le vois bien. C'est pour ça que j'ai voulu lui présenter quelqu'un.

– Mais on a déjà échangé des filles, lui et moi, tu ne savais pas ? »

Nagasawa vida son verre de whisky comme si de rien n'était, et en commanda un autre.

Hatsumi posa son couteau et sa fourchette, et

s'essuya discrètement la bouche avec sa serviette. Puis elle me regarda.

« Watanabe, c'est vrai ? »

Ne sachant quoi lui répondre, je gardai le silence.

« Tu peux tout raconter, ce n'est pas grave », dit Nagasawa.

Je sentis que j'étais pris au piège. De temps en temps, lorsqu'il buvait, Nagasawa devenait méchant. Et, ce soir-là, sa méchanceté n'était pas tournée vers moi, mais vers Hatsumi. Je me sentais d'autant plus mal à l'aise que je voyais clair dans son jeu.

« Raconte-moi. Cela me semble très amusant, me dit-elle.

– J'étais ivre, lui dis-je.

– Ce n'est pas grave. Je ne te fais pas de reproches. Je voudrais seulement que tu me racontes.

– Nous étions en train de boire dans un bar de Shibuya quand nous avons sympathisé avec deux filles. C'étaient deux étudiantes d'une université à cycle court, elles étaient déjà bien éméchées et nous avons fini par aller dans un hôtel du quartier. Nous avons pris des chambres voisines, lui et moi. Et, pendant la nuit, il a frappé à ma porte pour me proposer de changer de fille, alors je suis allé dans sa chambre, et il est venu dans la mienne.

– Elles ne se sont pas fâchées ?

– Elles étaient ivres elles aussi et, finalement, cela ne les a pas gênées elles non plus.

– Et puis nous avions nos raisons, ajouta Nagasawa.

– Quelles raisons ?

– Elles étaient bien trop différentes l'une de l'autre. L'une était jolie, mais pas l'autre, et je trouvais que c'était injuste. Car j'avais pris la plus belle, et ce n'était pas gentil pour Watanabe, n'est-ce pas ? C'est pour ça que nous avons fait l'échange. C'est bien ce qui s'est passé, Watanabe ?

– Oui », approuvai-je.

Mais, à dire vrai, celle qui n'était pas très belle m'avait bien plu. Elle était drôle et elle avait bon caractère. Nagasawa était venu me proposer l'échange alors que nous étions en train de bavarder gentiment au lit après avoir fait l'amour. Je lui avais demandé ce qu'elle en pensait, et elle m'avait dit qu'elle était d'accord, si je le voulais bien. Elle a dû se dire que j'avais envie de faire l'amour à son amie, qui était plus belle.

« C'était bien ? me demanda Hatsumi.

– Tu veux dire de faire l'échange ?

– Oui, et le reste.

– Pas particulièrement. C'est comme de faire l'amour. Ce n'est pas forcément plus amusant parce qu'on le fait de cette manière.

– Alors pourquoi as-tu fait ça ?

– Parce que je le lui ai proposé, intervint Nagasawa.

– C'est à Watanabe que je pose la question, dit-elle carrément. Pourquoi as-tu fait cela ?

– Parce que, de temps en temps, j'ai très envie de coucher avec les filles, lui dis-je.

– S'il y a une fille que tu aimes dans ta vie, tu ne peux pas te débrouiller pour faire l'amour avec elle ? me dit-elle après avoir réfléchi un instant.

– La situation est trop compliquée. »

Hatsumi soupira.

La porte s'ouvrit alors, et l'on nous apporta la suite du dîner. On servit le canard rôti, puis les assiettes de loup furent déposées devant Hatsumi et moi. Les plats étaient accompagnés de légumes chauds et de sauce. Ensuite, le personnel se retira et nous nous retrouvâmes à nouveau tous les trois. Nagasawa découpa son canard avec son couteau et le mangea avec appétit, puis but du whisky. Je goûtai aux épinards. Hatsumi ne toucha pas à son assiette.

« Tu sais, Watanabe, je ne connais pas tes raisons,

mais tu n'es pas fait pour ce genre de chose, et je crois que cela n'est pas digne de toi, tu ne trouves pas ? » me dit-elle.

Les mains posées sur la table, elle me regardait fixement.

« Oui, je le pense parfois.

– Alors, pourquoi est-ce que tu continues ?

– Parce que j'ai besoin de tendresse de temps en temps, lui dis-je franchement. Sans cette chaleur humaine, il m'arrive de me sentir terriblement seul.

– Je vais t'expliquer brièvement ce qui se passe, intervint Nagasawa. Watanabe aime une fille mais, pour certaines raisons, ils ne peuvent pas coucher ensemble. Alors, pour le sexe, il s'arrange par ailleurs, c'est tout. Ce n'est pas grave, n'est-ce pas ? D'ailleurs, c'est tout à fait logique comme réaction. Cela vaut mieux que de s'enfermer dans sa chambre pour s'y livrer à la masturbation, non ?

– Mais, si tu aimes vraiment cette fille, tu devrais pouvoir te maîtriser, tu ne crois pas, Watanabe ?

– Oui, peut-être, lui dis-je en portant à ma bouche une bouchée de poisson recouverte de sauce à la crème.

– Tu n'as aucune idée de ce que peut être le désir d'un homme, dit Nagasawa à Hatsumi. Par exemple, cela fait trois ans que je sors avec toi, et pourtant, pendant ce temps-là, j'ai couché avec pas mal d'autres filles. Et je ne me souviens d'aucune d'entre elles. Je ne connais pas leur nom, et je ne me souviens même pas de leur visage. Je n'ai couché qu'une seule fois avec chacune d'elles. On s'est rencontré, on a fait l'amour et l'on s'est séparé. C'est tout. En quoi est-ce que ce serait répréhensible ?

– C'est cette arrogance que je ne supporte pas chez toi, dit tranquillement Hatsumi. Le problème n'est pas de savoir si l'on couche ou non avec d'autres filles.

Jusqu'à présent, je ne me suis jamais mise en colère parce que tu couchais avec d'autres filles, n'est-ce pas ?

– On ne peut même pas appeler cela coucher avec des filles. C'est un jeu, c'est tout. Cela n'atteint personne, dit Nagasawa.

– Cela me blesse, dit Hatsumi. Pourquoi est-ce que je ne te suffis pas ? »

Nagasawa resta un moment silencieux en agitant son verre de whisky.

« Ce n'est pas que tu ne me suffises pas. Il s'agit de quelque chose de complètement différent. C'est comme s'il y avait en moi une espèce de soif qui ne pouvait être apaisée que par ce genre de chose. Et je suis vraiment désolé si cela te blesse. Je n'ai jamais dit que tu ne me suffisais pas. Mais je suis bien forcé de vivre avec cette soif, elle fait partie de moi. Ce n'est pas possible autrement, tu comprends. »

Hatsumi se décida enfin à prendre son couteau et sa fourchette pour commencer à manger son poisson.

« Mais, au moins, il ne fallait pas entraîner Watanabe.

– Nous avons des points communs, lui et moi, reprit Nagasawa. Comme moi, c'est quelqu'un qui est fondamentalement attaché à sa propre personne. La seule différence est dans l'arrogance. Il ne s'intéresse qu'à ce qu'il pense, ce qu'il ressent, ce qu'il fait. C'est pour cela qu'il peut considérer les choses en se coupant des autres. C'est à cause de cela qu'il me plaît. Mais il n'en est pas encore entièrement conscient, et c'est ainsi qu'il se fourvoie et qu'il se blesse.

– Parce que tu crois que cela existe, des gens qui ne se fourvoient pas ou qui ne sont jamais blessés ? dit Hatsumi. A moins que tu ne veuilles nous dire que tu ne t'es jamais fourvoyé ou que tu n'as jamais été blessé ?

– Mais bien sûr que si, ça m'est arrivé. Mais, en

s'entraînant un peu, il est possible de réduire la souffrance qui en résulte. Les souris finissent bien par choisir le trajet causant le minimum de souffrance quand on les soumet à un choc électrique.

– Mais les souris ne tombent pas amoureuses.

– "Les souris ne tombent pas amoureuses", répéta Nagasawa avant de se tourner vers moi. C'est chouette. Il ne nous manque plus que la musique d'ambiance. Un grand orchestre avec deux harpes...

– N'essaie pas de t'en sortir en plaisantant. Je parle sérieusement, le coupa Hatsumi.

– Nous sommes en train de dîner, répliqua Nagasawa, et Watanabe est avec nous, alors je crois qu'il serait plus correct de reporter cette conversation à plus tard.

– Voulez-vous que je m'en aille ? proposai-je.

– Non, je préfère que tu restes, fit Hatsumi.

– Puisque tu es venu tout exprès, mange au moins ton dessert, dit Nagasawa.

– Cela ne me dérange pas. »

Et nous continuâmes un moment à dîner en silence. Je mangeai tout mon poisson, alors que Hatsumi en laissa la moitié. Nagasawa, qui avait terminé son canard depuis longtemps, continuait à boire du whisky.

« Le loup était délicieux », lançai-je.

Personne ne me répondit. C'était comme si j'avais laissé tomber un caillou dans un puits sans fond.

On enleva nos assiettes avant de nous apporter un sorbet au citron et le café. Nagasawa ne fit qu'y goûter, pour allumer aussitôt une cigarette. Hatsumi ne toucha pas du tout à son sorbet. Excédé, j'avalai mon sorbet, puis mon café. Hatsumi regardait ses deux mains, qu'elle avait posées l'une à côté de l'autre sur la table. Comme tout ce qui lui appartenait, ses mains avaient du chic, elles étaient élégantes. Je pensai à Naoko et à Reiko. Que faisaient-elles en ce moment ? Peut-être

Naoko était-elle allongée sur le divan en train de lire, pendant que Reiko jouait *Norwegian Wood* à la guitare. Je fus soudain pris du désir violent de retourner dans la petite pièce où elles vivaient. Que diable étais-je en train de faire ici ?

« Ce qui fait que nous nous ressemblons, Watanabe et moi, c'est que nous ne recherchons pas la compréhension des autres, dit Nagasawa. C'est en cela que nous sommes différents. Ils sont tous obsédés par le fait qu'ils veulent être compris par les gens qui les entourent, mais ni moi ni Watanabe ne sommes ainsi. Cela ne nous fait rien que les autres ne nous comprennent pas. Nous sommes nous, les autres sont les autres.

– C'est vrai ? me demanda Hatsumi.

– Tu veux rire, lui répondis-je. Je ne suis pas suffisamment fort pour cela. Cela ne me fait pas rien que les autres ne me comprennent pas. Il existe des gens avec qui j'ai bien envie de m'entendre. Seulement, je crois qu'il est inévitable que les autres, dans une certaine mesure, ne me comprennent pas. J'ai renoncé à essayer de me faire comprendre d'eux. Mais ce n'est pas pour autant que, contrairement à ce que dit Nagasawa, cela ne me fait rien de ne pas être compris.

– Cela n'est pas très différent de ce que je veux dire, fit Nagasawa en prenant sa cuillère à café. C'est exactement la même chose. Il n'y a pas plus de différence qu'entre un petit déjeuner tardif et un déjeuner pris de bonne heure. On mange la même chose à la même heure, et seule l'appellation est différente.

– Nagasawa, cela ne te fait rien que moi non plus je ne te comprenne pas ? demanda Hatsumi.

– On dirait que tu n'as pas l'air de bien saisir que si l'on doit s'entendre, c'est parce que le moment est venu, et non parce qu'on a envie que l'autre vous comprenne.

– Alors, tu veux dire que j'avais tort d'espérer que quelqu'un me comprenne ? Toi, par exemple ?

– Non, tu ne t'étais pas trompée, répondit Nagasawa. Les gens sérieux appellent cela de l'amour. Si toi tu as l'intention de me comprendre à ton tour. Mon système est assez différent de celui des autres, tu sais.

– Mais tu n'es pas amoureux de moi, n'est-ce pas ?

– Justement, avec mon système, tu...

– J'en ai rien à faire de ton système ! » s'écria Hatsumi.

Ce fut la première et la dernière fois que je la vis crier.

Nagasawa appuya sur la sonnette qui se trouvait à côté de la table, et un serveur vint apporter l'addition. Nagasawa sortit sa carte de crédit et la lui donna.

« Excuse-moi pour aujourd'hui, Watanabe, me dit-il. Je raccompagne Hatsumi, alors je te laisse t'occuper du reste...

– D'accord, je m'en occupe. Le repas était délicieux. »

Le serveur rapporta la carte, et Nagasawa vérifia le montant avant de signer au stylo à bille. Puis nous nous levâmes et quittâmes le restaurant. Nagasawa sortit dans la rue et voulut arrêter un taxi, mais Hatsumi l'en empêcha.

« Je te remercie, mais aujourd'hui je n'ai pas envie d'être avec toi plus longtemps. Alors ce n'est pas la peine de me raccompagner. Merci pour le dîner.

– Comme tu voudras, dit Nagasawa.

– Je vais demander à Watanabe de me raccompagner.

– Comme tu voudras, mais Watanabe n'est pas si différent de moi, tu sais. Il est aimable et gentil, mais, au fond de lui, il est incapable d'aimer qui que ce soit. Il est toujours éveillé, et il a soif, c'est tout. Je vois clair en lui. »

J'arrêtai un taxi, y fis monter Hatsumi avant moi, et

dis à Nagasawa que je me chargeais de la raccompagner. Il me remercia d'un « si cela ne t'ennuie pas », mais il me donna l'impression d'être en train de penser à tout autre chose.

« Où vas-tu ? Tu rentres à Ebisu ? » demandai-je à Hatsumi.

Son appartement se trouvait dans ce quartier. Elle fit non de la tête.

« Alors, tu veux aller boire un coup quelque part ? »

Elle acquiesça.

Je priai le chauffeur de se rendre à Shibuya.

Les bras croisés, les yeux fermés, Hatsumi s'était rencognée sur la banquette arrière du taxi. Ses petites boucles d'oreilles en or brillaient de temps en temps, au rythme des secousses du véhicule. On aurait dit que sa robe *midnight blue* avait été tout spécialement commandée pour le recoin obscur d'un taxi. Ses lèvres de couleur pâle, aux formes si belles, se soulevaient soudain comme si elle renonçait au dernier moment à dire quelque chose. En la voyant ainsi, je comprenais pourquoi Nagasawa l'avait choisie comme partenaire privilégiée. Il existait certainement beaucoup de filles plus belles qu'elle, toutes plus faciles à se procurer les unes que les autres quand on s'appelait Nagasawa, mais il y avait en elle quelque chose qui vous remuait profondément. Et cette émotion ne vous était pas arrachée par la force. L'énergie qui émanait d'elle était calme, et appelait une vibration commune. Je ne cessai de l'observer jusqu'à l'arrivée du taxi à Shibuya, tout en me demandant de quelle sorte était ce frisson émotionnel qu'elle provoquait en moi.

Je n'appris ce que c'était que douze ou treize ans plus tard. J'étais venu à Santa Fe, dans l'Etat du Nouveau-Mexique, pour y interviewer un peintre, et, le soir venu, j'étais entré dans une pizza house, où il me fut donné de voir, tout en buvant une bière et en grignotant une pizza, un coucher de soleil extraordinairement beau, qui tenait du miracle. Le monde entier devenait rouge. Mes mains, mon assiette, la table, tout ce sur quoi se portait mon regard était rouge. Un rouge vif, comme si j'avais plongé dans quelque jus de fruit exotique. Dans ce crépuscule écrasant, je songeai soudain à Hatsumi. Et je compris enfin en quoi consistait cette vibration du cœur qu'elle avait en elle. C'était quelque chose comme l'aspiration de la jeunesse, qui n'était et ne serait sans doute jamais comblée. Il y avait bien longtemps que j'avais laissé de côté cette aspiration pure et innocente, et j'avais même oublié qu'elle avait autrefois existé en moi. Hatsumi avait réveillé cette « partie de moi-même » qui avait sommeillé au fond de moi tout ce temps. En découvrant cela, je fus pris d'une tristesse telle que je faillis pleurer. Elle avait été une fille vraiment spéciale. Quelqu'un aurait dû la secourir.

Mais ni Nagasawa ni moi n'avions pu le faire. Hatsumi, comme beaucoup de gens que je connaissais, arrivée à un certain seuil de sa vie, décida soudain de l'interrompre. Elle s'était mariée avec quelqu'un d'autre deux ans après le départ de Nagasawa pour l'Allemagne, et se taillada les veines des poignets quelques mois plus tard.

Ce fut Nagasawa, bien sûr, qui m'apprit sa mort. Il m'écrivit une lettre de Bonn. *A cause de la mort de Hatsumi, quelque chose a disparu de ma vie et cela me remplit d'une tristesse intolérable. Et pourtant tu me connais.* Je déchirai sa lettre et ne lui écrivis plus jamais.

Nous étions entrés dans un petit bar, où nous bûmes chacun plusieurs verres d'alcool. Nous ne parlâmes presque pas. Assis l'un en face de l'autre en silence, à boire de l'alcool en grignotant des cacahuètes, nous avions l'air d'un couple entré dans une période de lassitude. Bientôt, l'endroit commençant à être bondé, nous décidâmes d'aller nous promener dehors. Hatsumi voulut payer, mais je refusai en lui disant que c'était moi qui l'avais invitée.

Dehors, l'air de la nuit s'était bien refroidi. Hatsumi couvrit ses épaules de son cardigan gris clair. Elle marchait en silence à mes côtés. Nous n'avions aucun but, mais je marchais lentement dans les rues obscures, les mains enfoncées dans les poches de mon pantalon. Je réalisai soudain que c'était comme quand j'avais marché avec Naoko.

« Watanabe, tu ne connais pas un endroit par ici où on pourrait jouer au billard ? me demanda-t-elle brusquement.

– Au billard ? répétai-je, surpris. Tu sais jouer au billard ?

– Oui, même que je ne suis pas mauvaise. Et toi ?

– Avec quatre boules, ça va. Mais je ne suis pas très doué.

– Alors, allons-y ! »

Nous trouvâmes un billard non loin de là. L'endroit, situé au fond d'une ruelle, était exigu. Nous nous faisions remarquer dans cette salle, Hatsumi avec sa robe élégante, et moi avec mon blazer bleu marine et ma cravate réglementaire, mais, sans y prêter attention, elle prit une queue et entreprit d'en frotter énergiquement le bout avec de la craie. Elle prit ensuite une barrette dans son sac qu'elle fixa dans ses cheveux pour ne pas être gênée en frappant la bille.

Nous fîmes deux parties à quatre boules, mais, comme elle l'avait dit, Hatsumi était assez douée, tandis que moi j'avais du mal à frapper la bille avec mon gros pansement. C'est ainsi qu'elle gagna les deux parties.

« Tu es douée ! lui dis-je avec admiration.

– Malgré les apparences, n'est-ce pas ? me répondit-elle, le sourire aux lèvres, en mesurant soigneusement la position des billes.

– Où as-tu appris ?

– Mon grand-père du côté de mon père y jouait, et il avait installé un billard dans sa maison. Quand nous allions chez lui, nous avions l'habitude, mon frère et moi, de nous amuser à taper dans les boules. Et puis, quand je suis devenue un peu plus grande, il m'a appris à jouer correctement. C'était quelqu'un de bien. Il était beau et distingué. Maintenant, il est mort. Il était très fier d'avoir rencontré Deanna Durbin à New York autrefois. »

Elle gagna une troisième fois, avant de perdre la quatrième partie. Après avoir réussi péniblement à marquer quelques points, je ratai un coup facile.

« C'est à cause de ton pansement, me dit-elle pour me consoler.

– C'est parce que je n'ai pas joué depuis longtemps. Deux ans et cinq mois, pour être précis.

– Pourquoi est-ce que tu t'en rappelles si bien ?

– Parce que j'y ai joué avec un ami qui est mort cette nuit-là, et ça m'a marqué.

– Et tu n'as plus jamais joué à cause de ça ?

– Non, pas vraiment, lui répondis-je après un instant de réflexion. Mais l'occasion ne s'est plus représentée depuis. C'est tout.

– De quoi est mort ton ami ?

– D'un accident de la circulation », lui dis-je.

Elle frappa plusieurs fois la bille. Son regard était sérieux quand elle suivait sa trajectoire, et sa force de frappe était correcte. En la voyant ainsi, avec ses jolis doigts effilés délicatement posés sur le feutre, ses escarpins placés correctement, et ses beaux cheveux rejetés vers l'arrière, qui laissaient voir ses boucles d'oreilles étincelantes, cette salle de jeu malpropre m'apparaissait soudain comme un des endroits les plus courus de la haute société. C'était la première fois que j'étais seul avec elle, et ce fut pour moi une magnifique expérience. En sa présence, j'avais l'impression d'être tiré vers le haut. Trois parties plus tard – bien sûr, elle les avait gagnées toutes les trois –, ma blessure commençant à me faire mal, nous décidâmes d'arrêter de jouer.

« Excuse-moi. Je n'aurais jamais dû te proposer de faire ce billard, me dit-elle d'un air très ennuyé.

– Mais non. La blessure n'est pas très grave, et en plus je me suis amusé, beaucoup même », lui dis-je.

En repartant, une femme maigre entre deux âges, qui avait l'air d'être la gérante du billard, dit à Hatsumi :

« Mademoiselle, vous tirez bien. »

Hatsumi la remercia en souriant. Puis elle paya.

« Cela te fait mal ? me demanda-t-elle une fois dehors.

– Non, pas vraiment.

– La blessure s'est peut-être rouverte.

– Non, je ne crois pas.

– Et si tu venais chez moi ? Je regarderai ta blessure et je changerai ton pansement, me proposa-t-elle. J'ai tout ce qu'il faut à la maison, des bandes, du désinfectant, et puis nous sommes tout près. »

Je lui répétai que ce n'était pas grave et qu'il n'y avait pas de quoi s'inquiéter, mais elle prétendit qu'il était très important de vérifier si la blessure s'était rouverte ou non.

« A moins que tu ne veuilles pas venir avec moi ? Tu veux rentrer chez toi le plus tôt possible ? me proposa-t-elle sur le ton de la plaisanterie.

– Tu es folle !

– Alors ne te fais pas prier, viens chez moi. A pied, c'est tout près. »

Son appartement était à environ un quart d'heure de

marche de Shibuya, en direction d'Ebisu. Ce n'était pas luxueux, mais c'était un bel immeuble, avec un petit hall d'entrée et un ascenseur. Hatsumi me fit asseoir à la table de la cuisine de son deux pièces et se rendit dans la chambre voisine pour se changer. Quand elle revint, elle avait un pantalon en coton et une parka de yachting avec l'inscription de l'université de Princeton, et ses boucles d'oreilles en or avaient disparu. Elle avait rapporté une trousse de secours et, sur la table, elle défit mon pansement, vérifia que la blessure ne s'était pas rouverte, désinfecta pour le principe et me fit un nouveau bandage. Elle fut très habile.

« Pourquoi es-tu si douée pour toutes ces choses ? lui demandai-je.

– J'ai appris cela chez les secouristes bénévoles. On y apprend un peu ce que font les infirmiers », me répondit-elle.

Dès qu'elle eut terminé mon pansement, elle alla chercher deux boîtes de bière dans le réfrigérateur. Elle en but la moitié d'une, et moi une et demie. Puis elle me montra une photographie qui représentait les jeunes amies de son club. C'était vrai qu'il y en avait plusieurs parmi elles qui étaient charmantes.

« Si tu as envie d'une amie, viens me voir quand tu veux, je t'en présenterai une aussitôt.

– D'accord.

– Mais dis-moi, Watanabe, tu me prends sans doute pour une entremetteuse, n'est-ce pas ? Avoue-le.

– Un peu », acquiesçai-je en riant.

Elle se mit à rire elle aussi. Son visage était magnifique quand elle riait.

« Que penses-tu de moi et de Nagasawa ?

– Que veux-tu dire ?

– A ton avis, qu'est-ce que je dois faire ?

– Cela ne sert à rien que je dise quoi que ce soit, répondis-je en buvant ma bière glacée.

– Dis-moi quand même ce que tu en penses.

– Si j'étais toi, je le quitterais. Puis je chercherais quelqu'un d'un peu plus réfléchi, de façon à vivre heureuse. Tu comprends bien qu'on a beau le considérer avec sympathie, on ne peut pas trouver le bonheur avec lui. Il ne vit pas pour être heureux ou pour rendre les autres heureux. On risque de devenir fou en vivant avec lui. A mes yeux, c'est déjà un miracle que tu aies réussi à partager sa vie pendant trois ans. Moi aussi bien sûr, je l'aime à ma façon, je le trouve drôle, et je crois qu'il a de très bons côtés. Et puis, sur le plan des capacités, je ne lui arrive pas à la cheville. Mais sa façon de penser et sa façon de vivre ne sont pas normales. Quand je parle avec lui, j'ai parfois l'impression de tourner en rond. Lui, il continue à progresser selon le même processus, tandis que moi je tourne en rond. Alors, j'ai vraiment l'impression que c'est inutile. Finalement, c'est son système tout entier qui est différent. Comprends-tu ce que je veux dire ?

– Je comprends très bien. »

Elle alla me sortir une autre bière du réfrigérateur.

« En plus, puisqu'il est entré aux Affaires étrangères, quand il aura fini son stage d'un an, il va partir pour longtemps à l'étranger, n'est-ce pas ? Que feras-tu alors ? Tu comptes l'attendre tout ce temps ? Il n'a pas du tout l'intention de se marier, tu sais...

– Je sais cela aussi bien que toi.

– Alors, je n'ai rien de plus à te dire.

– Tu as raison. »

Je versai lentement de la bière dans mon verre.

« Tout à l'heure, en jouant au billard avec toi, il m'est venu soudain une idée, commençai-je. Je n'ai ni frères ni sœurs, et j'ai grandi tout seul, mais je ne me suis jamais senti triste, pas plus que je n'ai désiré avoir des frères et sœurs autour de moi. Cela ne me gênait pas d'être seul. Mais, en jouant au billard avec toi tout à l'heure, j'ai pensé soudain que cela aurait été bien d'avoir une sœur comme toi. Une sœur élégante et chic, qui porte à merveille les robes *midnight blue* et les boucles d'oreilles en or, et qui joue bien au billard. »

Hatsumi me regarda en riant, l'air heureux.

« Parmi toutes les tirades que j'ai entendues tout au long de cette année, c'est la tienne qui me fait le plus de plaisir. C'est vrai, je t'assure.

– C'est parce que moi, je voudrais que tu sois heureuse, lui dis-je en rougissant légèrement. Mais il y a quelque chose de très curieux. Il me semble que tu pourrais être heureuse avec n'importe qui, alors pourquoi faut-il que tu t'attaches à quelqu'un comme Nagasawa ?

– Sans doute parce que je ne peux pas faire autrement. C'est une force à laquelle je suis incapable de m'opposer. Selon lui, c'est mon problème et cela ne le concerne pas.

– Oui, certainement qu'il dirait cela, approuvai-je.

– Mais tu sais, Watanabe, je ne suis pas aussi intelligente que tu le penses. Je serais plutôt stupide et démodée. Le système, les responsabilités, tout cela je m'en moque. Se marier, être enlacée tous les soirs par l'homme qu'on aime, avoir des enfants, cela me suffit. Rien d'autre. C'est tout ce que je demande.

– C'est à l'opposé de ce qu'il attend, lui.

– Mais les gens évoluent, n'est-ce pas ? me dit-elle.

– Tu veux dire que ballottés dans le monde, ils deviennent adultes, obligés qu'ils sont de s'adapter à la société ?

– Oui, et en plus, quand nous aurons été séparés pendant longtemps, ses sentiments envers moi auront peut-être changé ?

– Cela, c'est pour les gens normaux. Habituellement, c'est comme ça qu'on réagit. Mais lui, c'est différent. Il a beaucoup plus de volonté que nous le croyons, et en plus il s'entraîne tous les jours à en avoir davantage. Et puis c'est le genre de type à vouloir devenir plus fort en cas d'ennui. Il est capable de n'importe quoi pour ne pas tourner le dos à l'ennemi. Veux-tu me dire ce que tu peux espérer d'un garçon tel que lui ?

– Mais, Watanabe, en ce moment moi je n'ai pas d'autre solution que d'attendre, me dit-elle en s'accoudant sur la table, le menton dans les mains.

– Tu l'aimes tant que ça ?

– Je l'aime, répliqua-t-elle aussitôt.

– Oh là là, soupirai-je avant de terminer ma bière. C'est sans doute merveilleux d'aimer quelqu'un avec tant de certitude.

– Je suis seulement stupide et démodée, me dit-elle. Tu veux une autre bière ?

– Non merci. Je ne vais pas tarder à rentrer. Je te remercie pour le pansement et la bière. »

Alors que je me trouvais dans l'entrée en train de mettre mes chaussures, le téléphone se mit à sonner. Hatsumi me regarda, jeta un coup d'œil au téléphone, puis me regarda à nouveau. Je lui dis bonsoir, ouvris la porte et sortis. En refermant doucement la porte, je l'aperçus qui prenait le récepteur. Ce fut la dernière fois que je la vis.

Il était onze heures et demie quand je rentrai au foyer. Je me rendis aussitôt à la chambre de Nagasawa et cognai à sa porte. Après avoir frappé une dizaine de fois, je finis par me souvenir que nous étions samedi. Ce soir-là, Nagasawa obtenait chaque semaine un permis de sortie, sous prétexte de passer la nuit chez de vagues parents.

Je retournai dans ma chambre, enlevai ma cravate, suspendis mon pantalon et ma veste à un cintre, mis mon pyjama et me brossai les dents. Et je pensai avec angoisse que le lendemain était encore un dimanche.

J'avais l'impression que le dimanche revenait régulièrement tous les quatre jours. Et, dans deux dimanches, j'aurais vingt ans. Allongé sur mon lit, je regardai le calendrier, pris d'un sombre sentiment.

Le dimanche matin, je me mis à mon bureau où, comme d'habitude, j'écrivis à Naoko. Je lui écrivis une longue lettre, tout en buvant une grande tasse de thé et en écoutant un vieux disque de Miles Davis. Dehors, il tombait une pluie fine, et ma chambre était aussi froide qu'un aquarium. L'épais chandail que je venais tout juste de sortir de ma boîte à vêtements sentait encore la naphtaline. En haut de la vitre, une grosse mouche était posée, immobile. Le drapeau du Soleil levant, à cause du manque de vent, ne bougeait pas, entortillé autour de son mât comme la toge d'un vieux sénateur. Un chien marron efflanqué, à l'air craintif, venu de nulle part, s'était introduit dans la cour, où il tournait en reniflant les bordures des massifs de fleurs. Je me demandai bien pourquoi ce chien était là, à renifler les fleurs sous la pluie.

Assis à mon bureau en train d'écrire ma lettre, je me plongeais rêveusement dans la contemplation de cette cour sous la pluie chaque fois que la blessure de ma main droite, qui tenait le stylo, finissait par trop me faire souffrir.

Je lui écrivis d'abord que je m'étais coupé profondément la paume de la main en travaillant au magasin de disques, et que, le samedi soir, Nagasawa, Hatsumi et moi, nous avions fêté la réussite de Nagasawa à son examen des Affaires étrangères. Là, je lui expliquai où nous étions allés et ce que nous avions mangé. Je lui écrivis que la cuisine était délicieuse, mais que l'atmosphère s'était légèrement dégradée au cours du dîner.

J'hésitai un peu pour savoir si je devais lui parler de Kizuki, à propos des parties de billard que nous avions faites, Hatsumi et moi, et finalement, je décidai que oui. J'avais l'impression que je devais le faire.

Ce jour-là, je veux parler du jour de la mort de Kizuki, je me souviens très bien de la dernière boule qu'il a tirée. Elle n'était pas facile, et je pensais qu'il allait la rater. Mais, et je crois que ce fut par hasard, il la réussit à merveille, la boule blanche et la boule rouge se cognant en douceur sur le feutre vert, et il obtint le point décisif de la partie. Ce fut un tir magnifique et impressionnant, dont je me souviens encore très bien. Et, depuis plus de deux ans et demi, je n'ai plus rejoué au billard.

Mais, le soir où j'ai fait un billard avec Hatsumi, je n'ai pas une seule fois pensé à Kizuki, jusqu'à la fin de la première partie, et ce fut un choc. Ce que je veux dire, c'est qu'après sa mort je pensais que je me souviendrais de lui chaque fois que je jouerais au billard. Mais, jusqu'au moment de boire un Pepsi acheté au distributeur automatique dans la salle de jeu à la fin de la première partie, je n'ai pas eu une seule pensée pour Kizuki. Pourquoi je me suis souvenu de lui à ce moment-là ? C'est que là où nous allions souvent jouer au billard, lui et moi, il y avait aussi un distributeur de Pepsi-Cola et que nous jouions souvent le prix d'une boîte.

Ne pas m'être souvenu de Kizuki m'est apparu comme une insulte à son égard. J'ai eu l'impression de l'avoir abandonné. Mais ce soir-là, en me retrouvant dans ma chambre, j'ai pensé ceci : il s'est écoulé deux ans et demi depuis le drame, et il a toujours dix-sept ans. Pourtant cela ne signifie pas forcément que le souvenir que j'ai de lui se soit estompé. Ce que sa mort implique est toujours présent à mon esprit, et certaines choses sont encore plus nettes maintenant qu'à l'époque. Ce que je veux dire, c'est ceci : je vais avoir vingt ans, et ce que nous avions en commun quand il en avait seize et moi dix-sept a déjà disparu. Et l'on peut toujours crier, cela ne reviendra pas. Voilà. Je ne peux rien dire de plus, et il me semble que toi tu peux comprendre ce que j'éprouve sans que j'aie à me lancer dans de grandes explications. De plus, j'ai l'impression que personne d'autre en dehors de toi ne peut comprendre ce genre de choses.

Je pense encore plus à toi que je ne le faisais jusqu'à présent. Aujourd'hui, il pleut. Les dimanches où il pleut me troublent un peu. Parce que je ne peux pas faire ma lessive et que, par conséquent, je ne peux pas repasser non plus. Je ne peux ni me promener, ni me prélasser sur la terrasse. Je n'ai rien d'autre à faire que de m'asseoir à mon bureau, pour regarder rêveusement la cour sous la pluie, en écoutant Kind of Blue. *Comme je te l'ai déjà écrit, je ne remonte pas mes ressorts le dimanche. A cause de cela, ma lettre finit par être terriblement longue. Bon, j'arrête. Je vais aller à la cafétéria pour déjeuner. Au revoir.*

10

Le lendemain lundi, Midori n'apparut pas au cours. Je me demandais ce qu'elle pouvait bien faire. Cela faisait dix jours que je l'avais eue au téléphone pour la dernière fois. J'aurais bien téléphoné chez elle, mais j'y renonçai en me rappelant qu'elle m'avait dit que ce serait elle qui me ferait signe.

Le jeudi de cette semaine-là, je croisai Nagasawa à la cafétéria. Il s'assit à côté de moi avec son plateau, et s'excusa de ce qui s'était passé la dernière fois que nous nous étions vus.

« Ce n'est pas grave, d'autant plus que c'est toi qui nous as offert le dîner, lui dis-je, mais ce fut tout de même une drôle de façon de fêter ta réussite à l'examen des Affaires étrangères...

– Tu as raison », me dit-il.

Et nous poursuivîmes notre repas en silence.

« Je me suis réconcilié avec Hatsumi.

– C'est bien ce que je pensais.

– Il me semble qu'elle a dû te dire des choses pas possibles, à toi aussi.

– Que se passe-t-il ? Tu culpabilises, maintenant ? Tu n'es pas malade, au moins ?

– Si, peut-être, dit-il en hochant deux ou trois fois la tête. Mais, dis donc, il paraît que tu lui as conseillé de me quitter ?

– C'est normal, non ?

– Enfin, tu as peut-être raison...

– C'est quelqu'un de bien, tu sais, lui dis-je en buvant ma soupe de miso.

– Je le sais, me répondit-il en soupirant. Un peu trop bien pour moi. »

Quand le signal indiquant que le téléphone sonnait se déclencha, je dormais très profondément. J'étais dans mon premier sommeil. Je n'avais aucune idée de l'endroit où je me trouvais, ni de ce qui se passait. J'avais l'impression que mon cerveau était gorgé d'eau. Il était six heures et quart à ma montre, mais j'étais incapable de dire si c'était du matin ou du soir. Je ne me rappelais ni le jour ni la date. Je regardai par la fenêtre, où je vis que le drapeau n'était pas en haut du mât. Je supposai donc qu'il était dix-huit heures quinze. Comme quoi, la cérémonie du lever de drapeau était parfois bonne à quelque chose.

« Est-ce que tu es libre ? me demandait Midori.

– On est quel jour aujourd'hui ?

– Vendredi.

– On est dans la soirée ?

– Bien sûr que oui. Tu es bizarre. Il est, euh, dix-huit heures dix-huit. »

On était donc le soir. Cela me revenait maintenant. Je lisais allongé sur mon lit lorsque je m'étais profondément endormi. Vendredi... Je réfléchis rapidement. Je ne travaillais pas le vendredi soir.

« Je suis libre. Où es-tu en ce moment ?

– A la gare d'Ueno. Je vais à Shinjuku. Tu veux qu'on se retrouve quelque part ? »

Nous convînmes d'un endroit et d'une heure approximative avant de raccrocher.

Quand j'arrivai, Midori était déjà là, assise à l'extrême bout du comptoir, en train de boire. Elle portait un jean et un fin sweater jaune, sous un trench-coat d'homme fripé, de couleur blanche. Et elle avait deux bracelets au poignet.

« Qu'est-ce que tu bois ? lui demandai-je.

– Un Tom Collins. »

Après avoir commandé un whisky soda, je me rendis compte qu'il y avait un grand sac à ses pieds.

« J'étais partie en voyage. Je viens tout juste de rentrer, m'expliqua-t-elle.

– Où es-tu allée ?

– A Nara et à Aomori.

– En une seule fois ? lui demandai-je, surpris.

– Tu es fou ! J'ai beau avoir de curieuses réactions, je ne vais quand même pas en même temps à Nara et à Aomori. J'y suis allée en deux fois. Avec mon ami à Nara, et seule à Aomori. »

Je bus une gorgée de mon whisky soda, et lui allumai la cigarette qu'elle venait de porter à sa bouche.

« Cela a été dur ? Les funérailles et le reste ?

– Les funérailles, c'est simple. Nous y sommes habitués. Il suffit de revêtir des habits noirs et de s'asseoir, en prenant un visage de circonstance, et les gens qui vous entourent s'occupent de tout pour que cela se passe bien. La famille, les voisins, tout le monde s'y met. Ils commandent du saké, des sushis, vous consolent, pleurent, s'agitent, se partagent les souvenirs du défunt, c'est facile, tu vois. C'est comme pour un pique-nique. Par rapport aux fatigues répétées jour après jour quand on soigne le malade, c'est vraiment comme un pique-nique, je t'assure. Ma sœur et moi, nous étions tellement fatiguées que nous ne pouvions même plus pleurer. Alors, les gens qui étaient autour de nous sont allés dire partout que nous avions montré de l'indifférence. Ensuite, nous avons fait exprès de ne pas pleurer. Nous aurions pu faire semblant, mais, justement, nous ne l'avons pas fait. Uniquement parce que cela nous énervait. Et pourtant, ils attendaient tous que nous nous mettions à pleurer. Sur ce plan, ma sœur et moi nous nous entendons fort bien. Et pourtant, nos caractères sont bien différents. »

Midori fit signe au barman dans un tintement de bracelets et commanda un autre Tom Collins et une assiette de pistaches.

« Après les funérailles, quand tout le monde a été parti, nous avons bu du saké toutes les deux jusqu'à l'aube, au moins deux litres. Et nous avons dit tout le mal que nous pouvions de ces gens-là. Nous les avons traités d'idiots, d'imbéciles, de chiens galeux, de porcs, d'hypocrites, de voleurs. Cela nous a bien soulagées.

– Je veux bien le croire.

– Puis, quand nous avons été complètement ivres, nous nous sommes couchées et nous nous sommes aussitôt endormies d'un sommeil de plomb. Nous avons vraiment bien dormi. Nous n'avons même pas entendu le téléphone. A notre réveil, nous avons commandé des sushis que nous avons mangés en discutant, et nous nous sommes mises d'accord pour fermer le magasin pendant quelque temps et faire ce que nous avions envie de faire. Jusqu'à présent, nous avions fait le maximum, alors nous pouvions bien nous accorder un peu de repos. Comme ma sœur avait l'intention de prendre un peu de bon temps avec son fiancé, j'ai pensé que je pouvais bien faire un petit voyage de deux jours avec le mien. (Midori se tut un instant et se gratta derrière l'oreille.) Excuse-moi, je ne m'exprime pas très correctement.

– Ce n'est pas grave. Alors, c'est comme ça que vous êtes allés à Nara...

– Oui. J'ai toujours aimé Nara.

– Et tu as pris du bon temps ?

– Je n'ai pas pu, dit-elle en soupirant. Mes règles ont commencé au moment où je posais mon sac, en arrivant à l'hôtel. »

Je ne pus m'empêcher de rire.

« Ce n'est pas très drôle, tu sais. Elles étaient en avance d'une semaine. J'en aurais pleuré ! Sans doute qu'elles se sont détraquées à cause des tensions éprouvées ces derniers temps. Et mon ami était dans une colère noire ! Surtout qu'il se met assez facilement en rogne. Mais ce n'était pas de ma faute, ce n'était quand même pas moi qui l'avais voulu ! En plus, c'est assez spectaculaire, chez moi. Les deux premiers jours, je suis incapable de faire quoi que ce soit. Alors, il vaut mieux que tu ne me voies pas dans ces cas-là.

– Je veux bien, mais comment faire ?

– Veux-tu que je mette un chapeau rouge pendant les deux ou trois premiers jours de mes règles, comme ça, tu comprendras ? me dit-elle en riant. Et, quand tu me verras avec, tu t'éloigneras bien vite, sans m'adresser la parole.

– Toutes les filles devraient faire comme ça. Mais qu'est-ce que vous avez fait à Nara ?

– Comme on n'avait rien d'autre à faire, on s'est amusé avec les daims, et on s'est promené. On était à cran. Je me suis disputée avec lui, et je ne l'ai pas revu depuis. Je suis rentrée à Tôkyô où je me suis reposée deux ou trois jours, puis j'ai eu envie de faire un petit voyage toute seule, tranquillement, et je suis allée à Aomori. J'ai des amis à Hirosaki, où je suis restée deux jours, puis je suis passée par Shimokita et Tappi. Ce sont de très beaux endroits. J'ai fait un commentaire de carte sur cette région. Tu y es déjà allé ? »

Je lui répondis que non.

« Et puis... commença-t-elle (elle but une gorgée de Tom Collins avant de décortiquer une pistache), en voyageant toute seule, je n'ai pas cessé de penser à toi. Je me disais que ce serait bien si tu avais été à mes côtés.

– Pourquoi ?

– Pourquoi ? fit-elle en me jetant un coup d'œil comme si elle était en présence du néant. Pourquoi, mais qu'est-ce que tu veux dire par là ?

– Ce que je te demande, c'est pourquoi tu as pensé à moi.

– C'est certainement parce que je t'aime. Tu vois une autre raison ? Tu crois que j'ai envie d'être avec quelqu'un d'inconnu que je n'aimerais pas particulièrement ?

– Mais enfin, tu as un ami, alors tu n'as pas besoin de penser à moi, lui dis-je en buvant lentement mon whisky soda.

– Parce que je n'ai pas le droit de penser à toi si j'ai un ami ?

– Non, ce n'est pas ce que j'ai voulu dire...

– Tu sais, Watanabe, commença-t-elle en pointant son index vers moi, je te préviens, cela fait un mois que ça dure, et ça commence à bien faire. Alors, arrête de me faire des réflexions bêtes et méchantes. Ou alors, je vais finir par me mettre à pleurer, et quand je m'y mets, je pleure toute la nuit. Cela ne te fera rien ? Tu sais, je pleure comme une bête, sans me soucier des gens qui sont autour. Je t'assure ! »

Je hochai la tête et gardai le silence. Je commandai un deuxième whisky soda et mangeai des pistaches. Sarah Vaughan chantait une vieille chanson d'amour sur fond de bruits de shaker, de verres entrechoqués et de machine à piler la glace.

« En fait, c'est depuis l'affaire du tampon que l'état de nos relations s'est dégradé, dit Midori.

– L'affaire du tampon ?

– Oui, il y a environ un mois, j'étais avec lui et ses amis à faire la fête à cinq ou six, quand j'ai raconté l'histoire d'une femme de mon quartier dont le tampon est sorti brusquement au moment où elle éternuait. C'est drôle, n'est-ce pas ?

– Oui, c'est drôle, approuvai-je en riant.

– J'ai eu beaucoup de succès avec cette histoire. Mais il s'est mis en colère. Il m'a défendu de raconter des histoires aussi vulgaires. Et cela a jeté un froid.

– Hum, fis-je.

– C'est un gentil garçon, mais il est un peu borné, continua-t-elle. Par exemple, il se met en colère quand je mets des sous-vêtements d'une autre couleur que le blanc. Tu ne trouves pas que c'est un peu obtus comme réaction ?

– Peut-être, mais ça, c'est affaire de goût », lui répondis-je.

C'était plutôt le fait qu'un garçon tel que lui tombe amoureux de Midori qui m'étonnait, mais je décidai de n'en rien dire.

« Et toi, qu'as-tu fait ?

– Rien, c'est toujours pareil. »

Puis je me rappelai que, selon la promesse que je lui avais faite, j'avais essayé de me masturber en pensant à elle. Je le lui dis à mi-voix, afin que les gens qui nous entouraient n'entendissent point.

Midori fit claquer ses doigts, le visage soudain resplendissant.

« Alors, comment c'était, ça a marché ?

– J'ai eu honte en pleine action, et je ne suis pas allé jusqu'au bout.

– Tu n'as pas tenu ?

– En quelque sorte.

– Ce n'est pas possible, me dit-elle en me lançant un regard oblique. Il ne faut pas avoir honte en plein milieu. Tu peux même penser à des choses un peu dégoûtantes. Puisque c'est moi qui te le permets. Si tu veux, la prochaine fois, je t'aiderai par téléphone. Ah... oui... ça vient... Ah non, pas cela... Oui... Aah... Vas-y... Enfin, des choses comme ça. Et toi, tu le fais en m'écoutant.

– Tu sais que dans mon foyer le téléphone est dans le hall, et que tout le monde passe sans arrêt à proximité ? lui expliquai-je. Si je me masturbe à cet endroit, je me ferai tuer par le directeur, c'est couru d'avance.

– Ah bon ? C'est bien embêtant...

– Ne t'inquiète pas. Je vais réessayer une fois tout seul.

– Je compte sur toi.

– D'accord.

– Peut-être que je ne suis pas assez sexy, physiquement.

– Non, le problème n'est pas là. Comment dire, c'est une question de position.

– Tu sais, je suis très sensible dans le dos, quand on me caresse.

– Je ferai attention.

– Tu n'as pas envie d'aller au cinéma porno, voir un film bien hard ? », me proposa-t-elle.

Nous allâmes manger des anguilles avant de nous rendre dans une des nombreuses salles de cinéma désertes même à Shinjuku, où nous vîmes deux films X d'affilée. C'était parce que nous avions vérifié dans le journal qu'il n'y avait que là que l'on donnait des films sado-maso. Il régnait une odeur indéfinissable à l'intérieur. Par bonheur, au moment où nous entrions dans la salle, le film commençait tout juste. C'était l'histoire d'une office lady et de sa petite sœur lycéenne, qui étaient séquestrées par plusieurs hommes qui leur faisaient subir des violences sexuelles. Les hommes faisaient faire des choses horribles à la sœur aînée en la menaçant de violer sa cadette si elle ne leur cédait pas, mais, à force, l'aînée devenait une parfaite masochiste, et bientôt, voyant ce que l'on arrivait à faire faire à sa sœur, la cadette devenait folle. Le film tout entier était tellement voué à la perversion, tellement noir et répétitif, que je m'ennuyai un peu.

« Si j'étais la sœur cadette, je ne deviendrais pas folle pour si peu. D'ailleurs, j'observerais mieux, me dit Midori.

– Certainement...

– Et puis, la cadette, tu ne trouves pas qu'elle a la poitrine un peu trop foncée pour une lycéenne ?

– C'est vrai. »

Elle dévorait le film des yeux, le regardait avec passion. Je reconnus avec admiration que si c'était pour le regarder avec autant de zèle, cela valait bien le prix du billet. Et puis, elle me faisait des commentaires : « Regarde-moi ça ! », ou : « C'est épouvantable, je ne tiendrais jamais le coup s'il y en avait trois à la fois pour me faire tout ça ! », ou encore : « J'aimerais bien essayer ça ». Je trouvai bien plus amusant de la regarder, elle, plutôt que le film.

A l'entracte, profitant de l'éclairage dans la salle, je regardai autour de moi, et il me sembla qu'il n'y avait pas d'autre spectatrice en dehors de Midori. Un jeune homme qui avait l'air d'un étudiant et qui était assis près de nous alla s'asseoir plus loin en apercevant Midori.

« Est-ce que tu bandes quand tu vois ça ? me demanda-t-elle.

– Eh bien oui, de temps en temps. Ce genre de film a été fabriqué dans ce but, non ?

– Et tu crois que, quand il y a des scènes suggestives, les gens qui sont là se mettent tous à bander dans un bel ensemble ? Tu les imagines, trente ou quarante, d'un seul coup ? Cela ne te semble pas curieux, quand on y pense ? »

Je lui dis qu'après tout elle avait sans doute raison.

Le deuxième film fut d'autant plus ennuyeux qu'il était plus sérieux. Il y avait de nombreuses scènes de sexe oral, et, à chaque fois qu'il y avait une fellation, un cunnilingus ou un soixante-neuf, la salle résonnait de gros bruits de succion ou d'aspiration. En entendant ces bruits, j'avais la curieuse sensation de vivre sur une bien étrange planète.

« Je me demande qui peut bien avoir l'idée de bruits pareils, dis-je à Midori.

– Je les aime beaucoup », me répondit-elle.

Il y avait aussi les bruits de va-et-vient du pénis à l'intérieur du vagin. Jusqu'alors, je n'avais jamais réalisé qu'ils existaient. Les hommes respiraient bruyamment, tandis que les femmes haletaient, en prononçant des mots plutôt ordinaires, comme : « C'est bon », ou : « Encore ». On entendait aussi grincer le lit. La scène se prolongeait. Au début, Midori regardait avec amusement, mais bientôt elle en eut assez et me proposa de sortir. Nous nous levâmes et, une fois dehors, respirâmes un grand coup. Ce fut la première fois où l'air du quartier de Shinjuku me sembla frais.

« Je me suis bien amusée, dit Midori, on reviendra, n'est-ce pas ?

– On peut y retourner autant qu'on veut, c'est toujours pareil.

– C'est normal, puisqu'on fait toujours le même genre de choses. »

Elle avait raison.

Ensuite, nous entrâmes dans un autre bar. Je bus du whisky, tandis que Midori prenait trois ou quatre cocktails indéfinissables. En sortant, elle me dit qu'elle avait envie de grimper à un arbre.

« Primo, il n'y en a pas par ici. Secundo, dans l'état où tu es, tu en serais bien incapable.

– Il faut toujours que tu déprimes les gens avec tes discours raisonnables. Si je suis ivre, c'est que je l'ai voulu. Alors ça va bien comme ça. Je peux quand même grimper aux arbres même si je suis saoule. Tu vas voir. Je vais grimper tout en haut d'un arbre et, de là-haut, je vais faire pipi sur les gens comme une cigale !

– Aurais-tu envie d'aller aux toilettes, par hasard ?

– Exactement ! »

J'accompagnai Midori jusqu'aux toilettes payantes de la gare de Shinjuku, payai à sa place, puis achetai au kiosque l'édition du journal du soir que je lus en l'attendant. Mais elle n'en finissait pas. Elle ressortit au bout d'un quart d'heure, juste au moment où, poussé par l'inquiétude, j'allais me décider à aller voir. Son visage avait pâli.

« Excuse-moi. Je me suis assoupie une fois assise, me dit-elle.

– Comment te sens-tu ? lui demandai-je en l'aidant à remettre son manteau.

– Pas très bien.

– Je te raccompagne chez toi. Une fois là-bas, le mieux pour toi est de prendre un bon bain et de te coucher. Tu es fatiguée.

– Non. Il n'y a personne chez moi, et je n'ai pas envie de rentrer.

– Oh là là ! soupirai-je. Alors, qu'est-ce que tu as l'intention de faire ?

– Aller dans un love hotel avec toi et dormir dans tes bras. Profondément, jusqu'au matin. Et, demain, prendre le petit déjeuner dans le quartier avant d'aller ensemble au cours.

– C'est ce que tu avais l'intention de faire dès le début quand tu m'as téléphoné ?

– Bien sûr.

– Alors, ce n'était pas moi qu'il fallait appeler, mais ton petit copain. C'est évident, non ? Les petits amis sont faits pour ça, tu ne crois pas ?

– Mais moi, j'avais envie d'être avec toi.

– C'est impossible, lui dis-je froidement. D'abord, je dois être rentré au foyer avant minuit. Sinon, j'aurais couché dehors sans autorisation. Cela m'est déjà arrivé une fois, et j'ai eu pas mal d'ennuis. Ensuite, si je dors avec une fille, j'ai envie de lui faire l'amour, c'est normal, et je n'aime pas avoir à me maîtriser. Il se peut que je t'oblige à le faire.

– En me frappant ?

– Ce n'est pas une plaisanterie, tu sais.

– Mais je suis si triste, et si seule. Je sais bien que ce n'est pas gentil envers toi. Je passe mon temps à te demander plein de choses, sans rien t'offrir en échange. Je dis tout ce qui me passe par la tête, je te fais venir, je t'entraîne dans tous mes caprices. Mais, tu sais, tu es le seul avec qui je puisse faire ça. En vingt ans, pas une seule fois je n'ai joué à l'enfant gâtée. Mon père et ma mère n'ont jamais fait attention à moi, et ce n'est pas le genre de mon petit ami. Il se fâche quand je fais des caprices. Et nous finissons par nous disputer. C'est pour cela qu'il n'y a qu'avec toi que je peux être comme ça. Et je suis tellement fatiguée que je voudrais dormir avec quelqu'un qui me dise que je suis mignonne et belle. C'est tout. Quand je me réveillerai, je serai en pleine forme, et je ne te redemanderai plus jamais cela. Je te jure. Je serai très docile.

– Mais cela m'ennuie beaucoup, justement.

– Je t'en prie. Sinon je m'assois ici, et je pleure toute la nuit. Après, je couche avec le premier type qui m'adresse la parole... »

Ne pouvant faire autrement, je téléphonai au foyer où je réclamai Nagasawa. Je lui demandai s'il pouvait s'arranger pour faire en sorte que je sois rentré au foyer ce soir-là. J'ajoutai que j'étais avec une fille. Il fut aussitôt d'accord et me dit qu'il était très content de m'aider dans ces circonstances.

« Je vais m'arranger pour mettre ton nom ni vu ni connu sur la fiche de présence, ne t'inquiète pas, prends ton temps. Tu n'auras qu'à rentrer par la fenêtre de ma chambre demain matin, me proposa-t-il.

– Merci bien. Je te revaudrai ça, lui dis-je avant de raccrocher.

– Ça a marché ? me demanda Midori.

– Oui, je me suis débrouillé, lui dis-je avec un grand soupir.

– Bon, alors, puisqu'il n'est pas trop tard, si nous allions danser ?

– Je croyais que tu étais fatiguée ?

– Pas pour ça.

– Oh là là ! » soupirai-je.

Il s'avéra qu'après avoir dansé dans une discothèque Midori retrouva peu à peu ses forces. Elle but ensuite deux whiskies Coca, et se démena sur la piste, le front en sueur.

« Je m'amuse beaucoup, me dit-elle en venant s'asseoir à la table pour reprendre son souffle. Il y avait longtemps que je n'avais pas dansé de cette façon. Bouger ainsi libère l'esprit, on dirait.

– Il me semble pourtant que ton esprit à toi est libéré en permanence...

– Mais non, tu te trompes, me dit-elle en penchant la tête d'un air perplexe. Mais laissons cela. Je me sens mieux et j'ai faim. Si nous allions manger une pizza ? »

Je l'emmenai alors dans une pizzeria où j'allais souvent, et où je commandai des demis et une pizza aux anchois. Comme je n'avais pas très faim, j'en mangeai quatre morceaux sur douze, tandis que Midori avalait le reste.

« Tu as vite fait de te rétablir, n'est-ce pas ? Jusqu'à tout à l'heure, tu étais pourtant toute pâle et toute flageolante, lui dis-je, sidéré.

– C'est parce que tu as cédé à mon caprice, me répondit-elle. Ça m'a soulagée. Mais cette pizza est délicieuse, tu ne trouves pas ?

– Dis-moi, il n'y a vraiment personne chez toi ?

– Personne. Ma sœur n'est pas là non plus, puisqu'elle dort chez son ami. Elle est tellement craintive qu'elle est incapable de dormir à la maison si je ne suis pas là.

– Alors il vaut mieux ne pas aller dans un love hotel, c'est trop triste. Allons plutôt chez toi. Tu as bien un lit à me prêter ? »

Midori resta pensive un instant avant d'acquiescer :

« C'est d'accord, dormons à la maison ! »

Nous prîmes la ligne Yamate pour aller jusqu'à Otsuka, et nous relevâmes le rideau de fer de la librairie Kobayashi. Un écriteau sur le rideau annonçait que le magasin était fermé. Il était sans doute fermé depuis longtemps, car il flottait une odeur de vieux papier dans la pénombre. Une bonne partie des étagères étaient désertes, et la plupart des revues étaient ficelées pour le retour. L'intérieur de la boutique était bien plus vide et froid que lorsque j'étais venu la première fois. On aurait dit un navire échoué sur le rivage.

« Vous n'avez plus l'intention d'ouvrir le magasin ? questionnai-je.

– On a décidé de le vendre, lâcha Midori. On va vendre, et ma sœur et moi, on se partagera l'argent. Alors on sera indépendantes, et on n'aura plus besoin de tuteur. Ma sœur va se marier l'année prochaine, et moi, j'ai l'intention de continuer mes études à l'université pendant trois ans. J'aurai sans doute assez d'argent pour le faire. Et puis je vais travailler. Dès que la boutique sera vendue, nous allons louer un appartement, ma sœur et moi, où nous allons vivre quelque temps ensemble.

– Vous pensez pouvoir vendre facilement ?

– Je crois que oui. Nous connaissons quelqu'un qui veut monter un magasin de laines à tricoter et qui nous a dit que ça l'intéresserait. Mais quand même, c'est triste pour mon père. Il a travaillé si dur pour devenir propriétaire de son magasin, en remboursant petit à petit l'argent qu'il avait emprunté, et finalement il ne laisse pratiquement rien derrière lui. Il a disparu comme une bulle de savon.

– Mais toi tu restes.

– Moi ? » fit-elle.

Elle éclata de rire. Puis elle poussa un grand soupir et lâcha :

« Allons là-haut. Il fait froid ici. »

A l'étage, elle m'invita à m'asseoir à table, le temps de faire couler un bain. Je fis bouillir de l'eau dans la bouilloire pour préparer du thé. Puis, en attendant que le bain fût prêt, nous bûmes, assis à table, et, le menton dans les mains, elle m'observa un moment, immobile. On n'entendait rien d'autre que le tic-tac de la pendule et le thermostat du réfrigérateur qui se déclenchait à intervalles réguliers. Les aiguilles approchaient de minuit.

« Si on t'observe bien, tu as un visage assez intéressant, me dit-elle.

– Tu crois ? répondis-je, légèrement blessé.

– Moi, c'est déjà pas mal, mais le tien, quand on le regarde bien, on finit par se dire qu'il est acceptable.

– C'est ce que je pense de moi, parfois.

– Ne le prends pas mal. Tu sais, il m'est difficile d'exprimer ce que je ressens. Alors, il y a toujours des malentendus. Ce que je veux dire, c'est que je t'aime. Je te l'ai peut-être déjà dit ?

– Oui.

– En fait, je suis en train d'apprendre peu à peu à pratiquer les garçons. »

Midori alla chercher un paquet de Marlboro.

« Quand on ne connaît rien au départ, il y a beaucoup à apprendre.

– Certainement.

– Ah, c'est vrai. Tu veux faire brûler de l'encens pour mon père ? » me proposa-t-elle.

Je la suivis jusque dans la pièce où se trouvait l'autel bouddhique, fis brûler de l'encens et joignis les mains.

« L'autre jour, je me suis mise nue devant la photo de mon père. Je me suis entièrement déshabillée et je me suis montrée à lui. En prenant des pauses de yoga. Regarde, Papa, voici ma poitrine, et mon intimité.

– Pourquoi as-tu fait ça, encore ? lui demandai-je, stupéfait.

– Je ne sais pas trop, une envie. Enfin, mon existence est quand même due pour moitié à ses spermatozoïdes, n'est-ce pas ! Alors, pourquoi ne pas lui montrer le résultat ? Qu'il sache comment sa fille est faite. Peut-être aussi parce que ce soir-là j'étais un peu ivre.

– Hum, fis-je.

– Ma sœur, qui est arrivée sur ces entrefaites, en est restée sidérée. Tu peux imaginer la scène, moi complètement nue, les cuisses écartées devant la photo de mon père : il y a de quoi être étonné, n'est-ce pas ?

– Oui, c'est sûr...

– Alors, je lui ai expliqué mon idée. Et je lui ai proposé de venir à côté de moi et d'en faire autant. Mais elle n'a pas voulu. Elle est repartie, écœurée. Elle est assez conservatrice sur ce point.

– Elle me paraît plutôt normale.

– Mais dis-moi, Watanabe, comment as-tu trouvé mon père ?

– En général, je ne suis pas très à l'aise avec les gens que je rencontre pour la première fois, mais, même quand nous nous sommes retrouvés tous les deux tout seuls, je n'ai pas eu de problème. J'étais assez détendu. Je lui ai parlé de choses diverses.

– De quoi ?

– D'Euripide. »

Midori se mit à rire gaiement.

« Toi, tu es un original. C'est rare de voir des gens qui parlent d'Euripide à un mourant la première fois qu'ils le rencontrent.

– Ce n'est pas fréquent non plus de voir une fille écarter ses cuisses devant la photo de son père », répliquai-je.

Avec un rire étouffé, Midori fit tinter la clochette de l'autel bouddhique :

« Bonne nuit. Papa. Tu peux dormir tranquille, nous allons passer une bonne soirée. Tu n'as plus mal, n'est-ce pas ? Puisque tu es mort, tu ne dois plus souffrir. Si tu as encore mal, tu n'as qu'à t'en plaindre aux dieux. Tu leur dis qu'ils exagèrent, quand même. Si tu vois Maman au paradis, prends bien du bon temps avec elle. Quand je te faisais faire pipi, j'ai vu ton zizi, et il m'a semblé robuste. Il faut que tu en profites. Bonne nuit. »

Nous prîmes le bain l'un après l'autre, et nous nous mîmes en pyjama. Je lui en empruntai un qui n'avait pratiquement jamais servi à son père, et qui était comme neuf. Il était légèrement trop petit, mais c'était mieux que rien. Midori m'installa le futon réservé aux invités dans la pièce où se trouvait l'autel.

« Tu n'as pas peur d'être près de l'autel ? me demanda-t-elle.

– Non. Je ne fais rien de mal, il me semble ? lui répondis-je en riant.

– Mais tu resteras avec moi et tu me serreras dans tes bras jusqu'à ce que je m'endorme, n'est-ce pas ?

– D'accord. »

Allongé au bord du petit lit de Midori, et tout en faisant attention à ne pas tomber, je la tins longtemps serrée dans mes bras. Sa main était posée sur mes hanches, son nez tout contre ma poitrine. J'avais la main droite glissée derrière son dos, tandis que je me retenais de la gauche au bord du lit, pour ne pas tomber. L'atmosphère n'était pas du tout propice à une érection. La tête de Midori était juste sous mon nez, et ses cheveux coupés court me chatouillaient parfois.

« Dis-moi quelque chose, s'il te plaît, me dit-elle, le visage toujours enfoncé dans ma poitrine.

– Quel genre de chose ?

– N'importe quoi. Quelque chose qui me fasse me sentir bien.

– Tu es vachement mignonne, tu sais.

– Midori, ajouta-t-elle, dis mon nom.

– Tu es vachement mignonne, tu sais, Midori, corrigeai-je.

– Vachement, ça veut dire quoi ?

– Que tu es mignonne au point de voir s'écrouler les montagnes, et la mer s'assécher. »

Midori releva la tête et me regarda :

« Tu as vraiment une façon unique de t'exprimer.

– Cela m'apaise de te l'entendre dire, lui dis-je en riant.

– Dis-moi des choses encore plus chouettes.

– Je t'aime beaucoup, tu sais, Midori.

– Comment ça, beaucoup ?

– Je t'aime comme un ours au printemps.

– Un ours au printemps ? (Midori leva encore une fois la tête.) Qu'est-ce que tu veux dire en parlant d'ours au printemps ?

– Eh bien, tu marches toute seule dans une prairie au printemps, et tu vois arriver en face de toi un joli petit ours avec une fourrure douce comme du velours et des petits yeux ronds. Et il te propose de rouler dans l'herbe avec lui. Alors, vous vous amusez toute la journée dans le trèfle à flanc de colline, dans les bras l'un de l'autre. C'est chouette, non ?

– Très chouette.

– Eh bien, c'est comme ça que je t'aime. »

Midori me serra très fort dans ses bras.

« C'est génial, me dit-elle, si tu m'aimes aussi fort que cela, tu peux tout entendre, n'est-ce pas ? Tu ne te fâcheras pas, dis ?

– Bien sûr.

– Et tu prendras toujours soin de moi ?

– Bien sûr, lui dis-je. (Je caressai ses cheveux courts et souples de petit garçon.) Ne t'inquiète pas, il n'y a pas de souci à se faire. Tout se passera bien, tu vas voir.

– Mais moi, j'ai peur. »

Je la tenais doucement par les épaules, qui finirent par se soulever régulièrement, et, lorsque j'entendis un léger ronflement, je me glissai doucement hors de mon lit et me rendis à la cuisine pour boire une bière. Comme je n'avais pas du tout envie de dormir, je songeai à lire un livre, mais, j'eus beau chercher autour de moi, je ne vis rien qui y ressemblât de près ou de loin. Je faillis retourner dans sa chambre pour en prendre un dans sa bibliothèque, mais j'y renonçai, craignant de la réveiller.

Alors que j'étais en train de boire tranquillement ma bière, je me rappelai soudain que je me trouvais au-dessus d'une librairie. Je descendis donc, allumai la lumière du magasin et cherchai l'étagère des livres de poche. Il y en avait peu qui me tentaient et d'ailleurs je les avais déjà lus. Mais, puisqu'il me fallait quelque chose à lire, je choisis *L'Ornière* de Hermann Hesse, qui avait dû rester longtemps en magasin, car la couverture en était toute passée, et j'en laissai le prix près de la caisse. Au moins, cela diminuerait le stock de la librairie Kobayashi.

Tout en buvant ma bière, je lus *L'Ornière*, assis à la table de la cuisine. Je l'avais lu pour la première fois l'année de mon entrée à l'école secondaire. Et, huit ans plus tard, voici que je le relisais en pleine nuit, chez une jeune fille, assis à la table de la cuisine et dans le pyjama trop petit de son père qui venait de mourir. Cela me fit une drôle d'impression. Sans ces circonstances exceptionnelles, je n'aurais jamais relu ce livre.

Cependant, malgré quelques passages un peu désuets, *L'Ornière* n'était pas un mauvais roman. Je le lus tranquillement, ligne après ligne, avec un certain plaisir, dans cette cuisine silencieuse au milieu de la nuit. Comme il y avait une bouteille de cognac légèrement recouverte de poussière sur les étagères, je m'en versai un peu dans une tasse à café et le bus. L'alcool me réchauffa, mais ne favorisa pas l'arrivée du sommeil.

Un peu avant trois heures, j'allai jeter un coup d'œil à Midori. Elle dormait profondément. La lumière des réverbères de la rue commerçante entrait par la fenêtre, éclairant sa chambre d'une pâle lueur, semblable au clair de lune, et elle dormait, tournant le dos à l'endroit d'où venait la lumière. Elle était complètement immobile, comme figée. On entendait uniquement sa respiration régulière, en tendant l'oreille. Elle avait exactement la même façon de dormir que son père.

Son sac de voyage était posé à côté du lit, et son manteau blanc était accroché au dos de la chaise. Le dessus de son bureau était correctement rangé, et au-dessus était accroché un calendrier Snoopy. Je soulevai légèrement le rideau de la fenêtre pour regarder dans la morne rue commerçante. Toutes les boutiques avaient leur rideau baissé, et seuls les distributeurs automatiques placés devant le marchand de saké attendaient l'aube, recroquevillés sur eux-mêmes. De temps à autre, le grondement des pneus d'un camion de transport faisait vibrer lourdement l'air ambiant. Je retournai dans la cuisine, bus une autre tasse de cognac et continuai ma lecture de *L'Ornière*.

Quand j'arrivai à la fin du livre, le ciel commençait déjà à s'éclaircir. Je fis bouillir de l'eau, bus un café instantané, puis écrivis une lettre au stylo-bille sur une feuille de bloc-notes qui se trouvait sur la table. J'écrivis que j'avais bu une certaine quantité de cognac, que j'avais acheté *L'Ornière*, et que je rentrais car le jour était levé, et j'ajoutai au revoir. Puis, après avoir hésité un instant, j'écrivis : *Tu es particulièrement mignonne quand tu dors.* Ensuite, je lavai la tasse, éteignis la lumière de la cuisine, descendis l'escalier, relevai doucement le rideau et sortis. J'avais peur que les gens du quartier ne trouvent ma présence suspecte, mais il n'était pas encore six heures du matin et il n'y avait personne dans les rues. Seuls des corbeaux, comme d'habitude, surveillaient les environs, perchés sur les toits des maisons. Après un dernier regard vers les rideaux rose pâle de la chambre de Midori, je marchai jusqu'à la gare, descendis au terminus et, de là, rentrai à pied à mon foyer. Comme le restaurant à prix fixe où l'on pouvait prendre un petit déjeuner était ouvert, j'y déjeunai d'un bol de riz bien chaud, de soupe de miso, de légumes verts marinés et d'une omelette. Puis je fis le tour du foyer pour passer par-derrière, et frappai doucement à la fenêtre de la chambre de Nagasawa, qui se trouvait au rez-de-chaussée. Il m'ouvrit aussitôt et je rentrai dans sa chambre.

« Tu veux boire un café ? » me proposa-t-il.

Je refusai. Puis je le remerciai avant de retourner dans ma chambre, où je me lavai les dents et enlevai mon pantalon pour me glisser dans mon lit et fermer aussitôt les yeux. Je tombai bientôt dans un sommeil de plomb, sans rêves.

J'écrivais chaque semaine à Naoko, qui me répondait. Ses lettres n'étaient pas très longues. Elle me disait que, depuis le mois de novembre, il commençait à faire froid matin et soir.

Comme l'automne est arrivé à peu près au moment où tu rentrais à Tôkyô, pendant un certain temps je n'ai pas compris si l'impression de vide que je ressentais était due à ton absence ou au changement de saison. Je parle souvent de toi avec Reiko. Elle se rappelle à ton bon souvenir. Elle est toujours aussi gentille avec moi. Si elle n'était pas là, je crois que cette vie me deviendrait vite insupportable. Quand je suis triste, je pleure. Reiko dit que c'est bien de pouvoir pleurer. Mais c'est vraiment dur d'être triste. Quand je suis vraiment trop malheureuse, des gens sortent des ténèbres pour venir bavarder avec moi. Ils me parlent comme le vent qui souffle dans les branches des arbres, la nuit. Kizuki et ma sœur aînée me parlent souvent de cette façon. Eux aussi, ils ont du chagrin et cherchent à qui se confier.

De temps en temps, il m'arrive de me sentir si misérable la nuit, que je relis tes lettres. La plupart des choses qui viennent de l'extérieur me troublent, mais ce que tu me racontes de ce qui arrive autour de toi m'apaise. C'est curieux, n'est-ce pas ? Je me demande bien pourquoi. Alors, je les relis plusieurs fois, et Reiko fait de même. Ensuite, nous parlons toutes les deux, Reiko et moi, de leur contenu. J'aime beaucoup celle où tu parles du père de la jeune fille qui s'appelle Midori. Tes lettres, qui arrivent une fois par semaine, constituent l'une de nos distractions – car ici une lettre est une distraction – favorites.

Moi aussi, je m'efforce de trouver du temps pour t'écrire, mais quand je suis devant ma feuille de papier, je me sens toujours découragée. J'utilise toute mon énergie pour écrire cette lettre. Parce que Reiko s'est fâchée et m'a dit qu'il fallait que je réponde à la tienne. Surtout ne va pas croire que je n'ai rien à te dire ou à te raconter. C'est seulement que je n'arrive pas à m'exprimer. C'est pour cela que j'ai du mal à écrire.

Midori a l'air d'être quelqu'un de très amusant. En lisant ta lettre, j'ai eu l'impression qu'elle était amoureuse de toi, et, quand j'en ai parlé à Reiko, elle m'a répondu que c'était normal parce qu'elle aussi elle t'aimait. Tous les jours, nous ramassons des champignons et des châtaignes pour nos repas. Nous mangeons sans arrêt du riz aux châtaignes et du riz aux matsutake, mais c'est tellement bon que nous ne nous en lassons pas. Pourtant, Reiko fume toujours autant et mange toujours aussi peu. Les oiseaux et les lapins vont bien. Au revoir.

Trois jours après mon vingtième anniversaire, je reçus un colis de Naoko. Il contenait un pull ras du cou lie-de-vin et une lettre.

Bon anniversaire ! Je te souhaite du bonheur pour tes vingt ans. Mes vingt ans à moi risquent de se terminer aussi mal qu'ils ont commencé, mais je suis heureuse que tu aies du bonheur pour nous deux. C'est vrai. Nous avons tricoté ce pull toutes les deux, Reiko et moi. Si je l'avais fait toute seule, tu ne l'aurais pas eu avant le jour de la Saint-Valentin, l'année prochaine. La moitié qui est bien tricotée est de Reiko, et celle qui ne l'est pas, de moi. Reiko est douée pour tout, et, quand je la vois, il m'arrive parfois de me détester violemment. Je ne suis capable de rien dont je puisse m'enorgueillir. Au revoir. Soigne-toi bien.

Il y avait aussi un court message de la part de Reiko.

Vous allez bien ? Naoko est peut-être pour vous un être inestimable, mais pour moi, elle n'est qu'une jeune fille malhabile de ses mains. Mais finalement, le pull a été terminé à temps. Comment le trouvez-vous ? Il est chouette, n'est-ce pas ? Nous avons choisi la couleur et la forme toutes les deux. Joyeux anniversaire !

11

L'année 1969 fut pour moi comme un immonde bourbier dans lequel je m'enlisais. Un bourbier si profond que j'avais l'impression que j'allais y laisser mes chaussures à chaque pas. Je marchais péniblement dans la boue. Je ne voyais rien, ni devant ni derrière moi. Le bourbier sombre s'étendait à perte de vue.

Même le temps s'écoulait lentement, comme pour s'adapter à mes pas. Les gens autour de moi m'avaient déjà dépassé depuis longtemps, et j'étais toujours en train de me débattre dans la boue. Autour de moi, le monde était sur le point de se transformer complètement. Plusieurs personnes moururent, cette année-là, dont John Coltrane. Les gens réclamaient des réformes, et celles-ci semblaient arriver au coin de la rue. Mais tous ces événements ne constituaient rien de plus pour moi qu'un arrière-plan irréel et sans signification. Je vivais au jour le jour sans pratiquement jamais relever la tête. Je ne voyais rien d'autre que ce bourbier s'étendant à perte de vue. J'avançais le pied droit, soulevais le gauche, puis levais encore le droit. Je ne savais pas du tout où je me trouvais. Je n'étais même pas sûr d'avancer dans la bonne direction. Je me contentais d'avancer pied à pied, parce que je ne pouvais pas faire autrement que d'aller quelque part.

J'eus vingt ans, l'automne évolua vers l'hiver, mais il n'y eut pas de changement significatif dans ma vie.

Je continuais à fréquenter l'université sans aucun plaisir, à travailler trois fois par semaine, à relire de temps à autre *Gatsby le Magnifique*, et, le dimanche, à faire ma lessive et à écrire à Naoko. Je rencontrais parfois Midori et nous allions manger ensemble, nous promener au parc zoologique, ou voir un film. Le projet de vente de la librairie Kobayashi était en bonne voie, et elle et sa sœur aînée avaient trouvé à louer un deux pièces près de la station de métro de Myôgadani, où elles avaient décidé de vivre ensemble. Midori m'avait dit que, quand sa sœur serait mariée, elle le quitterait pour louer un autre appartement ailleurs. J'y fus invité une fois à déjeuner, et je pus constater que c'était un joli petit appartement bien ensoleillé, où Midori semblait beaucoup plus heureuse que quand elle vivait à la librairie Kobayashi.

Nagasawa m'invita à plusieurs reprises à faire la fête, et je refusai à chaque fois en prétextant des choses à faire. Mais c'était seulement parce que cela ne m'intéressait pas. Bien sûr, ce n'était pas que je n'avais pas envie de coucher avec des filles, mais j'étais dégoûté rien que de penser à tout ce qu'il fallait faire pour y arriver : boire en ville la nuit, trouver des filles, bavarder, les emmener à l'hôtel. Et j'éprouvai encore une fois un respect craintif envers lui, qui faisait cela depuis si longtemps sans être ni las ni écœuré. C'était peut-être à cause de ce que m'avait dit Hatsumi que je me sentais beaucoup plus heureux en me souvenant de Naoko, au lieu de coucher avec des filles peu intéressantes, dont je ne savais même pas le nom. Plus que toute autre chose, je gardais très nettement le souvenir de la sensation des doigts de Naoko me conduisant vers l'éjaculation au milieu de la prairie.

Au début de décembre, j'écrivis à Naoko pour lui demander si cela ne la dérangerait pas que j'aille lui rendre visite pendant les vacances de Noël. Ce fut

Reiko qui me répondit. Elle disait dans sa lettre qu'elles étaient très heureuses et se réjouissaient à l'avance de ma visite. Elle m'écrivait à la place de Naoko, qui n'arrivait pas à le faire. Mais il n'y avait pas à s'inquiéter, car elle n'était pas en mauvais état. Elle passait seulement par des périodes plus ou moins difficiles.

Au début des vacances, je mis mes affaires dans mon sac à dos, enfilai mes chaussures de neige et partis pour Kyôto. Comme l'avait dit cet étrange médecin, le paysage enneigé était merveilleusement beau. Comme la fois précédente, je dormis deux nuits chez elles et passai trois jours à peu près semblables. A la tombée du jour, Reiko se mettait à jouer de la guitare et nous bavardions tous les trois. Au lieu de pique-niquer à midi, nous fîmes du ski de fond. Après avoir marché en montagne pendant une heure, les skis aux pieds, nous étions essoufflés et en sueur. Dès que nous en avions le temps, nous aidions tout le monde à déblayer la neige. L'étrange médecin, qui s'appelait Miyata, vint nous rejoindre à notre table au moment du dîner pour nous expliquer pourquoi le doigt du milieu de la main était plus long que l'index, alors que c'était le contraire au niveau des pieds. M. Omura, le gardien, me parla encore de la viande de porc de Tôkyô. Reiko fut ravie des disques que j'avais apportés de Tôkyô en guise de cadeau, et elle entreprit aussitôt d'en jouer certains passages à la guitare.

Par rapport à la fois où j'étais venu en automne, Naoko était bien plus silencieuse. Quand nous étions tous les trois, elle se contentait de rester assise sur le canapé, souriante, sans pratiquement ouvrir la bouche. Reiko parlait à sa place. « N'y fais pas attention, me disait Naoko, c'est une période que je traverse. Je préfère vous écouter parler que de parler moi-même. »

La première fois que Reiko s'absenta, prétextant quelque chose à faire, je me retrouvai sur le lit, serrant

Naoko dans mes bras. J'embrassai délicatement son cou, ses épaules et sa poitrine, tandis que, comme la fois précédente, elle me conduisait vers le plaisir avec ses mains. Après l'orgasme, tout en serrant toujours Naoko dans mes bras, je lui dis que pendant ces deux mois je n'avais pas oublié la sensation que ses doigts m'avaient laissée. J'ajoutai que je m'étais masturbé en pensant à elle.

« Tu n'as couché avec personne d'autre ? me demanda-t-elle.

– Non, lui répondis-je.

– Alors, souviens-toi aussi de cela », me dit-elle en se déplaçant légèrement et en posant délicatement ses lèvres sur mon sexe.

Elle l'enveloppa ensuite de sa chaleur, et sa langue s'activa. Ses cheveux longs et raides retombaient sur mon bas-ventre, et frémissaient au rythme de ses lèvres. J'éjaculai pour la deuxième fois.

« Tu pourras t'en souvenir ? me demanda-t-elle après.

– Bien sûr, je ne l'oublierai jamais », lui répondis-je.

Je la pris dans mes bras, glissai mes doigts à l'intérieur de ses sous-vêtements, mais l'entrée de son vagin était sèche. Elle secoua la tête et détourna ma main. Nous restâmes serrés un moment dans les bras l'un de l'autre sans parler.

« A la fin de l'année, j'ai l'intention de quitter le foyer et de me chercher une chambre quelque part, lui dis-je. La vie au foyer commence à me lasser, et je crois qu'en travaillant je peux me débrouiller pour gagner ma vie. Alors, cela ne te déplairait peut-être pas de vivre avec moi ? Je te l'ai déjà proposé.

– Merci. Je suis très heureuse de cette proposition, me dit-elle.

– Tu sais que je trouve que c'est bien pour toi de vivre ici. C'est calme, il n'y a rien à redire à l'environnement, et Reiko est quelqu'un de bien. Mais ce n'est pas un endroit où l'on puisse rester longtemps. C'est un lieu trop particulier pour qu'on s'y attarde. Et je crois que plus on y reste longtemps, plus il devient difficile d'en sortir. »

Naoko regardait vers la fenêtre sans rien dire. On n'apercevait que de la neige. Les nuages étaient bas et lourds et ne laissaient qu'un tout petit espace entre la vaste étendue neigeuse et le ciel.

« Prends ton temps pour réfléchir, lui dis-je. En tout cas, j'ai l'intention de déménager au plus tard en mars, alors, si tu veux me rejoindre, tu viens quand tu veux. »

Naoko acquiesça. Je la pris doucement dans mes bras, comme si je soulevais un fragile objet en verre. Elle entoura mon cou de ses bras. J'étais nu, et elle ne portait que ses dessous blancs. Son corps était magnifique, et je ne me lassais pas de le regarder.

« Je me demande pourquoi je ne mouille pas ? me dit-elle à mi-voix. Cela ne m'est arrivé qu'une seule fois. En avril, le jour de mes vingt ans. La nuit où tu m'as prise. Je me demande pourquoi ça ne marche plus.

– C'est psychologique. Cela s'arrangera avec le temps. Il ne faut pas que tu t'inquiètes.

– Tous mes problèmes sont psychologiques, me dit-elle. Si je ne mouille plus jamais, si je ne peux plus jamais faire l'amour, tu m'aimeras quand même, dis ? Tu supporteras de le faire uniquement avec la main ou la bouche ? Ou alors, est-ce que tu régleras ton problème sexuel en couchant avec d'autres filles ?

– Je suis quelqu'un de fondamentalement optimiste », lui dis-je.

Naoko se redressa sur le lit, enfila son T-shirt, mit sa chemise de flanelle et son jean. Je m'habillai moi aussi.

« Laisse-moi du temps pour réfléchir, me dit-elle, et toi aussi penses-y tranquillement.

– J'y penserai, et j'ajouterai que ta fellation était extraordinaire. »

Naoko rougit légèrement, et m'adressa un franc sourire :

« Kizuki disait la même chose.

– Nous avons toujours eu les mêmes opinions et les mêmes goûts, lui et moi », répondis-je en riant.

Puis, nous faisant face à la table de la cuisine, nous parlâmes du passé, elle et moi, en buvant une tasse de café. Elle commençait, petit à petit, à pouvoir parler de Kizuki. Elle s'exprimait d'une voix entrecoupée, en choisissant ses mots avec soin. Il neigeait ou non, mais, en trois jours, il n'y eut pas un seul intermède de beau temps. Au moment de partir, je lui dis que je pensais pouvoir revenir au mois de mars. Puis je la serrai dans mes bras, par-dessus mon épais manteau, et l'embrassai. Elle me dit au revoir.

Vint l'année 1970, à l'écho de laquelle on s'habituait mal, et qui sonna le glas de mes dizaines d'années. Et je m'enfonçai dans un nouveau bourbier. Je réussis avec une relative facilité mes examens de fin d'année [1]. Puisque je n'avais rien d'autre à faire, j'avais passé des journées entières à l'université, aussi était-ce facile pour moi de réussir les examens sans trop travailler.

Il y eut pas mal de troubles à l'intérieur du foyer. Des types qui appartenaient à une secte y cachèrent des casques et des barres de fer, et provoquèrent une bagarre avec les étudiants du club sportif entraînés par le directeur. Il y eut deux blessés et six étudiants chassés du foyer. Cette affaire eut pas mal de prolongements, et des échauffourées eurent lieu presque tous les jours pendant un certain temps. Une lourde atmo-

1. L'année scolaire débute en avril et se termine en mars. Les examens universitaires commencent donc dès le début de l'année.

sphère régnait dans le foyer, où tout le monde était sur le qui-vive. Je fus moi aussi à deux doigts d'être frappé par des garçons du club sportif, mais Nagasawa intervint pour calmer le jeu. De toute façon, le moment était venu pour moi de quitter cet endroit.

Les examens terminés, je me mis sérieusement à chercher un appartement. Au bout d'une semaine, je trouvai enfin un endroit qui me convenait, dans la banlieue de Kichijôji. Ce n'était pas très pratique du point de vue des transports, mais, par bonheur, il s'agissait d'un pavillon. On peut dire que c'était une trouvaille. Il se dressait dans le coin d'un terrain, comme une maison de gardien ou une cabane de jardinier, et entre lui et la maison principale s'étendait un grand jardin assez mal entretenu. Comme les propriétaires utilisaient l'entrée principale et moi l'entrée secondaire, la vie privée de chacun était respectée. L'habitation se composait d'une pièce, d'une petite cuisine et de toilettes, ainsi que d'un placard extraordinairement grand pour qui est habitué aux placards ordinaires. Et il y avait aussi une véranda qui donnait sur le jardin. La condition était que je libère les lieux à l'arrivée d'un de leurs petits-enfants qui viendrait peut-être l'année suivante à Tôkyô, et c'est à cause de cela que le loyer en était relativement bon marché par rapport aux prix pratiqués habituellement. Les propriétaires, un vieux couple fort sympathique, me dirent qu'ils n'avaient pas l'intention de m'empêcher de faire ce que je voulais.

Nagasawa m'aida à déménager. Il loua une camionnette pour transporter mes affaires et, fidèle en cela à sa promesse, me fit cadeau de son réfrigérateur, de sa télévision et de son énorme bouteille thermos. Pour moi, c'était un cadeau inespéré. Deux jours plus tard, il devait quitter lui aussi le foyer pour emménager dans un appartement à Mita.

« Je crois que nous ne nous reverrons pas de sitôt,

mais je te souhaite bonne chance, me dit-il au moment de partir. Mais, comme je te l'ai déjà dit, j'ai l'impression que nous aurons l'occasion de nous revoir avant longtemps et dans de drôles de circonstances.

– Je m'en fais une joie, lui dis-je.

– A propos, des deux filles que nous avons échangées une fois, c'était celle qui n'était pas très belle qui était la mieux.

– Je suis de ton avis, lui dis-je en riant, mais, Nagasawa, je crois que tu ferais bien de prendre soin de Hatsumi. C'est rare de trouver quelqu'un d'aussi bien, et elle est plus fragile que tu ne le crois.

– Oui, je sais, acquiesça-t-il, mais franchement, le mieux pour elle serait que tu prennes la relève auprès d'elle. Je suis sûr que vous vous entendriez bien tous les deux.

– Tu plaisantes ? m'écriai-je, éberlué.

– Oui, me répondit-il. Allez, sois heureux. Il me semble qu'il va t'arriver pas mal de choses, mais je suis sûr que tu t'en sortiras, car tu es assez têtu dans ton genre, toi aussi. Est-ce que je peux te donner un conseil ?

– Bien sûr.

– Ne t'apitoie pas sur ton sort. C'est ce que font les imbéciles.

– Je m'en souviendrai », lui dis-je.

Nous nous serrâmes la main. Il partit pour un monde nouveau, tandis que je retournais à mon bourbier.

Trois jours après avoir emménagé, j'écrivis à Naoko. Je lui décrivis mon nouvel environnement, et lui expliquai combien j'étais heureux et soulagé à l'idée d'avoir quitté le foyer et tous ces types qui essayaient de vous entraîner dans leurs raisonnements absurdes. J'ajoutai que j'espérais commencer une nouvelle vie et que j'étais plein d'espoir.

Dehors s'étend un grand jardin qui est le lieu de rassemblement de tous les chats du quartier. Quand j'en ai le temps, je m'allonge sur la véranda pour les observer. Je ne sais pas exactement combien il y en a, mais en tout cas ils sont nombreux. Et ils sont tous vautrés au soleil. Ils n'ont pas l'air très heureux de me voir habiter ce pavillon, mais une fois, je leur ai laissé un vieux reste de fromage, et plusieurs se sont approchés craintivement pour le manger. Peut-être allons-nous finir par bien nous entendre. Il y a un mâle tigré parmi eux, avec une oreille à moitié déchiquetée, qui ressemble étonnamment au directeur du foyer où je vivais. A tel point que j'ai parfois l'impression qu'il va se mettre à lever les couleurs au milieu du jardin.

Je suis un peu plus loin de l'université, mais si j'entre en spécialisation, il n'y aura plus que très peu de cours le matin, et cela ne représentera pas un gros problème. D'ailleurs, ce sera peut-être mieux dans la mesure où je pourrai lire tranquillement dans le train. Ensuite, il ne me restera plus qu'à chercher tranquillement un petit job pas trop fatigant, trois ou quatre fois par semaine, dans les environs de Kichijôji. Alors, je pourrai revenir à une vie quotidienne bien réglée.

Ce n'est pas à moi de précipiter les choses, mais je trouve que le printemps est une saison idéale pour commencer quelque chose, et que si nous pouvions vivre ensemble à partir du mois d'avril, cela me semblerait parfait. Si tout va bien, tu pourrais aussi essayer de retourner à l'université. Si cela te pose des problèmes qu'on vive ensemble, je peux tout aussi bien te chercher un appartement près de chez moi. Le plus important étant que nous puissions toujours être suffisamment proches l'un de l'autre. Et, bien sûr, je ne tiens pas particulièrement au printemps. Si tu crois que ce serait mieux en été, c'est d'accord pour l'été. Il n'y a pas de problème. Peux-tu me donner une réponse, afin que je sache ce que tu en penses ?

J'espère trouver prochainement un travail. C'est pour payer les frais de mon déménagement. Quand on commence à vivre seul, il faut pas mal d'argent pour toutes sortes de choses. Il faut d'ailleurs que je m'achète des casseroles et des assiettes. Mais, au mois de mars, j'aurai du temps et je veux à tout prix aller te voir. Peux-tu me dire quand cela t'arrange ? J'essaierai de venir à ce moment-là. J'attends ta réponse en me réjouissant à l'avance à l'idée de te revoir.

Les deux ou trois jours qui suivirent, j'achetai petit à petit toutes les choses dont j'avais besoin, dans le quartier de Kichijôji, et commençai à me préparer des repas simples à la maison. Dans un magasin du quartier qui vendait du bois, je fis découper une planche pour me faire une table de travail. Et je décidai provisoirement de m'en servir pour manger. Je fis faire aussi des étagères, et achetai tout un tas d'épices. Une petite chatte blanche d'environ six mois s'attacha à moi et finit par manger dans la maison. Je décidai de l'appeler Kamome[1].

Ensuite, je me rendis en ville et trouvai du travail chez un peintre où je fis l'apprenti pendant deux semaines d'affilée. C'était bien payé, mais c'était très dur physiquement, et les solvants me montaient à la tête. Dès que j'avais fini ma journée, je dînais d'un menu arrosé de bière, puis je rentrais chez moi où je jouais un moment avec la chatte avant de m'endormir comme une masse. Au bout de quinze jours, je n'avais toujours pas reçu de réponse de Naoko.

Pendant que j'étais en train de peindre, je me sou-

1. Mouette.

vins brusquement de Midori. Je réalisai que je ne lui avais pas fait signe depuis trois semaines, et que je ne l'avais même pas prévenue de mon déménagement. Je lui avais seulement dit mon intention de le faire, ce qu'elle avait approuvé.

J'entrai dans une cabine téléphonique et fis le numéro de l'appartement de Midori. Quelqu'un qui devait être sa sœur aînée décrocha et, quand je lui dis mon nom, me dit d'attendre un instant. Mais j'eus beau patienter un certain temps, Midori ne vint pas.

« Midori est très en colère, vous savez, et elle refuse de vous parler, me dit la personne qui devait être sa sœur. Quand vous avez déménagé, vous ne l'avez pas prévenue, n'est-ce pas ? Vous avez disparu du jour au lendemain sans lui dire où vous alliez, et vous ne lui avez plus donné signe de vie, n'est-ce pas ? Alors, elle est terriblement en colère. Et, une fois qu'elle est en colère, je vous garantis que ce n'est pas facile de la faire revenir à de meilleurs sentiments. Elle réagit comme un animal.

– Pouvez-vous lui demander de venir pour que je lui donne des explications ?

– Elle dit qu'elle n'a rien à faire de vos explications.

– Alors je vais vous expliquer, et, si cela ne vous fait rien, j'aimerais bien que vous transmettiez ces explications à Midori.

– Non, je ne veux pas, répliqua-t-elle sèchement. Vous n'avez qu'à le lui dire vous-même. Vous êtes un homme, n'est-ce pas ? Alors, vous n'avez qu'à prendre vos responsabilités. »

Ne pouvant faire autrement, je la remerciai avant de raccrocher. Et puis je me dis que Midori avait quand même de bonnes raisons d'être en colère. Avec le déménagement, mon installation et mon travail, je l'avais complètement oubliée. D'ailleurs, n'avais-je pas aussi été à deux doigts d'oublier Naoko ? J'avais toujours été ainsi. Quand j'étais pris par quelque chose, j'oubliais tout le reste.

Ensuite, j'essayai de me mettre à sa place et d'imaginer ce que j'aurais pensé si Midori avait déménagé sans rien dire et ne m'avait pas fait signe pendant trois semaines. J'aurais sans doute été blessé. Peut-être assez profondément. Parce que même si nous n'étions pas amants, dans un certain sens, nous étions liés par un lien encore plus fort. A cette pensée, je fus pris d'une grande tristesse. C'est quelque chose d'horrible de blesser inutilement le cœur d'autrui, spécialement quand il s'agit d'un être cher.

Dès que je fus rentré de mon travail, je m'installai à mon bureau flambant neuf pour écrire à Midori. Je lui écrivis franchement ce que je pensais. Renonçant aux prétextes et aux explications, je m'excusai d'avoir été négligent et indélicat. J'ajoutai que j'avais très envie de la revoir. Je voulais qu'elle vienne visiter ma nouvelle maison. Je lui demandai de me répondre. Puis je collai un timbre au tarif exprès sur l'enveloppe et la glissai dans une boîte aux lettres.

J'attendis longtemps, mais il n'y eut pas de réponse.

Ce fut un bien curieux début de printemps. Pendant les vacances, je ne fis qu'attendre des réponses à mes lettres. Je ne pus ni partir en voyage, ni rentrer chez moi, ni travailler. Parce que j'aurais pu recevoir une lettre de Naoko me demandant de venir la voir un jour précis. Je sortais vers midi dans le quartier de Kichijôji, pour aller au cinéma voir deux films d'affilée, ou passer la moitié de la journée à lire dans un bar de jazz. Je ne rencontrais personne et je ne parlais à pratiquement personne non plus. J'écrivais une fois par semaine à Naoko. Dans mes lettres, je ne lui demandais pas de réponse. Parce que cela me déplaisait de la presser. Je lui parlais de mon travail dans l'entreprise de peinture, de Kamome, des fleurs du pêcher du jardin, de la gentille vendeuse de tôfu et de la méchante marchande des quatre-saisons, et je lui racontais les repas que je me préparais quotidiennement. Je n'eus pas la moindre réponse.

Quand je fus las de lire ou d'écouter des disques, je me mis peu à peu à entretenir le jardin. J'allai chez le propriétaire lui emprunter un balai, un râteau, une pelle à ordures, et un sécateur, pour enlever les mauvaises herbes et tailler les buissons qui avaient poussé dans le plus parfait désordre. Avec ce minimum d'entretien, le jardin redevint assez joli. Un après-midi, alors que j'étais en train d'y travailler, le propriétaire m'appela et me proposa de boire le thé avec lui. Assis sur la véranda de la maison principale, nous bûmes du thé et nous grignotâmes des biscuits tout en bavardant. Il me dit qu'après sa retraite il avait travaillé pendant un certain temps comme agent d'assurances, mais qu'il avait arrêté deux ans plus tôt et que depuis il vivait tranquillement. Il possédait la maison et le terrain depuis longtemps, tous ses enfants avaient fait leur vie, et il pouvait passer sa vieillesse à ne rien faire. C'était pour cela qu'avec sa femme ils voyageaient souvent.

« C'est bien, lui dis-je.

– Détrompez-vous. Ce n'est pas du tout amusant de voyager. Je préfère de beaucoup travailler. »

S'il avait délaissé le jardin, c'était parce qu'il n'y avait pas de jardinier correct dans le quartier, et il aurait dû s'en occuper lui-même petit à petit, mais ces derniers temps, ses crises de rhume des foins étaient si fortes qu'il ne pouvait plus toucher à l'herbe. Quand nous eûmes fini notre thé, il me montra le débarras et me dit qu'il ne pouvait pas me payer, mais que je pouvais disposer de tout ce qui se trouvait là, car il n'en avait plus besoin. Il y avait vraiment toutes sortes de choses inimaginables dans ce débarras. De la bassine pour le bain à la batte de base-ball, en passant par une piscine pour enfants. J'y trouvai une vieille bicyclette, une petite table de cuisine et deux chaises, un miroir et une guitare, et lui demandai si cela ne le gênait pas que je les lui emprunte. Il me répondit que je pouvais les utiliser autant que je le voulais.

Je mis toute une journée à nettoyer la bicyclette, la graisser, regonfler les pneus, régler les freins, avant de l'apporter chez le marchand pour faire mettre un nouveau câble de changement de vitesse. Et la bicyclette redevint comme neuve. Quant à la table, je lui passai une couche de vernis après l'avoir dépoussiérée. Je changeai toutes les cordes de la guitare, et en recollai un morceau qui menaçait de partir. J'enlevai la rouille à la brosse et réglai les vis. Ce n'était pas un instrument extraordinaire, mais au moins il produisait des sons. A la réflexion, je n'avais pas eu de guitare depuis mes années de collège. Assis sur la véranda, j'essayais de jouer lentement *Up on the Roof* des Drifters. Curieusement, je me souvenais encore des principaux accords.

Ensuite, je me fabriquai une boîte à lettres avec des restes de planches, la peignis en rouge, y écrivis mon nom et la fixai à ma porte. Mais la seule lettre qui y fut introduite jusqu'au 3 avril fut l'avis de réunion des anciens du lycée, que l'on m'avait fait suivre, réunion à laquelle je n'avais aucunement l'intention de me rendre. C'était parce qu'il s'agissait de la classe dans laquelle nous étions, Kizuki et moi. Je la jetai aussitôt au panier.

Dans l'après-midi du 4 avril, une lettre fut glissée dans ma boîte, mais elle était de Reiko. Au dos de l'enveloppe était écrit *Reiko Ishida*. Je découpai proprement l'enveloppe avec mes ciseaux pour la lire, assis sur la véranda. Dès le début, j'eus le pressentiment que le contenu ne devait pas être très bon, ce qui se révéla exact à la lecture de la lettre.

Au début, elle s'excusa de m'avoir répondu si tardivement. Naoko avait mené un combat désespéré pour le faire, mais elle n'avait pas réussi. Elle lui avait proposé plusieurs fois d'écrire à sa place, parce qu'il ne fallait pas répondre trop tard, mais Naoko n'avait cessé de répéter que c'était quelque chose de trop personnel et que c'était à elle de répondre, c'était donc pour cela que la réponse avait tant tardé. Elle écrivait qu'elle avait sans doute été la cause de bien des inquiétudes mais qu'il fallait lui pardonner.

Vous avez peut-être souffert en attendant cette réponse pendant tout ce temps, mais pour Naoko aussi, ce fut un mois de souffrance. Je voudrais que vous le compreniez. A dire vrai, elle n'est pas très bien en ce moment. Elle a essayé de s'en sortir par elle-même, mais cela ne donne pas encore de bons résultats.

Finalement, les premiers symptômes ont été qu'elle ne pouvait plus écrire. Ce fut à partir de la fin novembre ou du début décembre. Ensuite, les hallucinations sont apparues progressivement. Dès qu'elle essayait d'écrire, plein de gens se mettaient à lui parler pour l'en empêcher. Ils la gênaient quand elle essayait de choisir ses mots. Mais, au moment de votre deuxième visite, ces manifestations s'étaient relativement calmées, et franchement, moi-même je ne croyais pas que c'était aussi grave. Il y a une certaine périodicité dans les symptômes. Mais, après votre départ, ces symptômes se sont brusquement aggravés. Actuellement, elle est pratiquement incapable de mener une conversation normale. Elle n'arrive pas à trouver ses mots. Elle en est extrêmement troublée. Elle est perturbée et effrayée. Ses hallucinations sont de plus en plus importantes.

Nous nous réunissons tous les jours avec le médecin spécialiste. Tous les trois, Naoko, le médecin et moi, nous parlons de tout et nous essayons de trouver ce qui lui manque. J'ai proposé de faire ces réunions avec vous, et le médecin était d'accord, mais Naoko s'y est opposée. Je vous transmets exactement ce qu'elle a dit alors, elle a dit vouloir vous rencontrer « avec un corps propre ». J'ai essayé de la convaincre que le problème n'était pas là et qu'il fallait qu'elle guérisse au plus vite, mais elle n'a pas voulu changer d'avis.

Il me semble vous avoir déjà expliqué qu'ici ce n'était pas un hôpital spécialisé. Bien sûr, il y a des médecins spécialistes et l'on dispose de traitements efficaces, mais il est difficile d'y mener une thérapie poussée. Le but de cet établissement est de constituer un environnement approprié qui permette aux patients de se soigner eux-mêmes. En fait, il n'y a pas de traitement médical à proprement parler. C'est pour ça que, si les symptômes de Naoko devaient encore s'aggraver, on serait sans doute obligé de la transférer dans une autre institution ou, à défaut, dans un hôpital. C'est dur pour moi aussi, mais on ne pourra sans doute pas faire autrement. Bien sûr, si on devait en arriver là, ce ne serait qu'un « intermède » provisoire, et elle garderait la possibilité de revenir ici. A moins, dans le meilleur des cas, qu'elle ne guérisse et ne quitte directement l'hôpital. En tout cas, nous faisons tout notre possible, et Naoko, de son côté, aussi. Je vous demande de prier pour qu'elle se rétablisse. Et puis, continuez à lui écrire comme vous l'avez fait jusqu'à présent.

Reiko Ishida

Après avoir lu sa lettre, je restai assis sur la véranda à contempler le jardin printanier. Le vieux cerisier était presque entièrement recouvert de fleurs. Le vent était doux, et la lumière prenait de jolies teintes nuancées. Kamome ne tarda pas à arriver, et, après avoir griffé un moment les planches de la véranda, il s'étendit avec satisfaction près de moi pour faire un somme.

Je pensais qu'il me fallait réfléchir, mais je ne savais pas du tout comment. Et puis, à dire vrai, je ne voulais penser à rien. Bientôt, je serais bien obligé de le faire, et je verrais à ce moment-là. Je ne voulais penser à rien, *au moins pour l'instant*.

Je restai toute la journée sur la véranda, adossé à un pilier, à regarder le jardin tout en caressant Kamome. J'avais l'impression que mes forces m'avaient quitté. L'après-midi touchait à sa fin, le crépuscule arriva, et bientôt la nuit légèrement teintée de bleu enveloppa le jardin. Kamome avait disparu depuis longtemps déjà, et j'étais toujours en train de regarder les fleurs du cerisier. Elles m'apparaissaient comme de la chair à vif, dans l'obscurité printanière. Le jardin était rempli d'un lourd parfum de plénitude. Et je pensai à l'odeur du corps de Naoko. Son corps magnifique était allongé dans l'obscurité, et d'innombrables petits bourgeons sortaient de sa peau, des petits bourgeons verts qui oscillaient doucement sous la brise. Je me demandais pourquoi il fallait qu'un aussi beau corps fût malade. Pourquoi ne la laissaient-ils pas tranquille ?

Je rentrai dans la maison, fermai les rideaux des fenêtres, mais l'odeur du printemps avait déjà rempli la pièce. Elle envahissait tout. Maintenant, elle n'évoquait plus pour moi que l'odeur de la pourriture. A l'intérieur de la pièce aux rideaux tirés, je me mis à haïr violemment le printemps. Je haïssais ce que cette saison m'avait apporté et cette douleur lancinante blottie au fond de moi. Ce fut la première fois de ma vie que je détestai quelque chose avec autant de violence.

Les trois jours qui suivirent furent pour moi des jours bien étranges. J'avais l'impression d'évoluer au fond de la mer. Je n'entendais pas très bien les gens qui me parlaient, et, quand j'adressais la parole à quelqu'un, on ne m'entendait pas. J'avais l'impression d'être complètement enveloppé dans une membrane hermétique.

A cause de cette membrane, j'avais des difficultés à entrer en contact avec le monde extérieur. Mais, en même temps, eux non plus n'arrivaient pas à me toucher. Je n'étais pas assez fort, mais, dans la mesure où je restais ainsi, eux non plus ne pouvaient rien contre moi.

Adossé au mur, je regardais distraitement le plafond, mangeant ce que j'avais sous la main quand j'avais faim, buvant de l'eau, et dormant après avoir ingurgité du whisky lorsque j'étais trop triste. Je ne me lavais pas, et je ne me rasais pas non plus. Trois jours s'écoulèrent ainsi.

Le 6 avril arriva une lettre de Midori. Elle m'avait écrit pour me proposer de nous rencontrer dans la cour de l'université le 10 avril, jour des inscriptions pédagogiques, pour déjeuner ensemble. Elle avait fait exprès de me répondre aussi tardivement, mais, puisque maintenant nous étions quittes, elle voulait se réconcilier avec moi. Elle écrivait qu'elle était très triste de ne pas me voir. Je relus sa lettre quatre fois, mais je ne compris pas très bien ce qu'elle voulait me dire. Que diable pouvait signifier cette lettre ? Ma tête était dans un état de confusion totale, et je n'arrivais pas à trouver le lien entre chacune de ses phrases. Pourquoi la rencontrer le jour des « inscriptions pédagogiques » signifiait-il que nous étions « quittes » ? Pourquoi tenait-elle à « déjeuner » avec moi ? J'avais l'impression que j'étais en train de devenir fou moi aussi. Ma conscience était terriblement relâchée, complètement ramollie, comme les racines d'une plante poussant dans l'obscurité. Je pensais vaguement dans un coin de ma tête qu'il ne fallait pas que je sois ainsi. Je ne devais pas rester comme ça, je devais faire quelque chose. Et je me rappelai soudain que Nagasawa m'avait conseillé de ne pas m'apitoyer sur moi-même : « S'apitoyer sur soi-même, c'est ce que font les imbéciles. »

Oh là là, Nagasawa, tu es vraiment admirable, pensai-je. Puis je soupirai et me mis debout.

Je fis ma lessive, ce qui ne m'était pas arrivé depuis longtemps, me rendis au bain public, où je me rasai, fis le ménage de ma pièce, fis les courses puis me préparai un repas correct que je mangeai, donnai quelque chose à Kamome, qui était affamé, ne bus rien d'autre que de la bière et fis une demi-heure de gymnastique. En m'observant dans la glace pour me raser, je m'étais rendu compte que j'avais le visage amaigri. Mon regard était bizarrement exorbité, et mes traits me semblaient appartenir à quelqu'un d'autre.

Le lendemain matin, je sortis faire une promenade à bicyclette, déjeunai en rentrant, et ensuite relus la lettre de Reiko. Puis, les deux pieds sur terre, je réfléchis à ce qu'il m'était possible de faire. La raison principale pour laquelle j'avais reçu un grand choc en lisant sa lettre venait du fait que j'avais imaginé avec optimisme qu'elle allait mieux et que cette conviction avait été balayée en un instant. Naoko elle-même m'avait dit que sa maladie avait des racines très profondes, tandis que Reiko disait de son côté qu'elle ne savait pas comment cela allait évoluer. Pourtant, j'avais vu deux fois Naoko et j'avais cru qu'elle allait mieux, aussi avais-je pensé que le seul problème qu'il lui restait à affronter était celui de son retour dans la société. D'ailleurs, j'étais persuadé que, si elle en avait le courage, elle arriverait à s'en sortir, avec nos forces conjuguées.

Mais le château d'illusions que j'avais bâti sur la base de ma fragile hypothèse s'était écroulé en un instant avec la lettre de Reiko. Il ne restait plus qu'une surface plane et engourdie. Il fallait absolument que je retrouve mon énergie. Je pensais qu'il faudrait encore beaucoup de temps pour que Naoko guérisse encore une fois. A supposer qu'elle se remette, elle serait encore beaucoup plus faible, et aurait moins confiance en elle qu'auparavant. Il fallait que je m'adapte à cette nouvelle situation. Bien sûr, je comprenais parfaitement que ce n'était pas parce que je deviendrais fort que tous les problèmes seraient résolus, mais, en tout cas, la seule chose que je pouvais faire était de me remonter le moral. Ensuite, il ne me resterait qu'à attendre patiemment sa guérison.

Eh, Kizuki, pensai-je. Contrairement à toi, j'ai décidé de vivre, et correctement, à ma façon. Cela a certainement été dur pour toi, mais c'est dur aussi pour moi, tu sais. Je t'assure. Et tout cela, c'est à cause de toi, qui es mort en laissant Naoko. Mais je ne l'abandonnerai pas, tu sais. D'abord parce que je l'aime et que je suis plus fort qu'elle. Ensuite parce que je vais devenir encore plus fort. Et puis je vais mûrir. Je vais devenir adulte. Parce que je dois le devenir. Jusqu'à présent, j'espérais rester tel que j'étais à dix-sept ou dix-huit ans. Mais maintenant je ne pense plus ainsi. Je ne suis plus un adolescent d'une dizaine d'années. Je me sens responsable. Tu sais, Kizuki, je ne suis plus le même que lorsqu'on était ensemble. Je viens d'avoir vingt ans. Et je dois payer le prix pour continuer à vivre.

« Dis-moi, que se passe-t-il, Watanabe ? me demanda Midori. Tu as drôlement maigri, je trouve.

– Tu crois ?

– N'aurais-tu pas forcé la dose avec ta femme mariée ? »

Je secouai la tête en riant.

« Je n'ai pas couché avec une fille depuis le début du mois d'octobre de l'année dernière. »

Midori fit entendre un sifflement rauque.

« Tu ne veux quand même pas me faire croire que tu n'as pas fait l'amour depuis six mois ?

– Mais si.

– Alors, pourquoi as-tu tellement maigri ?

– Parce que je suis devenu adulte. »

Midori me retint solidement par les deux épaules et me fixa droit dans les yeux. Elle resta un moment les sourcils froncés, avant de partir d'un grand éclat de rire.

« C'est vrai ! On dirait que tu as changé par rapport à ce que tu étais avant.

– Puisque je te dis que c'est parce que je suis devenu adulte !

– Tu es vraiment extraordinaire, toi, de pouvoir penser ce genre de choses, me dit-elle avec admiration. Allons manger, j'ai faim. »

Nous nous rendîmes dans un restaurant qui se trouvait dans une petite rue derrière la faculté des lettres et où nous avions décidé de déjeuner. Je commandai pour moi le plat du jour, et elle demanda la même chose.

« Tu es en colère ? me demanda-t-elle.

– A cause de quoi ?

– Eh bien, parce que, pour me venger, je t'ai fait attendre pour te répondre. Tu trouves qu'on ne doit pas faire ça, alors que tu t'étais excusé très correctement ?

– Ce n'est pas grave puisque, de toute façon, j'avais tort.

– Ma sœur pense que ce n'est pas une chose à faire. Elle m'a dit que j'avais fait preuve d'intolérance et de puérilité.

– Oui mais au moins ça t'a soulagée de me rendre la pareille, non ?

– C'est vrai.

– Alors, c'est bien comme ça.

– Toi, tu es vraiment tolérant. Mais, dis-moi, c'est vrai que tu n'as pas fait l'amour depuis six mois ?

– C'est vrai.

– Alors, la dernière fois, quand tu m'as aidée à

m'endormir, tu en avais vraiment très envie, n'est-ce pas ?

– Peut-être bien.

– Mais tu ne l'as pas fait.

– Tu es mon amie la plus précieuse, et je ne veux pas te perdre, tu comprends ?

– Mais, si tu avais vraiment voulu, je ne m'y serais sans doute pas opposée, tu le sais ? Ce jour-là, j'ai beaucoup hésité...

– Car la mienne est dure et grosse, c'est bien ça ? »

Elle se mit à rire, et m'effleura discrètement le poignet.

« J'avais décidé, un peu avant, de te croire. A cent pour cent. Alors, ce soir-là, je me suis couchée rassurée et j'ai dormi profondément. J'étais persuadée qu'avec toi je n'avais rien à craindre. Je pouvais dormir tranquille. J'ai dormi profondément, tu sais ?

– Oui, sûrement...

– Et puis, si au contraire tu m'avais dit : “Allez, Midori, tu vas faire l'amour avec moi. Tu verras, tout ira beaucoup mieux”, je l'aurais sans doute fait. Mais ne va pas croire que j'ai dit cela pour te séduire ou que je me suis moquée de toi pour t'exciter. Je voulais seulement te dire franchement ce que j'avais ressenti.

– Je comprends. »

Tout en déjeunant, nous nous montrâmes nos cartes d'inscriptions pédagogiques, et nous découvrîmes que nous avions deux cours en commun. Je la verrais donc deux fois par semaine. Puis elle me parla de sa vie. Elle et sa sœur aînée avaient eu du mal à s'habituer à leur appartement. Parce que la vie y était beaucoup plus amusante que là où elles avaient vécu jusqu'alors. Midori m'expliqua qu'elles étaient trop habituées à avoir des journées surchargées, à s'occuper d'un malade en plus d'aider au magasin.

« Mais, ces derniers temps, je commence à me dire

que ce n'est pas si mal, continua-t-elle. Il paraît que c'est le genre de vie qui nous convient le mieux. Alors, nous devons en profiter sans nous gêner pour qui que ce soit. Mais nous n'étions pas tranquilles du tout, tu sais. Nous avions l'impression que notre corps flottait à deux ou trois centimètres du sol, nous croyions que ce n'était pas vrai, que dans la réalité une vie aussi amusante n'existait pas. Nous nous attendions avec anxiété au retour de bâton.

– Vous avez eu bien du malheur, lui dis-je en riant.

– C'est que, jusqu'alors, c'était vraiment trop dur. Mais cela ne fait rien, nous allons en profiter maintenant.

– Je crois que vous en êtes capables. Que fait ta sœur tous les jours ?

– Une de ses amies vient d'ouvrir une boutique d'accessoires à Omotesandô, et elle va l'aider environ trois fois par semaine. Après, elle apprend la cuisine, va retrouver son fiancé, va au cinéma, traîne, bref, elle en profite. »

Elle me posa des questions sur ma nouvelle vie, et je lui décrivis ma maison, le grand jardin, mon chat et mon propriétaire.

« Ça te plaît ?

– Ce n'est pas mal.

– Mais tu n'as pas l'air très en forme.

– Et pourtant, c'est le printemps...

– Et puis tu portes le beau pull-over qu'elle t'a tricoté... »

Stupéfait, je regardai le pull lie-de-vin que je portais.

« Comment as-tu compris ?

– Tu ne peux vraiment rien cacher. J'ai dit cela au hasard, me dit-elle, déconcertée. Mais tu n'es pas en forme, n'est-ce pas ?

– J'essaie pourtant de l'être.

– Tu n'as qu'à penser que la vie est comme une boîte de biscuits. »

Je hochai plusieurs fois la tête avant de la regarder.

« Sans doute ne suis-je pas très intelligent, car il m'arrive de temps en temps de ne pas très bien comprendre ce que tu veux dire...

– Dans une boîte de biscuits, il y en a de toutes sortes, des qu'on aime, d'autres qu'on n'aime pas tellement, n'est-ce pas ? Et, quand on mange ceux qu'on aime en premier, il ne reste plus que ceux qu'on n'aime pas trop. C'est toujours ce que je pense quand j'ai de mauvais moments à passer. Si je fais cela maintenant, ce sera plus facile après, c'est ce que je me dis. Je t'assure que la vie, c'est comme une boîte de biscuits.

– On peut dire que c'est une vraie philosophie...

– Mais c'est vrai, je t'assure. C'est l'expérience qui me l'a appris. »

Alors que nous étions en train de boire notre café, deux amies de Midori entrèrent dans le restaurant, et elles se montrèrent réciproquement leurs cartes d'étudiantes, avant de se mettre à bavarder, échangeant leurs résultats d'allemand de l'année précédente, l'une disant qu'elle avait été blessée au cours des manifestations, l'autre s'exclamant sur la beauté des chaussures de la troisième et lui demandant où elle les avait achetées, bref, elles discutèrent un bon moment à bâtons rompus. A les entendre, sans y prêter particulièrement attention, j'avais l'impression que leur conversation me parvenait de la face cachée de la terre. Tout en buvant mon café, je regardais par la fenêtre. C'était toujours le même spectacle qu'offrait l'université au printemps. Le ciel était brumeux, les cerisiers étaient en fleurs, et des jeunes gens en uniformes d'étudiants flambant neufs marchaient dans la rue, leurs nouveaux livres sous le bras. Alors que j'étais en train de les regarder, je recommençai à laisser errer mes pensées au hasard. Je pensais à Naoko qui ne pourrait pas encore revenir à l'université cette année. Près de la fenêtre était posé un petit vase contenant des anémones.

Les deux filles prirent congé et retournèrent à leur table, tandis que Midori et moi quittions le restaurant pour aller nous promener dans les rues. Nous fîmes le tour des marchands de livres d'occasion et y achetâmes quantité de livres, bûmes un café dans un salon de thé, nous nous essayâmes à un flipper dans un game center, et bavardâmes, assis sur un banc dans un jardin public. En fait, c'était elle qui parlait, tandis que j'acquiesçais à intervalles réguliers. Comme elle avait soif, j'allai acheter deux Coca-Cola dans une confiserie du quartier. Pendant ce temps-là, elle avait écrit nerveusement quelque chose au stylo-bille sur son bloc-notes. Elle me répondit que c'était sans importance quand je lui demandai ce que c'était.

A trois heures et demie, elle me dit qu'elle n'allait pas tarder à y aller, parce qu'elle avait rendez-vous avec sa sœur à Ginza. Nous marchâmes jusqu'à la station de métro, où nous nous séparâmes. Au moment de partir, elle glissa la feuille de bloc-notes pliée en quatre dans la poche de mon manteau. Elle me dit de la lire une fois rentré chez moi. Je la lus dans le train.

Je t'écris cette lettre pendant que tu es parti nous acheter des Coca-Cola. Même moi, c'est la première fois que j'écris ainsi à quelqu'un assis à côté de moi sur un banc. Mais j'ai l'impression que si je ne le fais pas, je n'arriverai jamais à te dire ce que je veux essayer de t'expliquer. Parce que j'ai beau parler, tu ne m'écoutes pas, n'est-ce pas ?

Sais-tu que tu m'as fait une chose terrible, aujourd'hui ? Tu ne t'es même pas rendu compte que j'avais changé de coiffure ! J'ai laissé repousser mes cheveux à grand-peine et, vers la fin de la semaine dernière, je suis enfin arrivée à retrouver une coiffure de fille. Tu ne t'en es même pas aperçu, n'est-ce pas ? Comme c'est assez joli et que je ne t'avais pas vu depuis longtemps, j'avais l'intention de te faire la surprise, mais tu ne trouves pas que c'est quand même un peu gros de ne pas t'en être aperçu ? Si ça se trouve, tu n'es même pas capable de te souvenir des vêtements que je porte. Je suis une fille, tu sais. Tu as beau être absorbé par tes pensées, tu pourrais quand même me regarder une fois de temps en temps. Tu m'aurais seulement dit : « Tu as une belle coiffure », et tu te serais plongé dans tes pensées, que je t'aurais volontiers pardonné...

C'est à cause de cela que je te mens maintenant. Ce n'est pas vrai que j'ai rendez-vous avec ma sœur à Ginza. Aujourd'hui, j'avais même apporté mon pyjama pour dormir chez toi. C'est vrai, dans mon sac, il y a un pyjama et une brosse à dents. Ah, quelle imbécile je fais ! Tu ne m'as même pas invitée à venir chez toi. Mais ce n'est pas grave, je te laisse seul puisqu'on dirait que tu ne te soucies pas de moi et que tu veux être seul. Tu vas pouvoir te plonger jusqu'au cou dans tes réflexions.

Mais je ne suis pas vraiment en colère contre toi. Je suis seulement malheureuse. C'est parce que je ne peux rien faire pour toi, alors que tu as tant fait pour moi. Tu es toujours enfermé dans ton propre monde, levant à peine les yeux quand je frappe et t'appelle, pour y retomber aussitôt.

Te voici revenu avec les Coca-Cola. Tu marches toujours plongé dans tes pensées, mais tu n'es pas tombé, même si j'ai souhaité te voir trébucher. Tu es maintenant assis à côté de moi, et tu bois ton Coca à grosses gorgées. J'espérais que tu allais peut-être enfin t'apercevoir de ma nouvelle coiffure, mais non. Si tu t'en étais rendu compte, j'aurais déchiré cette lettre en petits morceaux et je t'aurais proposé d'aller chez toi. Je t'aurais préparé un bon dîner, et nous aurions dormi ensemble gentiment. Mais tu es aussi insensible qu'un gril. Adieu.

PS : la prochaine fois que tu me verras au cours, je te prie de ne pas m'adresser la parole.

Je téléphonai chez elle de la gare de Kichijôji, mais personne ne répondit. Comme je n'avais rien de particulier à faire, je marchai dans les rues du quartier, pour essayer de trouver un job compatible avec mes horaires de cours à l'université. J'étais libre le samedi et le dimanche, ainsi que le lundi, le mercredi et le jeudi à partir de cinq heures du soir, mais un travail correspondant exactement à cet emploi du temps n'était pas très facile à trouver. Je renonçai bientôt et rentrai chez moi, puis je profitai du fait que je faisais les courses du dîner pour essayer de retéléphoner à Midori. Ce fut sa sœur qui me répondit, et qui me dit que Midori n'était pas encore rentrée et qu'elle ne savait pas du tout quand elle rentrerait. Je la remerciai avant de raccrocher.

Après dîner, j'essayai de lui écrire une lettre, mais j'échouai après plusieurs tentatives et décidai finalement d'écrire à Naoko.

Je lui écrivis que le printemps était arrivé et qu'une nouvelle année commençait. J'étais très malheureux de ne pouvoir la voir, et je voulais la rencontrer à tout prix pour lui parler. En tout cas, j'avais pris la résolution de devenir fort. Parce que je pensais qu'il n'y avait pas d'autre voie envisageable pour moi.

Ensuite, en ce qui concerne mon propre problème, tu t'en moques peut-être, mais je ne couche plus avec personne. C'est parce que je ne veux pas oublier les caresses que tu m'as faites. Pour moi, c'est quelque chose de beaucoup plus important que tu ne le crois. Je pense toujours à ce qui s'est passé entre nous.

Je glissai la lettre dans une enveloppe, y collai un timbre et, assis à mon bureau, je restai un moment pensif à la regarder. Ma lettre était beaucoup plus courte que celles que je lui envoyais d'habitude, mais j'avais vaguement l'impression que, de cette façon, le message passerait mieux. Je me versai environ trois centimètres de whisky dans un verre et le bus en deux gorgées avant de me coucher.

Le lendemain, je trouvai un job pour le samedi et le dimanche, près de la gare de Kichijôji. C'était un travail de serveur dans un petit restaurant italien, et les conditions n'étaient pas très satisfaisantes, mais on m'y donnait à déjeuner et on me payait les transports. C'était bien pour moi, car il fut convenu que je pourrais travailler les lundis, mercredis et jeudis soir, quand les autres serveurs voudraient se reposer, et ils se reposaient souvent. Le patron me dit qu'il m'augmenterait au bout de trois mois et qu'il voulait que je vienne à partir du samedi suivant. Comparé au minable marchand de disques de Shinjuku, il m'apparut comme un homme tout à fait correct et sérieux.

En téléphonant à l'appartement de Midori, je tombai encore sur sa sœur qui me dit qu'elle n'était pas rentrée depuis la veille, qu'elle aimerait bien savoir où elle était, et qui me demanda d'une voix fatiguée si je n'avais pas une idée de l'endroit où elle se trouvait. Tout ce que je savais, c'était qu'elle avait mis son pyjama et sa brosse à dents dans son sac.

J'aperçus Midori au cours du mercredi. Elle portait un sweater beige et les lunettes de soleil vert foncé qu'elle avait beaucoup portées l'été précédent. Elle était assise tout au fond et bavardait avec une petite à lunettes assise devant elle, et que j'avais déjà vue. J'allai la trouver pour lui dire que j'avais à lui parler après. Ce fut d'abord la fille à lunettes qui me regarda, puis ce fut Midori. Il est vrai que sa coiffure était beaucoup plus féminine qu'avant. Elle semblait aussi beaucoup plus adulte.

« J'ai un rendez-vous, me dit-elle en penchant la tête d'un air gêné.

– Je ne te prendrai pas beaucoup de temps. Cinq minutes, pas plus. »

Midori enleva ses lunettes noires et plissa les yeux. Elle me regardait comme on observe de loin une maison en ruine.

« Je n'ai pas envie de parler, désolée. »

La fille à lunettes me regarda avec des yeux qui signifiaient : « Vous voyez bien qu'elle ne veut pas vous parler, désolée. »

Je m'assis à l'extrême droite du premier rang pour suivre le cours (Introduction au théâtre de Tennessee Williams, sa place au sein de la littérature américaine), et, quand il fut terminé, je comptai lentement jusqu'à trois avant de me retourner. Midori avait déjà disparu.

C'était trop triste de passer le mois d'avril tout seul. En cette saison, tout le monde semblait heureux. Les gens, qui s'étaient débarrassés de leur manteau, bavardaient au soleil, jouaient au ballon, s'aimaient. Mais moi, j'étais tout seul. Naoko, Midori, Nagasawa, ils s'étaient tous éloignés de moi. Et je n'avais plus personne à saluer. Même le facho me manquait. Je passai le mois d'avril dans cette solitude inconsolable. J'essayai plusieurs fois de parler à Midori, mais la réponse que j'obtenais était toujours la même. Elle me répondait qu'elle ne voulait pas me parler pour le moment, et le ton de sa voix me prouvait qu'elle était sincère. Elle était presque toujours avec la fille à lunettes et, à défaut, avec un grand garçon aux cheveux courts. C'était un jeune homme aux jambes extraordinairement longues, et qui portait toujours des chaussures de basket blanches.

Vint la fin du mois d'avril, puis le mois de mai, qui fut encore pire. Au fur et à mesure qu'on avançait dans la saison, je sentais mon cœur trembler et osciller de plus en plus. Ce tremblement venait en général vers le soir. Dans la pénombre où flottait légèrement le parfum des magnolias, mon cœur se gonflait sans raison et se mettait à trembler, à s'ébranler avant d'être atteint par la douleur. Dans ces moments-là, je fermais les yeux, immobile, les dents serrées. Et j'attendais que ça se calme. Cela durait longtemps avant de passer, laissant persister une violente douleur.

Dans ces cas-là, j'écrivais à Naoko. Je ne lui disais que des choses positives, amusantes ou belles. Je lui racontais l'odeur de l'herbe, la douce brise printanière, le clair de lune, les films que j'avais vus, les chansons que j'avais aimées, ou encore les livres qui m'avaient touché. Je me consolais moi-même en relisant ce que j'avais écrit. Et je me persuadais que je vivais dans un monde extraordinairement beau. Je lui écrivis plusieurs lettres de ce genre. Je ne reçus de réponse ni de Naoko, ni de Reiko.

Au restaurant où je travaillais, je fis la connaissance d'un étudiant qui était dans la même année que moi et qui s'appelait Itô, avec qui je parlais de temps en temps. Il me fallut un certain temps pour arriver à briser la glace avec cet étudiant en peinture des Beaux-Arts, calme et silencieux, mais, bientôt, nous prîmes l'habitude de nous retrouver dans un bar après le travail, pour boire une bière en bavardant. Il aimait lui aussi lire et écouter de la musique, et nos conversations tournaient autour de ces sujets. Itô était un beau garçon élancé, soigné de sa personne, et aux cheveux relativement courts par rapport à ceux des étudiants des Beaux-Arts de cette époque. Il ne se racontait pas beaucoup, mais il avait une pensée et des goûts précis. Il aimait la littérature française et lisait avec plaisir Georges Bataille et Boris Vian, tandis qu'en musique il écoutait Mozart et Maurice Ravel. Et, comme moi, il avait besoin d'un ami à qui parler de tout cela.

Il m'invita un jour dans son appartement. Il se trouvait à l'intérieur d'un bien curieux bâtiment sans étage, situé derrière le parc d'Inokashira, et il était encombré de toiles et de matériel de peinture. Je lui demandai de me montrer ses tableaux, mais il refusa sous prétexte que cela l'intimidait. Nous bûmes du Chivas Regal qu'il avait pris à son père sans le lui dire, mangeâmes des éperlans grillés sur un petit brasero, tout en écoutant un concerto pour piano de Mozart interprété par Robert Casadesus.

Il était originaire de Nagasaki, et il avait laissé la fille qu'il aimait dans sa ville natale pour venir à Tôkyô. Il couchait avec elle à chaque fois qu'il retournait chez lui. Mais, ces derniers temps, cela n'allait plus très bien entre eux.

« Tu vois ce que c'est avec les filles, me dit-il. Quand elles ont vingt ou vingt et un ans, elles commencent soudainement à penser à toutes sortes de choses bassement terre à terre. Elles deviennent subitement très réalistes. Alors, tout ce qui nous semblait charmant en elle devient banal et ennuyeux. Quand elle me voit, elle me demande toujours ce que j'ai l'intention de faire après l'université.

– Et que vas-tu faire ? » lui demandai-je à mon tour.

Il hocha la tête en croquant un éperlan.

« Comment ça, “que vas-tu faire ?” Que peut faire un étudiant des Beaux-Arts, selon toi ? Si on pensait à cela, on ne ferait pas de peinture. Si tu crois qu'on peut gagner sa vie quand on sort des Beaux-Arts ! Et, quand je lui dis cela, elle me répond que je n'ai qu'à revenir à Nagasaki et devenir professeur de peinture. Elle, elle a l'intention d'enseigner l'anglais. Tu te rends compte ?

– Tu n'es plus tellement amoureux d'elle, c'est ça ?

– Sans doute que non, reconnut-il. En plus, je n'ai pas très envie de devenir professeur de dessin. Je ne veux pas finir ma vie en enseignant la peinture à des écoliers mal élevés qui piaillent toute la journée comme des singes.

– Mais alors, tu ne crois pas que ce serait mieux de la quitter ? Ce serait la meilleure solution pour vous deux, il me semble...

– C'est bien ce que je pense. Mais je n'arrive pas à le lui dire, ça me fait de la peine. Elle a l'intention de vivre avec moi, tu sais. Alors ce n'est pas facile pour moi de lui annoncer que je la quitte parce que je ne l'aime plus vraiment. »

Nous buvions notre whisky sec, sans glace, et, quand il n'y eut plus d'éperlans, nous coupâmes des concombres et du céleri en petits bâtons que nous grignotâmes en les trempant dans de la pâte de miso. En croquant les concombres, je me souvins de la mort du père de Midori. Et je devins tout triste en réalisant à quel point ma vie manquait de piquant depuis que j'avais perdu Midori. Son existence avait pris une place importante en moi, à mon insu.

« Tu as une petite amie ? » me demanda Itô.

Je lui répondis, après une inspiration, que oui, j'en avais une. Mais que, pour l'instant, certaines raisons faisaient que nous étions éloignés l'un de l'autre.

« Mais vous êtes sur la même longueur d'onde ?

– Je veux le croire, sinon c'est foutu », lui répondis-je en essayant de plaisanter.

Il parlait tranquillement de la beauté de la musique de Mozart. Sa connaissance était passionnée, comme peut l'être celle des paysans pour leur terre. Il me dit que son père aimait Mozart et qu'il lui avait fait écouter depuis l'âge de trois ans. Je n'étais pas aussi féru que lui de musique classique, mais, en écoutant ce concerto de Mozart agrémenté de ses commentaires fervents, je me sentis bientôt tout à fait détendu, ce qui ne m'était pas arrivé depuis longtemps. Nous bûmes jusqu'à la dernière goutte du Chivas Regal, tout en contemplant le premier quartier de lune qui flottait au-dessus du parc d'Inokashira. C'était un bon alcool.

Itô me proposa de passer la nuit chez lui, mais je refusai en prétextant des choses à faire, et quittai son appartement un peu avant neuf heures, après l'avoir remercié pour le whisky. Et, sur le chemin du retour, je m'arrêtai dans une cabine téléphonique pour essayer d'appeler Midori. Curieusement, ce fut elle qui décrocha.

« Excuse-moi, je n'ai pas envie de te parler en ce moment, me dit-elle.

– Je le sais parfaitement. Tu me l'as déjà dit plusieurs fois. Mais je ne veux pas rompre de cette façon. Tu comptes parmi mes rares amis, et cela m'est très pénible de ne pas te voir. Je voudrais seulement que tu me dises à partir de quand je pourrai te parler à nouveau.

– Quand ce sera moi qui t'adresserai la parole. Pas avant.

– Tu vas bien ? lui demandai-je.

– Pas trop mal. »

Elle raccrocha.

Une lettre de Reiko arriva vers le milieu du mois de mai.

Je vous remercie pour vos lettres. Naoko est très contente de les lire. Je les lis moi aussi. Je peux, n'est-ce pas ?

Excusez-moi de n'avoir pas pu vous écrire plus tôt. A vrai dire, j'étais moi-même assez fatiguée, et je n'avais pas beaucoup de bonnes nouvelles à vous apprendre. Naoko ne va pas très bien. L'autre jour, sa mère est venue de Kôbe, et nous avons discuté tous les quatre, le médecin et moi y compris, et nous sommes tombés d'accord pour la faire soigner de manière intensive dans un hôpital spécialisé pendant quelque temps, et, au vu des résultats, nous déciderons ensuite s'il est opportun de la faire revenir ici. Naoko de son côté préférerait si possible rester là pour se soigner, et moi, je suis triste et inquiète de la voir partir, mais, pour être honnête, il faut vous dire qu'ici il devient de plus en plus difficile de la contrôler. Habituellement, ce n'est pas très gênant, mais, de temps en temps, il lui arrive de réagir de manière très émotionnelle, et dans ces moments-là on ne peut pas la laisser sans surveillance. Parce qu'on ne peut pas savoir ce qui va se passer. Elle a de fortes hallucinations, et elle se renferme complètement sur elle-même.

C'est pourquoi je crois que la meilleure solution est que Naoko entre dans un établissement spécialisé pour y recevoir un traitement approprié. C'est triste, mais on n'y peut rien. Comme je vous l'ai déjà dit, l'essentiel est d'être patient. Il faut démêler les fils un à un sans perdre espoir. La situation a beau sembler désespérée, il y a forcément un moment où l'on trouvera le bout du fil. Si l'on est plongé dans l'obscurité, il suffit d'attendre patiemment que les yeux s'y habituent.

Au moment où cette lettre vous parviendra, Naoko devrait déjà avoir été transférée dans son nouvel hôpital. Je suis désolée d'avoir attendu le dernier moment pour vous prévenir, mais les choses se sont décidées dans la précipitation. Le nouvel établissement où elle se trouve est un hôpital qui a bonne réputation. Il s'y trouve aussi d'excellents médecins. Je vous écris l'adresse au bas de cette lettre, vous pourrez ainsi lui écrire directement. Comme j'aurai moi aussi des nouvelles, je vous préviendrai s'il se passe quelque chose. Ce serait bien si je pouvais vous envoyer de bonnes nouvelles. C'est sans doute difficile pour vous aussi, mais ne perdez pas courage. Même si Naoko n'est plus là, vous pouvez continuer à m'écrire. A bientôt.

Ce printemps-là, j'écrivis un certain nombre de lettres. J'écrivais une fois par semaine à Naoko ainsi qu'à Reiko, et j'envoyai aussi plusieurs lettres à Midori. J'écrivais dans les salles de cours à l'université, chez moi, à mon bureau, avec Kamome sur mes genoux, ou sur une table du restaurant italien pendant la pause. C'était comme si, en écrivant ainsi, je reliais entre eux les différents morceaux de ma vie qui s'en allait à la dérive.

J'expliquais dans mes lettres à Midori que les mois d'avril et de mai avaient été très pénibles pour moi, et que j'avais été très malheureux, parce que je n'avais pas pu parler avec elle. C'était la première fois de ma vie que j'avais vécu un printemps aussi triste, et j'aurais de beaucoup préféré que le mois de février s'éternisât. Cela ne changerait rien que je le lui dise maintenant, mais je trouvais que sa nouvelle coiffure lui allait très bien. C'était très joli. Je travaillais maintenant dans un restaurant italien, et le cuisinier m'avait appris une bonne recette de spaghetti. J'espérais bien pouvoir la lui faire goûter très bientôt.

J'allais tous les jours à l'université, je travaillais deux ou trois fois par semaine au restaurant italien, je discutais de livres et de musique avec Itô, à qui j'empruntai plusieurs livres de Boris Vian pour les lire, j'écrivais, je jouais avec Kamome, je faisais des spaghetti, j'entretenais le jardin, je me masturbais en pensant à Naoko, et j'allais voir pas mal de films.

Midori m'adressa la parole alors qu'on approchait de la mi-juin. Nous n'avions pas échangé un mot durant deux mois. A la fin d'un cours, elle vint s'asseoir près de moi et m'observa un moment en silence, le menton dans les mains. Dehors, il pleuvait. Une pluie drue, non accompagnée de vent, caractéristique de la saison des pluies, qui mouillait tout uniformément. Même après le départ des autres étudiants, Midori resta là, silencieuse, dans la même position. Puis elle sortit une Marlboro de la poche de sa veste en jean, la porta à sa bouche et me passa les allumettes. J'en frottai une pour lui allumer sa cigarette. Midori arrondit les lèvres et me souffla lentement la fumée au visage.

« Tu aimes ma coiffure ?

– Elle est très bien.

– Comment ça, très bien ? me demanda-t-elle.

– Magnifique à en faire tomber tous les arbres des forêts du monde entier, lui dis-je.

– C'est vraiment ce que tu penses ?

– Oui, vraiment. »

Elle m'observa un moment puis enfin me tendit la main droite. Je la lui serrai. Elle me sembla beaucoup plus soulagée que moi. Elle laissa tomber la cendre de sa cigarette sur le sol et se leva d'un bond.

« Allons manger. Je meurs de faim, me proposa-t-elle.

– Où allons-nous ?

– Au restaurant de Takashimaya, à Nihombashi.

– Et pourquoi aller manger spécialement dans un endroit pareil ?

– J'ai envie d'y aller, c'est tout. »

Et nous prîmes le métro pour aller jusqu'à Nihombashi. Sans doute à cause de la pluie qui tombait sans interruption depuis le matin, le grand magasin était presque vide. Une odeur de pluie flottait à l'intérieur, et même les vendeuses avaient l'air désœuvrées. Nous nous rendîmes au restaurant, qui se trouvait au sous-sol, et, après avoir soigneusement examiné les échantillons exposés dans la vitrine, nous décidâmes tous les deux de prendre un maku-no-uchi bentô [1]. C'était l'heure du déjeuner, mais il n'y avait pas grand monde dans le restaurant.

« Il y a longtemps que je n'avais pas déjeuné au restaurant d'un grand magasin, dis-je en buvant du thé dans un de ces bols lisses et blancs que l'on ne voit pratiquement jamais en dehors de ces endroits-là.

– J'aime bien ça, moi, dit Midori. J'ai toujours l'impression que je suis en train de faire quelque chose de spécial. C'est sans doute à cause de mes souvenirs d'enfance. On m'y emmenait si rarement !

– Moi j'ai l'impression d'y être allé très souvent, au contraire. C'est parce que ma mère aimait bien y faire les courses.

– Tu avais de la chance.

– Oh non. Parce que je détestais ça !

– Tu n'as pas compris. Ce que je veux dire, c'est que tu as eu de la chance de grandir en compagnie de gens qui se souciaient de toi.

– C'est parce que j'étais un enfant unique.

– Quand j'étais jeune, je me disais que quand je serais grande j'irais toute seule au restaurant des grands magasins pour y manger tout ce que je voudrais. Mais c'est triste, n'est-ce pas ? Ce n'est pas drôle de venir manger toute seule dans un endroit pareil. Ce n'est pas particulièrement bon, et c'est vaste, il y a beaucoup de monde, c'est bruyant, l'air y est irrespirable. Et pourtant, il m'arrive de temps en temps d'avoir envie d'y venir.

1. Repas froid, présenté dans une boîte laquée, que l'on mange traditionnellement au théâtre entre deux actes.

– J'étais triste pendant ces deux mois, lui dis-je.

– Je l'ai lu dans tes lettres, me dit-elle d'une voix sans expression. En tout cas, mangeons. Je ne peux penser à rien d'autre pour l'instant. »

Nous mangeâmes tout le contenu de notre maku-no-uchi bentô, présenté dans une boîte semi-circulaire, bûmes le bouillon qui l'accompagnait, puis du thé. Midori fuma une cigarette. Quand elle eut terminé, elle se leva sans rien dire et prit son parapluie. Je me levai à mon tour et pris le mien.

« Où allons-nous maintenant ? lui demandai-je.

– Puisque nous sommes venus au grand magasin et que nous avons mangé au restaurant, il est normal que nous allions sur la terrasse maintenant, n'est-ce pas ? »

La terrasse, sous la pluie, était vide. Il n'y avait même pas de vendeur au rayon des articles pour animaux, et les stands, ainsi que la cahute où l'on vendait les tickets pour les manèges, avaient baissé leur rideau. Nous nous promenâmes sous notre parapluie, entre les boutiques, les chaises de jardin et les chevaux de bois trempés. Je fus surpris de trouver ainsi, en plein milieu de Tôkyô, un endroit aussi désert et aussi sauvage. Midori m'ayant dit qu'elle voulait regarder par la longue-vue, c'est moi qui introduisis une pièce et lui tins le parapluie pendant qu'elle regardait.

Dans un coin de la terrasse se trouvait un game corner abrité où s'alignaient plusieurs machines électroniques pour enfants. Nous nous asseyâmes tous les deux l'un à côté de l'autre sur l'espèce d'estrade qui se trouvait là, pour regarder tomber la pluie.

« Parle donc, me dit Midori, tu as certainement des choses à me dire.

– Je ne veux pas essayer de me trouver des excuses, mais, cette fois-là, j'étais tellement épuisé que je ne savais plus où j'en étais. Et je ne me rendais absolument pas compte de tout ce qui se passait autour de moi.

C'est quand je n'ai pas pu te revoir que j'ai compris. C'est parce que tu étais là que j'avais réussi à m'en sortir. Quand tu n'es plus là, c'est dur et je suis très malheureux.

– Mais toi, Watanabe, tu ne sais pas combien ces deux mois pendant lesquels je n'ai pas pu te voir ont été pénibles et durs à supporter pour moi ?

– Mais non, je ne le savais pas, répliquai-je, surpris. Je croyais que tu ne voulais plus me voir parce que tu ne pouvais plus me supporter.

– Ce que tu peux être bête ! Tu n'as pas compris que j'avais envie de te voir ? Je t'ai bien dit que je t'aimais, non ? Je n'ai pas l'habitude d'aimer ou de ne pas aimer aussi facilement. Tu ne comprends pas ça ?

– Si bien sûr, mais...

– Je sais, tu m'as tellement énervée, que j'ai failli me jeter sur toi pour te battre. Tu te rends compte ? Je ne t'avais pas vu depuis longtemps et tu étais là, distrait, complètement perdu dans tes pensées pour une autre fille, et tu ne me voyais pas. C'était normal que je me fâche, non ? En plus, j'avais déjà le sentiment qu'il valait peut-être mieux que je m'éloigne de toi pendant quelque temps. Pour y voir un peu plus clair au sujet de différentes choses.

– Qu'est-ce que tu veux dire ?

– Je veux parler de notre lien. Ce que je veux dire, c'est que je commençais petit à petit à être beaucoup plus heureuse avec toi qu'avec l'autre. Tu ne trouves pas que ce n'était pas normal et que c'était plutôt ennuyeux ? Bien sûr que je l'aimais, mon petit copain, même si je le trouvais un brin capricieux, borné et fasciste, mais il avait ses bons côtés, et c'était le premier garçon que j'avais aimé. Mais toi, tu étais vraiment quelqu'un de très spécial pour moi. J'avais l'impression que, quand nous étions ensemble, nous correspondions parfaitement l'un à l'autre. J'avais confiance en toi, je t'aimais et je ne voulais pas te lâcher. Bref, je me suis retrouvée en plein désarroi. Alors je suis allée trouver mon petit ami pour lui demander conseil. Je lui ai demandé ce qu'il fallait faire. Il m'a conseillé de ne plus te voir, et, sinon, de le quitter.

– Qu'as-tu fait ?

– Je l'ai quitté », dit-elle en prenant une Marlboro.

Elle la porta à sa bouche, l'alluma en la protégeant de ses deux mains, et aspira la fumée.

« Pourquoi ?

– Pourquoi ? s'écria-t-elle avec colère. Tu n'es pas un peu fou ? Tu connais la forme conditionnelle en anglais, les progressions arithmétiques, tu lis Marx, et tu ne comprends pas ça ? Pourquoi est-ce que tu me poses la question ? Tu veux absolument que ce soit moi, une fille, qui te le dise ? C'est forcément parce que je t'aime plus que lui. J'aurais préféré tomber amoureuse de quelqu'un d'un peu plus beau, mais je n'y peux rien, puisque je suis amoureuse de toi. »

Je voulus dire quelque chose, mais ma gorge était nouée et les mots n'arrivaient pas à sortir.

Midori jeta sa cigarette dans une flaque d'eau.

« Allez, ne fais pas cette tête-là ! Tu me rends triste. Ne t'en fais pas, je n'espère rien, car je sais bien que tu aimes quelqu'un d'autre. Mais tu veux bien quand même me prendre dans tes bras ? Pendant deux mois, c'était vraiment très dur, tu sais. »

Nous nous embrassâmes sous nos parapluies, derrière les jeux électroniques. Corps serrés, lèvres contre lèvres. Ses cheveux et le bord de sa veste de jean sentaient la pluie. Je découvrais avec émotion jusqu'à quel point le corps d'une fille pouvait être souple et tiède. Je sentais nettement sur ma poitrine la rondeur de ses seins à travers sa veste. J'avais la très nette impression que je n'avais pas tenu dans mes bras un corps bien vivant depuis longtemps.

« J'ai vu mon ami le soir même du jour où nous nous sommes rencontrés la dernière fois. C'est ce soir-là que je l'ai quitté.

– Je t'aime très fort, tu sais. Je t'aime profondément. Je ne te laisserai pas partir une deuxième fois. Mais je n'y peux rien, je ne suis pas libre pour l'instant.

– A cause de l'autre ? »

J'acquiesçai.

« Raconte-moi. Tu as couché avec elle ?

– Une seule fois, l'année dernière.

– Et tu ne l'as pas revue depuis ?

– Si, deux fois. Mais nous n'avons rien fait.

– Pourquoi ? Elle ne t'aime pas ?

– Je ne peux rien dire. La situation est très complexe. Il y a plusieurs problèmes qui se superposent, et, comme ça dure depuis longtemps, on finit peu à peu par ne plus savoir ce qu'il en est en réalité. Moi pas plus qu'elle. La seule chose que je sache, c'est qu'il y va de ma responsabilité d'être humain. Et je ne peux pas y être indifférent. En tout cas, c'est ce que je ressens en ce moment. Même si elle ne m'aime pas.

– Dis, je suis une fille en chair et en os, tu sais, me dit-elle en frottant sa joue contre mon cou. Je suis dans tes bras et je viens de t'avouer que je t'aime. Je suis prête à faire tout ce que tu me demanderas. Je suis un peu désordonnée, mais je suis honnête et gentille, je travaille beaucoup, j'ai un visage assez mignon, une belle poitrine, je fais bien la cuisine, j'ai disposé au mieux de l'héritage de mon père, alors tu ne crois pas que je suis un bon parti ? Si tu ne me prends pas, je vais finir par aller voir ailleurs.

– Je voudrais du temps... Je voudrais du temps pour réfléchir, pour mettre de l'ordre dans mes pensées et pour me décider. Je suis désolé, mais je ne peux rien dire de plus pour l'instant.

– Mais tu m'aimes et tu ne veux pas me laisser partir une deuxième fois, n'est-ce pas ?

– Bien sûr. »

Midori s'éloigna, et me regarda avec un grand sourire :

« D'accord, j'attendrai. Parce que j'ai confiance en toi. Mais si tu me prends, je veux être la seule. Je n'accepterai pas que tu penses à quelqu'un d'autre quand je serai dans tes bras. Tu comprends ce que je veux dire ?

– Je comprends parfaitement.

– Et puis, tu peux me faire tout ce que tu veux, sauf me blesser. J'ai reçu assez de blessures dans ma vie jusqu'à présent pour accepter d'en recevoir davantage. J'ai envie d'être heureuse. »

Je la serrai fort dans mes bras et l'embrassai.

« Si tu laissais tomber ce parapluie qui nous encombre pour pouvoir me serrer encore plus fort ? proposa-t-elle.

– Mais, sans parapluie, nous allons être trempés.

– Ce n'est pas grave, ça m'est bien égal. Pour l'instant, je veux être dans tes bras sans penser à rien d'autre. J'attends depuis deux mois. »

Je déposai le parapluie à mes pieds pour la serrer étroitement dans mes bras sous la pluie. Seul le crissement des pneus des voitures se dirigeant vers l'autoroute nous enveloppait comme de la brume. La pluie continuait de tomber, interminablement, sans bruit, inondant nos cheveux, roulant comme des larmes sur nos joues, fonçant sa veste de jean et mon coupe-vent de nylon jaune.

« Tu ne veux pas que nous cherchions un endroit abrité ? lui proposai-je.

– Viens chez moi. Il n'y a personne. Sinon, nous allons finir par attraper froid.

– Tu as raison.

– Tu ne trouves pas qu'on dirait que nous venons de traverser une rivière à la nage ? me dit-elle en riant. Ah, nous étions si bien ! »

Nous achetâmes une grande serviette de bain au rayon « Linge de maison », et nous allâmes chacun à notre tour dans les toilettes pour nous sécher les cheveux. Ensuite, nous prîmes le métro jusqu'à Myôgadani, où se trouvait son appartement. Elle m'y fit aussitôt prendre une douche avant d'en prendre une à son tour. Puis elle me prêta un peignoir en attendant que mes vêtements fussent secs, et mit une jupe et un polo. Nous bûmes alors un café, assis à la table de la cuisine.

« Parle-moi de toi, me demanda-t-elle.

– Que veux-tu savoir ?

– Eh bien... Dis-moi ce que tu n'aimes pas.

– Le poulet, les maladies vénériennes et les coiffeurs trop bavards.

– Et encore ?

– Les nuits d'avril solitaires et les housses de téléphone en dentelle.

– Et encore ? »

Je secouai la tête.

« Rien d'autre de particulier ne me vient à l'esprit.

– Mon ami, enfin celui d'avant, détestait plein de choses. Il n'aimait pas que je porte des jupes très courtes, que je fume, que je m'enivre, que je lui dise des méchancetés ou du mal de ses copains... Alors s'il y a des choses que tu n'aimerais pas me voir faire, tu peux me le dire sans te gêner. Autant repartir de zéro.

– Non, pas spécialement, lui dis-je en secouant la tête, après un instant de réflexion. Non, rien.

– C'est vrai ?

J'aime tout ce que tu portes, et j'aime tout de toi : ce que tu fais, ce que tu dis, ta démarche, ta façon de t'enivrer, tout.

– Je peux vraiment continuer comme ça ?

– Je ne vois pas comment tu pourrais changer, alors comme ça, c'est bien.

– Dis-moi comment tu m'aimes ? me demanda Midori.

– Je t'aime au point que tous les tigres des jungles du monde entier se mettent à fondre pour devenir du beurre, lui dis-je.

– Hum, fit-elle, loin d'être satisfaite. Tu veux me prendre encore une fois dans tes bras ? »

Nous nous enlaçâmes dans sa chambre, sur son lit. Nous nous embrassâmes dans son futon, tout en écoutant la pluie tomber, puis nous discutâmes de toutes sortes de choses, depuis la formation du monde jusqu'à la cuisson des œufs à la coque.

« Je me demande ce que peuvent bien faire les fourmis quand il pleut, dit-elle.

– Je ne sais pas, lui répondis-je. Peut-être en profitent-elles pour nettoyer la fourmilière ou ranger leurs réserves... Parce que les fourmis travaillent beaucoup.

– Alors, si elles travaillent tant que ça, pourquoi n'ont-elles pas évolué et restent-elles toujours des fourmis ?

– Je ne sais pas. Mais peut-être que la structure de leur corps ne favorise pas leur évolution... Je parle par rapport aux singes.

– Finalement tu ne connais pas grand-chose, me dit-elle. Pourtant, je croyais que le monde n'avait pas de secrets pour toi.

– Le monde est si vaste, lui dis-je.

- Les montagnes sont hautes, la mer est profonde, dit-elle. (Puis elle glissa la main sous mon peignoir et prit mon pénis en érection. Elle avala sa salive.) Dis, Watanabe, je suis désolée, mais je t'assure que je ne plaisante pas. Si gros et si dur, il ne rentrera jamais. Non, vraiment.

– Tu rigoles ou quoi ? lui dis-je en soupirant.

– Oui, dit-elle en s'esclaffant. Ne t'inquiète pas, ça ira. Je crois qu'il devrait pouvoir pénétrer. Je peux l'observer de plus près ?

– Tu peux faire ce que tu veux. »

Midori plongea sous la couette et manipula mon pénis pendant un certain temps. Elle tira sur la peau, le soupesa avec la paume de la main. Puis sa tête émergea du futon pour respirer.

« Je l'aime beaucoup. Et ce n'est pas pour te flatter, tu sais.

– Merci, lui dis-je avec sincérité.

– Mais, Watanabe, tu n'as pas envie de moi, n'est-ce pas ? Jusqu'à ce que toutes sortes de choses soient éclaircies ?

– Ce n'est pas l'envie qui m'en manque, tu sais ? Je suis presque fou de désir pour toi. Mais je ne peux pas pour l'instant.

– Tu es vraiment têtu. Si j'étais à ta place, je sauterais sur l'occasion et je réfléchirais après.

– C'est vraiment ce que tu ferais ?

– Non, chuchota-t-elle. Je crois que je ne le ferais pas moi non plus. Si j'étais toi, j'y renoncerais. Et puis, c'est cela que j'aime en toi. Je t'aime vraiment, tu sais.

– Dis-moi comment tu m'aimes ? » lui demandai-je.

Au lieu de répondre, elle vint se coller à moi, posa ses lèvres sur ma poitrine, prit mon sexe dans sa main et commença doucement à aller et venir. La première pensée qui me vint à l'esprit fut qu'elle bougeait sa main d'une manière complètement différente de celle de Naoko. C'était tout aussi doux et épatant, mais il y avait quelque chose de différent, et je le reçus comme une expérience entièrement nouvelle.

« Tu penses à l'autre fille, n'est-ce pas ?

– Non, lui mentis-je.

– C'est vrai ?

– C'est vrai.

– Je ne voudrais pas que tu penses à elle quand je fais ça.

– C'est impossible, lui dis-je.

– Tu veux caresser ma poitrine ou le reste ? me demanda-t-elle.

– Je voudrais bien mais je crois que c'est mieux d'y renoncer. Si on fait plein de choses en une seule fois, l'excitation est trop forte. »

Midori acquiesça et s'agita sous la couverture pour enlever son slip et le coller tout contre mon pénis.

« Tu peux te soulager là-dessus.

– Mais je vais le salir.

– Ne dis pas de bêtises, tu vas me faire pleurer, me dit-elle d'une voix larmoyante. Il suffit de le laver, non ? Ne te gêne pas, vas-y. Et si ça te tracasse vraiment, tu n'auras qu'à m'en offrir un autre. Tu ne vas quand même pas me dire que tu ne peux pas parce qu'il ne te plaît pas ?

– Tu plaisantes ?

– Alors vas-y. Dépêche-toi. »

Dès que j'eus éjaculé, elle jeta un coup d'œil à mon sperme.

« Il y en a pas mal, dis donc ! me dit-elle avec ce que je crus être de l'admiration dans la voix.

– Tu trouves qu'il y en a trop ?

– Mais non, idiot. Tu peux en émettre autant que tu veux », me dit-elle en riant avant de m'embrasser.

Dans la soirée, elle alla faire des courses dans le quartier afin de préparer le dîner. Tout en buvant de la bière dans la cuisine, nous mangeâmes de la tempura avec du riz aux petits pois.

« Il faut que tu manges copieusement pour fabriquer beaucoup de sperme, me dit Midori. Et puis je t'aiderai gentiment à l'évacuer...

– Merci.

– Je connais toutes sortes de façons de faire. Quand je m'occupais de la librairie, j'ai lu cela dans les revues féminines. Tu sais bien que les femmes enceintes ne peuvent pas faire l'amour, alors il y avait des numéros spéciaux consacrés à toutes sortes de manières de faire pour empêcher son mari d'aller voir ailleurs. Et il y en a beaucoup. Cela te plairait ?

– Oui. »

Après avoir quitté Midori, dans le train qui me ramenait chez moi je dépliai le journal du soir que j'avais acheté à la gare, mais finalement je n'avais pas du tout envie de ce genre de lecture, et j'eus beau le parcourir, je ne compris rien de ce qu'il contenait. Tout en fixant la page du journal dépliée sous mes yeux, je ne cessais de penser à mon avenir et je me demandais comment les choses allaient évoluer. Je sentais de temps à autre le monde palpiter autour de moi. J'inspirai profondément avant de fermer les yeux. Je ne regrettais pas ce que j'avais fait de ma journée, et j'étais persuadé que, si c'était à refaire, je ferais exactement la même chose. J'aurais serré Midori dans mes bras sur la terrasse sous la pluie, nous nous serions trempés, et je l'aurais laissée me conduire jusqu'à l'orgasme avec ses mains. Il n'y avait aucun doute sur ce point. J'aimais Midori, et elle était très heureuse que je sois revenu vers elle. Je pensais qu'avec elle tout se passerait bien. Car, comme elle le disait elle-même, c'était une jolie fille bien vivante qui venait blottir son corps chaud entre mes bras. Quant à moi, j'arrivais à peine à réfréner le violent désir de la dénuder et de lui faire ouvrir son corps pour me plonger tout entier dans sa tiédeur. Je n'avais pas pu l'arrêter quand elle avait pris mon sexe entre ses doigts et commencé doucement à bouger. Je le voulais, elle le voulait aussi, et nous nous aimions déjà. Qui aurait pu nous en empêcher ? Oui, j'aimais Midori. Et sans doute aurais-je dû le savoir plus tôt. J'avais seulement évité pendant longtemps de me poser la question.

Le problème était que j'étais incapable d'expliquer correctement l'évolution de la situation à Naoko. En d'autres circonstances, j'aurais sans doute pu facilement lui expliquer que j'étais tombé amoureux d'une autre fille. Et puis, en fait, j'aimais aussi Naoko. J'avais préservé à l'intérieur de moi un espace assez vaste pour elle, auquel je n'avais pas touché.

Ce que je pouvais faire, c'était écrire à Reiko une lettre franche dans laquelle je lui dirais tout. Je rentrai chez moi où, assis sur la véranda, j'essayai d'aligner plusieurs phrases dans ma tête en observant le jardin détrempé par la pluie. Puis je me mis à mon bureau. *Etre dans l'obligation de vous écrire est très pénible pour moi.* Ainsi commençai-je. Et je lui expliquai sommairement quel avait été le lien entre Midori et moi jusqu'alors, avant de lui raconter ce qui s'était passé ce jour-là.

J'ai aimé Naoko et je l'aime encore de la même façon. Mais ce qui existe entre Midori et moi me semble être quelque chose de définitif. Je sens qu'il m'est difficile de m'opposer à cette force, et il me semble que je vais continuer à être entraîné dans la même direction. Ce que je ressens envers Naoko, c'est une affection tranquille, douce et pure, tandis que le sentiment que j'éprouve envers Midori est de nature totalement différente. Il est en marche, il respire, il bat. Et il me remue. Je suis très troublé, car je ne sais pas ce que je dois faire. Je n'ai pas l'intention de me trouver des excuses, mais je crois que j'ai vécu jusqu'à présent d'une manière honnête vis-à-vis de moi-même, et que je n'ai jamais menti à qui que ce soit. J'ai toujours fait attention de ne blesser personne. Alors, je ne comprends pas du tout pourquoi j'ai été précipité dans cette situation inextricable. Que dois-je faire ? Vous êtes la seule personne à qui je puisse demander conseil.

Je collai un timbre au tarif exprès, et glissai l'enveloppe dans la boîte cette nuit-là.

La lettre de Reiko arriva cinq jours plus tard.

Commençons d'abord par une bonne nouvelle.

Naoko est en bonne voie de guérison. Elle se remet plus vite qu'on n'aurait pu le penser. Je l'ai eue une fois au téléphone, et sa façon de parler est beaucoup plus distincte. Il se peut qu'elle revienne ici très bientôt.

Continuons sur ce qui vous concerne.

Je crois qu'il ne faut pas attacher trop d'importance à ce qui vous arrive. C'est merveilleux d'aimer quelqu'un et si cet amour est bien réel, personne ne vous précipitera dans une situation inextricable. Soyez confiant.

Mon conseil est très simple. Premièrement, si vous êtes très amoureux de cette personne qui s'appelle Midori, c'est normal que vous succombiez. Cela peut se passer plus ou moins bien. Mais c'est cela l'amour. Quand on aime, il est naturel de s'abandonner. C'est ce que je crois. C'est aussi une forme de sincérité.

Deuxièmement, en ce qui concerne le problème de faire ou non l'amour avec Midori, c'est à vous de voir, et je n'ai rien à dire. Discutez-en avec elle afin d'arriver à une conclusion satisfaisante.

Troisièmement, ne dites rien à Naoko. Quand la situation sera telle que vous vous sentirez obligé de lui parler, nous chercherons ensemble la meilleure façon de le faire. Alors, décidons de ne rien lui dire pour l'instant. Laissez-moi faire.

Quatrièmement, jusqu'à présent, vous avez constitué un réel soutien pour Naoko, alors, même si vous n'aviez plus d'affection pour elle, il existe encore tout un tas de choses que vous pouvez faire. Donc, ne vous mettez pas martel en tête. Nous (je dis « nous » pour désigner aussi bien les gens normaux que ceux qui ne le sont pas) sommes des gens incomplets qui vivons dans un monde imparfait. Nous ne vivons pas comme des choses que l'on peut évaluer ou mesurer concrètement, n'est-ce pas ?

Mon sentiment personnel est qu'il me semble que Midori doit être une jeune fille assez exceptionnelle. J'ai fort bien compris, en lisant vos lettres, que vous étiez amoureux d'elle. Je conçois aussi fort bien que vous soyez en même temps amoureux de Naoko. Et ce n'est pas de votre faute. Cela arrive souvent. C'est aussi simple que d'être en bateau sur un très beau lac par un temps magnifique. Le ciel est beau, le paysage est splendide. Alors vous allez arrêter de souffrir ainsi. Quand on se laisse aller, les choses se font comme elles doivent se faire, et quoi qu'on fasse, quand les gens sont blessés, ils le sont. C'est la vie. Je vous semble peut-être un peu prétentieuse, mais je crois que le moment est bientôt venu pour vous aussi d'apprendre à vous débrouiller dans la vie. Il vous arrive parfois de trop vouloir la forcer à être comme vous la désirez. Si vous ne voulez pas entrer dans un hôpital psychiatrique, il va falloir ouvrir un peu plus votre cœur et vous laisser emporter par le cours des choses. Parfois, il m'arrive même à moi, une femme si impuissante et si incomplète, de penser que la vie doit être quelque chose de merveilleux ! Je vous jure que c'est vrai. Alors vous devriez être beaucoup plus heureux. Faites des efforts pour le devenir.

Bien sûr, je trouve que c'est dommage que votre histoire avec Naoko ne se soit pas terminée par un happy end. Mais finalement, qui peut dire ce qui est bien et ce qui ne l'est pas ? Alors, si vous croyez pou-

voir être heureux, saisissez votre chance sans vouloir ménager personne. D'après mon expérience, je pense que des occasions comme celle-là ne se retrouvent que deux ou trois fois dans la vie, et que si elles vous échappent, vous le regretterez toujours.

Je joue quotidiennement de la guitare, sans que personne ne soit là pour écouter. C'est idiot, n'est-ce pas ? Je déteste les nuits noires et pluvieuses. Je voudrais encore jouer de la guitare en mangeant du raisin, avec vous et Naoko près de moi.

Alors, à bientôt.

Reiko Ishida

12

Après la mort de Naoko, Reiko m'écrivit plusieurs fois pour me dire et me répéter que ce n'était pas de ma faute, que ce n'était d'ailleurs de la faute de personne, qu'on ne pouvait le reprocher à personne, car c'était comme quand la pluie tombe. Mais je ne lui répondis pas. Qu'aurais-je pu lui dire ? De plus, cela m'était égal, maintenant. Naoko n'était plus de ce monde, elle était devenue une poignée de cendres.

A la fin du mois d'août, quand la morne cérémonie des funérailles de Naoko eut pris fin, je rentrai à Tôkyô, allai saluer mon propriétaire pour lui dire que je m'absentais pour quelque temps, puis allai trouver mon employeur pour le prévenir et m'excuser de ne pas pouvoir venir pendant un certain temps. Ensuite, j'écrivis à Midori une courte lettre pour lui expliquer que je ne pouvais rien lui dire pour l'instant, que j'étais désolé, et que je lui demandais d'attendre encore un peu. Pendant les trois jours qui suivirent, je fis le tour des cinémas pour y voir des films, sans interruption, du matin au soir. Après avoir visité tous les cinémas de Tôkyô, je mis mes affaires dans mon sac à dos, sortis toutes mes économies de la banque et me rendis à la gare de Shinjuku, où je pris le premier express qui me tomba sous les yeux.

Je n'ai aucun souvenir, ni des endroits par où je suis passé, ni de la manière dont j'y suis allé. Je me rappelle assez nettement les paysages, les odeurs ou les sons, mais pas du tout les noms de lieux. Ni l'ordre dans lequel je les ai visités. Je me déplaçais de ville en ville en prenant le train, l'autobus, ou encore en camion, assis à côté du chauffeur, dormant dans les terrains vagues, les gares, les parcs, sur les berges des fleuves ou le rivage du bord de mer, partout où je pouvais étendre mon sac de couchage. Il m'est arrivé de passer la nuit au poste de police, ou en bordure d'un cimetière. Je me moquais de l'endroit, pourvu qu'il me fût possible d'y dormir tranquillement, sans gêner les gens. J'enroulais mon corps fatigué dans mon sac, buvais de grandes lampées d'un whisky bon marché et plongeais aussitôt dans le sommeil. Dans les villes accueillantes, les gens m'offraient à manger ou me prêtaient de l'encens pour éloigner les moustiques, mais, dans celles qui ne l'étaient pas, ils appelaient la police pour me chasser des jardins publics. De toute façon, je m'en moquais éperdument. La seule chose que je recherchais, c'était un sommeil de plomb dans une ville inconnue.

Quand je n'avais plus d'argent, je travaillais dur trois ou quatre jours pour gagner de quoi satisfaire mes besoins immédiats. Il y avait toujours du travail quelque part. Je voyageais de ville en ville, au hasard. Le monde était vaste et peuplé de gens étranges et curieux. Je téléphonai une fois à Midori. C'était parce que j'avais trop envie d'entendre sa voix.

« Sais-tu que les cours ont recommencé depuis bien longtemps déjà ? me dit-elle. Il y a pas mal de types qui ont rendu leur mémoire. Veux-tu me dire ce que tu as l'intention de faire ? Ça fait maintenant trois semaines que tu n'as pas donné signe de vie. Où es-tu, et que fais-tu ?

– Excuse-moi, mais je ne peux pas encore revenir à Tôkyô, au moins pour l'instant.

– C'est tout ce que tu as à me dire ?

– Puisque je te dis que je ne peux rien t'expliquer pour l'instant ! Je n'y arriverais pas. En octobre... »

Midori avait raccroché.

Je continuai mon voyage. Je passais de temps en temps la nuit dans une auberge pas trop chère où je prenais un bain et me rasais. Dans le miroir, j'avais vraiment une sale tête. Ma peau était desséchée par le soleil, mes yeux s'étaient creusés, et mes joues brunies étaient parsemées de taches et d'égratignures inconnues. Je ressemblais à un homme qui vient tout juste de sortir d'un trou noir et profond, mais, en y regardant de plus près, je finissais par reconnaître mon visage.

Je voyageai alors le long de la côte de la mer du Japon, un peu au nord de Tottori ou de Hyôgo. C'était plaisant de marcher le long du rivage. Parce que, sur la plage, il y avait toujours un endroit pour dormir tranquillement. Je pouvais faire du feu avec des morceaux de bois amenés là par la mer, y griller du poisson séché acheté chez le poissonnier. Puis je buvais du whisky et pensais à Naoko tout en écoutant le bruit des vagues. C'était très étrange pour moi d'imaginer qu'elle était morte et qu'elle n'existait plus en ce monde. Je n'arrivais pas encore à accepter cette réalité. C'était une chose incroyable pour moi. J'avais pourtant bien entendu le bruit des clous qu'on enfonçait dans le cercueil, mais je n'arrivais pas à m'habituer à la réalité, qui était qu'elle était retournée au néant.

Les souvenirs que j'avais d'elle étaient vraiment trop présents. Je n'oubliais pas le jour où elle avait délicatement pris mon sexe dans sa bouche, laissant retomber ses cheveux en cascade sur mon bas-ventre. Je me rappelais sa tiédeur et son souffle, ainsi que la douce sensation que j'avais éprouvée en éjaculant. Je m'en souvenais aussi nettement que si cela s'était passé cinq minutes plus tôt. Et j'avais l'impression qu'elle était près de moi et qu'il me suffisait de tendre le bras pour la toucher. Mais elle n'était pas là. Son corps n'existait plus nulle part au monde.

Quand je n'arrivais vraiment pas à m'endormir, j'imaginais ses différentes silhouettes. Je ne pouvais pas faire autrement. Parce que trop de souvenirs d'elle se bousculaient en moi, et que ces souvenirs tentaient obstinément de sortir par la moindre ouverture. Et je n'arrivais pas à endiguer leur flot.

Je me souvenais de ce matin pluvieux où elle avait nettoyé la basse-cour et porté les sacs de grains, vêtue de son ciré jaune. Du gâteau d'anniversaire à moitié écrasé, de ses larmes qui avaient trempé ma chemise cette nuit-là. C'est vrai qu'il pleuvait encore. En hiver, elle avait marché à mes côtés, dans son manteau en poil de chameau. Elle avait toujours une barrette dans les cheveux, qu'elle tripotait tout le temps. Et elle me regardait droit dans les yeux avec son regard limpide. Elle s'était assise en tailleur sur le canapé, dans sa robe de chambre bleue, le menton entre les mains.

Des images d'elle venaient ainsi me frapper l'une après l'autre comme des vagues, me faisant dériver vers des lieux étranges. Là, je vivais avec les morts. Là vivait Naoko, et je pouvais lui parler, je pouvais la prendre dans mes bras. Là, la mort n'était pas un élément qui mettait un point final à la vie. Là, la mort n'était qu'un élément parmi d'autres qui composaient la vie. Naoko y continuait sa vie qui comprenait la mort. Et elle me disait : Ne t'en fais pas, Watanabe, ce n'est rien d'autre que la mort. N'y fais pas attention.

Là, je ne ressentais aucune tristesse. C'était parce que la mort était la mort, et Naoko, Naoko. Tu vois, ne t'inquiète pas, je suis là, n'est-ce pas ? me disait-elle avec un rire timide. Un de ses petits gestes familiers me réconfortait, calmait ma douleur. Alors, je me mis à penser que si c'était cela la mort, ce n'était pas si mal. Mais oui, tu vois, ce n'est pas si grave de mourir, me disait Naoko. La mort, c'est bêtement la mort, sans plus. Et ici, je suis vraiment bien, tu sais. Ainsi me parvenait sa voix d'entre les vagues.

Mais bientôt la marée se retirait et je restais seul sur le sable. J'étais sans énergie, incapable d'aller nulle part, et la tristesse m'enveloppait comme les ténèbres. Dans ces moments-là je pleurais tout seul. Mais je ne pleurais pas vraiment. Les larmes roulaient sur mes joues comme des gouttes de sueur.

Quand Kizuki était mort, j'avais appris quelque chose. Et j'étais résigné. Ou du moins je le croyais. J'avais découvert que la mort n'était pas à l'opposé de la vie, mais en faisait partie.

C'était vrai. Vivre fait que nous créons en même temps la mort. Mais ce n'était qu'une partie de la vérité. La mort de Naoko m'apprenait autre chose. Quelle que soit notre vérité, la tristesse d'avoir perdu quelqu'un qu'on aime est inconsolable. La vérité, la sincérité, la force, la douceur, rien ne peut calmer la douleur, et, en allant au bout de cette souffrance, on apprend quelque chose qui ne nous est d'aucune utilité pour la prochaine vague de tristesse qui nous surprendra. Je réfléchissais à cela jour après jour, au cours de mes nuits solitaires, en écoutant le bruit des vagues et du vent. Je m'obstinais à marcher vers l'ouest sur le rivage, en ce début d'automne, avec mon sac sur le dos et les cheveux pleins de sable, buvant l'eau de ma gourde, mangeant du pain sec, et vidant plusieurs bouteilles de whisky.

Un soir de grand vent, alors que j'étais en train de pleurer, enroulé dans mon sac de couchage, à l'ombre d'une carcasse de bateau, un jeune pêcheur arriva, qui me proposa une cigarette. Je la pris. Je n'avais pas fumé depuis plusieurs dizaines de mois. Il me demanda pourquoi je pleurais. Je lui mentis presque par réflexe, en lui disant que c'était parce que ma mère venait de mourir. Et je lui expliquai que je voyageais parce que mon chagrin était insupportable. Il compatit sincèrement à ma douleur. Et il apporta une grande bouteille de saké et deux verres qu'il était allé chercher chez lui.

Nous bûmes ensemble, sur la plage où mugissait le vent. Le pêcheur me confia qu'il avait lui aussi perdu sa mère quand il avait seize ans. Il m'expliqua qu'elle était morte en usant ses forces à travailler du matin au soir, alors qu'elle n'était pas très vaillante. Je l'écoutais distraitement tout en buvant mon saké, et en acquiesçant de temps à autre. Pour moi, cette histoire appartenait à un monde très lointain. Je me demandais ce qu'il voulait prouver. Et soudain, je fus assailli d'une colère si violente que je faillis me jeter sur lui pour l'étrangler. Je n'en avais rien à faire des histoires de sa mère ! Moi, c'était Naoko que j'avais perdue. Un corps splendide avait disparu de ce monde ! Alors, à quoi bon venir me parler de sa mère ?

Mais ce mouvement de colère disparut aussitôt. Je fermai les yeux et continuai d'écouter distraitement l'histoire interminable du jeune pêcheur. Bientôt, il me demanda si j'avais dîné. Je lui dis que non, mais que j'avais du pain, du fromage, des tomates et du chocolat dans mon sac. Il me demanda ce que j'avais pris à déjeuner, et je lui répondis du pain, du fromage, des tomates et du chocolat. Alors, il me dit de l'attendre. Je tentai de le retenir, mais il disparut rapidement dans la nuit sans se retourner.

Je continuai donc à boire mon saké. Autour de moi, la plage était couverte de débris, et les vagues déferlaient dans un bruit d'enfer, comme pour exprimer leur colère. Un chien squelettique vint tourner autour des restes de mon feu en agitant la queue, à la recherche de quelque chose à manger, mais quand il eut compris qu'il n'y avait rien pour lui, il renonça à chercher plus avant et disparut.

Une bonne demi-heure plus tard, le jeune pêcheur revint avec deux boîtes de sushis et une nouvelle grande bouteille de saké. Il m'exhorta à manger et me dit de garder la boîte du dessous pour le lendemain, car elle contenait des norimaki et des inarizushi, qui se conservaient mieux. Il prit la bouteille pour remplir son propre verre, puis le mien. Je le remerciai, et mangeai l'équivalent de deux bonnes parts de sushis. Et nous continuâmes à boire tous les deux. Quand nous arrivâmes au point où nous ne pouvions plus boire davantage, il m'invita à venir dormir chez lui, mais je lui dis que je préférais dormir seul là où je me trouvais, et il n'insista pas. Puis, au moment de partir, il sortit un billet de cinq mille yens plié en quatre qu'il fourra dans la poche de ma veste, en me disant de l'utiliser pour manger quelque chose de convenable, car j'avais une tête à faire peur. Je refusai en lui expliquant qu'il m'avait déjà assez soigné comme cela et qu'il n'était pas question que j'accepte en plus de l'argent, mais il ne voulut pas le reprendre. Il me pria de l'emporter sans faire d'histoires, en considérant que c'était sa façon à lui d'exprimer sa compassion. Ne pouvant faire autrement, je le remerciai et acceptai l'argent.

Après le départ du pêcheur, je me rappelai soudain la première fille avec qui j'avais couché, quand j'étais en terminale. Et je me rendis compte que j'avais été épouvantable avec elle, ce qui me fit éprouver un froid intense. Je n'avais jamais réfléchi à ce qu'elle avait pu penser ou ressentir, et je ne m'étais jamais inquiété de savoir si elle avait été blessée. Et, jusqu'à cet instant précis, je n'avais jamais eu une pensée pour elle. C'était une fille très gentille. Mais, à l'époque, je pensais que cette gentillesse était tout à fait normale et je n'y avais pas prêté particulièrement attention. Je me demandai ensuite ce qu'elle faisait maintenant, et si elle m'avait pardonné.

C'est alors que je ne me sentis pas bien du tout et que je vomis le long de la carcasse du bateau. J'avais mal à la tête parce que j'avais trop bu de saké, et j'étais torturé par le fait que j'avais extorqué de l'argent au pêcheur en lui racontant des histoires. Je pensais qu'il était temps pour moi de rentrer à Tôkyô. Je n'allais pas continuer à traîner ainsi éternellement. Je roulai donc mon sac de couchage pour le mettre dans mon sac, et partis aussitôt en direction de la gare, mon sac sur l'épaule. Arrivé à la gare, je demandai à un employé comment je pouvais faire pour rentrer sur-le-champ à Tôkyô. Il consulta ses horaires et me dit qu'en prenant le train de nuit et avec un changement je pouvais être le lendemain matin à Osaka, où je pourrais prendre un Shinkansen[1] pour Tôkyô. Je le remerciai avant d'acheter mon billet avec les cinq mille yens que m'avait donnés le garçon. En attendant le train, j'achetai un journal pour regarder la date. On était le 2 octobre 1970. J'avais voyagé tout juste un mois. Je me dis qu'il était temps de retourner au monde réel.

Ce voyage d'un mois ne m'avait pas remonté le moral, ni atténué le choc de la mort de Naoko. En rentrant à Tôkyô, j'étais pratiquement dans le même état qu'un mois plus tôt. J'étais même incapable de téléphoner à Midori. Je ne savais pas comment commencer. Que devrais-je lui dire ? Pouvais-je lui déclarer : tout est fini, et maintenant soyons heureux ensemble ? C'était impossible, j'en étais bien incapable. Mais, quelle que soit la manière de le dire, la réalité, finalement, était simple. Naoko était morte, et Midori restait. Naoko était réduite à une poignée de cendres blanches, tandis que Midori était toujours bien vivante.

Je me sentais moi-même comme un homme souillé.

1. TGV japonais.

A mon retour à Tôkyô, je m'enfermai tout seul dans ma chambre pendant plusieurs jours. Presque tous mes souvenirs se rapportaient à des morts et non à des vivants. La pièce que j'avais gardée pour Naoko avait ses volets fermés, ses meubles recouverts de draps blancs et le bord de sa fenêtre tout poussiéreux. Je passais la plupart de mes journées dans cette pièce. Et j'évoquais la mémoire de Kizuki. Oh, Kizuki, tu as enfin récupéré Naoko, pensai-je. Il faut dire qu'elle était déjà à toi au départ ! Finalement, c'était sans doute là qu'elle devait aller. Mais ici-bas, dans ce monde de vivants imparfaits, j'ai fait du mieux que je pouvais vis-à-vis d'elle. Et, tous les deux, nous avons essayé de construire une vie nouvelle. Mais tant pis, Kizuki. Je te la laisse. Puisque c'est toi qu'elle a choisi. Elle s'est pendue dans une forêt sombre et profonde comme son propre cœur. N'est-ce pas, Kizuki, qu'autrefois tu as entraîné une partie de moi-même dans le monde des morts ? Et maintenant, c'est Naoko qui emporte une partie de moi-même dans le monde des morts. De temps en temps, j'ai l'impression d'être devenu un gardien de musée. D'un musée vide, que personne ne visite, et que je garde pour moi.

Quatre jours après mon retour à Tôkyô, je reçus une lettre de Reiko. Un timbre au tarif exprès était collé sur l'enveloppe. Le contenu de la lettre était extrêmement simple. Elle était inquiète, car elle n'arrivait pas à me joindre. Elle voulait que je lui téléphone. Elle me donnait le numéro d'un poste auprès duquel elle attendrait matin et soir à neuf heures.

Je composai le numéro à neuf heures du soir. Reiko décrocha aussitôt.

« Vous allez bien ? me demanda-t-elle.

– Pas trop mal, lui répondis-je.

– Dites, est-ce que je peux aller vous voir après-demain ?

– Parce que vous venez à Tôkyô ?

– Oui. J'aimerais bien parler un moment avec vous.

– Alors, vous quittez l'établissement ?

– Il le faut bien, sinon je ne pourrais pas aller vous voir, me dit-elle. D'ailleurs, il est grand temps que je parte. Cela fait huit ans, vous savez. Je vais finir par y moisir, sinon. »

Je restai un moment silencieux, ne trouvant pas mes mots.

« J'arriverai après-demain à Tôkyô par le Shinkansen de quinze heures vingt. Vous voulez bien venir me chercher ? Vous vous souvenez de moi ? A moins que, depuis la mort de Naoko, vous ne m'ayiez complètement oubliée.

– Vous êtes folle ! Je viendrai vous chercher après-demain à la gare de Tôkyô à quinze heures vingt.

– Vous me reconnaîtrez aussitôt. Il n'y a pas beaucoup de femmes d'un certain âge qui se déplacent avec une guitare. »

C'est vrai que je la reconnus aussitôt. Elle était vêtue d'une veste d'homme en tweed et d'un pantalon blanc, et portait des chaussures de sport rouges. Ses cheveux étaient toujours aussi courts et se dressaient par endroits. Elle portait un sac de voyage en cuir marron dans la main droite et, dans la gauche, sa guitare dans une boîte noire. Dès qu'elle m'aperçut, elle se mit à rire, ce qui accentua ses rides. En la voyant ainsi, je me mis tout naturellement à sourire moi aussi. Je pris son sac de voyage et marchai à ses côtés jusqu'au quai de la ligne Chûô.

« Eh bien, Watanabe, depuis quand avez-vous cette tête épouvantable ? A moins que ce ne soit la mode à Tôkyô ces derniers temps ?

– C'est parce que j'ai voyagé quelque temps et que j'ai mangé n'importe quoi, lui répondis-je. Alors, comment c'était le Shinkansen ?

– Horrible ! Les fenêtres ne s'ouvrent même pas. Et puis quelle histoire pour acheter un bentô pendant le voyage !

– Mais il y a quelqu'un qui passe avec un chariot, n'est-ce pas ?

– Vous voulez parler de ces affreux sandwichs qui coûtent si cher ? Même un cheval mort de faim n'en voudrait pas. Moi, j'aime bien acheter le riz à la daurade de Gotemba.

– On va vous prendre pour une vieille bonne femme si vous continuez.

– Je m'en moque, puisque j'en suis une », me répondit-elle.

Dans le train qui nous conduisait jusqu'à Kichijôji, elle regardait avec curiosité Musashino, qui défilait à travers la vitre.

« Huit ans après, le paysage a-t-il changé ? lui demandai-je.

– Watanabe, savez-vous ce que je ressens en ce moment ?

– Non.

– J'ai tellement peur qu'il me semble que je vais devenir folle. Je ne sais pas ce que je dois faire. Lâchée toute seule dans un endroit pareil. Mais ne trouvez-vous pas que “devenir folle” est une bien jolie expression ? »

Je ris en lui prenant la main.

« Vous allez voir, ça va aller, j'en suis sûr. Vous n'avez plus à vous faire de souci, et puis c'est vous qui avez décidé de partir.

– Ce n'est pas moi qui ai décidé de partir, me dit-elle. Si j'ai pu le faire, c'est grâce à vous et à Naoko. Je ne pouvais pas supporter de rester dans cet endroit où elle n'était plus, et j'avais besoin de venir à Tôkyô pour parler tranquillement avec vous. C'est pour cela que je suis partie. S'il ne s'était rien passé, je serais sans doute restée toute ma vie dans cet endroit. »

Je hochai la tête.

« Qu'avez-vous l'intention de faire désormais ?

– Aller à Asahikawa. Vous vous rendez compte ? Asahikawa ! me dit-elle. J'ai une amie avec laquelle je m'entendais bien à l'université, qui s'occupe d'une école de musique là-bas, et cela fait deux ou trois ans qu'elle me propose régulièrement de venir l'aider, mais j'ai toujours refusé sous prétexte que je ne voulais pas aller dans un endroit trop froid. Vous êtes bien d'accord avec moi, n'est-ce pas ? Sortir pour se retrouver dans un endroit comme Asahikawa, ce n'est pas très réjouissant, n'est-ce pas ?

– Ce n'est pas aussi terrible que vous le pensez, lui dis-je en riant. J'y suis allé une fois, la ville n'est pas mal, vous savez. L'ambiance y est assez amusante.

– C'est vrai ?

– Oui. C'est certainement beaucoup mieux que d'être à Tôkyô.

– Bah, de toute façon, je n'ai pas d'autre endroit où aller, et j'y ai déjà envoyé mes affaires, me dit-elle. Dites-moi, Watanabe, vous viendrez m'y rendre visite un de ces jours ?

– Bien sûr que j'irai. Mais vous partez tout de suite ? Vous allez bien séjourner quelques jours à Tôkyô ?

– Oui, j'aimerais rester deux ou trois jours. Cela ne vous gêne pas que je joue les parasites ? J'essaierai de ne pas trop vous embêter.

– Mais non, pas du tout. Je dormirai dans le placard avec mon sac de couchage.

– Je suis désolée.

– Ne vous en faites pas. Le placard est très grand. »

Reiko tapotait légèrement sur la caisse de sa guitare qu'elle tenait serrée entre ses cuisses.

« J'ai sans doute besoin de me réadapter avant d'aller à Asahikawa. Je ne suis pas encore acclimatée au monde extérieur. Il y a plein de choses que je ne comprends pas, et je me sens un peu nerveuse. Vous voulez bien m'aider ? Il n'y a que vous sur qui je puisse compter.

– Si cela vous convient, je peux vous aider autant que vous le voulez, lui proposai-je.

– Je ne vous dérange pas, au moins ?

– En quoi est-ce que vous me dérangeriez ? »

Reiko me regarda et rit en faisant la grimace. Puis elle ne dit plus rien.

Nous ne parlâmes pas beaucoup jusqu'à notre arrivée à la maison, après avoir pris le bus à la gare de Kichijôji. Juste quelques mots au sujet des changements survenus à Tôkyô, de l'époque où elle était étudiante à l'université de musique, ou du voyage que j'avais fait à Asahikawa. Nous évitâmes d'un commun accord de parler de Naoko. Cela faisait une dizaine de mois que je ne l'avais pas vue, mais, alors que nous marchions tous les deux l'un à côté de l'autre, je sentis mon cœur apaisé et consolé. De plus, j'avais l'impression d'avoir déjà éprouvé ce sentiment auparavant. Je réalisai bientôt que c'était quand j'avais parcouru les rues de Tôkyô avec Naoko. De la même façon que j'avais eu autrefois la mort de Kizuki en commun avec Naoko, maintenant c'était la mort de Naoko que je partageais avec Reiko. A cette pensée, je fus soudain incapable de prononcer une parole. Reiko parla un moment toute seule, mais, quand elle s'aperçut que je ne lui posais plus de questions, elle se tut à son tour, et ce fut sans parler que nous prîmes le bus pour rentrer chez moi.

Nous étions au début de l'automne, et, comme tout juste un an auparavant quand j'avais rendu visite à Naoko à Kyôto, l'après-midi était clair et lumineux.

Les nuages étaient fins et blancs comme des os, et le ciel infiniment haut. Je pensai avec nostalgie que l'automne était de retour. Je le reconnaissais à l'odeur du vent, à l'éclat de la lumière, aux petites fleurs qui parsemaient les buissons, à une sonorité particulière. Chaque saison qui revenait m'éloignait un peu plus de ceux qui étaient morts. Kizuki avait toujours dix-sept ans, et Naoko vingt. Pour l'éternité.

« En arrivant là, on se sent soulagé, dit Reiko en descendant du bus et en regardant autour d'elle.

– C'est parce qu'il n'y a rien », lui répondis-je.

Elle s'exclama avec admiration quand, passant par la porte de derrière, je la conduisis jusqu'au pavillon à travers le jardin.

« Quel endroit charmant ! s'exclama-t-elle. C'est vous qui avez fait tout ça ? Ces étagères, ce bureau !

– Oui, lui répondis-je tout en faisant bouillir de l'eau pour le thé.

– Vous êtes très adroit, Watanabe. Et la pièce est propre.

– C'est grâce au facho. C'est lui qui m'a rendu un peu maniaque. Le propriétaire est content. Il dit que j'entretiens bien la maison.

– Ah, c'est vrai, il faut que j'aille le saluer, me dit-elle. Il habite bien de l'autre côté du jardin ?

– Le saluer ? Vous voulez aller le saluer ?

– C'est normal, non ? Mettez-vous à sa place. Que va-t-il penser s'il voit une femme de mon âge arriver inopinément et se mettre à jouer de la guitare ? Il vaut mieux faire les choses correctement dès le départ, croyez-moi. D'ailleurs, j'ai apporté une boîte de gâteaux dans cette intention.

– Vous pensez à tout, lui dis-je avec admiration.

– C'est une question d'âge, vous savez. Je vais lui dire que je suis une de vos tantes du côté maternel, venue de Kyôto, alors ne l'oubliez pas. Finalement, c'est bien d'avoir une grande différence d'âge, car, dans ces cas-là, personne ne pense à mal. »

Dès qu'elle fut partie en emportant la boîte de gâteaux prise dans son sac de voyage, je bus un autre thé, assis sur la véranda, en jouant avec le chat. Elle fut absente pendant vingt minutes. Quand elle revint, elle prit une boîte de biscuits de riz dans son sac, qu'elle me donna en me disant que c'était un cadeau.

« De quoi avez-vous parlé pendant vingt minutes ? lui demandai-je en grignotant un biscuit.

– De toutes sortes de choses, me répondit-elle en prenant le chat dans ses bras et en se frottant les joues contre lui. Il m'a dit d'un air satisfait que vous étiez un étudiant sérieux et correct...

– Moi ?

– Oui, bien sûr ! » dit-elle en riant.

Puis elle découvrit ma guitare, la prit et, après l'avoir accordée, se mit à jouer *Desafinado* de Carlos Jobim. Cela faisait un certain temps que je ne l'avais pas entendue jouer de la guitare et, comme les fois précédentes, cela me réchauffa le cœur.

« Vous apprenez la guitare ?

– Je l'ai trouvée qui traînait dans le débarras, et j'en joue un peu.

– Alors, plus tard, je vous donnerai une leçon gratuite ! »

Elle posa l'instrument, enleva sa veste de tweed, s'appuya sur un pilier de la véranda et fuma une cigarette. Sous sa veste, elle portait un chemisier à manches courtes en madras.

« Vous le trouvez joli ? me demanda-t-elle.

– Oui », lui répondis-je.

C'est vrai que son motif en était très élégant.

« Il était à Naoko, me dit-elle alors. Vous saviez que nous avions la même taille de vêtements ? Surtout quand nous étions là-bas. Après, elle a grossi un peu et elle a changé de taille, mais, en gros, nous étions à peu près pareilles. Les chemisiers, les pantalons, les chaussures, les chapeaux. La seule chose qui changeait, c'était peut-être le soutien-gorge. Je n'ai presque pas de poitrine, vous savez. Alors nous nous échangions toujours nos vêtements. C'était un peu comme si nous les utilisions en commun. »

Je la regardai mieux. C'est vrai qu'elle avait à peu près la même taille que Naoko. La forme de son visage et ses poignets délicats donnaient l'impression qu'elle était plus mince et plus petite qu'elle, mais, en la regardant bien, on se rendait compte qu'elle avait une solide charpente.

« Ce pantalon et cette veste étaient à elle, eux aussi. Mais peut-être est-ce que cela ne vous plaît pas de me voir porter ses affaires...

– Mais si, au contraire. Je crois qu'elle doit être heureuse de voir que ses vêtements servent à quelqu'un. Surtout à vous, Reiko.

– C'est curieux, n'est-ce pas ? murmura-t-elle en faisant claquer ses doigts. Naoko n'a adressé de testament à personne, mais elle a écrit à propos de ses vêtements. Elle a laissé une seule ligne sur une feuille de bloc-notes qu'elle a posée sur son bureau. *Donnez mes vêtements à Reiko, s'il vous plaît.* C'était une drôle de fille, vous ne trouvez pas ? Je me demande comment on peut se préoccuper de ses vêtements quand on s'apprête à mourir. Cela n'a pas d'importance, n'est-ce pas ? Elle avait certainement un tas d'autres choses à dire.

– Peut-être que non. »

Tout en fumant sa cigarette, Reiko resta un moment plongée dans ses pensées.

« Dites, vous voulez savoir ce qui s'est passé, n'est-ce pas ?

– Racontez-moi ça.

– Dès qu'on a eu les résultats des examens de l'hôpital, il s'est avéré qu'elle allait mieux, mais qu'il serait bon d'essayer un traitement intensif de base, et on a décidé de la transférer pour un temps à l'hôpital d'Osaka. J'ai dû vous prévenir dans une lettre. Il me semble que je vous l'ai envoyée aux alentours du 10 août.

– J'ai bien eu votre lettre.

– Le 24, j'ai reçu un coup de téléphone de la mère de Naoko, qui me demandait si cela ne me dérangeait pas que Naoko vienne. Elle voulait ranger ses affaires et, comme elle n'allait pas me voir pendant quelque temps, elle voulait bavarder tranquillement avec moi, aussi aimerait-elle, si possible, rester pour la nuit. Je lui ai répondu que cela ne me dérangeait pas le moins du monde. D'ailleurs, j'avais très envie de la voir et de parler avec elle. Elle est arrivée le lendemain 25, en taxi avec sa mère. Et nous avons trié ses affaires toutes les trois. Tout en bavardant. Vers le soir, Naoko a dit à sa mère qu'elle pouvait rentrer, que nous nous débrouillerions toutes les deux. Alors sa mère a fait appeler un taxi et elle est repartie. Naoko avait l'air très en forme, et moi et sa mère, nous ne nous sommes aperçues de rien. En fait, jusqu'alors, je m'étais fait beaucoup de souci. J'avais eu peur de la retrouver déprimée et très affaiblie. Parce que je sais très bien à quel point on sort abîmé de leurs examens et traitements, dans les hôpitaux, alors je m'inquiétais de son état. Aussi, dès que je l'ai vue, je me suis dit que ça irait. Elle avait bien meilleure mine que je ne l'avais imaginé, elle était souriante, plaisantait, et elle parlait beaucoup mieux qu'avant. Elle m'a même fait apprécier sa nouvelle coiffure, parce qu'elle était allée chez le coiffeur, alors je me suis dit que sa mère pouvait repartir tranquille, qu'elle n'avait pas à s'inquiéter de nous laisser seules toutes les deux. Elle me dit qu'elle voulait profiter de son séjour à l'hôpital pour guérir complètement, et je lui ai répondu que c'était une bonne idée. Et nous sommes allées nous promener dehors en bavardant. Nous avons parlé de l'avenir et de toutes sortes d'autres choses encore. Et puis elle m'a proposé, si nous sortions d'ici, de vivre ensemble.

– Toutes les deux ?

– Oui, dit Reiko en rentrant légèrement le cou dans les épaules. Je lui ai répondu que j'étais d'accord, mais que je me demandais ce que vous alliez en dire. Elle m'a dit : “Je m'en occupe.” C'est tout. Et puis nous avons continué à bavarder, cherchant où nous allions vivre et ce que nous allions faire. Ensuite, nous nous sommes dirigées vers la volière pour nous amuser avec les oiseaux. »

J'allai prendre une bière dans le réfrigérateur. Reiko alluma encore une cigarette. Le chat s'était endormi sur ses genoux.

« Elle avait tout prévu dès le début. C'est pour cela qu'elle avait l'air en pleine forme et qu'elle était si souriante. Elle avait dû prendre sa décision et cela l'avait soulagée. Ensuite, nous avons rangé tout un tas de choses dans la chambre, et nous sommes allées dans le jardin brûler tout ce dont elle ne voulait plus. Ses cahiers où elle tenait son journal, ses lettres, et d'autres choses encore. Même vos lettres. J'ai trouvé ça bizarre, et je lui ai demandé pourquoi elle les brûlait. Parce que jusqu'alors, elle les avait gardées précieusement pour les relire. Elle m'a répondu qu'elle voulait se débarrasser de tout ce qu'elle avait eu jusqu'alors, “pour renaître à une vie nouvelle”. Et je ne me suis même pas posé de questions. Elle était logique, à sa manière. Et je me suis surprise à espérer qu'elle guérisse et trouve le bonheur. Je vous assure que, ce jour-là, elle a été vraiment charmante. J'aurais voulu que vous la voyiez.

« Ensuite, nous avons dîné comme d'habitude à la salle à manger, nous avons pris un bain, et nous avons ouvert une bouteille de vin que j'avais gardée tout exprès, que nous avons bue ensemble pendant que je jouais de la guitare. Les Beatles, comme d'habitude. *Norwegian Wood* et *Michelle*, ses chansons préférées. Et nous étions si bien que nous avons éteint la lumière, nous nous sommes déshabillées et nous nous sommes allongées sur le lit. La nuit était très chaude et on avait beau avoir la fenêtre ouverte, il n'y avait pratiquement pas un souffle d'air. Dehors, il faisait nuit noire, et le bruit des insectes était assourdissant. La chambre était pleine d'odeurs champêtres. Naoko a soudain commencé à parler de vous. Elle a parlé de la façon dont vous lui aviez fait l'amour. Et avec plein de détails en plus. Elle m'a expliqué clairement comment vous l'aviez déshabillée, caressée, comment son corps avait réagi, comment vous l'aviez pénétrée, et à quel point cela avait été merveilleux. Alors je lui ai demandé à brûle-pourpoint pourquoi elle m'en parlait maintenant. Vous savez, jusqu'alors elle n'avait pratiquement jamais abordé le sujet avec moi. Bien sûr, cela fait partie du traitement d'en parler avec honnêteté. Mais elle n'avait jamais donné de détails, tellement ça la rendait mal à l'aise. Vous imaginez mon étonnement quand c'est arrivé.

« Elle m'a dit qu'elle avait seulement eu envie de m'en parler comme ça, mais que si cela me déplaisait, elle pouvait se taire. Je lui ai répondu que, si elle en éprouvait le besoin, elle pouvait tout me dire et que j'étais prête à l'écouter. Elle m'a raconté que, quand vous l'aviez pénétrée, elle avait ressenti une douleur insupportable. C'était la première fois et, comme elle était prête, vous étiez entré très facilement, mais cela ne l'avait pas empêchée d'avoir très mal. Elle en avait presque perdu la tête. Au moment où elle pensait que vous étiez arrivé au bout, vous lui aviez légèrement écarté les cuisses pour vous enfoncer encore plus profondément. Elle s'était sentie envahie d'une sueur froide. Comme si elle avait été prise dans les glaces. Ses bras et ses jambes étaient engourdis et elle avait des frissons. Elle se demandait ce qui allait lui arriver, et si elle n'allait pas mourir, alors qu'elle était incapable de réagir. Mais vous vous étiez rendu compte qu'elle avait mal, et vous vous étiez immobilisé, la serrant gentiment dans vos bras et l'embrassant sur les cheveux, dans le cou ou sur la poitrine, pendant assez longtemps. Et la chaleur était progressivement revenue dans son corps. Alors, vous vous étiez mis à bouger lentement. Elle m'a dit que cela avait été extraordinaire. Elle avait eu l'impression que sa tête se liquéfiait. Elle avait même pensé qu'elle voulait continuer à faire ça avec vous toute sa vie. C'était vraiment ce qu'elle avait pensé.

« Je lui ai alors demandé pourquoi elle n'était pas restée avec vous pour le faire tous les jours, si c'était aussi bien qu'elle le disait. Elle m'a répondu que ce n'était pas possible. Elle avait tout de suite compris que c'était exceptionnel. Cela n'aurait pas pu se reproduire deux fois. C'était le genre de choses qui n'arrivait qu'une seule fois dans la vie. Elle n'avait rien senti, ni avant ni après. Elle n'avait jamais eu envie de recommencer, et elle n'avait plus jamais été excitée.

« Bien sûr, je lui ai expliqué que ce genre de choses arrivait souvent chez les jeunes filles et que cela s'arrangeait en vieillissant. Et qu'il ne fallait pas qu'elle s'inquiète, vu que cela avait marché une fois. Moi aussi, quand je m'étais mariée, j'avais eu pas mal de problèmes au début.

« Elle m'a dit que je me trompais, qu'elle n'était pas du tout inquiète. C'était uniquement qu'elle ne voulait plus laisser quelqu'un la pénétrer. Elle ne voulait plus être troublée par qui que ce soit. »

J'avais fini ma bière, et Reiko avait terminé sa deuxième cigarette. Le chat s'étira sur ses genoux et changea de position avant de se rendormir. Elle hésita un peu avant d'allumer sa troisième cigarette.

« Puis elle s'est mise à sangloter, continua Reiko. Assise au bord de son lit, je lui ai alors caressé la tête en essayant de la rassurer. Il n'y avait pas de problèmes, tout irait bien. Une fille aussi jeune et jolie qu'elle ne pouvait que trouver le bonheur dans les bras d'un homme. Dans cette chaleur, elle était trempée de sueur et de larmes. J'allai donc chercher une serviette de bain pour lui essuyer le visage et le corps. Même son slip était tout mouillé, alors je l'ai aidée à l'enlever... Mais n'allez pas vous faire des idées. Vous savez, nous prenions toujours le bain ensemble, et elle était un peu comme ma petite sœur.

– Je comprends, lui dis-je.

– Elle m'a demandé de la prendre dans ses bras. Je lui ai fait remarquer que ce n'était pas possible par cette chaleur. Je l'ai quand même fait parce qu'elle m'a dit que ce serait la dernière fois. Je l'ai gardée un moment dans mes bras, enveloppée dans la serviette de bain, à cause de la sueur. Puis, quand elle s'est apaisée, j'ai encore une fois essuyé son corps, je lui ai fait mettre sa chemise de nuit et je l'ai couchée. Elle s'est endormie aussitôt profondément. A moins qu'elle n'ait fait semblant de dormir, je ne sais pas. En tout cas, elle avait un charmant visage. On aurait dit celui d'une fille de treize ou quatorze ans n'ayant encore jamais été blessée par la vie. En voyant cela, je me suis endormie moi aussi, rassurée.

« Quand je me suis réveillée à six heures du matin, elle n'était plus là. Elle avait laissé sa chemise, tandis que ses vêtements, ses chaussures et sa lampe de poche qu'elle posait toujours sur sa table de nuit avaient disparu. Je me suis tout de suite inquiétée. J'avais raison, n'est-ce pas ? Si elle avait emporté sa lampe de poche, c'était qu'il faisait encore noir quand elle était sortie. Puis j'ai jeté un coup d'œil à son bureau, et j'ai vu la feuille du bloc-notes. Elle avait écrit : *Donnez mes vêtements à Reiko, s'il vous plaît.* Alors j'ai couru prévenir tout le monde, en suppliant que l'on vienne m'aider à la retrouver. Nous avons cherché à l'intérieur de l'établissement et dans les bois alentour. Il nous a fallu cinq heures pour la retrouver. Elle avait même prévu d'emporter une corde avec elle, vous savez. »

Elle soupira et caressa la tête du chat.

« Vous voulez un thé ? lui proposai-je.

– Volontiers », me dit-elle.

Je fis bouillir de l'eau, préparai le thé et revins vers la véranda. Le soir venait, les rayons du soleil étaient plus faibles, et l'ombre des arbres s'allongeait jusqu'à nos pieds. Tout en buvant, je regardais le jardin en désordre, où poussaient pêle-mêle les spirées et les nandines.

« Un moment plus tard, l'ambulance est venue pour emporter son corps, et j'ai été interrogée par la police. En fait, on ne m'a pas demandé grand-chose. Il y avait un testament, le suicide était évident, et ils semblaient penser que c'était fréquent chez les malades psychiatriques. Alors, ils ne m'ont interrogée que pour la forme. Dès qu'ils ont été repartis, je vous ai envoyé le télégramme.

– Les funérailles étaient tristes, dis-je. C'était silencieux, et il n'y avait pas grand monde. Sa famille n'avait qu'une idée en tête : savoir comment j'avais appris la mort de Naoko. Sans doute ne voulaient-ils pas qu'on sache qu'elle s'était suicidée. En fait, je n'aurais pas dû y aller. Cela m'a mis dans un tel état que je suis aussitôt parti en voyage.

– Si nous allions nous promener ? me proposa Reiko. Allons faire les courses pour le dîner, si vous n'y voyez pas d'inconvénient. J'ai faim.

– D'accord. Que voulez-vous manger ?

– Un sukiyaki. Vous savez que cela fait des années que je n'en ai pas mangé ? Il m'arrive d'en rêver. Je le vois en train de cuire à petit feu, avec de la viande, des poireaux, du konnyaku, du tôfu grillé, des shungiku...

– Je veux bien, mais je n'ai pas de récipient adéquat, vous savez.

– Ce n'est pas grave, laissez-moi faire. Je vais aller chez votre propriétaire pour en emprunter un. »

Elle se dirigea avec empressement vers la maison de mon propriétaire, où elle se fit prêter une superbe marmite, un réchaud à gaz et un long tuyau de raccordement.

« Alors, c'est parfait, n'est-ce pas ?

– Parfait ! » lui dis-je avec admiration.

Nous allâmes acheter tout ce qu'il fallait : de la viande de bœuf, des œufs, des légumes et du tôfu, dans la petite rue commerçante toute proche, ainsi qu'une bouteille de vin blanc relativement correcte chez le marchand de saké. Je voulus payer, mais finalement ce fut elle qui le fit à ma place.

« Si on apprend que j'ai laissé payer mon neveu, je serai la risée de toute la famille, me dit-elle. En plus, je suis assez riche, vous savez. Alors, il ne faut pas vous inquiéter. De toute façon, je ne serais pas venue sans argent. »

De retour à la maison, Reiko lava le riz et le mit à cuire, pendant que je préparais tout pour que nous puissions dîner sur la véranda. Quand ce fut prêt, Reiko sortit sa guitare de sa boîte et, assise dans la semi-obscurité de la véranda, elle se mit à jouer lentement une fugue de Bach, comme pour vérifier l'état de son instrument. Elle jouait des passages avec lenteur, puis plus rapidement, brutalement, sentimentalement, prêtant gentiment l'oreille à ces différents sons. Quand elle jouait de la guitare, Reiko ressemblait à une jeune fille de dix-sept ou dix-huit ans en train de regarder une robe qui lui plaît. Ses yeux brillaient, sa bouche était hermétiquement fermée, esquissant soudain un léger sourire. Son morceau terminé, elle s'appuya contre un pilier et regarda le ciel, semblant plongée dans ses pensées.

« Je peux vous parler ? lui demandai-je.

– Bien sûr. Je pensais seulement que j'avais faim, me répondit-elle.

– Vous n'allez pas voir votre mari et votre fille ? Ils habitent bien à Tôkyô, n'est-ce pas ?

– Yokohama. Mais je n'irai pas. Je vous en ai déjà parlé, n'est-ce pas ? Il vaut mieux que je ne les voie pas, vous savez. Ils ont leur vie maintenant, et se revoir nous ferait souffrir. C'est beaucoup mieux d'y renoncer. »

Elle froissa entre ses mains son paquet de Steven Stars vide et le jeta, prit un nouveau paquet dans son sac, l'ouvrit et porta une cigarette à sa bouche. Mais elle ne l'alluma pas.

« Je suis un être fini, vous savez. La personne qui est devant vous n'est que le pâle reflet de ce qu'elle était autrefois. Ce qu'il y avait de plus précieux en moi est mort depuis bien longtemps et je continue à vivre uniquement sur le modèle de ce souvenir.

– Mais je vous aime beaucoup telle que vous êtes maintenant. Qui que vous soyez, même si vous n'êtes qu'un reflet. Et puis, même si ce n'est pas très important, je dois vous dire que je suis très heureux de vous voir porter les vêtements de Naoko. »

Reiko eut un large sourire, avant d'allumer sa cigarette.

« Vous savez comment faire plaisir aux femmes vous, malgré votre jeune âge... »

Je rougis légèrement :

« Je dis seulement franchement ce que je pense.

– Je le sais bien », dit Reiko en riant.

Le riz fut bientôt prêt, et je graissai la marmite pour préparer le plat.

« Je ne rêve pas ? dit Reiko en humant l'odeur.

– C'est un vrai sukiyaki. Vous pouvez me croire », lui dis-je.

Presque sans parler, nous picorâmes dans le plat en buvant notre bière, avant de terminer par le riz. Kamome s'approcha, attiré par l'odeur, et nous lui donnâmes un peu de viande. Quand nous fûmes rassasiés, nous contemplâmes la lune, appuyés contre les piliers de la véranda.

« Alors, vous êtes satisfaite ? lui demandai-je.

– Entièrement. Il n'y a rien à redire, répondit-elle, rassasiée. C'est la première fois que je mange autant.

– Que voulez-vous faire maintenant ?

– Me reposer un peu avant d'aller aux bains publics. J'aimerais bien me laver les cheveux.

– C'est parfait. Il y en a un tout près.

– A propos, Watanabe, j'aurais bien voulu que vous me disiez si vous avez couché avec cette fille qui s'appelle Midori ? me demanda-t-elle encore.

– Vous voulez savoir si j'ai fait l'amour avec elle ? Eh bien non. J'avais décidé de ne pas le faire avant que tout soit arrangé.

– Mais maintenant, c'est arrangé, n'est-ce pas ? »

Je penchai la tête d'un air perplexe parce que je n'avais pas très bien compris ce que signifiaient ses paroles.

« Vous voulez dire que les choses se sont arrangées parce que Naoko est morte ?

– Mais non. Vous aviez bien pris votre décision avant

la mort de Naoko, n'est-ce pas ? Vous disiez que vous ne pouviez pas abandonner cette Midori. Que Naoko soit morte ou vivante n'y change rien. Vous avez choisi Midori, et Naoko a choisi la mort. Vous êtes adulte maintenant, alors il faut que vous preniez vos responsabilités. Sinon, c'est inutile.

– Mais je ne peux pas oublier que j'ai dit à Naoko que je l'attendrais toujours. Et je n'ai pas su l'attendre. Tout à la fin, je l'ai abandonnée. Le problème n'est pas de savoir si c'est *la faute* ou *pas la faute* de quelqu'un. C'est mon problème. Sans doute que même si je ne l'avais pas abandonnée en chemin, le résultat aurait été pareil. Je crois qu'elle aurait quand même choisi la mort. Mais, indépendamment de cela, je sens qu'il m'est difficile de me pardonner à moi-même. Vous me dites que l'on ne peut pas faire autrement s'il s'agit des mouvements naturels du cœur, mais ma relation avec Naoko n'était pas aussi simple que vous le supposez. En fait, depuis le début, nous étions liés par un fil tendu entre la vie et la mort.

– Si vous ressentez de la douleur face à la mort de Naoko, alors, continuez à l'éprouver le reste de votre vie. Si ça doit vous apprendre quelque chose, apprenez. Mais, indépendamment de cela, soyez heureux avec Midori. Votre douleur n'a rien à voir avec elle. Si vous la blessez encore plus, la situation deviendra vite irrémédiable. Ce n'est pas facile, mais il faut être fort. Il faut grandir et devenir adulte. C'est pour vous dire cela que j'ai quitté l'établissement et que je suis venue vous voir. J'avais l'impression d'être dans un cercueil dans ce train.

– Je comprends très bien ce que vous voulez dire, mais je ne suis pas encore prêt. C'était vraiment un triste enterrement. Les gens ne devraient pas mourir ainsi, vous savez. »

Reiko tendit la main et me caressa les cheveux.

« Nous mourrons tous un jour de cette façon. Vous et moi. »

Nous nous rendîmes jusqu'aux bains publics à cinq minutes de marche en longeant le fleuve, et nous rentrâmes à la maison un peu rafraîchis. Nous débouchâmes la bouteille de vin, que nous bûmes, assis sur la véranda.

« Watanabe, voulez-vous m'apporter un autre verre ?

– Bien sûr, mais que voulez-vous en faire ?

– Nous allons procéder aux funérailles de Naoko, tous les deux. Des funérailles qui ne soient pas tristes. »

J'apportai donc un autre verre que Reiko remplit à ras bord, avant de le poser sur la lanterne du jardin. Puis elle s'assit sur la véranda, appuyée contre un pilier, prit sa guitare et une cigarette.

« Et puis, pouvez-vous m'apporter des allumettes, si vous en avez ? La plus grande boîte que vous ayez... »

Je pris la boîte d'allumettes qui se trouvait dans la cuisine et vins m'asseoir à côté d'elle.

« Bon, alors, quand j'aurai joué un morceau, vous voudrez bien poser là une allumette ? Je vais jouer autant que je peux. »

Elle interpréta tout d'abord, très doucement et de fort jolie façon, *Dear Heart* de Henry Mancini.

« Vous lui aviez fait cadeau de ce disque, n'est-ce pas ?

– Oui, à Noël il y a deux ans. Elle aimait beaucoup cet air.

– Moi aussi je l'aime beaucoup. Il est très joli et plein de douceur. »

Et elle en reprit doucement la mélodie, avant de boire une gorgée de vin.

« Bon, combien vais-je pouvoir jouer de morceaux avant d'être complètement saoule ? Qu'en dites-vous ? Des funérailles comme celles-ci, c'est amusant, non ? »

Passant au répertoire des Beatles, Reiko joua *Norwegian Wood*, *Yesterday*, *Michelle*, *Something*, *Here comes the Sun*, qu'elle chanta, et *The Fool on the Hill.* J'alignai sept allumettes.

« Et de sept ! fit-elle, avant de boire une gorgée de vin et fumer une autre cigarette. Ces gens-là en connaissent un bout sur les joies et les peines de la vie. »

Ces gens-là, bien sûr, c'étaient John Lennon, Paul McCartney et George Harrison.

Elle soupira et, après avoir écrasé sa cigarette, reprit sa guitare, pour jouer à la suite *Penny Lane*, *Blackbird*, *Julia*, *When I'm Sixty-Four*, *Nowhere Man*, *And I love Her* et *Hey Jude.*

« Cela fait combien ?

– Quatorze », lui répondis-je.

Elle soupira.

« Vous ne pourriez pas en jouer un ?

– C'est que je ne suis pas très doué...

– Ça ne fait rien. »

J'allai chercher ma propre guitare pour interpréter, avec quelques hésitations, *Up on the Roof.* Pendant ce temps-là, Reiko souffla un peu, fumant une cigarette et buvant du vin. Quand j'eus fini de jouer, elle applaudit bien fort.

Ensuite, Reiko joua joliment et avec application une adaptation pour la guitare de *Pavane pour une infante défunte* de Ravel, puis du *Clair de lune* de Debussy. Elle me dit qu'elle avait appris ces deux morceaux depuis la mort de Naoko. Elle ajouta que ses goûts en matière de musique n'avaient jamais dépassé le niveau sentimental.

Puis elle joua plusieurs morceaux de Bacharach, *Close to You*, *The Raindrops Keep Falling on my Head*, *Walk on by* et *Wedding Bell Blues.*

« Vingt ! claironnai-je.

– Je suis comme un juke-box vivant, dit-elle d'un air satisfait. Si les professeurs de l'université de musique me voyaient, ils n'en reviendraient pas. »

Elle but une gorgée de vin et, tout en fumant une cigarette, continua de jouer les morceaux les uns après les autres. Elle joua près d'une dizaine de bossas-novas, suivies de Rogers and Hart, Gershwin, puis Bob Dylan et Ray Charles, Carole King et les Beach Boys, en passant par Stevie Wonder, et de *Ue o muite arukô* et *Blue Velvet* à *Green Fields*, elle joua tout ce qui lui passait par la tête. De temps en temps, elle se mettait à fredonner la mélodie, tout en balançant la tête, les yeux fermés.

Quand il n'y eut plus de vin, nous nous rabattîmes sur le whisky. Je versai le vin qui remplissait le verre du jardin sur la lanterne, et le remplis de whisky.

« Ça fait combien ?

– Quarante-huit », annonçai-je.

Son quarante-neuvième morceau fut *Eleanor Rigby*, et son cinquantième, encore une fois, *Norwegian Wood.* Puis elle fit une pause pour boire un peu de whisky.

« C'est peut-être suffisant ?

– Oui, lui répondis-je. C'est déjà pas mal.

– Allez, Watanabe, vous allez me faire le plaisir d'oublier les funérailles, me dit-elle en me fixant droit dans les yeux. Rappelez-vous uniquement de celles-ci. C'était pas mal, non ? »

J'acquiesçai.

« En voici un autre, en prime », me dit-elle.

Et, comme cinquante et unième morceau, elle me joua sa fugue de Bach.

« Et si nous faisions l'amour ? me proposa-t-elle ensuite d'une toute petite voix.

– Comme c'est curieux, lui dis-je, je pensais justement la même chose. »

Dans la sombre pièce aux rideaux tirés, nous nous

enlaçâmes tout naturellement, pleins de désir l'un pour l'autre. Je lui enlevai son chemisier et son pantalon, ainsi que ses sous-vêtements.

« J'ai fait pas mal de choses curieuses dans ma vie, mais je n'aurais jamais pensé qu'un garçon de dix-neuf ans plus jeune que moi m'enlèverait mon slip, me dit-elle.

– Vous voulez le faire vous-même ? lui proposai-je.

– Non, allez-y, me dit-elle. Mais j'espère que vous ne serez pas déçu, je suis pleine de rides, vous savez.

– Mais c'est que je les aime, vos rides...

– Arrêtez, vous allez me faire pleurer... »

Je l'embrassai partout, suivant ses rides avec ma langue. Puis je posai mes mains sur sa poitrine de petite fille, mordillai délicatement ses mamelons et posai mes doigts à l'entrée de son vagin humide et tiède, en les bougeant lentement.

« Là, vous vous trompez, me murmura-t-elle à l'oreille, c'est juste une ride.

– Même dans ces moments-là, vous ne pouvez pas vous empêcher de plaisanter, n'est-ce pas ? lui dis-je, sidéré.

– Excusez-moi. J'ai peur, vous comprenez ? Il y a tellement longtemps que cela ne m'est plus arrivé. J'ai l'impression d'être une jeune fille de dix-sept ans en visite chez un garçon qui en profite pour abuser d'elle. »

J'introduisis donc mes doigts dans la fente, l'embrassant dans le cou et sur les oreilles, et tripotant ses mamelons. Quand sa respiration se précipita et que sa gorge se mit à palpiter, j'écartai ses cuisses minces et la pénétrai lentement.

« Vous allez faire attention, n'est-ce pas ? me dit-elle d'une toute petite voix. Ce serait ennuyeux d'être enceinte à mon âge...

– Soyez tranquille. Ne vous en faites pas. »

Mon pénis l'ayant pénétrée profondément, elle se mit à trembler en soupirant. Tout en lui caressant le dos, je fis plusieurs allées et venues, mais, contre toute attente, j'éjaculai soudain. Ce fut si violent que je n'eus pas le temps de me retenir. Agrippé à son corps, je me déversai plusieurs fois en elle.

« Excusez-moi. Je n'ai pas pu m'en empêcher, lui dis-je.

– Ne faites pas l'idiot, ce n'est pas grave, me dit-elle en me tapotant les fesses. Vous vous retenez toujours quand vous couchez avec une fille ?

– Eh bien, oui.

– Avec moi, il ne faut pas vous en inquiéter. Oubliez tout ça. Il faut éjaculer quand vous en avez envie. Dites-moi, c'était bien au moins ?

– Très. C'est justement pour cela que je n'ai pas pu me retenir.

– Mais il ne le faut pas. C'est bien comme ça. Pour moi aussi c'était très bien.

– Dites, Reiko ?

– Quoi ?

– Il faut absolument que vous aimiez encore quelqu'un. Vous êtes tellement extraordinaire qu'il me semble que ce serait du gâchis, autrement.

– Bon alors je vais y réfléchir, me dit-elle. Mais vous croyez que les gens tombent amoureux à Asahikawa ? »

Un peu plus tard, ayant récupéré, je la pénétrai à nouveau. Reiko se tordait sous moi en haletant. Puis je la tins serrée dans mes bras, mon pénis bougeant lentement en elle, et nous bavardâmes de tout un tas de choses. C'était merveilleux de parler ainsi alors que j'étais en elle. Quand je plaisantais, elle riait, et j'en ressentais les vibrations. Nous restâmes longtemps enlacés, immobiles.

« C'est très agréable d'être ainsi...

- Ce n'est pas désagréable non plus de s'agiter.

– Si on essayait ? »

Je lui soulevai les reins et, après l'avoir pénétrée jusqu'au fond, lui imprimai un mouvement de rotation dont je goûtai la sensation avec délices avant de me laisser aller de nouveau.

Finalement, nous fîmes quatre fois l'amour cette nuit-là. Après la quatrième fois, Reiko, les yeux fermés, eut un profond soupir, et son corps frissonna plusieurs fois de suite dans mes bras.

« Ce n'est plus la peine que je fasse l'amour de toute ma vie, n'est-ce pas ? Dites-le-moi, je vous en prie. Dites-moi que je peux être tranquille parce que j'en ai pris pour toute ma vie.

– Qui peut savoir cela ? », lui répondis-je.

Je lui avais dit que c'était plus rapide et moins fatigant par avion, mais Reiko insista pour prendre le train.

« Moi, j'aime bien le ferry entre Aomori et Hakodate. Je n'ai pas envie de voler dans le ciel », m'avait-elle dit. Alors je l'accompagnai jusqu'à la gare d'Ueno. Elle portait sa guitare, moi son sac de voyage, et nous étions assis l'un à côté de l'autre sur un banc du quai en attendant l'arrivée du train. Elle portait la même veste de tweed et le même pantalon blanc que lorsqu'elle était arrivée à Tôkyô quelques jours plus tôt.

« Vous croyez toujours qu'Asahikawa n'est pas si mal que ça ? me demanda-t-elle.

– C'est une belle ville, lui répondis-je. Et bientôt, j'irai vous y rendre visite.

– C'est vrai ? »

J'acquiesçai :

« Je vous écrirai.

– J'aime bien vos lettres, vous savez. Et dire que

Naoko les a toutes brûlées. C'étaient des lettres magnifiques.

– Les lettres, ce n'est que du papier, lui dis-je. Même si on les brûle, ce qui doit rester dans le cœur reste, et, même si on les garde, ce qui ne reste pas ne reste pas.

– A vrai dire, j'ai très peur, vous savez, d'aller toute seule à Asahikawa. Alors vous m'écrirez, n'est-ce pas ? Quand je vous lis, j'ai toujours l'impression que vous êtes à côté de moi.

– Si mes lettres font l'affaire, je vous écrirai autant que vous le désirez. Mais ne vous inquiétez pas. Où que vous alliez, cela se passera bien.

– Et puis, j'ai l'impression qu'il reste quelque chose à l'intérieur de mon corps, mais ce n'est peut-être qu'une illusion ?

– C'est un reflet », lui dis-je en riant.

Elle se mit à rire à son tour.

« Ne m'oubliez pas, me dit-elle.

– Je ne vous oublierai pas, lui dis-je.

– Je ne vous reverrai peut-être plus jamais, mais, où que j'aille, je me souviendrai toujours de vous et de Naoko. »

Je regardai ses yeux. Elle pleurait. Je l'embrassai spontanément. Les gens qui passaient autour de nous nous regardaient avec curiosité, mais cela ne me gênait pas. Nous étions en vie et il nous fallait seulement nous préoccuper de continuer à vivre.

« Soyez heureux, me dit-elle au moment de nous séparer. Je vous ai dit tout ce que j'avais à vous dire, et je ne peux rien ajouter de plus. Sinon vous souhaiter d'être heureux. Etre heureux pour moi et pour Naoko. »

Nous nous serrâmes la main avant de nous quitter.

Je téléphonai à Midori, pour lui dire que je voulais absolument lui parler. J'avais plein de choses à lui dire. Il fallait que je lui parle. Je n'avais besoin de personne d'autre au monde en dehors d'elle. Je voulais la voir pour lui parler. Je voulais tout recommencer de zéro avec elle.

Midori resta longtemps silencieuse à l'autre bout du fil. Le silence persistait, comme si la pluie fine du monde entier tombait sur les pelouses du monde entier. Pendant tout ce temps, je gardai mon front collé à la vitre, les yeux fermés. Midori ouvrit enfin la bouche.

« Où es-tu en ce moment ? » me demanda-t-elle d'une voix calme.

Où étais-je ?

Le récepteur à la main, je levai la tête et regardai tout autour de la cabine téléphonique. *Où étais-je ?* Je ne savais pas du tout où je me trouvais. Je n'en avais aucune idée. Quel était donc cet endroit ? Je ne voyais que des silhouettes innombrables qui marchaient. De cet endroit au cœur de nulle part, j'appelais Midori.

RÉALISATION : I.G.S. CHARENTE-PHOTOGRAVURE À L'ISLE-D'ESPAGNAC

GROUPE CPI

Achevé d'imprimer en mai 2003 par
BUSSIÈRE CAMEDAN IMPRIMERIES
à Saint-Amand-Montrond (Cher)
N° d'édition : 57939-2. - N° d'impression : 032382/1.
Dépôt légal : février 2003.
Imprimé en France

Collection Points

DERNIERS TITRES PARUS

P980. La Pianiste, *par Elfriede Jelinek*
P981. L'homme qui savait tout, *par Catherine David*
P982. La Musique d'une vie, *par Andreï Makine*
P983. Un vieux cœur, *par Bertrand Visage*
P984. Le Caméléon, *par Andreï Kourkov*
P985. Le Bonheur en Provence, *par Peter Mayle*
P986. Journal d'un tueur sentimental et autres récits *par Luis Sepùlveda*
P987. Étoile de mer, *par G. Zoë Garnett*
P988. Le Vent du plaisir, *par Hervé Hamon*
P989. L'Envol des anges, *par Michael Connelly*
P990. Noblesse oblige, *par Donna Leon*
P991. Les Étoiles du Sud, *par Julien Green*
P992. En avant comme avant !, *par Michel Folco*
P993. Pour qui vous prenez-vous ?, *par Geneviève Brisac*
P994. Les Aubes, *par Linda Lê*
P995. Le Cimetière des bateaux sans nom *par Arturo Pérez-Reverte*
P996. Un pur espion, *par John le Carré*
P997. La Plus Belle Histoire des animaux
P998. La Plus Belle Histoire de la Terre
P999. La Plus Belle Histoire des plantes
P1000. Le Monde de Sophie, *par Jostein Gaarder*
P1001. Suave comme l'éternité, *par George P. Pelecanos*
P1002. Cinq Mouches bleues, *par Carmen Posadas*
P1003. Le Monstre, *par Jonathan Kellerman*
P1004. À la trappe !, *par Andrew Klavan*
P1005. Urgence, *par Sarah Paretsky*
P1006. Galindez, *par Manuel Vázquez Montalbán*
P1007. Le Sanglot de l'homme blanc, *par Pascal Bruckner*
P1008. La Vie sexuelle de Catherine M., *par Catherine Millet*
P1009. La Fête des Anciens, *par Pierre Mertens*
P1010. Une odeur de mantèque, *par Mohammed Khaïr-Eddine*
P1011. N'oublie pas mes petits souliers, *par Joseph Connolly*
P1012. Les Bonbons chinois, *par Mian Mian*
P1013. Boulevard du Guinardo, *par Juan Marsé*
P1014. Des Lézards dans le ravin, *par Juan Marsé*
P1015. Besoin de vélo, *par Paul Fournel*
P1016. La Liste noire, *par Alexandra Marinina*
P1017. La Longue Nuit du sans-sommeil, *par Lawrence Block*
P1018. Perdre, *par Pierre Mertens*

P1019. Les Exclus, *par Elfriede Jelinek*
P1020. Putain, *par Nelly Arcan*
P1021. La Route de Midland, *par Arnaud Cathrine*
P1022. Le Fil de soie, *par Michèle Gazier*
P1023. Paysages originels, *par Olivier Rolin*
P1024. La Constance du jardinier, *par John le Carré*
P1025. Ainsi vivent les morts, *par Will Self*
P1026. Doux Carnage, *par Toby Litt*
P1027. Le Principe d'humanité, *par Jean-Claude Guillebaud*
P1028. Bleu, histoire d'une couleur, *par Michel Pastoureau*
P1029. Speedway, *par Philippe Thirault*
P1030. Les Os de Jupiter, *par Faye Kellerman*
P1031 La Course au mouton sauvage, *par Haruki Murakami*
P1032. Les Sept plumes de l'aigle, *par Henri Gougaud*
P1033. Arthur, *par Michel Rio*
P1034. Hémisphère nord, *par Patrick Roegiers*
P1035. Disgrâce, *par J. M. Coetzee*
P1036. L'Âge de fer, *par J. M. Coetzee*
P1037. Les Sombres feux du passé, *par Chang Rae Lee*
P1038. Les Voix de la liberté, *par Michel Winock*
P1039. Nucléaire chaos inédit., *par Stéphanie Benson*
P1040. Bienheureux ceux qui ont soif..., *par Anne Holt*
P1041. Le Marin à l'ancre, *par Bernard Giraudeau*
P1042. L'Oiseau des ténèbres, *par Michael Connelly*
P1043. Les Enfants des rues étroites, *par Abdelhak Sehrane*
P1044. L'Ile et Une nuit, *par Daniel Maximin*
P1045. Bouquiner, *par Annie François*
P1046. Nat Tate, *par William Boyd*
P1047. Le Grand Roman indien, *par Shashi Tharoor*
P1048. Les Lettres mauves, *par Lawrence Block*
P1049. L'imprécateur, *par René-Victor Pilhes*
P1050. Le Stade de Wimbledon, *par Daniele Del Giudice*
P1051. La Deuxième Gauche
par Hervé Hamon et Patrick Rotman
P1052. La Tête en bas, *par Noëlle Châtelet*
P1053. Le Jour de la cavalerie, *par Hubert Mingarelli*
P1054. Le Violon noir, *par Maxence Fermine*
P1055. Vita Brévis, *par Jostein Gaarder*
P1056. Le Retour des Caravelles
par António Lobo Antunes
P1057. L'Enquête, *par Juan José Saer*
P1058. Pierre Mendès France, *par Jean Lacouture*
P1059. Le Mètre du monde, *par Denis Guedj*
P1060. Mort d'une héroïne rouge, *par Qiu Xiaolong*
P1061. Angle mort, *par Sara Paretsky*
P1062. La Chambre d'écho, *par Régine Detambel*